古典文獻研究輯刊

十四編

曾永義 主編

第 1 冊

〈十四編〉總 目

編 輯 部 編

魏晉南北朝對《楚辭》的接受與轉化（上）

林 雅 琪 著

國家圖書館出版品預行編目資料

魏晉南北朝對《楚辭》的接受與轉化（上）／林雅琪 著 ─ 初
版 ─ 新北市：花木蘭文化出版社，2016〔民 105〕
目 4+234 面：19×26 公分
（古典文學研究輯刊 十四編；第 1 冊）
ISBN 978-986-404-801-4（精裝）
1. 楚辭 2. 研究考訂 3. 魏晉南北朝
820.8   105014949

ISBN- 978-986-404-801-4

古典文學研究輯刊
十四編 第 一 冊   ISBN：978-986-404-801-4

魏晉南北朝對《楚辭》的接受與轉化（上）

作　　者　林雅琪
主　　編　曾永義
總 編 輯　杜潔祥
副總編輯　楊嘉樂
編　　輯　許郁翎、王筑　美術編輯　陳逸婷
出　　版　花木蘭文化出版社
社　　長　高小娟
聯絡地址　235 新北市中和區中安街七二號十三樓
　　　　　電話：02-2923-1455／傳眞：02-2923-1452
網　　址　http://www.huamulan.tw 信箱 hml810518@gmail.com
印　　刷　普羅文化出版廣告事業
初　　版　2016 年 9 月
全書字數　399584 字
定　　價　十四編 21 冊（精裝）新台幣 36,000 元

〈十四編〉總目

編輯部　編

《古典文學研究輯刊》十四編　書目

《古典文學研究輯刊》十四編各書作者簡介·提要·目次

第一、二冊　魏晉南北朝對《楚辭》的接受與轉化

作者簡介

　　林雅琪，台灣臺南人，國立成功大學中文系學士、國立成功大學中文所碩士、國立高雄師範大學國文系博士。曾任高雄鳳新高中教師、高雄師範大學國文系講師，現任臺南女子高級中學教師。

　　喜愛各類文學，平日則致力於教學活動。期待文學的存在能自然地融入生活，成爲日常可親之存在。專長爲先秦與魏晉南北朝文學，《楚辭》爲主要研究範疇，著有碩士論文「《楚辭》與音樂之研究」、博論「魏晉南北朝對《楚辭》的接受」，及學術論文等數篇。

提　要

　　魏晉南北朝《楚辭》學發展，與當代政治、社會環境，及士人的精神風貌、審美趨向息息相關。如文學意識的高揚，使得騷、賦分立，確立了《楚辭》獨立的文學地位。而傳播過程中，士人立基於兩漢《楚辭》學的基礎，展開對《楚辭》注釋、音韻、目錄等多方面的深入研究，充實了兩漢《楚辭》學研究範疇的空白。

　　此外，魏晉南北朝在屈原形象的品評上，認可屈原人格精神的高潔，並傾向將屈原品格與文學成就分開評論，批評態度也由直接轉向委婉質疑，並嘗試以「才」、「情」二端，重新創建具時代特色的屈原。

評論與擬作上，辭賦、駢文、詩文、志怪小說，不但對《楚辭》的文藝精神多所借鑑，在擬作上也展現突圍的企圖。結構創新、意象擴大，重視「情」、「辭」等特色，都是對傳統《楚辭》學內容的拓展。

新文藝審美觀的興起，使得《楚辭》擬作重視生活經驗的反應，走向世俗化、生活化；情感的內斂與深重，則催生了哀婉淒切、華美艷麗的文學擬作。

《楚辭》的文藝精神，可說對當代悲美學的成立有推動之功。

綜論之，魏晉南北朝《楚辭》研究，雖然因時局動亂，造成資料的散佚，導致研究困難。但在《楚辭》學發展史上，時代特色極為強烈，承上啓下，具有獨特的價值與意義，不但不容忽視，更成為唐、宋《楚辭》學最堅實的基礎。

目　次

上　冊

第三冊　才、癡、畫三絕──顧愷之的才情與應世智慧

作者簡介

　　翁千婷，生長於純樸的菊島，畢業於成大中文研究所，目前在高職任教。指導教授江建俊曾形容作者「具有顧愷之的才與癡，所以跟顧愷之的心靈頗能貼切」，因而選擇顧愷之爲作者碩士論文的研究對象，在成大畢業工作三年後，非常感謝江老師的抬愛而有機會出版此書，希望在顧愷之的眾多美學成就之外，能帶領讀者們去欣賞顧愷之的才情，以及品味顧愷之似癡實黠的應世智慧。

提　要

　　顧愷之是東晉著名的畫家，世稱「才絕」、「畫絕」、「癡絕」。除了對藝術的

熱愛之外，他博學有才，雅好文學，個性好諧謔，並擁有多方面的興趣。從史家評議中可見，對他的評論是「矜能過實，譚諧取容，而才多逸氣，故有三絕之目。」現代人對顧愷之的認識多在其繪畫理論上的影響，然而在晉書的史臣筆下，他的文章「縟藻霞煥」、「才多逸氣」，可見他的文筆之美；從「矜能過實，譚諧取容」更可以初步得到一個有自信滿溢而又幽默的印象，這又是他博學多才之餘，表現出「癡絕」的另一面。他的「癡」同他的人格聯繫在一起，而這樣的精神人格與魏晉時期的社會風尚、人物才性、品藻標準等都密切相關。

作為山水畫創始時期的代表作家之一、也身為傑出的早期肖像畫與人物畫家，顧愷之在藝術史上的作用與影響都是極其深遠的。顧愷之的維摩詰壁畫與戴逵雕塑的文殊菩薩像以及從獅子國傳來玉像，被當時稱為瓦官寺「三絕」。顧愷之撰有《魏晉勝流畫贊》、《論畫》和《畫雲臺山記》等三本重要論著，在繪畫理論上也有許多前所未有的觀點，如傳神寫照、遷想妙得的藝術理念，東晉顧愷之在總結前人觀點的基礎上，第一次系統的闡述了人物畫中的形神關係。從顧愷之到謝赫、宗炳、王微，從人物畫論到山水畫論，從側重於對象之神的傳達到越來越重視主體精神意趣的融入，我們可以清楚地看到六朝畫論中傳神論的發展演化。顧愷之的畫論對後世影響深遠。顧愷之從創作實踐和理論建樹兩方面，把我國古代的繪畫推向了第一個高峰。

以往學術界對顧愷之的研究，總是側重於其繪畫方面的傑出成就，而對其在書法、藝術理論及文學創作諸多方面的成就未加以深入研究。因此，本文將以「才、癡、畫三絕」為主軸，嘗試從他的時代背景、家族門風、宗教信仰剖析東晉的顧愷之，並且多元延伸觸角來解讀顧愷之，進而探討出顧愷之的才情與應世智慧，期盼能在「畫絕」之餘，更深入的描繪出顧愷之「才絕」與「癡絕」的文人形象。

目　次

第四冊 眞德秀、魏了翁文學研究

作者簡介

馬建平（1976～），寧夏吳忠人。2004 年考入西北師範大學文學院師從尹占華教授攻讀碩士研究生，研究方向爲唐宋文學。2007 年考入北京大學中文系師從張鳴教授攻讀博士研究生，研究方向爲宋元明清文學。2011 年至今任教於內蒙古民族大學文學院，講授中國文學史，中國文學批評史，國學經典等課程。

提 要

目前學術界對南宋中後期文學史的敘述，一般都在中興詩壇之後直接討論四靈詩派和江湖詩派，而對當時的一些著名的士大夫如眞德秀和魏了翁的文學創作缺少應有的關注，還有不少缺環有待彌補。而且，由於眞德秀和魏了翁這樣的作家具有理學家的獨特身份，使得古代文學研究者較多從理學的視角研究他們的文學思想和文學創作，而忽視了他們作爲士大夫的寫作特點，因此對他們的作品還缺乏全面的解讀。有鑒於此，本文以南宋中後期，具有多重身份的士大夫的代表人物眞德秀和魏了翁爲研究對象，著重探討眞、魏二人作爲士大夫、思想家等多重身份的集合對他們的文學創作帶來的複雜性與特殊性，在思想史和和政治史視角考察其文學的思想政治內涵和審美追求，討論其文學中體現的理學興起後士大夫的思想和文化特徵，全面評價其藝術成就，並進一步揭示以眞、魏爲代表的南宋中後期士大夫文學創作的獨特價值和文學史地位。第一章論述眞德秀和魏了翁面對他們所處時代的重大問題所提出的見解。第二章論述眞德秀和魏了翁的文學思想。第三章以眞德秀的文學活動爲中心進行考察。第四章論述了眞德秀和魏了翁的詩歌內容。第五章從藝術角度對眞德秀和魏了翁的詩歌加以分析。第六章論述了眞德秀和魏了翁的文章寫作。

目 次

第五冊　蘇軾論畫研究

作者簡介

　　陳宜政，國立高雄師範大學文學博士，主要研究領域爲文藝美學。自幼受到美術教員父親含莘地培育涵養，在畫室顏料堆裡長大，對於「美」的感受有其細膩深刻、令人動人之見解。於中學、大學擔任國文教師多年，曾借調高雄市教育局國民教育輔導團專任輔導員，輔導大高雄地區國文科教學，亦任多年高雄市兒童藝術教育節文字紀錄及典禮主持，在地深耕文藝美學。

是同事心目中「認眞的女人」，是學生眼中「慈祥、溫柔、可愛、嚴厲、作業要求很多」的老師。

提　要

本文著重研究「蘇軾論畫」，透過蘇軾散見於詩文中的論畫文字進行討論。

第壹章爲緒論。主要將蘇軾詩畫相關研究做一查考；其次說明本論文如何將蘇軾論畫文字，以蘇軾立場作爲思考起點，並由亞伯拉罕對文藝考察三面向：作者、文本、讀者的方式，思索蘇軾如何論述繪畫理念。

第貳章爲蘇軾藝術性靈之蒙養──從三境界析論。藉王國維《人間詞話》之人生閱歷三境界論蘇軾藝術性靈之養成，產生蘇軾藝術性靈三境界，並以蘇軾詞作定義之，依次分別爲：「獨覺──欲待曲終尋問取，人不見，數峰青」、「堅持──密意難傳，羞容易變，平白地、爲伊斷腸」、「頓悟──回首向來蕭瑟處，歸去，也無風雨也無晴。

第參章爲蘇軾論畫之主體精神。透過蘇軾對文藝家之評論，以歸納蘇軾所謂創作主體應具備的素養內涵，必須包含：「崇尙眞樸」、「專注執著」、「寄興賢哲」。

第肆章爲蘇軾論畫之創作理念。蘇軾曾於〈跋宋漢傑畫山〉文中提及「觀士人畫，如閱天下馬。」藉此了解蘇軾認爲畫家創作理念宜涵蓋：「詩畫一律之思維」、「一觸即覺之靈感」、「物我合一之意境」。

第伍章爲蘇軾論畫之鑑賞觀。針對蘇軾作爲讀者角度，透過其對所見或他人收藏的歷代繪畫作品進行理解與分析，了解蘇軾鑑賞標準：持平心態──「寓意於物」甚於「留意於物」、觸物興發──「意在筆先，貴有畫態」。

第陸章爲結論。對研究成果加以考察，並提出前瞻與展望，以做爲未來持續研究之基礎。

目　次

第六、七冊　李維楨研究

作者簡介

　　魯茜，1976 年生，湖南株洲人。畢業於湖南師範大學漢語言文學教育專業。暨南大學中國古代文學專業文學碩士，師從程國賦教授。2013 年 6 月獲上海師範大學中國古代文學專業文學博士學位，師從李時人教授。2014 年 6 月，進入復旦大學中國語言文學博士後流動站，師從陳廣宏教授，研習中國古代文學。2004 年 7 月就職於湖南科技大學人文學院，師從陶敏教授，2010 年 11 月評為副教授，現為中國古代文學專業碩士生導師。主要研究領域為明代詩文與文獻研究、古籍整理。

提　要

　　李維楨作為嘉、萬間重要文化人物，著名官員、學者、文學家，在當時享有隆廣聲響，其政治遭際與思想、性格形成、演變皆極具代表性，可據以把捉那個時代的精神脈搏；在文壇上，雖被歸入後七子陣營中堅，實為萬曆間藝文領袖，影響遍及兩都、吳越、湖廣、江右、閩中，以之為焦點重新考察中晚明文學之流衍，可突破歷來明代文學史論前後七子、公安、竟陵紛爭遞變格局，在明代文學與文化研究上，具有較高觀察視角價值，能豐富明代文學尤其是明代詩文研究的內涵。

　　對此，擬分爲《李維楨研究》、《李維楨全集》、《李維楨文學交遊與晚明詩歌演變》、《李維楨年譜》四題展開。本文爲起點篇，採取傳統的作家研究框架，對其思想、性格、心態、文學創作、文學理論及其影響詳細論述，以期加深對李維楨在具體時代背景下的心路歷程、政治文學作爲的理解，體現他在明末士人中的普遍意義與代表價值。本文著力全面深細，文獻力圖求全存眞，詩文挖掘個性特色，詩論見明後期詩壇演進之跡，冀質樸還原作家心性遭際與身份地位，爲後續推進打下紮實基礎。

目　次
上　冊

第八、九冊　古代長篇小說經典研究

作者簡介

　　王志武，男，1943 年 7 月 8 日生，又名王志儒，王維鼎。陝西長安南張

村人。陝師大文學院教授，博士生導師。中共黨員。1950 年 9 月至 1967 年 7 月先後在南張村初小、大吉村高小、細柳中學、蘭州大學上小學、中學、大學。1968 年 11 月至 1970 年 3 月接受解放軍再教育，1970 年 3 月至 1973 年 11 月在青海省革委會文教組工作，1973 年 11 月至 2008 年 9 月在陝師大文學院教授古典文學。1993 年 10 月開始享受國務院特殊津貼。

著有《紅樓夢人物衝突論》（1985 年 11 月），《金瓶梅人物悲劇論》（1992 年 9 月），以上二書分獲由讀者投票評選的第一、第七屆全國圖書「金鑰匙」獎，獲獎圖書名單分別見於《光明日報》1988 年 1 月 13 日第四版和《新聞出版報》1994 年 3 月 25 日第二版。《競爭中的強者：三國演義人物競爭論》（1989 年 11 月），獲 1989-1992 年度陝西優秀社科成果獎；《古代戲劇賞介辭典》（1988 年 5 月），獲陝西省第三次優秀社科成果獎；《紅樓夢》評點本（1997 年 12 月）；《中國古典小說戲曲研究論集》（2006 年 5 月），《元明清文學》（1983 年 4-9 期《陝西教育》雜誌連載，收入《中國古代文學》（1986 年 1 月）；《中國人的善惡困惑：西遊記人物善惡論》（2013 年 2 月）；《好人忘不了》（2013 年 2 月）。《中國人的忠義情結；水滸傳人物忠義論》（2014 年 9 月）。另在《光明日報》等報刊發表論文多篇。主編「三名文品」（包括《古代文學卷》、《現代文學卷》、《當代文學卷》、《外國文學卷》、《藝術卷》。1998 年 8 月），《延安文藝精華鑒賞》，1992 年 10 月。擔任《古代小說六大名著鑒賞辭典》副主編，1988 年 12 月初版，1990 年 5 月再版。

提　要

長篇小說有素材、題材、主題、意義。本書是探討中國古代經典長篇小說主題的論文集。主題是經典作家對生活哲理的深刻感悟，是長篇小說的「心臟」，是理解長篇小說的關鍵。

認爲長篇小說「多主題」、「無主題」、「模糊主題」，「這些看法就像醫生從人的手腕或其它部位摸到脈搏跳動，卻找不到心臟的準確位置，於是就說此人沒有心臟，或者說有許多心臟，抑或說誰在哪裏摸到脈搏誰就摸到了心臟。」經典長篇小說有主題如同人有心臟一樣。而且一部經典小說只有一個確定的中心主題。抓住了主題，就會對作品融會貫通。欣賞作品、闡發作品思想意義和價值，可以見仁見智，所謂詩無達詁，但如不以正確把握主題爲前提，就是霧裏看花，瞎子摸象。

目 次

上 冊

下 冊

第十、十一冊　《水滸傳》中的山東鏡像研究

作者簡介

　　杜貴晨（1950～）男。山東寧陽人。1982 年畢業於中國人民大學語文系。短暫任全國人大常委會法工委辦公室秘書。先後執教於曲阜師範大學、河北大學，現為山東師範大學文學院教授，碩士、博士生導師及博士後合作導師。主要研究中國古典文學，兼及文學理論。出版有《傳統文化與古典小說》《齊魯文化與明清小說》《數理批評與小說考論》等專著和《小豆棚（校注）》《明詩選》等 10 餘種，以及主編《紅樓夢百家言》（叢書）等；在《中國社會科學》《文學評論》《文學遺產》《北京大學學報》等刊發表論文 200 餘篇；提出並倡導「文學數理批評」理論和「羅（貫中）學」研究，揭蔽泰山與《西遊記》關係和泰山別稱「太行山」之秘。兼任山東省水滸研究會（創會）會長，中國三國演義學會副會長，山東省古典文學學會副會長兼秘書長，山東財經大學文學與新聞傳播學院教授等。

　　王守亮（1971～），山東昌樂人。文學博士學位。齊魯工業大學副教授。主要研究方向為中國古代小說與傳統文化，在《東嶽論叢》、《青海社會科學》、《山東師範大學學報》、《弘道》（中國香港）等刊發表學術論文 30 餘篇。兼任山東省水滸研究會常務理事、副秘書長等。

提　要

　　《水滸傳》寫宋江等「三十六天罡，七十二地煞」，共百零八個好漢，匯聚「八百里梁山水泊」，攻州掠縣，對抗官府，直至「招安」下山「與國家出力」，活動的中心在山東。書中有關山東地理、人物、風俗、故事等引人關注，學術界多有《水滸傳》所寫有關山東地理、人物、風俗、故事等有無虛實的探索考證。影視改編和山東「水滸故里」的旅遊景點建設取資《水滸傳》，亦不免涉及相關具體描寫的全面認識與把握。本書針對這種情況，全面梳理《水滸傳》所寫山東地理、人物、風俗、故事等，類說其內容特點，力辨其有無虛實，擇評其思想藝術之優劣得失，時有精鑒，期為閱讀、研究、改編和各種形式利用推廣《水滸傳》之助，是解析《水滸傳》的一部有特色的專著。

目　次

上　冊

第十二冊　《西遊記》的「風」敘事研究

作者簡介

　　蔡享宏，公元 1964 年生，臺灣嘉義人，祖籍福建莆田。先後畢業於國立嘉義師院語文教育學系、國立屏東師範學院國民教育研究所、及私立佛光大學中國文學與應用學系碩士在職專班，現任教於桃園市潛龍國民小學。作者平生茹素，喜好佛法、神話與文學，作者認爲《西遊記》深具佛、道、玄等民間信仰研究的價值，是作者閱讀再三的書籍之一。本書是作者進修第二個碩士學位的研究著作，除了圓滿進修中文研究所的夢之外，也再次深化對《西遊記》的體認。

提　要

　　《西遊記》故事沒有風，敘事動能便相形失色。本論採用文本細讀、分類統計與理論分析法，深究風在這部小說裡的風化、力學、諸子思想等豐富意涵，並以此檢視臺灣《西遊記》的藝術接受情形。

　　《西遊記》的風變化多端，「風動蟲生」以「因見風」帶領人物進出場；「以風化數」形塑剋應戰鬥；神諭飛帖以喻教化、以陰風彰顯正義、經營黑色喜劇。在故事的幾何敘事空間，風穿梭在《西遊記》的線穿結構，藉風讓故事空間表現分枝開葉、線性仿射和繡線形式。而人物變化都有隱喻，但不論形體如何改變，其實「妖精、菩薩」只是一念。

　　自然風象寫入小說裡，成爲令人訝異的風力敘事。其敘事空間裡，阻流的屏風分隔對話場域；流動的風是貪欲與頓悟的交會；香腥冷熱的風，代表人物的神邪風格；順風快行，易樂極生悲；逆風殘虐，悟空驚爲「大造化」；風阻斷糾纏、表現迎戰決心；旋風攝人，造成滯留；風升爲動，風落則止。無風醞釀敘事能量，微風存在動靜之間、疾行快風掠過敘事情節，遇到狂毀之風大作，離散與戰鬥便相繼出現，風的自然敘事各有其速度、節奏和毀滅。

　　在天與聖的升降敘事結構裡，「齊天大聖」貶抑聖名；心性一旦圓滿，天與聖才歷劫歸位。儒家的信、禮、孝及善言，引風來闡發；道教符籙與食餌養生的迷信，由風破除；以風模糊禪修和氣命；醫書與道教煉養巧妙謀合；風病則凸顯心性修行和天人合一才是生命究竟。

　　以風研究檢視臺灣《西遊記》在京劇、歌仔戲、布袋戲、版畫、繪圖、雕刻等藝術接受情形。劇通與檢場提供陣風的道具和配樂音效，展現風的視聽美

學。現代京劇和歌仔戲各將傳統武場、象徵和唱腔，融入現代舞蹈、戲劇、燈光、音樂等本土元素，廣受喜愛；布袋戲木偶仿真、受風動作和藍白長布的風威都十分生動，金光戲開臺灣布袋戲新局，結合雷射、煙霧、和傳統後場配樂，風靡一時。《西遊記》的版印、繪畫都有風敘事的動態線條；臺灣民間版畫各有其宗教教化寓意和神秘性；溥儒〈西遊畫冊〉有獨特的美感線條；雕刻與兒童繪本改寫是否符合原創和趣境，端賴創作者能否正確理解《西遊記》的風。

目　次

第十三冊　《紅樓夢》悲劇意識研究

作者簡介

汪品潔，1984 年生，高雄人。國立高雄師範大學國文學系學士、碩士。

曾經，將論文的完稿視爲人生階段性的終點，而今論文付梓，竟意外啓動原已靜止的時間，重塑了想像之外的新起點。謝謝一起陪我走過論文旅程的人們，因爲你們，偏執如我，終能看懂一些苦澀與美好。

提　要

本文援引亞里斯多德（Aristoteles）、黑格爾（Georg Wilhelm Friedrich Hegel）、叔本華（Arthur Schopenhauer）之悲劇理論，試論《紅樓夢》悲劇意識之呈現，並援用《紅樓夢》續書《後紅樓夢》爲例，觀察當代對《紅樓夢》悲劇之理解。

《紅樓夢》中所有的衝突悲劇，無論是男性與女性、上層與下層、榮府與寧府，終有一方會趨向毀滅，甚至兩敗俱傷，而達到黑格爾所謂的「和解」。「太虛幻境」的預言，如同「神諭」一般，是一種無法違拗的命運預示。從叔本華的「人生悲劇論」觀之，《紅樓夢》中的每個人物都無法逃離現實中的痛苦或空虛，惟有在藝術生活中能獲得短暫的幸福。世上沒有常駐的事物，美會毀滅，永恆無望，時空的「有限性」帶來極度的焦慮與無奈。《紅樓夢》大部分的續書作者秉持一種彌補的創作心理來進行「補憾」書寫，將《紅樓夢》改寫成世俗所謂圓滿的作品。續書作者必須先認定《紅樓夢》爲一部悲劇，才能夠創作出以「補憾」爲目的之續書作品，此可視爲《紅樓夢》悲劇意識之印證。

目　次

第十四、十五、十六冊　王學奇論曲

作者簡介

　　王學奇，男。1920 年 6 月，出生於北京市密雲縣，漢族。1946 年畢業於西北師院（北京師大後身）國文系，受業於黎錦熙先生。畢業後，曾任東北師大、中央音樂學院、河北師大等校講師、副教授、教授、研究生導師。還曾任元曲研究所所長、河北省元曲研究會會長、關漢卿研究會會長。享受國務院特殊津貼，還曾被北師大選為榮譽校友。作者早年好詩，自上世紀五十年代迄今達約七十年，全心全力，轉攻戲曲辭語研究工作。近三十年出版的主要著作有：四卷本的《元曲釋詞》（約近 200 萬字）、一卷本的《關漢卿全集校注》（約 66 萬多字）、八卷本的臧氏《元曲選校注》（約 350 萬字）、十六開一卷本《宋金元明清曲辭通釋》（約 340 萬字）、兩卷本的《笠翁傳奇十種校注》（約 147 萬字）。以上各書都曾獲大獎，得到學術界的讚賞。這些作品，不僅馳譽國內及周邊國家，還遠渡重洋，涉足歐美澳。《通釋》在美國各大名校，如哈佛、哥倫比亞、芝加哥等校。都藏有兩部或一部，並受到很高評價，交相推薦。另外，輿論界還普遍認為：作者不僅業績突出，還有良好的社會聲望。

提　要

　　《王學奇論曲》這部書，是作者從他 100 多篇論文中精選 44 篇構成的。《論曲》，顧名思義，就是治曲的理論。作者在《治曲一得》中指出：想著書立說者，必須首先選定項目，作為奮鬥的目標。其次是積纍材料，作寫書或論文的準備。兩次就是動筆開寫。這個工作步驟，不能顛倒。選項目的根據，或根據社會需要，或根據須補空白，或兩者兼面了之。積纍材料要兼收並容，

愈多愈好，以便動筆篩選材料時，去粗取精，去僞存眞，提高作品成分的含
金量。作者選定《元曲釋詞》這個項目時，就因當時查找元曲詞義時，只有
幾本小型專著，收詞不多，滿足不了廣大讀者的需要。還有明代臧晉叔編輯
的《元曲選》，一直爲高等學府教授、劇本改編者以及元曲研究工作者所依賴。
但此書出版 400 年來，迄無全收全注本。魯魚亥豕，到處可見。方言行（háng）
話，皆就土音而筆之於書，難以理解。語言的障礙，影響了國內外學者的交
流和研究，這實在是學術界不應有的大缺憾。進行彌補，實爲當務之急。面
對撰《元曲釋詞》，校注《元曲選》這兩樁大工程，不能退縮，作者在《治曲
一得》中指出，必須要依靠我們的膽識和魄力，在戰略上藐視它，同時在戰
術上重視它，運用我們掌握的基本功，結合信心、決心、細心和耐心，一往
無前，百折不撓，逐一解決好所有的問題。所謂基本功，即指本書中所列《因
聲求義，是探索元曲詞義的方向》、《解釋元曲詞語要注意三個方面的聯繫》、
《論如何探索元曲的詞義》等文。運用戰略戰術做武器，卒以二十年的工夫
和十五年的工夫，先後取得了《釋詞》和《元曲選校注》的勝利，贏得國內
外學術界的喝彩。寫出一部高質量的作品，通過實踐，基本功的方方面面，
也要與時俱進，推陳出新，例如作者在修辭學上提出「以反語見義」，在校注
方面提出「校注結合」、「雅俗共賞」等新觀點，皆有益於提高和普及。還有，
作者提出「兩條腿走路」的寫作策略，其優點，詳《治曲一得》，此不贅述。

目　次
上　冊
第一輯

第十七冊　劉克莊散文研究

作者簡介

周炫（1976～），男，江西樂安人。2012 年畢業於華南師範大學，獲文學博士學位。現任職於廣東農工商職業技術學院，副教授。主要研究方向為唐宋文學等。

提　要

劉克莊是南宋後期頗具影響的散文家。長期以來，由於學界多關注劉克莊在詩詞方面的成就和名氣，因此，對劉克莊的研究留下了較大的空間，尤其是對劉克莊散文的全面考察尚屬不足，從而對劉克莊的評價也不夠全面。本文試對劉克莊散文展開比較全面的考察，在具體分析劉克莊散文表現特點的基礎上，進而探究劉克莊的文學成長道路、思想個性及其散文的藝術風格，這對深入研究劉克莊，乃至深入研究南宋後期散文，都是很有價值的。

劉克莊散文研究是完善劉克莊研究的重要一環。本研究主要選取了劉克莊散文中頗有影響的公牘文、「進故事」、書判、碑誌文、題跋及辭賦等文體

進行了全面、深入、細緻的研究，以期從中探尋劉克莊散文之所以風靡的原因，揭示劉克莊散文在文體學方面的貢獻，透視劉克莊散文與南宋政治生活的關係，確立劉克莊散文在整個宋代散文中的地位。

目 次

第十八冊　因果輪迴研究——以《閱微草堂筆記》爲探討

作者簡介

薛宜欣，出生於台北，成長於嘉義，銘傳大學應用中國文學系畢業，嘉義大學應用歷史學系碩專班碩士，現任職於南部公務機構，興趣是文學、歷史與佛學。

提　要

紀曉嵐晚年傾注近十年（清乾隆五十四年（1789 年）至嘉慶三年（1798年））心血完成《閱微草堂筆記》，可說是總結一生經歷抒懷，《閱微草堂筆記》在時間上，主要搜羅三界神佛狐鬼、因果業報等流傳的鄉野奇譚，或紀曉嵐親身所聽聞的奇人軼事；在空間上，記述範圍遍及全中國遠至烏魯木齊，南

至滇黔，並旁及臺灣、南洋等地。全集分五書〈灤陽消夏錄、如是我聞、槐西雜志、姑妄聽之、灤陽續錄〉，共二十四卷，1208 篇，其中以因果關係爲類型的題材約三百多篇，傳達紀曉嵐對社會、文化和政治的看法，有其追求「善」的思想，故事表面或許充滿魑魅魍魎、滿天神佛及果報輪迴等內容，實則勸善懲惡、教化意味濃厚，《閱微草堂筆記》、《聊齋誌異》與《紅樓夢》同爲清代三大流行小說，然而紀曉嵐在序中揭示自己寫作目的是「不乖於風教」、「有益於勸懲」，故其寫作風格與《聊齋》取法傳奇途徑迥異，寫作筆法與《紅樓夢》之兒女情長更大相逕庭，討論度與聊齋、紅學相形之下，較爲乏人問津。

本文中將《閱微草堂筆記》之因果輪迴故事歸納成三類：

其一、因果與輪迴：（一）因果業報、（二）輪迴因果——再世爲人、（三）輪迴因果——轉生他類

其二、有益於勸懲之果報關係：（一）果報在身——善因善果、（二）果報在身——惡有惡報、（三）果報後嗣、（四）孝義果報

其三、因緣際會：（一）復仇因果——現世復仇、（二）復仇因果——輪迴復仇、（三）警示預言

藉由紀曉嵐的文字，透過以上論述，構析出清代文人與一般階層的社會思想，了解當代潮流與庶民生活，依相似特性歸納劃分，探討因果故事中作者提倡的倫理思想及時代樣貌，宣揚與人爲善觀念，且希望對傳統社會的反省能和前人研究呈現不同態樣。

目 次

第十九冊　《閱微草堂筆記》之閱「微」論

作者簡介

　　黃綏紋，西元 1969 年生，福建劭武籍人。先後畢業於市立高雄女中、國立嘉義師院數理教育學系、私立佛光大學文學系碩士在職專班，現任教於桃園市武漢國民小學。作者少年承襲父親學識涵養，喜好中國文學。紀曉嵐的《閱微草堂筆記》是作者父親黃慶光先生在世時親子間的家常聊本；承蒙佛光大學簡文志老師的細心指導，《閱微草堂筆記之閱微論》是作者進修碩士學位的研究著作，也為紀念父親對《閱微草堂筆記》的熱愛。

提　要

　　本論試從紀昀的閱微敘事探析作者的創作情思和旨趣，採用統計歸納、文本分析等方法，從其微敘事、性別、女性以及夢等敘事主題探究其文本內涵。得到數個研究發現：

　　以歷史、階級、生活和人性四個面向來看，《閱微草堂筆記》的微敘事是具備人物傳奇形式和特徵的歷史敘事、隱含著濃厚的階級意識；作者深懷悲天憫人的慈悲胸襟；而對於為官之道也有頗多的自覺和反省。

　　在性別敘事上，對男女情欲的深刻描寫是紀昀言情筆記小說的極致創作。紀昀不否認男女大欲，但留心「媚」與「狎」、避免內貪與外誘；探討男女間把持立心端正、攝心清靜與懸崖勒馬等原則，就能進退得宜；而從欲所萌生的情義仍是珍貴難得。

　　女性敘事中，紀昀以虛實交雜的敘事手法，隱然展現他對於當時的女性保有根深柢固的儒教倫理固有傳統觀點，推崇孝婦和節婦，卻以傳統婦德規

範迴避女性自我意識。從「他者」的困境探討中發現，紀昀筆下的女性因附庸於物化，產生自我空洞化傾向，並以異化敘寫手法，使文本裡的女性出現「辛浦森詭論」現象。

最後從夢的敘事和儀式視角，可見到紀昀潛意識書寫。書中以夢因和釋夢二大方向闡述人們不可估測的意識底層。透過布雷蒙的序列邏輯分析，發現作者追尋夢因與釋夢有四個軌跡：意識造夢、氣機感夢、病眩生幻夢、以及氣機旁召，象示言寓的夢兆，產生導引、中介、和結尾三種功能。在夢的儀式裡，從意識和氣機中，藉由夢達到因果報應、靈界預示、以及靈魂感通和懺悔等目的。

紀昀於官方治學整理四庫全書之外，另著《閱微草堂筆記》補敘不登「大雅之堂」的筆記小說，其用意在闡述街頭巷說的微言大義。透過這些探索，可以作為提供後來讀者，閱讀《閱微草堂筆記》的參考。

目　次

第二十冊　晚明遺民擔當禪師詩畫研究

作者簡介

　　莊琇婷，1981 年生於宜蘭市，畢業於逢甲大學中國文學所。求學期間，就對文本與圖像結合的藝術形式有興趣，在因緣際會下，發現擔當的畫冊，而展開對擔當詩歌與繪畫的研究，完成碩士論文後，進入補教業，成為上班族，忘精進，陷怠惰，幸有恩師余美玲教授的提點與先生林政諺的鞭策以及花木蘭文化出版社的提攜之下，終於修訂出版此論文。望海內讀者，讀了了解擔當禪師，在知人論事之餘，能原諒作者以禪師之詩畫以逆測禪師之志。昔人已矣，惟詩畫可論交，這篇論文陪伴著我走過生命的低谷，一直到嫁作人婦，進入不同生命階段後，似乎更能體會禪師的心靈歷程。生命的意義在於分享與傳遞善念，獻給正在閱讀這段文字的你。

提　要

　　明清之際的亂離漂蕩，直接衝擊以道為己任的士大夫階層。他們自我出處的選擇，政治認同與文化認同，都與時代交替緊緊相繫。明擔當禪師（1593-1673），即屬於在此一特殊時空下的個體。俗名唐泰，字大來，雲南晉寧人，本為儒士出身，後感世運難挽，又身處政治與地理邊陲，而有君子居夷、守夷的準備，母親過世，五女出嫁後，於崇禎 15 年（1642），披剃出世，出世後仍不忘用世之心，明祚既滅，憑藉詩歌、繪畫，以紓解國破家亡之痛，並鉤勒自我的心靈圖像。本文以擔當詩作與畫作為論據，透過詩作與畫作相互辯證又互補的關係，詮釋擔當的心靈圖像，了解身處特殊時空之下明遺民，如何建構自我生存的時空，回歸生命的家園。晚年的擔當禪師有幾則聯語，很是貼近他的心靈歷程，「白雲山青佛魔盡掃，天長地久日月齊明。」「面對佳山不須東去西去，心懸明鏡任他胡來漢來。」是遺民同時也是禪者，如果只偏重他遺民的身分，會誤以為他出世是因為絕望，但從禪師時期，他的詩

作與畫作來看，他對生命反有一種更高的肯定，臨終之際，留下偈語，「天也破，地也破，認作擔當便錯過，舌頭已斷，誰敢坐。」對他來說，生命的意義，並不是在傳遞教條與知識，因此終其一生，都不上堂說法，而是教人突破黑白對立，成為自在的存有，如空中之飛鳥，如水中之游魚，一任生命的水墨飛翔優游於大化中。

目　次

第二一冊　清代傳教士漢文報刊文學研究
（1815年～1838年）

作者簡介

　　李佩師，銘傳大學應用中國文學系博士。現任教於臺北基督學院，擔任博雅核心課程中心主任迄今，教授中國文學、中文寫作等課程。曾任銘傳大學應用中國文學系兼任助理教授。研究領域與方向為：清代報刊、清代小說、基督教文學等。曾發表之論文如：〈借鑑與轉化：論三部清代入華傳教士漢文報刊的中國文學書寫特徵〉（《東吳中文學報》第 29 期）、〈試論兩岸詞彙差異與融合——以「兩岸詞彙雲端資料庫」為例〉（2012 年第二屆大華技職語文創意教學研討會）等。

提　要

　　本論文以清代來華之新教傳教士馬禮遜、米憐所編纂的《察世俗每月統記傳》；麥都思所編纂的《特選撮要每月紀傳》和郭實獵編纂的《東西洋考每月統記傳》三份漢文報刊爲主要研究對象。《察世俗每月統記傳》爲近現代第一份漢文報刊，《特選撮要每月紀傳》爲其續刊，而《東西洋考每月統記傳》則是第一份在中國境內發行之漢文報刊，此三份報刊長久以來，在新聞報刊史或中西文化交流上具舉足輕重地位。

　　本篇論文旨在透過對報刊之內容分析，探究與中國文學之關連、中西文化間互涉以及對近代中國之影響。共分七章：

　　第一章爲緒論，說明研究動機、研究對象與範圍等。第二章就傳教士早期漢文報刊創刊背景做一梳理介紹。第三章分別就三份報刊之版式與內容進行析述。第四章討論到報刊之書寫範式，多套用中國文學之形式框架。第五章則論述傳教士面對中西文化歧異時，根據中國文學與文化之內涵意蘊，加以轉化、鎔鑄，塑造一套以基督教爲新文化秩序標準的文化系統，試圖改變中國讀者觀點與思維。第六章進一步說明，傳教士報刊對中國近代天文史地觀、新聞報業和文學之影響。最後一章爲結論，說明本文研究結果、研究侷限以及未來展望，希冀提供相關研究之參考。

目　次

魏晉南北朝對《楚辭》的接受與轉化（上）

林雅琪　著

作者簡介

　　林雅琪，台灣臺南人，國立成功大學中文系學士、國立成功大學中文所碩士、國立高雄師範大學國文系博士。曾任高雄鳳新高中教師、高雄師範大學國文系講師，現任臺南女子高級中學教師。

　　喜愛各類文學，平日則致力於教學活動。期待文學的存在能自然地融入生活，成爲日常可親之存在。專長爲先秦與魏晉南北朝文學，《楚辭》爲主要研究範疇，著有碩士論文「《楚辭》與音樂之研究」、博論「魏晉南北朝對《楚辭》的接受」，及學術論文等數篇。

提　　要

　　魏晉南北朝《楚辭》學發展，與當代政治、社會環境，及士人的精神風貌、審美趨向息息相關。如文學意識的高揚，使得騷、賦分立，確立了《楚辭》獨立的文學地位。而傳播過程中，士人立基於兩漢《楚辭》學的基礎，展開對《楚辭》注釋、音韻、目錄等多方面的深入研究，充實了兩漢《楚辭》學研究範疇的空白。

　　此外，魏晉南北朝在屈原形象的品評上，認可屈原人格精神的高潔，並傾向將屈原品格與文學成就分開評論，批評態度也由直接轉向委婉質疑，並嘗試以「才」、「情」二端，重新創建具時代特色的屈原。

　　評論與擬作上，辭賦、駢文、詩文、志怪小說，不但對《楚辭》的文藝精神多所借鑑，在擬作上也展現突圍的企圖。結構創新、意象擴大，重視「情」、「辭」等特色，都是對傳統《楚辭》學內容的拓展。

　　新文藝審美觀的興起，使得《楚辭》擬作重視生活經驗的反應，走向世俗化、生活化；情感的內斂與深重，則催生了哀婉淒切、華美艷麗的文學擬作。

　　《楚辭》的文藝精神，可說對當代悲美學的成立有推動之功。

　　綜論之，魏晉南北朝《楚辭》研究，雖然因時局動亂，造成資料的散佚，導致研究困難。但在《楚辭》學發展史上，時代特色極爲強烈，承上啓下，具有獨特的價值與意義，不但不容忽視，更成爲唐、宋《楚辭》學最堅實的基礎。

目

次

第一章 緒 論

第一節 研究動機與範疇

　　戰國時期，社會歷經重大變革，諸子百家興起、散文隨之勃興發展，文化呈現燦爛繁榮的景象。詩歌領域中，出現了一個豔麗奪目的奇葩，那是以屈原爲代表作家的《楚辭》，而魯迅所稱《楚辭》「其言甚長，其思甚幻，其文甚麗，其旨甚明」、「其影響於後來之文章，乃甚或在三百篇以上。」〔註1〕則恰能說明《楚辭》成爲中國文學史中重要的文學典範，而且對其後的文學產生廣泛且深刻的影響。

　　首先是漢，以屈原作品爲多數的《楚辭》，隨著數量頗爲可觀的擬騷之作，及《楚辭》一書的編纂與注釋等研究專著的出現，奠定了廣泛的影響力與文學地位。王逸《楚辭章句・離騷經後序》云：

> 屈原之詞，誠博遠矣。自終沒以來，名儒博達之士著造詞賦，莫不
> 擬則其儀表，祖式其模範，取其要妙，竊其華藻，所謂金相玉質，
> 百世無匹，名垂罔極，永不刊滅者矣。〔註2〕

王逸用「博遠」、「金相玉質」、「百世無匹」稱讚屈原，並陳述了當時《楚辭》

〔註 1〕 魯迅認爲「在韻言則有屈原起於楚，被讒放逐，乃作〈離騷〉。逸響偉辭，卓絕一世。後人驚其文采，相率仿效，以原楚產，故稱「楚辭」。較之於《詩》，則其言甚長，其思甚幻，其文甚麗，其旨甚明，憑心而言，不遵矩度。故後儒之服膺詩教者，或訾而絀之，然其影響於後來之文章，乃甚或在三百篇以上」。魯迅：《漢文學史綱》，臺北：風雲出版社，1990 年 11 月，頁 93。
〔註 2〕 洪興祖：《楚辭補注》，臺北：天工書局，1994 年 9 月，頁 49。

成為漢代士人競相祖述及模仿的典範，而由「名儒博達之士著造詞賦」的文字敘述中，也清楚可見《楚辭》於文體的定位上還存有騷、賦不分的現象，對《楚辭》作為一種文體的獨立地位也缺乏認識。而《楚辭》在文體上的明確意圍及單獨成類，則殆至魏晉南北朝時方得以確立，這與魏晉南北朝文人在文學上的自覺意識，其實有極大的關聯。

魏晉南北朝時期，雖是儒學衰微、政治鬥爭十分迅烈的時代，但文學卻能藉此擺脫經學的桎梏，自由蓬勃的發展，因此反而發展出不同傳統的繁榮景象。他們重視文學本身的價值，及審美主體心靈的表現；在建立文學理論及開展文學批評上，有相當重要的成就與獨特之審美觀照。因而，不同於被漢代學者評價為「露才揚己，忿懟沈江」（班固〈離騷贊序〉），《楚辭》在魏晉南北朝一躍成為可以「衣披詞人，非一代也」（《文心雕龍·辨騷》）〔註3〕、「氣往轢古，辭來切今，驚采絕艷」（《文心雕龍·辨騷》）的文學鉅作，更成為孕育魏晉南北朝文學內容、意象、藝術手法……等各方面的一項基因，並或多或少浸潤及影響了眾多的魏晉南北朝文學體類，如詩歌、辭賦、志怪小說……等，而各類文體對《楚辭》的借鑑與學習，不但催生了當代的新悲美學，更使其在繼承、回歸《楚辭》精神的基礎上，讓文學展現更豐富多樣的氛圍與情調。

而在當代特殊的政治、社會與文學環境中，士人所處的困境與感受，及他們選擇的生活方式，塑造出特殊的精神風貌與審美趨向。那麼這些對當代文學有何影響？以上，都影響到他們對《楚辭》的接受及評論。而魏晉南北朝士人在受到《楚辭》各方面的影響後，到底為魏晉南北朝文學開展了那些嶄新的風貌？魏晉南北朝文學諸多文類中，對《楚辭》形式的仿製、語言意象的使用，及藝術手法的借鑑為何？魏晉南北朝文人在其特殊的自覺意識、哲理思考，及當代學術環境中，又如何開創《楚辭》學接受、研究及評論上的新領域？以上都是相當值得討論的專題。

此外，在魏晉南北朝眾多文學及評論中，對兩漢或兩漢以前屈原形象的解讀、評論與塑造，都由強調政治功利的方向，轉向了著重理解屈原作為個體的心靈感受與情感抒發，並展開了將人品與文學分開評論的嘗試。兩漢對屈原的直截批評到了魏晉南北朝也顯得較為委婉，士人甚至提出對屈原生命抉擇路徑的質疑。這些變化都與當代的思想觀念有著極深的關聯，更展現了與漢代極大差異的論述。

〔註3〕同注2，頁51～53。

　　以上，可見《楚辭》在魏晉南北朝文學各方面的影響力，的確不容小覷。
而且魏晉南北朝文學在借鑑《楚辭》上，有些時期傾向對《楚辭》的復歸，
有些時期則重在新創與開展，有些時期則是對內容、題材加以開拓與深化。
而有些時期因為創作主張及想法的不同，一方面學習《楚辭》，一方面也對《楚
辭》產生背離。在時代的精神與文學新觀念的發展相互配合下，才形成了今
日所能見到的魏晉南北朝文學風貌。因此對於《楚辭》在魏晉南北朝時代的
文學影響與地位為何？的確是相當值得深入探究與討論、正視的論題。

　　若以接受美學的觀點來說，典籍經過讀者的閱讀，及對其再理解、闡釋
的過程，便能逐漸壯大並豐富典籍的內涵，並使典籍更有機會廣泛的流傳。
魏晉南北朝時的《楚辭》學亦然，以讀者的接受反應來探討當代在《楚辭》
學史中所存有的地位、價值，並以此一窺魏晉南北朝《楚辭》學的發展概況
及定位為何？尤其，魏晉南北朝有一批愛好文學的文學理論批評者。那麼在
文學批評家眼光的注視下，對於《楚辭》文藝特質與文學內涵的挖掘，是否
有所助益？這些問題，若能對其作全面性及系統性的搜羅與梳理，才能更進
一步深入了解《楚辭》與魏晉南北朝文學的關係及內涵。

　　綜觀今日文壇上對《楚辭》學的研究與論述，不論是針對《楚辭》文本或
《楚辭》與各朝代文學、作家相關研究，在臺灣與大陸地區皆蓬勃多元且蔚為
大觀，成果極其豐碩且不容小覷。以縱向研究的範疇來看，眾多研究中，臺灣
關於《楚辭》學的研究專著有：黃志高《六十年來之楚辭學》〔註4〕、廖棟樑
《倫理・歷史・藝術：古代楚辭學的建構》〔註5〕，其就倫理、歷史與藝術三
個面向，探討屈原形象及《楚辭》的經典地位；又有陳煒舜《明代前期楚辭學
史論》〔註6〕就明代前期臺閣文風、吳中文化與楚辭學之間的影響作整體觀照
後，重現明代前期楚辭學史的內涵，及考察當時楚辭研究與文壇風氣之關係。

　　以橫向研究的範疇來看，也有相當多的博碩士論文，探討研究各朝代楚
辭學的發展，如臺灣有：吳旻旻《漢代楚辭學研究——知識主體的心靈鏡像》
〔註7〕、廖棟樑《古代楚辭學史論》〔註8〕、楊美娟《元代楚辭學》〔註9〕……

〔註4〕黃志高：《六十年來之楚辭學》，國立臺灣師範大學碩士論文，1975年。
〔註5〕廖棟樑：《倫理・歷史・藝術：古代楚辭學的建構》，臺北：里仁書局，2009
　　　年7月。
〔註6〕陳煒舜：《明代前期楚辭學史論》，臺北：臺灣學生書局，2011年3月。
〔註7〕吳旻旻：《漢代楚辭學研究——知識主體的心靈鏡像》，國立中正大學碩士論
　　　文，1996年。

等。大陸地區則有：趙乖勛《宋代楚辭學》〔註10〕、馬婷婷《兩宋之際的楚辭研究》〔註11〕、謝小英《魏晉南北朝時期的楚辭研究》〔註12〕、種光華《魏晉文學楚辭接受研究》〔註13〕、賈吉林《楚辭在西漢的傳播與接受》〔註14〕、趙明玉《宋清楚辭學的連續與轉型》〔註15〕……等。

　　相較於漢、宋的楚辭學研究，得到學者們極大的關注，研究魏晉南北朝《楚辭》的論文與專著，則侷限於資料蒐集的困難，大多只能針對部分論題加以討論。而臺灣研究專著及論文的數量，若與大陸地區相比，數量更是稀少。諸書大多是將魏晉南北朝與《楚辭》的相關研究，列附於書中的某一章節，或是只以較少篇幅簡單論述，其中雖不缺鞭辟入裡的論點，可惜的是無法顯示其較為全面且細微的觀照。而大陸雖然有不少學者，對魏晉南北朝與《楚辭》有所研究，但多圍於某部分士人，雖能讓我們窺見魏晉南北朝《楚辭》學對士人及其作品的影響，然而對於觀照大時代擬作所展現的方向與風貌，仍嫌不夠完整與全面。

　　這種結果的產生，一方面自然是因為魏晉南北朝共歷時近四百年〔註16〕，跨越諸多朝代，政治輪替極為頻繁，又基於眾多戰亂及天災人禍的發生，許多研究專著已殘缺或完全佚失，部份只留下書籍的書目名稱或殘文，現今讀者已無從親自檢視和深入研究。如晉・郭璞的《楚辭註》三卷已亡佚，只能由他的其他研究著作，如《山海經註》、《方言註》、《穆天子註》中，擷取與《楚辭》內容相關的注文，才能見到些許《楚辭註》的殘文。

　　又有南朝・劉宋何偃《楚辭刪王逸注》，隋時已亡，佚說不考。更有部份摹擬《楚辭》的擬騷詩文，只存有殘文。這些都可見魏晉南北朝《楚辭》學研究所面臨的困境，或在於資料過於龐大駁雜，或是殘存佚失的情形，的確使得研究魏晉南北朝《楚辭》學極具難度與挑戰。

〔註 8〕 廖棟樑：《古代楚辭學史論》，輔仁大學博士論文，1997 年。
〔註 9〕 楊美娟：《元代楚辭學》，臺北市立師範學院碩士論文，2000 年。
〔註 10〕 趙乖勛：《宋代楚辭學》，四川師範大學博士論文，2011 年。
〔註 11〕 馬婷婷：《兩宋之際的楚辭研究》，西北師範大學碩士論文，2010 年。
〔註 12〕 謝小英：《魏晉南北朝時期的楚辭研究》，西北師範大學碩士論文，2010 年。
〔註 13〕 種光華：《魏晉文學楚辭接受研究》，河北大學碩士論文，2010 年。
〔註 14〕 賈吉林：《楚辭在西漢的傳播與接受》，廣西師範大學碩士論文，2010 年。
〔註 15〕 趙明玉：《宋清楚辭學的連續與轉型》，南昌大學碩士論文，2008 年。
〔註 16〕 計自魏文帝開國（西元前 202 年）至陳後主覆亡（西元前 589 年），凡 369 年。
　　　　張仁青：《魏晉南北朝文學思想史》，臺北：文史哲出版社，1978 年，頁 4。

　　筆者自攻讀研究所碩士期間，便相當喜愛魏晉南北朝文學，也常沉醉於《楚辭》華美富麗的文學世界中，雖嫌學力不足，卻想嘗試魏晉南北朝與《楚辭》的研究。雖一度想改換博士論文題目寫作，卻割捨不下對其喜愛之心。因此希望能傾注一己全力，以前人在魏晉南北朝中《楚辭》學研究的精微論述爲基礎，多方審視魏晉南北朝特有的時代精神與審美觀照，並援引魏晉南北朝各類文體作品作爲例證資料，期望能勾勒出魏晉南北朝《楚辭》學的概況，並希冀能藉此更眞確的理解魏晉南北朝《楚辭》學，在《楚辭》學史中的地位與價值，更期待能爲楚辭學史中關於魏晉南北朝的研究，盡一己心力，以裨補闕漏。

　　因此，本論文研究範疇，選擇以魏晉南北朝的時空背景作爲切入點，由魏晉的政治與社會環境、士風、文學思潮深入解析，把握《楚辭》學在魏晉南北朝的時空環境中，受到哪些時代觀念的影響，並論及《楚辭》於魏晉南北朝的傳播與接受。間接探討在《楚辭》的浸潤下，魏晉南北朝士人與歷史對話後，經過省思與沉澱，對當代《楚辭》學的迴響與開創。

　　實則魏晉南北朝從東漢建安時期算起，至隋朝統一爲止，大約歷時四百年。而因政權的變遷遞嬗，各時期文人所面臨的生命困境或文學風格、創作傾向也都不同，因此我們必須先透析魏晉南北朝各期文風展現的方向與特色，才能進一步理解他們對《楚辭》的解讀論點與模擬創作的背景。藉此再從中分析，士人們如何在對《楚辭》的借鑑與學習中，融入自我對當代整體社會環境的哲理思考，並進一步深入轉化自我心靈，而後外顯爲魏晉南北朝《楚辭》學的豐富面貌。

　　此外，進一步深入探討魏晉南北朝前，及魏晉南北朝當代屈原形象的應用與批評，比較出屈原形象在兩漢與魏晉南北朝之差異？及在魏晉南北朝中，屈原在魏晉風度與特殊審美觀照下，其作爲一種模範在當代中被標舉的意義爲何？並一併討論，當朝士人在文學理論與文學批評中，對屈原形象的批評、質疑或讚譽的討論過程中，是否能盡顯魏晉南北朝士人的心理或生命省思？

　　接著解析《楚辭》對魏晉南北朝辭賦、駢文、詩歌、小說……等文類的影響，並嘗試透過魏晉南北朝《楚辭》學相關作品或騷體、擬作等作品，用全面觀照的方式來評估《楚辭》對當代的影響力，及作品中對《楚辭》的繼承與衍變？以求精確掌握其書寫特色及美學意涵。以上，由各個面向來理解

魏晉南北朝文學與《楚辭》的關聯性，期望能夠完整且正確的勾勒出《楚辭》在魏晉南北朝的文學地位及價值。

悠悠時空中，魏晉南北朝作家在充滿戰亂的社會裡，從沒有放棄尋找生命的存在意義；在追尋人生的答案時，當面對那些前朝所流傳關於屈原與《楚辭》的歷史記憶，他們或在立身處世中，或在心靈底層裡，與之產生了共鳴和回響，經由生命及思考的沉澱與再創，也面對了與傳統美學典範跟從或悖離的抉擇。但不論走上哪一條途徑，這些作品都展現了精采的文學思維，形成了魏晉南北朝時代特殊且屬於自己的《楚辭》學。魏晉南北朝《楚辭》學或許龐大駁雜、或許摻雜了很多不同的思想，成就或者比不上兩漢大一統王朝來得富盛。但我們相信特殊時代氛圍，必定會爲《楚辭》學的發展，增添更具特色的內涵與意義。對於《楚辭》作爲中國文學與美學的典範之作，筆者也相信其本身豐富的內涵，也必定能與魏晉南北朝文學在相互撞擊中，產生更加壯麗絢爛的火花。

因此本論文主題研究，設定在涵括魏晉南北朝的四百年期間，範圍是關於屈原人格形象的討論，及其地位高低的升降問題；又在魏晉南北朝各類文體中與騷體文學的關係（包含文學及文體各方面的建構、定型與深化）。研究順序爲先總述當代文學的發展與時代風潮，接續討論屈原和《楚辭》對當代文人思考及文學創作的影響力，再採取適合的觀點，切入討論當代《楚辭》傳播的背景及各相關論題。並歸納出魏晉南北朝《楚辭》學的特色，與其代表的歷史價值與美學特色。

第二節　文獻探討

郭建勛在〈兩千年楚辭學史發展歷程研究〉中云：

> 兩千多年來，《楚辭》對我國文學乃至漢民族的精神風貌發生了持續不斷的、巨大的影響，引起人們極大的關注。從西漢到當今，歷代學者對《楚辭》不懈地進行整理和研究，取得了大量的創造性成果，逐漸形成了《楚辭》學，並使之體系日趨完備，內容日趨豐富。

〔註17〕

〔註17〕收錄於戴錫琦、鍾興永主編：《屈原學集成》，北京：中央編譯出版社，2007年 6 月 1 版 1 刷，頁 107。

他揭示了《楚辭》受到歷代學者關注的原因在於，《楚辭》對中國的文學或士人精神風貌產生了具大的影響。而由於每個朝代不同的社會環境與文學創作背景，反應在文學上自然也產生了不同情調的文學。而這些文學持續的、不斷的，逐漸豐碩了《楚辭》學的系統、體系。這也使得今日《楚辭》學史，成為了《楚辭》研究中相當重要的論題。

在〈兩千年楚辭學史發展歷程研究〉中，郭建勛將《楚辭》學史總分為五個時期：（一）兩漢：《楚辭》學的建立與興盛（二）魏晉南北朝隋唐五代的《楚辭》學（三）兩宋：《楚辭》學的復興（四）金元明的《楚辭》學（五）清代：古代《楚辭》學的高峰。相較於第一、三、四、五期的《楚辭》學具有明顯的特色（如建立與興盛……等），魏晉南北朝隋唐五代的《楚辭》就發展而言，顯然比不上其他時代，它不但沒有獨立為一時期的代表，甚至連特色都不甚明確。

另外，關於魏晉南北朝的《楚辭》學，郭建勛提及的兩點則頗值得深究：一是他認為音韻發展，是魏晉南北朝的《楚辭》學的重要內容。二對屈原或宋玉評論的肯定與否定，是尚文與尚質觀念的衝突。可惜的是魏晉南北朝的《楚辭》音韻著作，都已經散佚，無法窺其全貌。然而，音韻著作的書目記錄仍留存了下來，作為存在性的事實，又顯見時代特色，自然也是魏晉南北朝《楚辭》學研討的重要主軸。另外，尚文與尚質觀念的衝突，其實自漢以來便有所爭論，因此若能由兩漢開始，接續討論到魏晉南北朝更可看出差異與變化，研究成果相信也能更加完整。

雖然在這篇文章中，郭建勛認為魏晉南北朝的《楚辭》學重點在劉勰〈辨騷〉，但他後來的〈北朝騷體文學概述〉〔註18〕及〈論南朝騷體文學藝術上的新變〉〔註19〕，都顯示了學者對魏晉南北朝《楚辭》學的重視。

易重廉在其〈兩千年楚辭學史研究之研究〉〔註20〕中，認為第一個注意中國《楚辭》學史情況的是王逸，第二個便是六朝齊梁・劉勰的《文心雕龍・辨騷》。可見《楚辭》學的發展不止是在魏晉，南北朝也是《楚辭》學一個重要的發展時代。他也在所著的《中國楚辭學史》中說：

〔註18〕郭建勛、榮丹：〈北朝騷體文學概述〉，中國文學研究，2006 年第 1 期，頁 32～36。

〔註19〕郭建勛：〈論南朝騷體文學藝術上的新變〉，《湖南師範大學社會科學學報》第 26 卷，1996 年 12 月，頁 81～86。

〔註20〕同註 17，頁 120。

> 魏晉以來，文學思想朝著文學意識覺醒，爭取文學的獨立的方向前
> 進，這樣一來，《楚辭》研究開始成爲一種文學的研究。〔註21〕

這番話對於魏晉南北朝《楚辭》學的意涵，算是有相當深入的認識，因爲魏晉南北朝《楚辭》學的走向，的確是偏向文學的擬作及文學理論的討論。

　　雖然魏晉南北朝的《楚辭》學開始被學者重視，但限於時代的跨時長遠及資料的龐大駁雜，對於魏晉南北朝的《楚辭》研究還是有篇幅不長的情形，徐志嘯也承認這種困境，他在〈魏晉迄隋唐屈原學研究縱覽〉提到：

> 魏晉南北朝沒有像王逸《楚辭章句》一樣的完整注本；除了六朝梁·
> 劉勰的《文心雕龍·辨騷》外沒有其他專論；及可供研究的文字散
> 見於文章或詩歌中，正是魏晉到隋唐七百多年間屈原《楚辭》研究
> 和其他時代不同的地方。〔註22〕

可見散見的資料，大抵是魏晉南北朝《楚辭》學研究最大的困境。徐志嘯後來還寫作〈劉勰屈原學研究〉〔註23〕一篇，專門討論劉勰的《楚辭》觀。又有《楚辭綜論》〔註24〕一書，提出劉勰《楚辭》觀的六個特色爲：充分肯定《楚辭》的地位與價值；高度評價其藝術特色與成就；總結漢代《楚辭》研究的成就與不足；指出《楚辭》文學史上的重大影響；總結文學創作的重要經驗；高度讚揚屈原人品。而偏頗處則是：不能擺脫漢儒的「依經立論」；對浪漫風格的片面認識；對楚艷的偏頗；部份文體形式編排的錯誤。

　　其它，還有湯漳平、陸永品的〈兩千年屈原學研究歷史回眸〉（一）、（二）〔註25〕，其中將《楚辭》屈騷研究分爲三個時期，可惜並沒有將魏晉南北朝列入任何一期的討論。然而在提及擬騷體文學創作時，將部份魏晉南北朝作品的淵源拈出，如有了〈離騷〉，才有摯虞的〈愍騷〉；有了〈九章〉，才有陸雲的〈九愍〉；有了〈招魂〉，才有傅玄的〈擬招魂〉，這些都顯示出魏晉南北朝文學與《楚辭》的緊密關係。

　　以上，都是從《楚辭》學發展的歷程來加以論述的部份。而關於魏晉南北朝《楚辭》學的傳播與接受方面，則都由作家與《楚辭》的關係來作論述。

〔註21〕易重廉：《中國楚辭學史》，長沙：湖南出版社，1991年初版。

〔註22〕同注17，頁313。

〔註23〕同注17，頁314。

〔註24〕徐志嘯：《楚辭綜論》，臺北：東大圖書股份公司，1994年6月初版，頁276～288。

〔註25〕同注17，頁326。

如易重廉有〈屈原與曹丕〉；李中華〈屈原與阮籍〉、〈屈原與江淹〉；毛慶〈屈原與左思〉、〈屈原與鮑照〉及楊理勝〈屈原與庾信〉〔註 26〕。

　　而對魏晉南北朝《楚辭》學的影響史，作多面向研究的有黃震雲的期刊論文〈楚辭與魏晉文學〉〔註 27〕。文中，他由建安風骨、魏晉文學哲理、文學自我意識、魏晉賦、魏晉小說等方面，較細膩的討論了《楚辭》與魏晉文學的關係，可惜尚未對南北朝的《楚辭》學加以討論。

　　李中華對魏晉南北朝《楚辭》學影響史部份，也有諸多相關論文，如：〈屈騷與後世騷體文學〉、〈屈騷與後世賦體文學〉、〈屈騷與後世古代詩歌〉、〈屈騷與後世古代戲劇〉、〈屈騷與後世古代小說〉〔註 28〕，部份也有對魏晉南北朝《楚辭》的陳述。

　　以上可知，雖然相當多學者已注意到魏晉南北朝《楚辭》學研究的重要性，但多僅限於單篇論文，學術界仍缺乏較全面性的探討專著。

　　近年來，關於魏晉南北朝《楚辭》學的研究，大陸有幾本碩士論文的著作問世，如：田亮《論《楚辭》對陶淵明創作的影響》〔註 29〕，探究《楚辭》對陶詩、陶賦的影響，就《楚辭》與陶淵明創作關係作梳理。又有楊力葉《魏晉六朝文人對《楚辭》的接受與創新》〔註 30〕，從表現手法與創作題材兩方面，對曹植、阮籍、陶淵明、庾信等四人作品進行分析，探討其對《楚辭》的接受與創新。梁艷《魏晉南北朝時期《楚辭》的接受》〔註 31〕則以接受美學角度，探討魏晉南北朝讀者、文體、辭賦、駢文對《楚辭》的接受。種光華《魏晉文學《楚辭》接受研究》〔註 32〕也是結合西方的接受美學理論，從思想內容和藝術形式兩方面，論證魏晉文學對《楚辭》的接受。張圓《漢魏晉文人擬作與文學自覺》〔註 33〕則將漢與魏晉擬作，置於歷史視野中進行研究，討論其於文學史上的價值及意義。謝小英《魏晉南北朝時期的《楚辭》

〔註 26〕 以上多篇論文，皆收錄於戴錫琦、鍾興永主編：《屈原學集成》，頁 953～969。
〔註 27〕 黃震雲：〈楚辭與魏晉文學〉，貴州社會科學學報，1996 年第 5 期，頁 62～70。
〔註 28〕 以上多篇論文，皆收錄於戴錫琦、鍾興永主編：《屈原學集成》，頁 1064～1076。
〔註 29〕 田亮：《論《楚辭》對陶淵明創作的影響》，陝西師範大學碩士論文，2003 年 07 月。
〔註 30〕 楊力葉：《魏晉六朝文人對楚辭的接受與創新》，廣西大學碩士論文，2007 年 09 月。
〔註 31〕 梁艷：《魏晉南北朝時期楚辭的接受》，東北師範大學碩士論文，2007 年 10 月。
〔註 32〕 種光華：《魏晉文學楚辭接受研究》，河北大學碩士論文，2010 年 8 月。
〔註 33〕 張圓：《漢魏晉文人擬作與文學自覺》，湖南大學碩士論文，2010 年 11 月。

研究》〔註 34〕探討了魏晉南北朝時期對屈原人格行爲的評價，及對《楚辭》研究、評論的概況，並論及《楚辭》文體、注釋相關問題。毛佳《南朝與北朝騷體文學比較研究》〔註 35〕對南北朝時期騷體文學的題材內容、藝術風格進行比較研究，以探討騷體文學之發展流變。

　　以上，藉由討論魏晉南北朝《楚辭》相關主題的碩士論文出現，顯見學界對魏晉南北朝《楚辭》學的重視。可惜的是，上述論文限於篇幅，多爲針對魏晉南北朝某些時代、作者、文體的論述，缺乏較全面性、統整性的討論。

　　臺灣部份，除了張忠智《曹植詩歌與楚辭關係之研究》〔註 36〕外，迄今仍沒有關於魏晉南北朝《楚辭》學的碩士論文、博士論文或專著，在此段《楚辭》學時期的研究上仍相當缺乏，殊爲可惜。

　　相關研究專著部份，以《楚辭》學史角度出發者有：

　　易重廉《中國楚辭學史》〔註 37〕中「魏晉南北朝——楚辭學的發展期」一章，簡述魏晉南北朝《楚辭》的發展；李中華、朱炳祥《楚辭學史》〔註 38〕「第三章 魏晉南北朝的楚辭研究」一章，概述魏晉南北朝的《楚辭》研究，及探討郭璞對《楚辭》學的貢獻，與劉勰的《文心雕龍・辨騷》一篇；李大明《漢楚辭學史》〔註 39〕第六章第三節「建安文人與楚辭」，討論《楚辭》對建安文人擬騷詩賦的沾溉與影響，並以爲曹植乃建安文學中的傑出代表，末由詩文中拈出當代對屈原之評論；廖棟樑《靈均餘影：古代楚辭學論集》〔註 40〕中〈痛飲酒，熟讀離騷：略論六朝士人對屈原的讀解〉一篇，論述六朝文士對屈原的解讀；殷光熹《楚辭論叢》〔註 41〕中〈楚辭傳承影響研究〉——〈魏晉南北朝時期的楚辭評論〉，論及摯虞、劉勰、鍾嶸與顏之推對屈原的批評。

　　以文人或文體對《楚辭》的接受爲主軸討論者，有：

〔註 34〕謝小英：《魏晉南北朝時期的楚辭研究》，西北師範大學碩士論文，2011 年 02 月。

〔註 35〕毛佳：《南朝與北朝騷體文學比較研究》，遼寧大學碩士論文，2011 年 11 月。

〔註 36〕張忠智：《曹植詩歌與楚辭關係之研究》，國立成功大學年碩士論文，1997 年 6 月。

〔註 37〕易重廉：《中國楚辭學史》，長沙：湖南出版社，1991 年初版。

〔註 38〕李中華、朱炳祥：《楚辭學史》，武漢：武漢出版社，1996 年初版。

〔註 39〕李大明：《漢楚辭學史》，北京：中國社會科學出版社，2004 年初版。

〔註 40〕廖棟樑：《靈均餘影：古代楚辭學論集》，臺北：里仁書局，2010 年 4 月。

〔註 41〕殷光熹：《楚辭論叢》，成都：巴蜀書社，2008 年初版。

中國屈原學會《中國楚辭學》〔註 42〕第三輯，其中有林家驪〈江淹與楚辭〉、蔣方〈試論楚辭文體在魏晉六朝的傳播與接受〉；中國屈原學會《中國楚辭學》第十七輯：于浴賢〈論曹植對屈騷的接受傳播〉〔註 43〕；周建忠《楚辭論稿》〔註 44〕中〈曹植對屈賦繼承與創新的楚辭學意義〉；陳師怡良《陶淵明探新》〔註 45〕，有〈陶淵明詩賦的楚辭淵源研究〉；潘嘯龍《詩騷與漢魏文學研究》〔註 46〕有〈論曹植後期的詩文創作〉一文；何新文《中國賦論史》〔註 47〕第二章「魏晉南北朝賦論的拓展」；王德華《唐前辭賦類型化特徵與辭賦分體研究》〔註 48〕，提及屈騷對魏晉南北朝小賦大賦、對問、七體、連珠等體類之影響；中國屈原學會《中國楚辭學》〔註 49〕第十五輯，其中有「屈原與魏晉六朝文化研究」專章，書中收錄有趙建輝〈兩晉文人騷體賦創作〉、王德華〈騷體「兮」字表徵作用及其限度〉、張立平〈江淹與屈原及楚辭〉；郭建勛《漢魏六朝騷體文學研究》〔註 50〕；中國屈原學會《中國楚辭學》〔註 51〕第十八輯，有黃靈庚〈劉勰〈辨騷〉評議〉；中國屈原學會《中國楚辭學》〔註 52〕第十二輯，其中有〈鮑照與楚辭〉；郭建勛《先唐辭賦研究》〔註 53〕中第二編、第三編、第四編均提及有關楚騷與騷體賦、哀弔類韻文、與駢文、騷體文學、晉代騷體文學的關係。

其它，為專題或收集資料可供利用的專著，有：

蔡守湘主編《歷代詩話論詩經楚辭》〔註 54〕收錄與《楚辭》相關的詩話、

〔註 42〕中國屈原學會：《中國楚辭學》第三輯，北京：學苑出版社，2007 年 5 月初版。
〔註 43〕于浴賢：〈論曹植對屈騷的接受傳播〉，收錄於中國屈原學會：《中國楚辭學》第十七輯，北京：學苑出版社，2007 年 5 月初版。
〔註 44〕周建忠：《楚辭論稿》，鄭州：中州古籍出版社，1994 初版。
〔註 45〕陳師怡良：《田園詩派宗師：陶淵明探新》，臺北：里仁書局，2006 年初版。
〔註 46〕潘嘯龍：《詩騷與漢魏文學研究》，安徽：人民出版社，2008 年 1 月。
〔註 47〕何新文：《中國賦論史》，北京：人民出版社，2012 年初版。
〔註 48〕王德華：《唐前辭賦類型化特徵與辭賦分體研究》，杭州：浙江大學出版社，2011 年一版。
〔註 49〕中國屈原學會：《中國楚辭學》第十五輯，北京：學苑出版社，2007 年 5 月初版。
〔註 50〕郭建勛：《漢魏六朝騷體文學研究》，湖南：湖南教育出版社，1997 年初版。
〔註 51〕中國屈原學會：《中國楚辭學》第十八輯，北京：學苑出版社，2007 年 5 月初版。
〔註 52〕中國屈原學會：《中國楚辭學》第十二輯，北京：學苑出版社，2007 年 5 月初版。
〔註 53〕郭建勛：《先唐辭賦研究》，人民出版社，2004 年初版。
〔註 54〕蔡守湘、江夙主編：《歷代詩話論詩經楚辭》，武漢：武漢出版社，1991 年初版。

詩評；郭建勛《楚辭與中國古代韻文》〔註55〕論述《楚辭》對中國各類文章體裁的影響；孟修祥《楚辭影響史論》〔註56〕，論述《楚辭》對漢代、宋代文學的影響；司馬遷等所著《歷代楚辭評論選》〔註57〕，收錄歷代以來與《楚辭》相關的文章資料或評論。

　　雖然以上專著，並非整本專門論述魏晉南北朝《楚辭》學，但由其中部份篇章，仍可提供有價值的參酌觀點。可見，魏晉南北朝《楚辭》學的專題研究，有的確存有研究的價值。本論文擬以前人研究之成果爲立基點，進行關於魏晉南北朝《楚辭》學專題的研究，期望能更全面、完整的討論與研究，並盡一己之力令論文臻至完善。

第三節　研究方法

　　所謂「工欲善其事，必先利其器」，因本專題研究，著重於魏晉南北朝中《楚辭》學之發展，故選擇數個研究方法，以期能深入並明確把握各章主題討論，並期望這些切入角度，對本論文的研究與討論有所幫助。

一、創作心理學

　　魏晉時局紛亂，士人際遇屢遭政治牽動，士人們在不同的壓力與考量下，作出不同的人生選擇，這些矛盾、遲疑、甚至反抗的心情，都反映在他們的文學作品中。尤其魏晉南北朝獨特的時代背景，正值文學自覺的萌芽發展階段，這些力量不斷衝擊著文學的思潮，激盪著士人們的身心觀及審美感受，並形成特殊的思想與時代氛圍。這種以哲學思辨、自我覺醒及審美體驗作爲基礎，所追求且發展的文學特色，被統稱爲「魏晉風度」〔註58〕。然而，基於對魏晉風度內涵的接受程度與行爲實踐有所差異，作家展現在作品上的風貌亦各有不同，當然對於《楚辭》的理解與評價，較之前朝，也有不同的看

〔註55〕郭建勛：《楚辭與中國古代韻文》，湖南師範大學出版社，2001年初版。

〔註56〕孟修祥：《楚辭影響史論》，武漢：湖北人民出版社，2003年第一版。

〔註57〕司馬遷等：《歷代楚辭評論選》，臺北：長安出版社，1988年9月初版。

〔註58〕在《魏晉風度及文章與藥及酒之關係》中，魯迅用「魏晉風度」一詞來概括漢末魏晉名士特殊的精神風貌和處世行爲，「魏晉風度」自此成爲中國文學史上的一個專有名詞。魯迅等著：《魏晉思想》（乙編三種），臺北：里仁書局，1995年8月初版，頁1～18。

法。在魏晉南北朝，對《楚辭》的擬作亦多有所見，這些不但是魏晉南北朝文人認同《楚辭》的表現，也顯見《楚辭》在魏晉南北朝的傳播極爲廣泛。

孟子云：「知人論世」，時代背景及文學創作心理確實對文學作品影響極鉅，因此若能採取創作心理角度切入，來探討魏晉南北朝文人作品中對《楚辭》的理解，並兼顧當代士人對屈原或《楚辭》文本的評價、想法，必能進一步了解把握魏晉南北朝時代《楚辭》學之發展脈絡。故本論文中部份論題的研究，將以創作心理學角度切入探討，以期能掌握當時代社會形勢及文學思潮，並佐以士人個人際遇輔助檢視，相信在探討魏晉南北朝《楚辭》學發展軌跡的歷程中，對當代作品的意境與思想方面，將有更深一層的體會。

二、修辭學

《楚辭》文辭麗雅，被稱爲「詞賦之宗」（班固〈離騷贊序〉）。王逸也以「名儒辭賦，莫不擬其儀表，所謂『金相玉質，百世無匹』者也。」（王逸〈離騷經後序〉）〔註59〕來說明後人對其華美文辭的喜愛。除了麗辭美文外，《楚辭》中託寓諷刺也極爲奇巧。王逸〈序〉云：「〈離騷〉之文，依《詩》取興，引類譬諭，故善鳥香草，以配忠貞；惡禽臭物，以比讒佞；靈脩美人，以譬於君；宓妃佚女，以譬賢臣；虬龍鸞鳳，以託君子；飄風雲霓，以爲小人。」〔註60〕都顯現了《楚辭》的修辭之美。摯虞〈文章流別論〉中曾說明賦的特色其一爲「假象盡辭，敷陳其志」〔註61〕，並強調假象不能過大，逸辭不能過壯、辨言不能過理、麗靡不能過美。此外，還稱讚屈原頗能遵循古詩之義，以此推論「逸辭不過壯」、「麗靡不過美」應該都是《楚辭》修辭學上的特色。因此一直以來《楚辭》的修辭之美，也是許多學者致力研究的主題。如陳師怡良便著有《屈騷審美與修辭》〔註62〕一書，詳細且專題性的介紹了《楚辭》中的各項修辭及其美學價值。

而魏晉南北朝，文學日益繁榮，尤其西晉末年開始，這時期的文學主要趨勢，一方面是語言技巧和聲律的進步，同時又是形式主義文學興起的時候〔註

〔註59〕 同注2，頁52。
〔註60〕 同注2，頁2。
〔註61〕 摯虞〈文章流別論〉。司馬遷等著：《楚辭評論資料選》，臺北：長安出版社，1988年9月，頁14。
〔註62〕 陳師怡良：《屈騷審美與修辭》，臺北：文津出版社，2008年10月，初版一刷。
〔註63〕 劉大杰：《中國文學發展史》，臺北：華正書局，1998年8月，頁290。

63），當時文人更已經觸及了所謂「無韻者筆，有韻者文」的「文筆之分」〔註64），更有以「天下向風，人自藻飾，雕蟲之藝，盛於時矣」（裴子野〈雕蟲論〉）來說明當代文學風尚及潮流。可見魏晉南北朝的文辭走向追求華艷美麗，而在文藝技巧上也愈趨成熟了，更甚者殆及南朝宮體詩的盛行，淫靡華艷更是不在話下。

以當時《楚辭》的廣泛傳播及影響力來看，魏晉南北朝文學不可能不受其影響。尤其當時正值文學覺醒，士風與文風極為特殊之時代。對於《楚辭》的比興譬喻、文句修辭、題材結構……等，魏晉南北朝士人多有模仿和擬作。如擬騷體詩文辭賦於文章或文末「亂辭」的使用，都得見《楚辭》影響的痕跡。而魏晉南北朝作家除了仿作外，也多在重製的過程中，展現突圍的企圖心，並以此寄託新的時代精神與作意。

因此，本論文擬以修辭學，作為檢視《楚辭》與魏晉南北朝文學家作品相關性的方法。由《楚辭》的文辭、語句作為範本，進一步對照、分析魏晉南北朝文人如何在作品中，對《楚辭》的象徵、雙關、借代、鑲嵌、錯綜等修辭作繼承與應用，又在應用中是否有其文學意涵與美學價值的拓展？

三、接受美學

「氣往鑠古，辭來切今，驚采絕艷，難與並能矣！」（《文心雕龍·辨騷》）〔註65）的《楚辭》，作為美文的典範，由美學角度來研究它或受它影響的文學，是相當適合的。如陳師怡良在其《屈騷審美與修辭》中提及李澤厚、劉剛紀所著《中國美學史》中主張中國古代美學由儒家美學、道家美學、楚騷美學、禪宗美學四大系統構成〔註66）。「楚騷美學」作為中國四大美學系統之一，顯見《楚辭》對中國美學的影響力是不容小覷的。因此陳師怡良也認為研究楚騷的形式美以及討論楚騷審美的價值，都是極具意義的。

魏晉南北朝本身就是一個講究「美」的時代，例如漢末以來的「人物品藻」之風，演變到魏晉已經拓大為藉由檢視人物的才能與形神，並以此評述人物是否能得「風流」之要的標準。其中，美姿儀一項也成為人物「風流」

〔註64〕 《文心雕龍·總術》篇云「今之常言，有文有筆。以為無韻者筆也，有韻者文也。」劉勰：《文心雕龍》，臺北：宏業書局，1975 年 2 月，頁 655。

〔註65〕 同注 64，頁 45。

〔註66〕 同注 62，頁 32、33。

的特色。如《世說新語・容止》載：「何平叔美姿儀，面至白。魏明帝疑其傅粉，正夏月，與熱湯餅。既噉，大汗出，以朱衣自拭，色轉皎然。」〔註67〕及《晉書》的〈衛玠本傳〉載：「玠字叔寶，年五歲，風神秀異。祖父瓘曰：『此兒有異於眾，顧吾年老，不見其成長耳！』總角乘羊車入市，見者皆以爲玉人，觀之者傾都。」〔註68〕以上兩則引文說明何晏、衛玠是當代容貌俊美，風采極佳的美男子。何晏的「面白」及以「朱衣自拭」，在畫面的色彩上來說是極大的對比，紅色衣裳更能凸顯何晏的白皙膚色。而相貌非凡的衛玠更因俊美，被評論爲「半神秀異」之人，舅舅驃騎將軍王濟還曾以「明珠」、「玉潤」來形容他的秀麗標致；當代之人更爲了欣賞他的美貌，造成萬人空巷的盛況。

可見人物的形神之美，成爲魏晉名士中重要的討論話題。這樣重視人物形神之「美」及文學麗辭之「美」的時代，士人們以其當代特殊的審美觀照，解讀屈原形象與《楚辭》，而在模擬《楚辭》的創作上，也勢必會呈現不同於其他時代的豐富情調。

然而，作爲一種「美文」，《楚辭》如何被接受？又如何在被接受的過程中，產生影響？而在魏晉南北朝士人獨特的審美觀照中，又激盪出那些作品與其代表價值爲何？這些都可以借用「接受美學」來輔助探討。「接受美學」（Reception aesthetic）是 20 世紀 60 年代末、70 年代初，由聯邦德國的漢斯・羅伯特・姚斯（Hans Robert Jauss）與沃爾夫岡・伊瑟爾（Walfangg Iser）二人提出，他們認爲「讀者」是接受美學的核心，因此研究的重點，應集中在讀者的審美經驗、對作品的接受過程及接受效果。姚斯還提出了「期待視野」（Erwartwng shorigont）的觀點，他認爲「先前的閱讀總是成爲後來閱讀的某種前理解（pre-under standing）水平」〔註69〕。因此當我們帶著知識與經驗閱讀作品時，作品同時也召喚我們過往的閱讀經驗及期待。讀者在閱讀過程中也會不斷的修正或實現期待，文學的接受過程也就跟著不斷修正與確立。

伊瑟爾則認爲文本間包含了「空白」，「空白」導致不確定性，而當讀者填補空白與不確定性的過程中，也是一種再創造的過程。當文本中的不確定

〔註67〕《世說新語・容止》。余嘉錫箋注：《世說新語》，臺北：華正書局，1993 年 10 月，頁 608。

〔註68〕〈衛玠〉傳，列傳六。唐・房玄齡著，楊家駱主編：《晉書》，臺北：鼎文書局，1980 年 3 月初版，頁 1067。

〔註69〕馬以鑫：《接受美學新論》，上海：學林出版社，1995 年 10 月 1 刷，頁 71。

性與空白越多，讀者將越能夠深入地參與作品意義的構成。簡言之，「接受美學」的重點，脫離了過去以作者、文本為主的傳統，認為文學的價值當由讀者來決定一切。

站在讀者藉由接受過程產生的審美觀照角度，來審視魏晉南北朝的騷體擬作，是值得嘗試的方法。正如「接受美學」強調文學的歷史性及「期待視野」，我們在擬作中能明確分析出，魏晉南北朝士人對歷史縱軸中《楚辭》學的省思，及對《楚辭》的「期待視野」。而透過讀者與作品的交流，文本中的空白，在時代特殊的審美觀，及個人境遇、情感的參與下，又將被如何詮釋？都可使我們更深入理解魏晉南北朝的《楚辭》學。

當然，魏晉南北朝的《楚辭》學在目錄、注釋、音韻上，有嶄新的突破與發展，「文本」仍佔有極重要的地位。尤其《楚辭》的「文本」，在魏晉南北朝被投注熱烈的眼光，自然不能捨棄對《楚辭》「文本」的研究。

因此，接受美學的研究方法，主要是用以討論擬騷作品及其時代意義。另外，由時代特殊的審美風潮著手，評價《楚辭》在魏晉南北朝文學的接受與傳播，並考察其同異，期望能梳理出魏晉南北朝《楚辭》學的藝術價值與美學意涵，並標示其所代表的特殊美學價值。

四、社會文化學

魏晉南北朝戰亂頻仍，政權的更迭更是複雜迅速，這些都對當代士人的社會環境與生命思考產生衝擊與影響。情感纖細、敏感的士人們，為了保命全生、遠離災禍，所發展出的文化與社會風潮；及面對懷才不遇的困境時，他們選擇對應生命的方式，都付諸筆端呈現在其創作作品中。

以屈原為例，他的高潔人格作為一種模範，「高潔忠君」是極顯其鄉土性與草根情懷的，他的影響力也足以跨越時代的界限。自然各時代對屈原形象的討論，也會涵括當代社會文化獨有的內涵與風潮。尤其魏晉南北朝時代面對朝代的更迭，社會、文化必然的影響擬騷創作。因此，以社會文化學角度，來考察魏晉南北朝所處特殊的時代氛圍，及其氛圍下《楚辭》學的發展與影響，相信必定能更確切掌握魏晉南北朝《楚辭》學發展的背景因素。

以上採用的四種研究觀點與方法，主要是藉由各個面向切入，期望能對研究之專題，有全面且完整的呈現與把握。並期盼在統整分析《楚辭》在魏晉南北朝文學中的建構、發展及深化後，能明確理解魏晉南北朝的《楚辭》

學特色，並補齊中國文學中的《楚辭》學空缺的部份，也使《楚辭》學體系與脈絡更加豐富完整。

第四節 研究期望

　　魏晉南北朝的《楚辭》學發展雖不如漢、唐、宋等朝代興盛，但卻是《楚辭》學脈絡中不能忽略的部份。尤其魏晉南北朝《楚辭》學上承兩漢，下啓唐宋《楚辭》研究及創作風氣，更標舉了魏晉南北朝在《楚辭》學發展中承先啓後的地位。而魏晉南北朝的文學背景，正值文學自覺的時期，又有儒家、道家、佛教思想的先後興起，文化背景相當豐富多元，再加上不同思想的交融下，擬騷作品有了不同的情調與風味。而《楚辭》的文本在經過讀者的接受、解讀後，勢必融合新時代的思考與想法，開展出新的支枒，並重新以新的姿態再去影響後代文學。

　　因此，若能以魏晉南北朝作爲研究範圍，輔以歷史發展的主線，並詳細討論《楚辭》學與魏晉南北朝文學範疇中的若干論題，相信對理解魏晉南北朝文學，如何繼承、開拓當代《楚辭》學會有相當的幫助。而包含當代士人對《楚辭》所做的文學思辨、對屈原形象的反思標準與特色，或當代辭賦、詩歌、志怪小說等各方面受到《楚辭》的影響，都是討論範疇中的重要論題。最後，經由魏晉南北朝士人在和歷史的對話，及模仿、擬作或精神回歸的沉澱與療癒中，又激發出何種時代性的迴響與超越，都能刻劃出豐富多元、清晰明確及系統性的魏晉南北朝《楚辭》學風貌。

　　此外，在《楚辭》學史中的研究專著，已有《漢代楚辭學研究》、《元代楚辭學研究》、陳煒舜《明代前期楚辭學史論》問世，而本論文則希望能對魏晉南北朝的《楚辭》學，作出全面性的觀察，並期望能補《楚辭》學史研究縱軸上的缺隙，俾使《楚辭》學研究能更趨完整。

第二章　魏晉南北朝時代與文學背景

　　在中國文學發展的過程中，朝代的更迭與遞嬗，一直都直接或間接影響著文學。因爲作爲文學創作產出者的士人，隨著政治局勢的牽動，個人的際遇也必然隨之受到影響，而不論是通達或者不遇，作家們的作品都是可資分析的材料。尤其從作品中所呈現的思想感情去扣合作家生活背景，亦即孟子所謂「知人論世」，如此除了可探討當代社會環境對文學的影響，另一方面更可理解作家自我的內在省思。而魏晉南北朝恰巧處於一個動亂的年代，加上文學自覺的風潮興盛，魏晉南北朝許多作品都顯示出文學自覺與個人主義的強調。士人們的精神被高度張揚了，儒家、道家、道教思想紛然流洩於政治、社會環境中，也直接影響著文學作品的思想內容，展現在文學上的就是在傳統精神相互繼承、牴觸及再創過程中的思辨。

　　因此，研究魏晉南北朝的《楚辭》學前，必須確實把握當代時空背景，理解政治、社會對當代文學的影響。因此，以下由魏晉南北朝的政治與社會環境談起，除了探討當代士人遭遇之困境，及其對選擇對應的排解方式外，並依次論及魏晉南北朝中的文學發展概況，以期勾勒出魏晉南北朝士人的精神風貌與審美視野，並期待作爲研究魏晉南北朝《楚辭》學的厚實基礎。

第一節　魏晉南北朝政治與社會環境

　　本節擬先總論魏晉南北朝政治與社會概況，以歸納出魏晉南北朝士人面臨的困境。並爬梳整理出面對困境，魏晉南北朝士人選擇對應排解的方式，以期能確實把握當代特殊時代氛圍及社會風潮。

一、魏晉南北朝政治與社會

魏晉南北朝從東漢建安時期算起，至隋朝統一爲止，大約歷時四百年。建安指東漢漢獻帝的年號，自建安元年（西元一九六年）起，到建安四年（西元二二〇年）止〔註1〕，統稱爲「建安時代」。「建安時代」除了是一段政治與社會極爲動盪不安的年代，卻也是文學發展中輝煌的一段時間，伴隨著政治與社會的巨大變化，影響了當代的士人及文學的發展。實則魏晉的動亂不安，最早在漢獻帝之前便陸續展開了。

（一）中央集權的崩解

東漢末年，外戚、宦官專政，政治腐敗，兼有黨錮之禍。比及黃巾之亂起，苦不堪言的百姓們群起響應，政治、社會局勢皆極爲混亂，《後漢書·皇甫嵩傳》便記載當張角起義後所發生的動亂：

> 角等知事已露，晨夜馳勅，諸方一時俱起。皆著黃巾爲標幟，時人謂之黃巾，亦名蛾賊。殺人以祠天。角稱天公將軍，角弟寶稱地公將軍，寶弟梁稱人公將軍。所在燔燒官府，劫略聚邑，州郡失據，長吏多逃亡。旬日之間，天下響應。〔註2〕

這一場平民的起義，除了顯示大漢朝嚴整的政治秩序已然瓦解外，更導致了地方割據勢力的興起。其後戰亂迭起，兵禍飢荒更是使得百姓民不聊生。接續又有董卓之亂，趁著東漢末戰亂與朝廷勢力衰落的時候，董卓廢少帝劉辯，而後自行舉立漢獻帝，遷都長安，專擅朝政，至此東漢王朝已是窮途末路了。《三國志·董卓傳》記載：

> 卓既率精兵來，適值帝室大亂，得專廢立，據有武庫甲兵，國家珍寶，威震天下。卓姓殘忍不仁，遂以嚴刑脅眾，睚眥之隙必報，人不自保。……初平元年二月，乃徙天子都長安。焚燒洛陽宮室，悉發掘墳墓，取寶物。卓至西京，……法令苛酷，愛憎淫刑，更相被誣，冤死者千數，百姓嗷嗷，道路以目。〔註3〕

〔註1〕 建安元年（西元 196 年），獻帝被劫返至洛陽。建安四年（西元 220 年）10月，曹丕迫使漢帝禪位，國號魏，將都城從許昌遷到洛陽。王仲犖：《魏晉南北朝史》，新店：谷風出版社，1987 年 9 月，頁 132。

〔註2〕 《後漢書·皇甫嵩傳》。南朝宋·范曄著，楊家駱主編：《後漢書》，臺北：鼎文書局，1979 年 11 月初版，頁 2300。

〔註3〕 《三國志·董卓傳》。晉·陳壽著，裴松之注，楊家駱主編：《三國志》，臺北：鼎文書局，1979 年 11 月初版，頁 174～176。

文中紀錄了董卓於洛陽，大舉掠奪國家寶物與人民財產的暴行。他遷都長安後，更實施嚴酷的法令，並剷除異端，使得冤死、餓死者不計其數。曹操〈薤露行〉曾嚴厲批評了董卓當時的暴行：「賊臣持國柄，殺主滅宇京。蕩覆帝基業，宗廟以燔喪。播越西遷移，號泣而且行。瞻彼洛城郭，微子為哀傷。」〔註4〕詩中對董卓逼宮殺帝、焚毀帝王宗廟，及令人民被迫西遷的凄慘情形，有明確的書寫。全詩充滿了對當代民不聊生的悲憫之情，及對董卓暴政的憤怒。

初平元年（西元190年），各州郡舉渤海太守袁紹為盟主，討伐董卓，董卓最終被殺。然而董卓被殺後，地方州牧即各自擁兵自重。至此，中央集權四散崩解，各方軍閥脫離中央的控制，形成了嚴重的地方割據。而那些手中掌握軍權者，無不虎視眈眈的靜待時機崛起，三國混戰的時代也正式揭開序幕。

東漢末年中央集權的崩解，一方面在政治上代表著戰亂、兵禍屢起，另一方面卻給予文學新的發展契機，使文學創作獨具時代特色。首先這與大一統的政局崩解後，傳統儒家思想的動搖有密切的關係。當時儒家思想已無力為廣大人民或士人提供心靈的慰藉，因此文人們捨棄了傳統儒家的倫理框架，投入了老、莊、道家的懷抱，道家的服食養生、隱逸、遊仙……等思想，廣泛影響了整個時代，形成了「魏晉玄學」。

中央集權的崩解，代表獨尊儒家思想的時代已經衰微。社會的動亂不安，魏武帝曹操首先採取的是「刑名法術」之學，《晉書‧傅玄傳》載「近者魏武好法術，而天下貴刑名」〔註5〕，另外鍾會、劉劭〔註6〕等人都是此一法家系統的主張者。而曹丕時，與父親魏武帝曹操所實施嚴刑峻罰的「刑名法術」之學不同，改而傾慕道家的「無為之治」。《晉書》中記載「魏文慕通達，而天下賤守節。其後綱維不攝，而虛無放誕之論盈於朝野，使天下無複清議。」

〔註4〕 曹操〈薤露行〉。逯欽立：《先秦漢魏晉南北朝詩》，北京：中華書局，1998年5月4刷，頁347。

〔註5〕 《晉書‧傅玄傳》。唐‧房玄齡等著，楊家駱主編：《晉書》，臺北：鼎文書局，1980年3月初版，頁1317。

〔註6〕 劉大杰〈魏晉思想論〉中認為鍾會雖名為道家，其實也是法家，從〈魏志本傳〉：「會死，得書二十篇，名曰《道論》，而實刑名家也」可知。而劉劭儒家及道家陰陽家的思想不少，但在政論上是法家的思想，尤其所著的都官考課七十二條與《術法論》來看，表裡無疑都是法家的思想。賀昌群等著：《魏晉思想》甲編三種，臺北：里仁書局，1995年8月初版，頁69～70。

（《晉書・傅玄傳》）〔註7〕，可見曹丕傾慕道家的「無為之治」，對社會風潮的影響，卻是「虛無放誕之論」的興起。在魏晉如魏的王弼、晉的向秀、郭象都是道家思想的門徒。此外，自然也有儒家一派對「刑名法術」之學，及道家的「無為之治」表示反對。可知，在魏晉南北朝的政治環境中多元的思想，正在相繼興起與交融。

　　顯現在文學上的影響，首先是脫離兩漢經學桎梏的魏晉文人，有感於社會的離亂與不安，真實記載了當代社會的苦難。他們一方面則滿懷積極進取之心，想要拯濟天下，為不安的時代貢獻一己心力；一方面，戰亂的頻仍，人民的離散與痛苦，生命的朝不保夕，使得建安文人更加重視自我的省思與生命價值的意義。因此其所創作的作品，多有感嘆人生苦悶、生命短暫者；也多有彰顯積極建功立業的精神，及慷慨任氣者。《文心雕龍・時序》云：「觀其時文，雅好慷慨，良由世積亂離，風衰俗怨，并志深而筆長，故梗概而多氣也。」〔註8〕這種「雅好慷慨」、「志深筆長」、「梗概而多氣」的特色，歷史上稱之為「建安風力（建安風骨）」〔註9〕。

　　建安時期創作與《楚辭》相關性的作品，多是沿用「兮」字或是文章內容充滿如同屈原愛國或不遇悲情的騷體詩賦。主要還是相較於屈原所處的亂世，魏晉南北朝或建安也屬於較動亂的年代。兩相比較，以時空背景而言，兩者是相當雷同的。

（二）名教與自然的抗爭

　　建安二十五年（西元 220 年）曹丕代漢，國號魏，之後位居東南的孫權與西南的劉備，也相繼建國，形成歷史上魏、蜀、吳三國鼎立的局面，史稱三國。黃初元年，曹丕即位，是為魏文帝；至黃初七年，曹丕卒後，曹叡改年號太和（西元227年），是為魏明帝。曹叡晚年，司馬氏家族權勢日盛。曹叡死後，司馬炎取代曹魏，西晉正式展開。西晉滅吳（西元208年），結束了三國的紛亂局勢，天下遂歸於一統。

〔註7〕 《晉書・傅玄傳》。同注5，頁1317～1318。
〔註8〕 《文心雕龍・時序》。劉勰著，黃叔琳校注：《文心雕龍》，臺北：宏業書局，1975年2月，頁673～674。
〔註9〕 「建安風力」一詞，於《詩品》一書可見。《詩品》：「永嘉時，貴黃老，稍尚虛談。於時篇什，理過其辭，淡乎寡味。爰及江表，微波尚傳。孫綽、許詢、桓、庾諸公詩，皆平典似道德論，建安風力盡矣！」鍾嶸著，程章燦注譯：《詩品》，臺北：三民書局，2003年五月，頁6。

　　實則由司馬懿誅殺曹爽開始，司馬氏與曹氏的政治抗衡，一直帶給魏晉士人極大的壓力。尤其在司馬氏奪權後，為鞏固政權，更是一面大肆分封諸王，另一方面則標舉著「名教」的大旗，壓制清議，施行翦除異己之事實。所謂「名教」的意涵，「在魏晉時既非指儒家思想，也非指統治者的治國方略，而是指封建宗法等級政治制度。儒家思想及統治者的尊儒政策，會對鞏固這種制度起起很大的作用。」〔註10〕簡言之，「名教」就是以孔子「正名定分」的政治思想為中心的封建禮教。而「自然」是指老莊哲學提倡的任情放達，不按禮法行事的思想行為。而當時「名教」正是被用來做為政治鬥爭上的工具，面對此一政治局勢，文人只好投入老莊學說的懷抱，並援引老莊的「自然」來對抗「名教」，以抗議司馬氏虛偽不實的禮教，及其所實施的恐怖統治。

　　當時相當多文人，輕則捲入政治鬥爭中無法脫身，重則喪命於此時。《三國志・魏書》提及當時士人因政治鬥爭遭受殺戮極多，有「名士減半」〔註11〕的情形。《晉書・阮籍傳》亦稱當時「天下多故，名士少有全者」〔註12〕。史稱當時的文學為「正始文學」，當代具有代表性的文人，如有正始名士之稱的何晏、王弼，及號為竹林七賢的嵇康與阮籍……等人，他們或崇尚老莊，以消極的態度來反抗名教；或以標新立異的行為，盡顯其個性。如《晉書・阮籍傳》記載：

> 籍又能為青白眼，見禮俗之士，以白眼對之。及嵇喜來弔，籍作白眼，喜不懌而退。喜弟康聞之，乃齎酒挾琴造焉，籍大悅，乃見青眼。〔註13〕

> 籍嫂嘗歸寧，籍相見與別。或譏之，籍曰：「禮豈為我設邪！」鄰家

〔註10〕　李菲：〈淺論魏晉士人的社會政治思想〉，《劍南文學》（經典教苑）2012 年 01 期，頁 170。

〔註11〕　《三國志・魏書》卷二十八：「淩、愚謀，以帝幼制於彊臣，不堪為主，楚王彪長而才，欲迎立之，以興曹氏。淩使人告廣，廣曰：『凡舉大事，應本人情。今曹爽以驕奢失民，何平叔虛而不治，丁、畢、桓、鄧雖並有宿望，皆專競於世。加變易朝典，政令數改，所存雖高而事不下接，民習於舊，眾莫之從。故雖勢傾四海，聲震天下，同日斬戮，名士減半，而百姓安之，莫或之哀，失民故也。今懿情雖難量，事名有逆，而擢用賢能，廣樹勝己，脩先朝之政令，副眾心之所求。爽之所以為惡者，彼莫不必改，夙夜匪解，以恤民為先。父子兄弟並握兵要，未易圖也。』淩不從。」同注 3，頁 758、759。

〔註12〕　《晉書・阮籍傳》：「籍本有濟世志，屬魏、晉之際，天下多故，名士少有全者，籍由是不與世事，遂酣飲為常。」卷四十九，同注 5，頁 1360。

〔註13〕　《晉書・阮籍傳》，卷四十九。同注 5，頁 1360。

少婦有美色，當壚沽酒。籍嘗詣飲，醉，便臥其側。籍既不自嫌，
其夫察之，亦不疑也。兵家女有才色，未嫁而死。籍不識其父兄，
徑往哭之，盡哀而還。〔註14〕

阮籍以「青白眼」直接表達對他人的愛憎，行為處世極力彰顯放蕩不羈的自
我獨特風格。至於與嫂嫂「相見與別」，又或者醉臥鄰家少婦身邊卻不被懷疑
的行為，固然一方面是基於其性情的任真自得與高尚的品格使然，一方面其
標新立異，及輕視禮俗等行為，也是對當局的一種消極反抗。而在魏晉的政
治鬥爭中，阮籍雖曾仕進為官，卻也退縮委蛇、不與世事而飲酒伴狂，雖然
能全壽而終，但面對政治險惡、文人被誅的年代，也曾在登高觀看楚漢交戰
的地方時，以「時無英雄，使豎子成名」〔註15〕一語嚴厲批評司馬氏政權。

又如嵇康鄙視官場，並以「越名教而任自然」〔註16〕來反抗司馬氏虛偽
的名教，最後仍被鍾會以「上不臣天子，下不事王侯，輕時傲物，不為物用。
無益於今，有敗於俗。……今不誅康，無以清潔王道」〔註17〕的理由所殺。
以鍾會之言，可得知「不臣天子，不事王侯」及「傲物敗俗」兩項原因，很
明確是作為對政治想法的不同，最終被以「名教」作為藉口，將之除去而已。

在這種恐怖的清算鬥爭下，文學由最早「雅好慷慨」、「志深筆長」、「梗
概而多氣」的建安風力，逐漸走向了衰落。相當多作品描述了當時社會的黑
暗及悲慘，也造成了士人們不是不問世事，寄情玄遠，就是出走山林，這些
都造成士人精神上的墮落，也間接催化了玄學的產生。據劉大杰《中國文學
發展史》中對「玄學」的說明為：

〔註14〕 《晉書・阮籍傳》，卷四十九。同註5，頁1360。
〔註15〕 《升庵詩話》卷一三。楊慎說：「阮籍登廣武而嘆曰：『時無英雄，使豎子成
名。』豈謂沛公為豎子乎？傷時無劉項也。豎子指晉魏間人耳。」丁福保：《歷
代詩話續編》（二），北京：北京圖書館出版社，2003年1版，頁899。
〔註16〕 〈釋私論〉：「夫稱君子者，心無措乎是非，而行不違乎道者也。何以言之？
夫氣靜神虛者，心不存於矜尚；體亮心達者，情不繫於所欲。矜尚不存乎心，
故能越名教而任自然；情不繫於所欲故能審貴賤而通物情。物情順通，故大
無違；越名任心，故是非無措也。」戴明揚：《嵇康集校注》，1978年5月初
版，頁133。
〔註17〕 《世說新語・雅量》注引《文士傳》：「今皇道開明，四海風靡。邊鄙無詭隨
之民，街巷無異口之議。而康上不臣天子，下不事王侯，輕時傲物，不為物
用。無益於今，有敗於俗。昔太公誅華士，孔子戮少正卯，以其負才，亂群
惑眾也。今不誅康，無以清潔王道。」劉義慶著，余嘉錫箋疏：《世說新語》，
臺北：華正書局，1993年10月，頁344。

> 他們（文人們）雖然也反抗現實，批評現實，但在行動上卻是消極
> 地逃避現實，並不去改進黑暗現實。……。然而這種思想，成爲晉
> 代一般文人精神上的靈藥，在理論上加以解釋和發展，成爲當代的
> 玄學。當時的名士，無不是在無爲、無名、逍遙、齊物幾種名理上
> 用功夫。一方面是把經書玄學化，另一方面是把老莊書加以解釋和
> 闡揚。〔註18〕

經書的玄學化，使得在當時的詩文辭賦中，都具有表現玄理之風、辨析名
理的傾向，甚至到了東晉，還援引佛學來注解老莊典籍。這就是在當代政
治社會影響下，文人們爲因應時局保全性命，而發展出的文學風潮與學術
傾向。

（三）東晉南遷與世族制度

　　西晉武帝司馬炎開國後，改年號爲泰始（西元 266 年）。有鑒於曹魏宗室
力量的薄弱，讓父祖輩有機可趁，乃於在位期間，大封同姓諸王，冀爲屏藩，
鞏固皇權。武帝死後，諸王卻爲了爭奪中央權力而相互傾軋。晉惠帝時，皇
后賈南風把持政權，陰險狠毒，先後殺汝南王、楚王，「八王之亂」由此開始。
其後諸王更是相互殺戮，造成死傷慘重、國政停滯紊亂，共歷時十餘年。這
場內戰，消磨了西晉厚實的根基，也成爲了西晉迅速衰亡的關鍵。故《晉書‧
八王傳序》云：「西晉之政亂朝危，雖由時主，然而煽其風，速其禍者，咎在
八王。」〔註19〕可見「八王之亂」對西晉的危害之深。

　　「八王之亂」後，接續又有「永嘉之亂」，結束了西晉短暫的統治。「永
嘉之亂」指石勒攻陷洛陽，弒殺晉懷帝。愍帝即位後，前趙劉曜又攻陷長安，
建興四年（西元 316 年）晉愍帝在糧食斷絕的情況投降，西晉正式宣告滅亡。
一連串的內戰與對外戰爭，不但造成人民流離失所，也讓繁華的城郭與肥沃
的土地成爲斷垣廢墟。

　　東晉孝武帝時，後秦符堅舉兵南下，後於淝水被宰相謝安擊敗，史稱「淝
水之戰」。因爲此場戰爭的勝利，東晉方得以偏安江左。從「賈后之亂」、「八
王之亂」到西晉滅亡、東晉偏安江左，這些亂事與戰爭都帶給人民無限的痛
苦，也使得文人切身感受到生命的朝不保夕。因此，東晉時期的文人，非痛

〔註18〕　劉大杰：《中國文學發展史》，臺北：華正書局，1998 年 8 月，頁 238。
〔註19〕　《晉書‧八王傳序》，列傳第二十九。同注 5，頁 1591。

心於國破家毀，以慷慨悲歌鳴其不平；即消極的追慕於虛無縹緲的神仙理想世界中，以寄託其伊鬱困頓之思〔註20〕。

這種對生命的不安全感，也讓士人紛紛向玄學靠攏，他們冷眼漠視國家及人民之苦難，沉浸於玄虛空無的言論中，無怪乎《詩品》云：「永嘉時，貴黃老，稍尚虛談。於時篇什，理過其辭，淡乎寡味。爰及江表，微波尚傳。孫綽、許詢、桓、庾諸公詩，皆平典似道德論。建安風力盡矣。」〔註21〕可見在當時政局轉換、國破家毀的同時，黃老思想與玄學的盛行，導致建安「雅好慷慨」、「梗概多氣」的風尚消失，一改而成了「理過其辭，淡乎寡味。」的玄言詩興起。

而被懷有才能之士人重視的仕進途徑，於此時也產生了極大的變革。自魏晉以來，世家大族把持了官員的晉升與選拔，尤其曹丕時為拉攏世族〔註22〕的「九品中正制」實施後，更是形成了「上品無寒門，下品無世族」的社會現象。《晉書‧劉毅傳》中便批評「九品中正制」之弊：

> 今立中正，定九品，高下任意，榮辱在手。操人主之威福，奪天朝之權勢。愛憎決於心，情偽由於己。公無考校之負，私無告訐之忌。用心百態，求者萬端。廉讓之風滅，苟且之欲成。天下訩訩，但爭品位，不聞推讓，竊為聖朝恥之。……今之中正，不精才實，務依黨利；不均稱尺，務隨愛憎。所欲與者，獲虛以成譽；所欲下者，吹毛以求疵。高下逐強弱，是非由愛憎，隨世興衰，不顧才實，衰則削下，興則扶上，一人之身，旬日異狀。或以貨賂自通，或以計協登進，附託者必達，守道者困悴。無報於身，必見割奪。有私於己，必得其欲。是以上品無寒門，下品無勢族。〔註23〕

劉毅認為「九品中正制」因為無法中立的細查愛憎情偽，因此會使人們為了

〔註20〕 張仁青：《魏晉南北朝文學思想史》，臺北：文史哲出版社，1978年12月初版，頁41。

〔註21〕 鍾嶸：《詩品‧序》。同注9，頁7。

〔註22〕 《通典》卷十四，〈選舉典〉之二：「魏文帝為魏王時，三方鼎立，士流播遷，四人錯雜，詳覈無所。延康元年，吏部尚書陳群以天朝選用不盡人才，乃立「九品官人之法」，州郡皆置中正，以定其選，擇州郡之賢有識鑒者為之，區別人物，第其高下。」杜佑撰，王文錦等點校：《通典》，北京：中華書局，1988年12月初版，頁326。

〔註23〕 《晉書‧劉毅傳》：「毅以魏立九品，權時之制，未見得人，而有八損，乃上疏。」同注5，頁1271。

爭奪品位而用盡心思，淳厚廉讓的風俗將不能復見，尤其阻擋了非世族士人的晉身之途，將導致「上品無寒門，下品無世族」的社會現象。

　　可見當時在選拔人才的制度上，早已不辨才實，全基於世族之私利及愛憎的情形相當嚴重。因而絲毫無任何才學之人，仍可位居高官厚祿；出身低微貧窮的寒士，即使滿腹才學也苦無仕進之途。面對懷才卻無法施展理想的痛苦與悲憤，及「世族」因身份與勢位對寒門士人的鄙視，他們往往將其悲憤難平的抑鬱心情，傾注於筆端，藉由文字抒發不遇的悲痛。而當代受到「九品中正制」之害極深的文人，是多不勝數的，如知名的劉勰、左思、鮑照……等等，都是「九品中正制」下的受害者。《梁書‧劉勰傳》記載：

> 初，勰撰《文心雕龍》五十篇，論古今文體，……，未爲時流所稱。
> 勰自重其文，欲取定於沈約；約時貴盛，無由自達，乃負其候約出，
> 干之於車前，狀若賣鬻者。約便命取讀，大重之。謂爲深得文理，
> 常陳諸几案。〔註24〕

幼年喪父，早孤家貧的劉勰曾寄居於佛寺中。他雖篤志好學，但因爲出身寒微而苦無仕進之路。其《文心雕龍》一書，雖爲中國最早的文學理論專著，但因爲劉勰的非世族身分，卻也只能落到「未爲時流所稱」的下場。最後仍必須倚賴沈約世族身分的推介，才能讓《文心雕龍》的價值呈顯於世。由此看來，當代貧寒之士對於門閥世族之害，感受想必極爲深刻難忘。難怪劉勰在其《文心雕龍‧程器》篇中，也不得不發出牢騷：

> 蓋人稟五材，修短殊用，自非上哲，難以求備。然將相以位隆特達，
> 文士以職卑多誚，此江河所以騰湧，涓流所以寸折者也。名之抑颺，
> 既其然矣，位之通塞，亦有以焉。〔註25〕

劉勰拿江河之騰湧與涓流之寸折者，來分述世族與貧寒之士所處境遇的天差地別。他認爲將相地位的崇高，是基於世族身分；而文士卻因爲身分卑微，只能受到譏誚；因此將相的權高位隆，及文士的職守卑微，不在於才能之高低，主因大抵基於其「勢」之不同而已。文中對文士被壓抑的社會現況，表露出滿滿的無奈與悲憤之情。

　　其他寒門出身，以滿腹才學卻懷才不遇而聞名者，還有左思。左思歷時

〔註24〕唐‧姚思廉著，楊家駱主編：《梁書》，臺北：鼎文書局，1980 年 3 月初版，頁 711。

〔註25〕《文心雕龍‧程器》。同注 8，頁 719。

十多年時光，寫出辭采華靡的〈三都賦〉。《世說新語‧文學》篇中記載當時的情形：

> 左太沖作〈三都賦〉初成，時人互有譏訾，思意不愜。後示張公。
> 張曰：「此二京可三，然君文未重於世，宜以經高名之士。」思乃詢
> 求於皇甫謐。謐見之嗟嘆，遂為作《敘》。於是先相非貳者，莫不斂
> 衽贊述焉。〔註26〕

「君文未重於世，宜以經高名之士。」二句點明了無世族身分卻滿懷才華的文士，最大的困境是「身分」給予的限制。如未讀過此賦的陸機，便斷然評定此書「此間有傖父，欲作〈三都賦〉，須其成，當以覆酒甕耳」〔註27〕，顯然是直接由身分來加以論斷。而這種評論，被認為「表面上是江東才子對傖父的鄙視，骨子裡卻是名門望族對寒門素族的輕蔑」〔註28〕。然而一旦受到世族推介，境遇迥然不同，先前批評左思的人卻反過來稱讚他，甚至豪貴之家競相傳寫，洛陽更因此為之紙貴。因此，即使是具有「著論準過秦，作賦擬子虛」〔註29〕、「業深覃思」〔註30〕的才華，卻因「寒士」身分而仕宦之途備加艱辛的左思，也只能將無盡的憤世嫉俗，展現在其著名的〈詠史詩〉中。其云：

> 鬱鬱澗底松，離離山上苗。以彼徑寸莖，蔭此百尺條！世胄躡高位，
> 英俊沉下僚。地勢使之然，由來非一朝。金張藉舊業，七葉珥漢貂。
> 馮公豈不偉，白首不見招。（〈詠史詩〉八首之二）

> 荊軻飲燕市，酒酣氣益震，哀歌和漸離，謂若傍無人，雖無壯士節，
> 與世亦殊倫，高眄邈四海，豪右何足陳，貴者雖自貴，視之若埃塵，
> 賤者雖自賤，重之若千鈞。（〈詠史詩〉八首之六）〔註31〕

〔註26〕《世說新語‧文學》。同註17，頁246。

〔註27〕《晉書‧左思傳》，列傳第六十二。同註5，頁2375。

〔註28〕 李建中：《魏晉文學與魏晉人格》，武漢：湖北教育出版社，1998年9月1刷，頁107。

〔註29〕 左思〈詠史詩〉八首其一：「弱冠弄柔翰，卓犖觀群書。著論準過秦，作賦擬子虛。邊城苦鳴鏑，羽檄飛京都。雖非甲冑士，疇昔覽穰苴。長嘯激清風，志若無東吳。鉛刀貴一割，夢想騁良圖。左眄澄江湘，右盼定羌胡。功成不受爵，長揖歸田廬。」游國恩：《魏晉南北朝文學史參考資料》，臺北：頂淵文化事業有限公司，2005年10月出版，頁288。

〔註30〕《文心雕龍‧才略》：「左思奇才，業深覃思，盡銳於三都，拔萃於詠史。」同註8，頁700。

〔註31〕 左思：〈詠史詩〉八首其二、〈詠史詩〉八首其六。同註29，頁290、295。

〈詠史詩〉八首之二對於才能之士報國無門，無才的世族卻世居高位的現象提出沉痛的控訴。詩中提及高大的松樹在山澗中，而枝條下垂的樹苗在高山上。只是因為所處地勢的不同，莖粗一寸的小樹苗，居然遮蔽了百尺高的松樹。正如同當代貴族子弟處於高位，而才能之士卻只能擔任小官。這都是地位勢力使然，由來已久已不是一朝一夕形成的了。他也感嘆正如漢朝世族金日磾、家中七代高官的張湯，不都是憑藉了祖先的功業嗎？世族的世居高官，所掌握的偌大權力，使得非世族的文人，即使再努力也無法扭轉命運，無怪乎予人「馮唐易老」的慨嘆了。

〈詠史詩〉八首之六則指出階級勢位的區別，即使決定了顯達與否，但只要有才能及為人稱頌的氣度，還是能為當世所重。如出身平民的荊軻與高漸離正是最顯著的例子。他以為富貴的人雖自以為貴，但在他眼中卻如塵埃一般渺小。文中對於這些無才而尸居高位的世族，盡顯鄙夷憤恨之情。左思在兩首詩中都表現出對當代豪門大族的犀利諷刺與批判。

左思在〈詠史詩〉八首之七，更說「英雄有迍邅，由來自古昔，何世無奇才，遺之在草澤。」〔註32〕更可見左思雖隱以英雄自任，但慨嘆最終仍被遺棄的命運。他明確揭示了當代英雄之所以懷才不遇的原因，正是因為世家大族把握了「勢位」。左思的幾首詠史詩中，都結合詠史與抒懷，並借歷史人物抒發懷才不遇及對現實社會的控訴。

以上，兩晉南北朝的播遷及世族制度（九品中正制）的確立，使得文人經歷了恐怖的戰亂，也造成了寒士們的懷才不遇的困境。這樣的政治與社會背景，讓文人消極、抑鬱，也使得此期文學大異於建安風力，逐漸走向了玄遠虛無，後期更進一步走入山水文學，及耽溺於享樂的宮體文學中。

二、魏晉南北朝士人之困境與感受

魏晉時代士人面對東漢末年中央集權的崩解，及隨之而來的黨錮之禍、八王之亂，又需在名教與自然的抗爭，及兩晉世族制度的壓迫中求得生存，他們的心靈與情感因為這些政治因素的干擾，生活屢遭挫折，在權力鬥爭下，也常成為犧牲品。因而面對生命往往憂生懼死，顯得消極與漠然，在他們面前矗立的可說是中國歷史中最具嚴酷考驗的年代。而生命中面臨的最大威脅，便是政治清算鬥爭與戰禍、瘟疫的威脅。

〔註32〕左思：〈詠史詩〉八首之七。同注29，頁296。

（一）政治清算鬥爭

基於魏晉政壇更迭之複雜與紛亂，文人如何在時代中求得安身立命之所，是極為嚴峻的挑戰。許多文人面對政治上的逼壓，及儒學低迷中的名教崩壞，只能言不由心，選擇依附權勢求全身保命的機會，或選擇韜光養晦的田園隱逸生活。這種社會上普遍不安定的氛圍，及常常圍繞身旁不得不面對的死亡焦慮，形成當代沉重的氛圍，廣泛的籠罩著當代文人，形成他們極大的精神壓力。

許多文人捲涉在政治鬥爭中，常成為無辜的犧牲品。如前文所述之嵇康，因「上不臣天子，下不事王侯，輕時傲物，不為物用。無益於今，有敗於俗。」〔註33〕被與他有嫌隙的鍾會用「名教」作為藉口除去。同為建安七子的阮籍，自小崇尚儒學，但為了遠離政治迫害，終日醉酒；但面對司馬氏的強權〔註34〕，他也不得不迎合時勢，寫出〈勸進表〉。阮籍處世謹慎，且「發言玄遠，口不臧否人物」〔註35〕，才避開殺身之禍。

魏時謙恭才博的楊脩，雖文采卓越受到曹操欣賞，最後仍不得從政治鬥爭中脫身，被曹操以「前後漏泄言教，交關諸侯」〔註36〕之罪殺害。而建安七子之一的孔融，為人恃才傲物，主張增強漢室實權而激怒曹操，被以「招合徒眾，欲規不軌」、「不遵朝儀，禿巾微行」、「大逆不道，宜極重誅」〔註37〕之罪誅殺。

〔註33〕 《世說新語・雅量》注引《文士傳》：「今皇道開明，四海風靡。邊鄙無詭隨之民，街巷無異口之議。而康上不臣天子，下不事王侯，輕時傲物，不為物用。無益於今，有敗於俗。昔太公誅華士，孔子戮少正卯，以其負才亂群惑眾也。今不誅康，無以清潔王道。」同注 17，頁 344。

〔註34〕 公元 261 年，司馬昭假借魏帝名義，自封「晉公」，但又假意推辭。阮籍〈勸進表〉即是勸司馬昭接受「晉公」之封號。

〔註35〕 《晉書・阮籍傳》：「籍雖不拘禮教，然發言玄遠，口不臧否人物」，卷四十九。同注 5，頁 1360。

〔註36〕 《三國志・魏志・陳思王植傳》，魏書十九、任城陳蕭王傳第十九。裴松之注引三國・魏《典略》：「至二十四年秋，公以脩前後漏泄言教，交關諸侯，乃收殺之。脩臨死，謂故人曰：『我固自以死之晚也。其意以為坐曹植也。」同注 3，頁 558〜559。

〔註37〕 《後漢書・孔融列傳》卷七十：「少府孔融，昔在北海，見王室不靜，而招合徒眾，欲規不軌，云『我大聖之後，而見滅於宋，有天下者，何必卯金刀』。及與孫權使語，謗訕朝廷。又融為九列，不遵朝儀，禿巾微行，唐突宮掖。又前與白衣禰衡跌蕩於言，云『父之於子，當有何親？論其本意，實為情欲發耳。子之於母，亦復奚為？譬如寄物瓶中，出則離矣』。既而與衡更相贊揚。衡謂融曰：『仲尼不死。』融答曰：『顏回復生。』大逆不道，宜極重誅。」書奏，下獄棄市。時年五十六。妻子皆被誅。」同注 2，頁 2261。

寫作〈鸚鵡賦〉反映對東漢末年政治黑暗強烈不滿的禰衡，也因托病不見曹操，而且對其出言不遜，間接被害。三國時期著名的玄學家何晏，也與曹爽等被司馬氏誅殺，成為政治鬥爭的犧牲品。

除了政治鬥爭被殺，也屢屢有文士被迫捲入官場紛爭。如早年與嵇康、呂安為友，同為竹林七賢之一的向秀，眼見嵇康因呂安事被殺，不得已而改節入洛為官，其作品〈思舊賦〉感嘆「昔李斯之受罪兮，歎黃犬而長吟。悼嵇生之永辭兮，顧日影而彈琴。托運遇于領會兮，寄余命於寸陰。」〔註38〕處處表達著他的不甘與憤懣。

以上這些例子，都能看出文士在紛亂的魏晉政局下，面臨的生死、進退之困境。而「在社會恐慌與自我焦慮的時代背景下，士人作出的選擇與其先前的理想不合，甚至相悖，對自己在社會中所扮演的角色充滿懷疑」〔註39〕，都可理解他們在堅持理想與妥協現實中的掙扎與無奈，與精神上承受的極大壓力。

（二）戰禍瘟疫威脅

從漢末黃巾之亂、董卓之亂到三國爭雄鼎立，接續著魏與司馬氏奪權鬥爭，以至於晉「賈后之亂」、「八王之亂」到西晉滅亡、東晉偏安江左，長期的戰亂伴隨著饑荒、瘟疫，人口大量喪亡，甚至發生「百姓相食」的慘事，史籍記載：

> （初平）二年夏，太祖（曹操）軍乘氏（鉅野西南）。大飢，人相食。
> （《三國志·魏書·荀彧傳》）〔註40〕

> 青龍四年，遼東公孫淵反。景初二年正月，使司馬懿將四萬人討淵。……七月，大雨，雨霽，合圍，百計攻之，矢石如雨。淵窘急，糧盡，人相食，死者甚多。（《三國志·魏書·公孫淵傳》）〔註41〕

> 時關中饑荒，百姓相啖；加以疾疫，盜賊公行，模力不能制。
> （《晉書·卷三十七·司馬模傳》）〔註42〕

〔註38〕《晉書·向秀本傳》，列傳第十九。同注5，頁1374。
〔註39〕劉海明：〈對魏晉士人同一性危機的探源與思考——兼評郭世軒先生的《魏晉藝術精神研究》〉，山西：《太原師範學院學報》（社會科學版）第11卷第5期，2012年9月，頁81。
〔註40〕《三國志·魏書·荀彧傳》。同注3，頁308。
〔註41〕《三國志·魏書·公孫淵傳》。同注3，頁254。
〔註42〕《晉書·卷三十七·司馬模傳》。同注5，頁1097。

（太元十年十月）燕、秦相持經年，幽、冀大饑，人相食，邑落蕭
條，燕之軍士多餓死，燕王（慕容）垂禁民養蠶，以桑椹為食」
（《資治通鑑》）〔註43〕

（梁武帝太清三年）侯景圍困建康（南京）：自景作亂，道路斷絕。
數月之間，人至相食，猶不免餓死，存者百無一二。……填委溝壑，
不可勝記。」（《資治通鑑》）〔註44〕

由「大饑，人相食」、「百姓相啖」、「邑落蕭條」，可見當時人民生活之苦狀，
這些情形都成為當時文人文學創作的素材。如王粲〈七哀詩〉描述「出門無
所見，白骨蔽平原。路有飢婦人，抱子棄草間。顧聞號泣聲，揮涕獨不還。
未知身死處，何能兩相完。」說的是王粲南下避難，在逃離長安不遠的路上，
所目睹的一場悲劇。他看到婦人拋棄孩子，能想見孩子逃脫不了餓死的命運，
但即使拋棄稚子，逃難的婦人最後恐怕還是會因飢荒而死。當時王粲心中無
限酸楚，遂不忍再顧視。本詩是描寫董卓死後，軍閥割據爭權下的社會慘狀。
而曹操也有〈蒿里行〉描述當時社會的民不聊生：

關東有義士，興兵討群凶。初期會盟津，乃心在咸陽。
軍合力不齊，躊躇而雁行。勢利使人爭，嗣還自相戕。
淮南弟稱號，刻璽於北方。鎧甲生蟣虱，萬姓以死亡。
白骨露於野，千里無雞鳴。生民百遺一，念之斷人腸。〔註45〕

詩文前半段寫的是聯軍討伐脅持漢獻帝，以把持政權的董卓。雖是聯軍，但
各路軍閥卻各懷私心，無不想趁機擴張自己的地盤與利益。而面臨與董卓對
戰時，卻無人敢與董卓交戰，深怕折損了自己的兵力。而袁紹兄弟甚至妄想
稱帝，欲借助討伐董卓、匡扶漢室之名，行爭霸天下之實。戰禍連年不止的
結果就是，將士長期不得解甲，身上長滿了蝨子，無辜的百姓也因為戰禍而
死亡，原野上堆滿了白骨，到處寂無人煙，連雞鳴之聲也聽不到了。曹操為
這種荒涼淒慘的社會樣貌，表達了激憤，也嚴厲指責了軍閥的野心。

以上的詩作，都揭露出人民生活慘不忍睹的情形。除了饑荒、盜賊、戰
亂，導致人口大量死亡外，疾疫的流行也對人民生命產生威脅。如王弼因癘

〔註43〕《資治通鑑》卷一百六十，晉紀二十八。司馬光著，胡三省注：《資治通鑑》，
臺北：天工書局，1988 年初版，頁 3355。
〔註44〕《資治通鑑》〈梁紀〉。同註43，頁 5018。
〔註45〕曹操：〈蒿里行〉。同註29，頁 7。

疾而亡，年僅 24 歲。曹丕在〈與吳質書〉中亦曾有「昔年疾疫，親故多罹其災：徐、陳、應、劉，一時俱逝，痛可言邪」的感嘆。

　　面對殘酷的社會現狀，死亡的陰影與生存的焦慮壟罩著人民，士人對此尤其感受極深。如衛洗馬初欲渡江，形神慘悴，語左右云：「見此芒芒，不覺百端交集。苟未免有情，亦復誰能遣此！」（《世說新語·言語》）〔註46〕當時天下即將大亂，衛玠欲移家南行，與母親、兄長告別。所謂「悲莫悲兮生別離」（《九歌·少思命》），他渡江之際感嘆「江水芒芒」，一方面是表達對人生艱難的慨歎，一方面更是對生命消逝，及內心倉惶不安的哀傷。余嘉錫注此段云：「叔寶南行，純出於不得已。明知此後轉徙流亡，未必有生還之日。觀其與兄臨訣之語，無異生人作死別矣。當將欲渡江之時，以北人初履南土，家國之憂，身世之感，千頭萬緒，紛至沓來，故曰不覺百端交集，非復尋常逝水之嘆而已。」〔註47〕可見戰禍使人民飽嚐流亡遷徙、骨肉分離之苦，無怪乎衛玠會內心百感交集了。

　　而對於生命的憂慮，晉人王羲之〈蘭亭詩序〉中也有論及：

> 及其所之既倦，情隨事遷，感慨係之矣。向之所欣，俯仰之間，已為陳跡，猶不能不以之興懷。況修短隨化，終期於盡。古人云：「死生亦大矣！」豈不痛哉！每覽昔人興感之由，若合一契，未嘗不臨文嗟悼，不能喻之於懷。固知一死生為虛誕，齊彭殤為妄作。〔註48〕

王羲之感嘆人得到的歡欣，在俯仰的短暫時間中，已然消逝，而生命不論長短，最終也終歸於寂滅，不免使人感到無比淒涼和悲哀。所謂「死生亦大矣」的感慨，是積極表達生命觀。他以為人生雖苦短，但若能把握生命創造價值，才能彰顯永恆。最後王羲之雖然用積極正面的態度，來正視短暫的生命，但「死生亦大矣」之嘆，卻明確揭示了當代人們對生命不安的焦慮與悲傷。王羲之尚有〈喪亂帖〉傳世：

> 羲之頓首：喪亂之極，先墓再離荼毒，追惟酷甚，號慕摧絕，痛貫心肝，痛當奈何奈何！雖即修復，未獲奔馳，哀毒益深，奈何奈何！臨紙感哽，不知何言。羲之頓首頓首。〔註49〕

〔註46〕　《世說新語·言語》。同注 17，頁 94。
〔註47〕　同注 17，頁 95。
〔註48〕　王羲之〈蘭亭詩序〉。嚴可均校輯：《全上古三代秦漢三國六朝文》（全晉文），北京：中華書局，1958 年一版，頁 1609。
〔註49〕　王羲之〈喪亂帖〉。同注 48，頁 1609。

〈喪亂帖〉是王羲之在時局動盪中，聽聞先人的墳墓遭受破壞，所表達的悲痛之情。戰禍迭起的年代，生人尚不得安身立命之所，亦無法盡孝保護先人墳墓。徒嘆「奈何奈何」的無奈與悲傷，必定是痛徹心扉的。

魏晉南北朝這種對於戰亂之下，所感知的生命遷逝之悲，一直在每個士人的心中發酵。李澤厚也曾在《美的歷程》中提及：「對生死存亡的重視，對人生短促的感慨，喟歎，從建安直到晉宋，從中下層直到皇家貴族，在相當一段時間中和空間中彌漫開來，成爲整個時代的典型音調。」〔註50〕可見魏晉時代的典型音調離不開對死亡的恐懼與悲哀，因而士人們只能選擇用煉丹延年、立功立言，或縱欲放蕩等各種不同形式的生活方式與死亡抗衡。面對如此嚴峻的時代，他們面對死亡的課題，發展出了獨特的生命省思及排解方式，在中國文學上標誌了極爲特殊的一頁。

（三）奢靡浮華競尚

兩晉南朝期間，還興起了奢靡浮華競尚的風氣。《晉書・傅玄傳》中，傅咸（傅玄子）因爲世俗奢侈之風盛行，曾上書曰：

> 臣以爲穀帛難生，而用之不節，無緣不匱。故先王之化天下，食肉衣帛，皆有其制。竊謂奢侈之費，甚於天災。古者堯有茅茨，今之百姓競豐其屋。古者臣無玉食，今之貴豎皆厭粱肉。古者后妃乃有殊飾，今之婢妾被服綾羅。古者大夫乃不徒行，今之賤隸乘輕驅肥。古者人稠地狹而有儲蓄，由於節也；今者土廣人稀而患不足，由於奢也。欲時之儉，當詰其奢；奢不見詰，轉相高尚。昔毛玠爲吏部尚書，時無敢好衣美食者。魏武帝歎曰：「孤之法不如毛尚書。」令使諸部用心，各如毛玠，風俗之移，在不難矣。〔註51〕

傅咸的一段話指出了當代奢靡浮華的風氣，不獨大臣，下至百姓佈置房屋的講究、商人吃食的鋪張浪費、尋常人家婢妾穿著綾羅綢緞，或賤隸乘著輕車肥馬，社會從上到下都彌漫著奢靡浮華之風。故而，傅咸疾呼「奢侈之費，甚於天災」，希望晉武帝命令下級部屬能學習曹操時毛玠的節儉，以激起天下廉潔之風，來達到移風易俗之效，於此可見西晉奢靡風氣之盛。西晉劉頌的上疏中，也曾提及了當代情形。其云：「世放都靡，營欲比肩，群士渾然，庸

〔註50〕 李澤厚：《美學三書》，天津：社會科學院出版社，2007年3月第二版，第81頁。

〔註51〕 《晉書・傅玄傳》，卷四十七。同注5，頁1324。

行相似，不可頓肅，甚殊黜陟也。」〔註52〕足見不只是當時的百姓，士族間更出現了炫奢鬥富的現象。

　　正因為西晉士族擁有龐大的資產財富，奢靡浮華競尚的風氣益加嚴重。在《世說新語》的〈汰侈〉、〈儉吝〉及《晉書》等典籍中多有記載。於當代誇奢最有名的，莫如石崇了。《晉書・石崇傳》載：

> 財產豐積，室宇宏麗。後房百數，皆曳紈繡，珥金翠。絲竹盡當時
> 之選，庖膳窮水陸之珍。與貴戚王愷、羊琇之徒以奢靡相尚。愷以
> 飴澳釜，崇以蠟代薪。愷作紫絲布步障四十里，崇作錦步障五十里
> 以敵之。崇塗屋以椒，愷用赤石脂。崇、愷爭豪如此。武帝每助愷，
> 嘗以珊瑚樹賜之，高二尺許，枝柯扶疏，世所罕比。愷以示崇，崇
> 便以鐵如意擊之，應手而碎。愷既惋惜，又以為嫉己之寶，聲色方
> 屬。崇曰：「不足多恨，今還卿。」乃命左右悉取珊瑚樹，有高三四
> 尺者六七株，條幹絕俗，光彩曜日，如愷比者甚眾。愷悵然自失矣。
> 〔註53〕

文中描述石崇的財富豐厚，家中屋宇相連，擁有穿著華美綢緞、配戴珍珠寶石的數百姬妾。家中還擁有美妙的絲竹樂隊，而廚房中珍禽異獸的食材應有盡有。他常與王愷鬥富，如以蠟燭作柴火、以綾羅綢緞作為道路屏帳。而面對石崇與王愷兩人的鬥富，晉武帝不但沒有制止，還提供王愷世所罕見的珊瑚，加入了鬥富的助陣行列。這些不但顯示士族間的鬥富之舉極其平常，也顯示帝王對士族的鬥富行為未採取制止措施，上行下效，奢靡浮華之風自然充斥於西晉社會。關於石崇的奢靡在《世說新語・汰侈》及《拾遺記》中也有相關記載：

> 石崇廁，常有十餘婢侍列，皆麗服藻飾，置甲煎粉、沈香汁之屬，
> 無不畢備。又與新衣著令出。客多羞不能如廁。〔註54〕

> 使數十人各含異香，行而語笑，則口氣從風而颺。又屑沉水之香，
> 如塵末，布象床上，使所愛者踐之。無跡者賜以真珠百琲，有跡者
> 節其飲食，令身輕弱。故閨中相戲曰：「爾非細骨輕軀，那得百琲真
> 珠？」〔註55〕

〔註52〕　《晉書・劉頌傳》，卷四十六。同註5，頁1302。
〔註53〕　《晉書・石崇傳》，卷三十三。同註5，頁1006。
〔註54〕　《世說新語・汰侈》。同註17，頁878。
〔註55〕　卷九。王嘉撰，蕭綺錄，王根林校點：《拾遺記》，收錄於《漢魏六朝筆記小
　　　　　說大觀》，上海：上海古籍出版社，1999年12月，頁556。

石崇家廁所之豪華，據傳劉寔詣見石崇時，還以爲誤入了石崇的內室〔註56〕。
石崇還仿製漢武帝時外戚，更衣如廁有美人陪侍的奢侈行徑〔註57〕，讓婢女
服侍如廁後的客人穿著新衣。《拾遺記》中則記錄了石崇讓受寵美人口含異
香，在灑滿沉香屑的象牙床中踩踏，並以百顆眞珠賞賜給未留下腳印的人。
這些紀錄，都顯示了石崇平時生活的奢侈浮華。

又《世說新語‧汰侈》載：

> 武帝嘗降王武子家，武子供饌，並用琉璃器。婢子百餘人，皆綾羅
> 綺繡，以手擎飲食。蒸豚肥美，異于常味。帝怪而問之。答曰：「以
> 人乳飲豚。」〔註58〕

不只是石崇，當時代的王武子以琉璃器及穿著綾羅綢緞的百餘婢女，來款待
晉武帝。而其桌上食材的蒸豚，居然是以人乳爲飼料加以飼養的。又有武帝
重臣何曾：

> 性奢豪，務在華侈。帷帳車服，窮極綺麗，廚膳滋味，過於王者。
> 每燕見，不食太官所設，帝輒命取其食。蒸餅上不坼作十字不食。
> 食日萬錢，猶曰無下箸處。人以小紙爲書者，敕記室勿報。劉毅等
> 數劾奏曾侈忕無度，帝以其重臣，一無所問。〔註59〕

何曾雖爲國家重臣，但性喜豪奢，日食萬錢，猶曰無下箸處。雖被劉毅等彈
劾，仍未受斥責。其原因，除了西晉社會奢靡浮華競尚之風的普遍外，當然
與西晉重視才能多於道德有關。而何曾之子何劭更是「驕奢簡貴，亦有父風。
衣裘服翫，新故巨積。食必盡四方珍異，一日之供以錢二萬爲限。」〔註60〕
生活可謂極盡奢侈。爲此，魯褒有《錢神論》一篇，諷刺當代金錢至上的奢
靡浮華之風：

> 親之如兄，字曰「孔方」。失之則貧弱，得之則富昌。無翼而飛，
> 無足而走。解嚴毅之顏，開難發之口。錢多者處前，錢少者居後。

〔註56〕 劉孝標注。語林曰：「劉寔詣石崇，如廁，見有絳紗帳大床，茵蓐甚麗，兩婢
持錦香囊。寔遽反走，即謂崇曰：『向誤入卿室內。』崇曰：『是廁耳。』」同
注17，頁878。

〔註57〕 余嘉錫箋疏。李詳云：「詳案：《漢書‧外戚衛皇后子夫傳》：『帝起更衣，子
夫侍尚衣。』更衣即廁所，有美人列侍，帝戚平陽主家始有之。石崇仿之，
所以爲侈。」同注17，頁878。

〔註58〕 同注17，頁878。

〔註59〕 《晉書‧何曾傳》，卷三十三。同注5，頁998。

〔註60〕 《晉書‧何劭傳》，卷三十三。同注5，頁998。

處前者爲君長，在後者爲臣僕。君長者豐衍而有餘，臣僕者窮竭
而不足。……無位而尊，無勢而熱。排金門而入紫闥。危可使安，
死可使活；錢之所去，貴可使賤，生可使殺。是故忿爭非錢不勝；
幽滯非錢不拔；怨仇非錢不解；令問非錢不發。洛中朱衣，當途
之士，愛我家兄，皆無已已，執我之手，抱我始終。不計優劣，
不論年紀，賓客輻輳，門常如市。諺曰：「錢無耳，可使鬼。」凡
今之人，惟錢而已。故曰軍無財，士不來；軍無賞，士不往；仕
無中人，不如歸田；雖有中人而無家兄，不異無翼而欲飛，無足
而欲行。〔註61〕

文中揭露了當代金錢「無德而尊」、「可使鬼」的社會現象。而金錢不但能定
人之富貴、生死，也能解開人的怨仇嫌恨。魯褒可謂一針見血的批判了當代
天有所短，錢有所長的情形。

　　乃至於東晉時，歷經永嘉之亂，於遷徙江南時士族經濟力量開始大爲削
弱，但士族間仍有喜好奢靡浮華的人，如謝安及陶侃。《晉書‧謝安傳》曰：
「（謝安）又於土山營墅，樓館林竹甚盛，每攜中外子侄往來游集，肴饌亦屢
費百金。世頗以此譏焉，而安殊不以屑意。」〔註62〕謝安廣建屋宇，往來游
集時，耗費百金。而勤於吏職的陶侃，爲世所重，但家中也是「媵妾數十，
家僮千餘，珍奇寶貨富於天府。」〔註63〕可見到了東晉，士族間奢靡炫富的
行爲雖然逐漸消弭，但奢靡浮華之風仍未消散。

　　至南朝，江河交通便利，使得商業發達。而南朝世族，也因長期安逸，
形成了淫靡虛浮的風氣。如劉大杰《中國文學發展史》以爲「南北朝佛教大
盛，……當時一般名流文士的談佛，或是附和君主，或是自鳴清高。大多放
浪淫侈，貪圖富貴。造成了極度淫靡虛浮的風氣。」〔註64〕這段話雖是指出
南北朝佛教大盛對當代文學的影響，但士人藉由佛寺興建、或佛教僧尼行爲
的不端，所生發出的淫靡虛浮之風，也的確存在。例如《南史‧郭祖深傳》
中批評當朝皇帝佞佛的奏疏：「都下佛寺五百餘所，窮極宏麗，僧尼十餘萬，
資產豐沃。所在郡縣，不可勝言。道人又有白徒，尼則皆畜養女，皆不貫人

〔註61〕《晉書‧隱逸‧魯褒傳》，卷九十四。同注5，頁2437～2438。
〔註62〕《晉書‧謝安傳》，卷七十九。同注5，頁2075～2076。
〔註63〕《晉書‧陶侃傳》，卷六十六。同注5，頁1779。
〔註64〕同注18，頁292。

籍，天下戶口幾亡其半。而僧尼皆非法，養女皆服羅紈。」〔註65〕就指出佛教僧尼資產豐廣，而大量的佛教徒使得天下失去勞動人口，甚至女尼還讓養女穿著羅紈華服的誇張景象。當然，佛教大盛影響所及，只是南北朝社會淫靡虛浮的一環，延續兩晉以來的奢靡浮華競尚之風，始終普遍地流瀉在南北朝的社會中，並或多或少影響了南朝文學的形式主義及華靡文風。

三、魏晉南北朝士人生活方式與排解

魏晉南北朝士人面對著政治清算鬥爭與戰禍、瘟疫的威脅、奢靡浮華的競尚，生命朝不保夕，時時充滿著憂患之情。這時期也正巧是儒學衰微的時代，脫離了窮首皓髮以鑽研經學的傳統桎梏，反而給了士人更多的空間去接受新思想的洗禮。當玄學、佛家思想與道家思想大盛，士人們也在這些思想的影響下及對生命的省思中，重新認識了生命真正的價值，並重新塑造生活的方式。以下大約由以下幾方面加以討論：

（一）清談論辯

清談起於東漢清議，盛於魏晉。東漢清議本指對時政的議論，然而魏晉南北朝政治紊亂、權力更迭頻繁，在激烈的政治鬥爭下，士人們為了避難全生，轉而討論《老》、《莊》、《易》，及關於本末、有無、動靜、體用、言意、名教自然……等玄學問題，並相與析理詰難，形成了「清談論辯」〔註66〕的風氣。而對玄學的注重，相對也形成了士人「援道入儒」的學術傾向。

魏晉的清談，以何晏、王弼為首。《晉書・王衍傳》記載：

> 魏正始中，何晏、王弼等祖述《老》《莊》，立論以為：「天地萬物皆以無為本。無也者，開物成務，無往不存者也。陰陽恃以化生，萬物恃以成形，賢者恃以成德，不肖恃以免身。故無之為用，無爵而貴矣。」〔註67〕

〔註65〕 卷七十。李延壽著，楊家駱主編：《南史》，臺北：鼎文書局，1980 年 3 月初版，頁 1721～1722。

〔註66〕 清談的內容，可區分為「名理」、「玄論」兩派，對清談的主要批評是針對玄論派。劉大杰云：「偏於名家的成為名理一派，偏於玄學的成為玄論一派」、「魏晉清談史上，名理派人物不多，勢力頗小，於是玄論派便成為清談的正統了。後人的言清談者，都是以玄論派為標準的。」劉大杰〈魏晉時代的清談〉，收錄於《魏晉思想》（甲編三種），臺北：里仁書局，1995 年 8 月初版，頁 184、185。

〔註67〕 《晉書・王衍傳》，卷四十三。同注 5，頁 1236。

當時的清談，在魏正始時首開其風，討論內容主要是以《老》、《莊》為主題。
而王衍相當看重何、王的清談，因為王衍本身也是善清談的一員。《晉書》本
傳載：

> 衍既有盛才美貌，明悟若神，常自比子貢。兼聲名藉甚，傾動當世。
> 妙善玄言，唯談《老》、《莊》為事。每捉玉柄麈尾，與手同色。義
> 理有所不安，隨即改更，世號「口中雌黃」。朝野翕然，謂之「一世
> 龍門」矣。累居顯職，後進之士，莫不景慕放效。選舉登朝，皆以
> 為稱首。矜高浮誕，遂成風俗焉。〔註68〕

王衍出身瑯琊王氏，位居高官，卻終日談玄，不理政事。他善談玄言、言辭
清晰明辨，常持白玉為柄的麈尾，玉柄顏色與手的潔白幾乎相近。而談玄時
若義理不當，還會隨時更改。王衍的風神與行事作為，甚至還成了當朝後進
之士景慕的對象。而「矜高浮誕，遂成風俗焉。」則說明了清談的盛行，及
對當代浮誇風氣的影響。

　　清談為何能盛行於魏晉，除了避難全生的現實考量外，乃是因為在清談
時的言辭，能展現個人的風格神韻，甚至被作為品鑑人物的一種標準。如一
場在洛水的聚會，言語的優劣便足以標誌個人的風格神韻。據《世說新語‧
言語》載：

> 諸名士共至洛水戲。還，樂令問王夷甫曰：「今日戲樂乎？」王曰：
> 「裴僕射善談名理，混混有雅致；張茂先論史漢，靡靡可聽；我與
> 王安豐說延陵、子房，亦超超玄箸。」〔註69〕

當代名士聚會清談的情況，相當普遍。而尚書令樂廣，詢問王衍聚會狀況。
王衍依據清談時個人的言辭，給予眾人評價。如評裴頠，論名理雅致而混混
可聽；並認為張茂先、王戎及自己之言論，也都頗具價值。尚書令樂廣會詢
問王衍對眾人的評價，乃是因為他「好尚談稱，為時人物所宗。」〔註70〕在
清談名士中擁有相當高的地位。甚至《世說新語‧文學》中還記錄：

> 中朝時，有懷道之流，有詣王夷甫咨疑者。值王昨已語多，小極，
> 不復相酬答，乃謂客曰：「身今少惡，裴逸民亦近在此，君可往問。」
> 〔註71〕

〔註68〕　《晉書‧王衍傳》，卷四十三。同注5，頁1236。
〔註69〕　同注17，頁85。
〔註70〕　同注17，頁85。
〔註71〕　同注17，頁201。

這段紀錄說明了當時清談風氣的盛行，讓許多人趨之若鶩。而做為清談名士代表的王衍，更是每天要與眾多賓客談論，甚至因為前一天言語得太多，而身體不適。王衍因此建議賓客，可轉而詢問「弘濟有清識，稽古善言名理」〔註72〕的裴頠，他對裴頠推崇的態度，與〈言語〉篇中所載「混混有雅致」的高度評價是一致的。實則，若以清談派別來區分，王衍為玄論一派，而裴頠為名理一派，但王衍憑藉對裴頠清晰明辨言辭的推崇，卻能跨越派別之分，也足見當代對清談言辭的注重了。

另外，如善通《莊》、《老》的衛玠，清談言辭之高更是令人絕倒。《世說新語·賞譽》：

王平子邁世有俊才，少所推服。每聞衛玠言，輒歎息絕倒。〔註73〕

王平子是一位「高氣不群，邁世獨傲」〔註74〕的人，也比衛玠年長十七歲。但只要每次聽聞衛玠的要妙語議，常絕倒於座。他曾經前後三聞，也為之三倒。時人遂流傳「衛君談道，平子三倒」〔註75〕的話語。可見衛玠清談功力及風範，的確也讓不少人欽佩。

清談風氣盛行的魏晉，清談除了作為名士風範的表徵，甚至有以清談獲取官職的例子。《世說新語·文學》中有兩則記載：

阮宣子有令聞。太尉王夷甫見而問曰：「《老》、《莊》與聖教同異？」對曰：「將無同？」太尉善其言，闢之為掾。世謂「三語掾」。

張憑舉孝廉出都，負其才氣，謂必參時彥。欲詣劉尹，鄉里及同舉者共笑之。張遂詣劉。劉洗濯料事，處之下坐，……頃之，長史諸賢來清言。客主有不通處，張乃遙於末坐判之，言約旨遠，足暢彼我之懷，一坐皆驚。真長延之上坐，清言彌日，因留宿至曉。張退，劉曰：「卿且去，正當取卿共詣撫軍。」……撫軍與之話言，咨嗟稱善曰：「張憑勃窣為理窟。」即用為太常博士。〔註76〕

引文中，阮修因為「將無同」三字，便獲致官職，令人不可思議。而張憑更因為以寄寓深遠主旨的簡約言辭，闡發眾人清談中的不通之處，驚異四座，不但由末座被延攬至上座，還因此被拔擢為太常博士。可見，當時名士是相

〔註72〕 同注17，頁201。
〔註73〕 同注17，頁447。
〔註74〕 劉孝標注引《晉書·衛玠傳》。同注17，頁447。
〔註75〕 同注17，頁447。
〔註76〕 同注17，頁207、235。

當注重清談的，在此情形下，也就開啓了名士以清談來獲取功名利祿的風氣。清談逐漸成爲名士用以沽名釣譽，或抬高自己聲望的手段。

這些終日談論玄理、不理政事的大臣、名士；或汲汲營營以清談來獲取功名利祿；或藉由清談來吹捧自己，以利躋身名士行列的人，不但造成社會虛妄浮華之風的興起，也招致了嚴厲的批評。如葛洪〈疾謬篇〉曰：

> 終日無及義之言，徹夜無箴規之益。證引《老》、《莊》，貴於率任，大行不顧細禮，至人不拘檢括，嘯傲縱逸，謂之體道。嗚呼，惜乎，豈不哀哉！〔註77〕

尚且不論清談中辨析玄理在文學上的意義，或者對於《老》、《莊》是否眞是「證引」，但名士終日沉溺於玄理的辨析，更甚者藉此薄周、孔，非禮、法，以談玄之名縱容放誕虛妄的行爲，的確對社會造成了負面的影響。因此，葛洪在〈疾謬篇〉中才嚴厲批評談玄所造成的虛妄風氣。裴頠也因此著作〈崇有論〉，希望用以糾正時弊。據《晉書・裴頠傳》載：

> 頠深患時俗放蕩，不尊儒術，何晏、阮籍素有高名於世，口談浮虛，不遵禮法，尸祿耽寵，仕不事事；至王衍之徒，聲譽太盛，位高勢重，不以物務自嬰，遂相放效，風教陵遲，乃著崇有之論以釋其蔽。
> 〔註78〕

文中明確提出的時俗放蕩、不尊儒術、口談浮虛、尸祿耽寵、風教陵遲……等等，可說大致上總結了談玄對國家、社會所造成的負面影響。實則，裴頠也是清談名士之一，但傾向談論名理一派，然而他對玄理一派的談玄弄虛之風，其實相當不以爲然。〈崇有論〉的創作，正是用以揭示談玄弄虛之蔽。

乃至於有以爲談玄弄虛的浮華之風，會導致邦國的覆滅。如傅嘏便曾批評過何晏，其云：「何平叔言遠而情近，好辯而無誠，所謂利口覆邦國之人也。……遠之猶恐禍及，況暱之乎！」〔註79〕「利口覆邦國」是對談玄弄虛最直截的批評，而談玄的風氣造成官員無所政績的情形，在魏晉的國力及民生上來說，的確是有所關聯的。

〔註77〕 《抱朴子・外篇》，卷25。葛洪著，何淑貞校注：《抱朴子外篇》，臺北：鼎文書局，2002年2月初版，頁522。

〔註78〕 同註5，頁1042。

〔註79〕 據《三國志》卷十〈魏書・荀彧傳〉裴松之注：「嘏善名理，而粲尚玄遠，宗致雖同，倉卒時或有格而不相得意。」可見傅嘏也傾向清談中的名理一派，故而對玄理之弊提出嚴厲的批評。裴松之注，卷二十一。同註3，頁319、624。

　　王坦之也對當代清談所造成的時俗放蕩，不敦儒教有所批評，甚至著《廢莊論》，其云：「荀卿稱莊子『蔽於天而不知人』，揚雄亦曰『莊周放蕩而不法』，何晏云『鬻莊軀，放玄虛，而不周乎時變』。」都是用以說明對當代以《老》、《莊》作爲談玄弄虛清談內容的不滿。他也曾經苦口婆心勸誡好友謝安，不宜祖尚浮虛。《晉書·王坦之傳》載：

> 初，謝安愛好聲律，期功之慘，不廢妓樂，頗以成俗。坦之非而苦諫之。安遺坦之書曰：「知君思相愛惜之至。僕所求者聲，謂稱情義，無所不可爲，聊復以自娛耳。若絜軌跡，崇世教，非所擬議，亦非所屑。常謂君粗得鄙趣者，猶未悟之濠上邪！故知莫逆，未易爲人。」
> 〔註80〕

對於王坦之的苦諫，謝安和緩的以「情義自娛」和「若絜軌跡，崇世教，非所擬議，亦非所屑。」來加以答辯。這兩項理由，很能彰顯魏晉時代的審美風尚，與名士何以沉溺談玄之風的原因。所謂「情義自娛」，乃肇因於魏晉時代重「情」的審美趨向。而這種重「情」所生發出的縱「情」行爲，實際上是魏晉士人在動亂的時代下，用以寄託、紓解自己心志的方式。而「絜軌跡，崇世教」在儒教瓦解的魏晉，及司馬氏曾以名教殘害名士的當時，更是自詡清高之人所不屑爲之的。可見清談本是士人用以抒發心情的途徑，進而形成一種生活的方式，然而在談玄風氣大盛後，不可避免的也產生了亂象，導致「清談誤國」的批評。

　　雖然「清談」在末期產生了極多弊端，然而其「辨析名理」的形式，在學術上也間接造成「論辯」之盛。劉大杰〈魏晉思想論〉便認爲說：「魏晉學術界的新傾向之一，就是懷疑精神與辯論風氣。」〔註81〕因此當時有相當多的「答」、「難」之作產生，嵇康與阮德如就對家宅有無吉凶作過激烈的論辯。如阮德如作〈宅無吉凶論〉，嵇康以〈難宅無吉凶論〉難之；阮德如再作〈釋難宅無吉凶論〉論辯，嵇康再以〈答釋難宅無吉凶論〉論辯。曾春海曾分析兩人的論辯，以爲：

> （阮德如、嵇康）兩人在宅卜吉凶攝生說的立場有歧異處，嵇康兼

〔註80〕　卷七十五。同注5，頁1968。

〔註81〕　劉大杰〈魏晉思想論〉以爲魏晉學術界的新傾向共有四項，乃是：「浪漫主義與老莊復活」、「經學玄學化」、「佛學的發展」、「懷疑精神與辯論風氣」。劉大杰：〈魏晉思想論〉，收錄於《魏晉思想》。同注6，頁38。

重攝生術和卜宅術，係以理論為本，對方重攝生術而斥卜宅術，係
顧及經驗事實所產生的社會惡果。……對道教宅卜吉凶之說，嵇康
從「理」上與以尊信，對方則從「事」上見其流弊而予駁斥。〔註82〕

暫且不論二人觀點的優劣勝敗，但兩人從不同觀點來探討同一個主題，實際
上顯示魏晉時期在學術上，對形而上的主題，已興起了思辨之風。其價值在
於他們對人們知識未及的領域，敢於勇敢思辯。這種對學術多方思辨的現象，
對《楚辭》的接受與其價值的定位，其實是有助益的。魏晉士人脫離了漢朝
單一「忠君」，或儒家傳統「溫柔敦厚」的觀念，在重視論辯的風氣下，更能
從文本、音韻，或從形而上的審美經驗來重新檢視《楚辭》。如陸雲和兄長往
返的書信（〈與兄平原書〉）中，兩人就多次討論到《楚辭》的價值與審美。
及至南朝文學評論的盛行發達，多少受到重視思辨的影響。

　　而其他論辯主題，有有無、才性、自然名教……等；至於文章，有嵇康
的〈養生論〉、〈答難養生論〉，及向子期的〈難養生論〉。又有張遼叔作〈自
然好學論〉，嵇康則作〈難自然好學論〉答之。

　　魏晉士人清談論辯之風，雖然一度走向談玄弄虛、無益社會、民生的困
境，但它曾經是魏晉士人賴以面對生活的一種方式，雖然不盡完美，卻是對
時代最真實的一頁紀錄。

（二）援道入儒

　　傳統以來，儒家綱常名教都是維持社會政治的重要依據。而漢末以來，綱
常名教屢遭破壞。破壞的原因，大約有三：其一為黃巾亂起，農民起義對儒學
及禮教的衝擊；其二為封建統治階級自己的破壞；其三為儒者及經學家面對道
德危機和經學的沒落，開始逾越儒家的禮度和經學的師法家法，不拘儒者之
節，雜採老莊之說〔註83〕。然而，統治階級仍需儒家綱常名教來維持運作，籠
罩在政治陰影下的儒學衰落了，名教也變得虛偽，這些都激起名士們的反動。
名士們以老莊釋儒，以《老子》、《莊子》、《周易》三玄，提出「越名教而任自
然」的主張來對抗虛偽的司馬氏政權。這股援道入儒的風氣，造成玄學的興起，
也間接影響了魏晉士人的生活態度。援道入儒的玄學影響所及，其具體表現為：

〔註82〕曾春海：《竹林玄學的典範：嵇康》，臺北：萬卷樓圖書有限公司，2000 年 3
　　　　月，頁 153。

〔註83〕江增華：〈魏晉玄學之解讀〉，《上饒師範學院學報》，第 22 卷第 1 期 2002 年 2
　　　　月，頁 29。

> 形上思辨，清談析理；任性率真，寄情山水；在文學上表現為對藝
> 術化人生的追求與個人本性的真實流露。〔註84〕

援道入儒的魏晉士人發揚了老莊餘韻，除了口發玄言之語外，對朝不保夕的
生命而言，能盡情的任性放縱、表現自我，是彌足珍貴且脫俗不凡的。因此，
任誕之風多有所聞、肆情縱性鄙夷名教也屢為常見了。

    正如竹林七賢中的阮籍與嵇康自述其追求的理想境界，也脫離不了道家
影響。如阮籍〈大人先生傳〉中曾提及心目中的理想境界，其云：

> 夫大人者，乃與造物同體，天地並生，逍遙浮世，與道俱成，變化
> 散聚，不常其形。天地制域於內，而浮明開達於外。天地之永，非
> 世俗之所及。〔註85〕

文中「逍遙浮世，與道俱成」，正是指能真正追求不受形體拘束的自由，並且
與最崇高的道相互輔成。文中的「大人」、「造物」、「逍遙」等詞，很顯然的
是受到道家老莊思想的影響。又其〈詠懷詩〉第六云：「昔聞東陵瓜，近在青
門外。連畛距阡陌，子母相鉤帶。五色曜朝日，嘉賓四面會。膏火自煎熬，
多財為患害。布衣可終身，寵祿豈足賴？」〔註86〕說的是多才會反遭迫害，
還不如當一個普通平民來得終身平安，如此看來人間的恩寵與名利是不能倚
靠的。詩中「膏火自煎熬」一句，出自《莊子·人間世》：「山木自寇也，膏
火自煎也。桂可食，故伐之；漆可用，故割之。人皆知有用之用，而莫知無
用之用也。」〔註87〕「無用之用是為大用」的觀點，一直都是莊子學說中所
強調的重點，可見其思想的援道入儒，是顯而易見的。

    阮籍的援道入儒，主要仍是學習老莊的避禍全生，及以曠達通透的態度
面對生命為主。既然阮籍對生命途徑的選擇相當清楚，平日所言也就十分謹
慎而愈加玄遠了。《世說新語·德行》第一便記載「晉文王稱阮嗣宗至慎，每
與之言，言皆玄遠，未嘗臧否人物。」〔註88〕《昭明文選》李善注評其〈詠
懷詩〉時，也說：「嗣宗身仕亂朝，常恐懼謗遇禍，因茲發詠，故每有憂生之

〔註84〕趙玉萍：《魏晉南北朝文學發展研究》，成都：四川大學出版社，2009 年 8 月
    第 1 版，頁 3。

〔註85〕阮籍：〈大人先生傳〉。《晉書·阮籍本傳》卷四十九、列傳第十九。同注 5，
    頁 1359。

〔註86〕阮籍：〈詠懷詩〉六十二首。同注 29，頁 180。

〔註87〕《莊子·人間世》。劉建國、顧寶田注譯：《莊子譯注》，長春：吉林文史出版
    社，1993 年 1 月，頁 92。

〔註88〕《世說新語·德行》。同注 17，頁 17。

嗟。雖志在刺譏，而文多隱避，百代之下，難以情測。」〔註89〕由此可知「謹慎」與「言皆玄遠」除了受到道家思想影響，也是阮籍選擇對應生命的方式。

而嵇康的行事也是走上老莊的道路，並藉以避禍全生。《晉書・嵇康本傳》載：「戎自言與康居山陽二十年，未嘗見其喜慍之色。」〔註90〕而後嵇康因呂安之事被牽連入獄，悲憤之餘有詩作提及「抗心希古，任其所尚。托好老莊，賤物貴身，志在守樸，養素全眞。」（〈幽憤詩〉）詩中「守樸」、「養素全眞」多是道家修養己身的功夫，可見他是拿老莊道學的觀點，作爲自己理想人格追求及實踐的目標。

此外，言多玄遠所導致的情形，便是使得經學玄學化。劉大杰《魏晉思想論》舉郭璞所撰《論語體略》、《論語隱》等書爲例：他（郭璞）將「顏淵死，子哭之慟。」一條解爲「人哭亦哭，人慟亦慟，蓋無情者，與物化也。」又在「修己以安百姓，堯舜其猶病諸。」下面注云：「百姓百品，萬國殊風。以不治治之，乃得其極。若欲修己以治之，雖堯舜必病，況君子乎？今見堯舜非修之也，萬物自無爲而治，若天之自高，地之自厚，日月之明，雲行雨施而已。」〔註91〕用《論語》原意與郭璞的注相比較，就知道是他將道家無情、與物遷化及無爲而治的觀點，灌注到了儒家經典中，如此明顯與儒家原意是悖離極遠的。而這種「儒道會通」的情形，正是魏晉南北朝典籍作品中相當常見的。

以上，可知在魏晉南北朝援道入儒的風氣極爲普遍，間接的也促進了玄學的蓬勃發展。此項特色對於《楚辭》學的影響，則在於當代士人於思考屈原生命抉擇時，能另闢蹊徑提出「無累」、「順世隨俗」等建議，表達委婉的質疑。又對於各類騷體的擬作上，內容也多沾染了道家之氣味。

（三）飲酒長嘯

中國酒文化由來已久，但到了魏晉南北朝時，士人飲酒不但蔚爲風潮，還成爲名士風流的一種象徵。早在三國時，《三國志・武帝紀》注引《曹瞞傳》就曾記載曹操在聚會時飲酒的情況：

> 太祖爲人佻易無威重，好音樂，倡優在側，常以日達夕。被服輕綃，
> 身自配小鞶囊，以盛手巾細物，時或冠帢帽以見賓客；每與人談論，

〔註89〕 李善《文選注》。蕭統：《昭明文選》，臺北：第一書局，1980 年 11 月，頁 309。

〔註90〕 《晉書・嵇康本傳》，卷四十九、列傳第十九。同注 5，頁 1369。

〔註91〕 劉大杰：《魏晉思想論》第二章魏晉學術界的新傾向。同注 6，頁 24。

> 戲弄言誦，盡無所隱。及歡悦大笑，至以頭沒杯案中，肴膳皆沾浼
> 巾幘，其輕易如此。

曹操雖然執法峻刻，但在聚會飲酒作樂時，尚且不太在意自己的言行舉措，乃至於大笑時頭沒入杯案中。這是曹操藉由日常飲酒作樂的場合，表達與他人的隨和親近。到了《世說新語》，記載了更多關於飲酒的篇章，如：

> 張季鷹縱任不拘，時人號爲「江東步兵」。或謂之曰：「卿乃可縱適
> 一時，獨不爲身後名邪？」答曰：「使我有身後名，不如即時一杯
> 酒！」（《世說新語・任誕》）

> 王光祿：「酒，正使人人自遠。」（《世說新語・任誕》）

> 王衛軍云：「酒正自引人著勝地。」（《世說新語・任誕》）

> 王大曰：「阮籍胸中壘塊，故須酒澆之。」（《世說新語・任誕》）

> 王佛大歎言：「三日不飲酒，覺形神不復相親。」（《世說新語・任誕》）

> 王孝伯：「名士不必須奇才，但使常得無事，痛飲酒，熟讀〈離騷〉，
> 便可稱名士。」（《世說新語・任誕》）〔註92〕

引文中性格放縱不拘的張翰，曾因爲思念故鄉的「鱸膾蓴羹」，棄官還鄉，甚至曠達的認爲當下的飲酒之樂，重於身後名聲。而王光祿（王蘊）則以爲酒能讓人在心境上求得寧靜，因此他「素嗜酒，末年尤甚。及在會稽，略少醒日。」〔註93〕王光祿一生官途平順，其女還被晉孝武帝納爲皇后，其所謂飲酒以達「自遠」，乃傾向於酒對精神上的撫慰作用。而王衛軍（王薈）爲東晉丞相王導的幼子，他的士族背景，使他年輕出仕就歷任吏部郎、侍中……等官職，他以爲酒可以引人進入美妙的境界。王大則以爲阮籍善於飲酒，乃是因爲酒可用以紓解心中塊壘。

　　《世說新語・任誕》也記載阮籍即使遭母喪，仍飲酒不輟，因此導致了不遵風教的批評。關於阮籍的飲酒，余嘉錫箋注分析其飲酒之因，頗深入詳細，其云：「觀阮籍〈詠懷詩〉，則籍之附昭，或非其本心。然既已懼死而畏勢，自暱於昭，爲昭所親愛。又見高貴鄉公之英明，大臣諸葛誕等之不服，鑒於何晏等之以附曹爽而被殺，恐一旦司馬氏事敗，以逆黨見誅。

〔註92〕 同注17，頁739、749、760、763、763、764。

〔註93〕 劉孝標注引《續晉陽秋》曰：「蘊素嗜酒，末年尤甚。及在會稽，略少醒日。」
同注17，1993年10月，頁749。

故沈湎於酒，佯狂放誕，外示疏遠，以避禍耳。」〔註94〕這段注大致闡明了阮籍的飲酒之因，乃在於紓解精神上的憂思，及逃避現實環境中政治的壓迫與鬥爭。

至於放縱不拘的王佛大（王忱），則認為飲酒能讓形體與心神相親。因此他常豪飲，「一飲或至連日不醒，遂以此死。」〔註95〕他甚至還戲稱「酒醉」為「上頓」。而王孝伯（王恭）則認為酒不但要飲，還必須飲得「痛快」，並且佐以《楚辭》，才能堪稱為名士風範。由以上篇章可知，飲酒不但成為這時期士人的普遍行為，「放誕飲酒」、「痛飲」還成為當時名士風流的表徵。而酒的功用，不但可令人藉以躲避現實的困難，還能紓解人的憂思，使人「自遠忘我」，以達到精神上的舒緩愉悅。因此，飲酒成為魏晉南北時期士人行為中具有特殊風致的表現。

其他，如竹林七賢也成為當代喜好飲酒的代表。尤其是劉伶，《晉書》本傳中載：

> 常乘鹿車，攜一壺酒，使人荷鍤而隨之，謂曰：「死便埋我。」其遺形骸如此。嘗渴甚，求酒於其妻。妻捐酒毀器，涕泣諫曰：「君酒太過，非攝生之道，必宜斷之。」伶曰：「善！吾不能自禁，惟當祝鬼神自誓耳。便可具酒肉。」妻從之。伶跪祝曰：「天生劉伶，以酒為名。一飲一斛，五斗解酲。婦兒之言，慎不可聽。」仍引酒御肉，隗然複醉。〔註96〕

他嗜酒如命，放浪形骸。即使妻子涕泗縱橫地勸告他戒酒，他還是在神明面前表達對飲酒的愛好，並喝得酩酊大醉。他還曾寫作〈酒德頌〉，其云：

> 有大人先生，以天地為一朝，萬期為須臾，日月為扃牖，八荒為庭衢。行無轍跡，居無室盧，幕天席地，縱意所如。止則操卮執觚，動則挈榼提壺，唯酒是務，焉知其餘。有貴介公子，搢紳處士，聞吾風聲，議其所以，乃奮袂攘襟，怒目切齒，陳說禮法，是非鋒起。先生於是方捧罌承槽，銜杯漱醪，奮髯箕踞，枕麴藉糟，無思無慮，其樂陶陶。兀然而醉，怳爾而醒。靜聽不聞電霆之聲，熟視不睹泰

〔註94〕引自余嘉錫箋疏。同注17，頁729。

〔註95〕劉孝標注引〈晉安帝紀〉云：「忱少慕達，好酒，在荊州轉甚，一飲或至連日不醒，遂以此死。」同注17，頁763。

〔註96〕卷四十九。同注5，頁1376。

> 山之形，不覺寒暑之切肌，利欲之感情，俯觀萬物，擾擾焉如江漢
> 之載浮萍，二豪待側焉，如蜾蠃之與螟蛉。〔註97〕

文中以縱意所如、惟酒是務的「大人先生」，和拘泥禮教，死守禮法的「貴介公子」、「縉紳處士」相對立。內容是闡述「大人先生」兀然而醉，並從而通透真理，將萬物擾擾視同河中浮萍。他不但不覺寒暑，也不在意人世間的功名利祿，「大人先生」高超曠達的形象，恐怕就是劉伶自我的寫照。而文章作意，主要用以表達他所追求的精神自由，並諷刺了遵從虛偽禮教的貴族與縉紳。

　　不只是劉伶，其他嗜酒名士還有：阮籍「嗜酒能嘯，善彈琴。當其得意，忽忘形骸。」（《晉書》）〔註98〕、琅邪王褒「嘗以金貂換酒，複爲所司彈劾。」（《晉書》）〔註99〕……等。更有劉公榮（昶）不擇酒友，「與人飲酒，雜穢非類，人或譏之。答曰：『勝公榮者，不可不與飲；不如公榮者，亦不可不與飲；是公榮輩者，又不可不與飲。』故終日共飲而醉。」〔註100〕名士們好酒如此，這些都顯見「飲酒」成爲魏晉士人生活中重要的一環。此外，酒也成了好酒士人的文章素材，如陶淵明不但愛喝酒，也屢屢在詩作中提及酒，《讀山海經》之五：「在世無所須，唯酒與長年」、思念親友的〈停雲〉：「有酒有酒。閑飲東窗。」及醉後，用以題句自娛的二十首〈飲酒詩〉。

　　庾信的詩文中，也常出現酒的意象，甚至引用了「竹林七賢」好酒的典故。如〈答王司空餉酒〉：「今日小園中，桃花數樹紅。開君一壺酒，細酌對春風。」、〈衛王贈桑落酒奉答〉：「跋窗催酒熟，停杯待菊花」、〈有喜致醉〉：「頻朝中散客，連日步兵廚。」、〈暮秋野興賦得傾壺酒〉：「劉伶正促酒，中散欲彈琴。但令逢秋菊，何須就竹林。」、〈蒙賜酒〉：「阮籍披衣進，王戎含笑來。」、〈對酒歌〉：「山簡接䍦倒，王戎如意舞。」……等。在庾信詩文中，酒不但可用以和朋友暢敘友誼，還能安慰自己身處他鄉異地的悲傷。

　　足見酒已全面地滲入了魏晉南北朝士人的生命中。士人們不論是將「酒」用作逃避現實的藉口，或用以撫慰精神、紓解憂思，飲酒都成爲了當代士人生活中不可或缺的一部分。

〔註97〕　卷四十九。同注5，頁1376。
〔註98〕　卷四十九。同注5，頁1360。
〔註99〕　〈阮孚〉本傳，卷四十九。同注5，頁1365。
〔註100〕　《世說新語‧任誕》。同注17，頁730。

魏晉南北朝士人除了「飲酒」，也用「長嘯」來做爲對生活苦悶的排解，及作爲名士風流的表徵。

擅於「嘯」的名士，除了前述的阮籍外。在《世說新語・雅量》中還記載：

> 謝太傅盤桓東山時，與孫興公諸人泛海戲。風起浪涌，孫、王諸人色並遽，便唱使還。太傅神情方王，吟嘯不言。舟人以公貌閒意說，猶去不止。〔註101〕

謝安與朋友泛舟出遊，途中風浪大作，大家都因爲驚懼而變了臉色，卻只有謝安興致正濃，吟詠歌嘯不止。船夫也因爲謝安的鎮定，而繼續向前划去。此章一方面反映了謝安面臨突發事件的鎮定，一方面也可知道在魏晉士人的聚會遊玩中，「嘯」其實是很常見到的舉動。而在風浪中，謝安「吟嘯不言」所展現的鎮定形象，也成爲了氣量宏大的代表。其他還有《世說新語・任誕》：

> 劉道眞少時，常漁草澤，善歌嘯，聞者莫不留連。有一老嫗，識其非常人，甚樂其歌嘯，乃殺豚進之。道眞食豚盡，了不謝。嫗見不飽，又進一豚，食半餘半，迺還之。〔註102〕

劉道眞的善於歌嘯，讓老嫗認爲他氣度不同於一般人，甚至殺豬來請他食用。篇章中以「善歌嘯」來彰顯劉道眞的曠放不羈，及其高雅的氣度。可見「嘯」的確能作爲名士氣度不凡的表徵。再如《世說新語・任誕》的另一則記載：

> 王子猷嘗暫寄人空宅住，便令種竹。或問：「暫住何煩爾？」王嘯詠良久，直指竹曰：「何可一日無此君？」〔註103〕

此則王子猷面對他人「暫住何煩爾」的疑問時，嘯詠良久後，才表明不能一日缺乏竹的心情。「嘯詠」的動作，不但說明了王子猷愛竹的心情，更凸顯出其高遠曠達的形象。而「嘯」不止能凸顯名士的高雅度量或風範，還能作爲心意溝通的管道，在往來吟嘯中，可用以顯示相知相惜之情。如《世說新語・棲逸》：

> 阮步兵嘯，聞數百步。蘇門山中，忽有眞人，樵伐者咸共傳說。阮籍往觀，見其人擁膝嚴側。籍登嶺就之，箕踞相對。籍商略終古，上陳黃、農玄寂之道，下考三代盛德之美，以問之，仡然不應。復

〔註101〕同注17，頁369。
〔註102〕同注17，頁737。
〔註103〕同注17，頁760。

敘有爲之教，棲神導氣之術以觀之，彼猶如前，凝矚不轉。籍因對
之長嘯。良久，乃笑曰：「可更作。」籍復嘯。意盡，退，還半嶺許，
聞上洒然有聲，如數部鼓吹，林谷傳響。顧看，迺向人嘯也。〔註104〕

阮籍欲與眞人來往，首先與之談太古無爲之道，論五帝三王之義；而後又言
棲神導氣之術，但眞人並未回應。直到阮籍長嘯，眞人方以高超、響徹林谷
的嘯聲相應相和。可見阮籍欲陳述自我胸懷本趣，和眞人相交遊，而最後卻
是因爲長嘯相和，作爲了兩人相知的溝通管道。可見「嘯」對當時的名士風
流與氣度，的確存有評鑑與增益作用。

「嘯」除了顯示氣度、風範或作爲溝通管道外，還有紓解情緒的功用。
如《世說新語·任誕》：「阮籍遭母喪，楷往弔。籍乃離喪位，神氣晏然，縱
情嘯詠，旁若無人。楷便率情獨哭，哭畢而退。」〔註105〕阮籍遭母喪以「縱
情嘯詠」來回應裴楷的弔喪，而裴楷則率情獨哭以應之。阮籍晏然、鎮定的
行爲，顯然就是當代縱情恣肆的名士表現；而作爲守禮之人，裴楷的弔唁與
哭泣也相當符合禮教。這正顯示了不遵禮教的名士，與以禮教自奉的士人兩
種迥然不同的行爲模式。另外，阮籍四言的〈詠懷〉詩：「清風肅肅，修夜漫
漫。嘯歌傷懷，獨寐寤言。何用寫思，嘯歌長吟。」〔註106〕都說明了阮籍的
善嘯，與「嘯」在生活中的紓解情緒的功能。

又有謝鯤，《晉書》載：「鄰家高氏女有美色，鯤嘗挑之，女投梭，折其
兩齒。時人爲之語曰：『任達不已，幼輿折齒。』鯤聞之，傲然長嘯曰：『猶
不廢我嘯歌。』」〔註107〕謝鯤因爲調戲鄰家女子，遭其投梭斷齒，仍不忘長嘯，
並以爲不會阻礙他嘯歌。謝鯤如此看重「嘯歌」，並用之爲自己的尷尬開脫，
不禁令人啞然失笑。

擅長「嘯」的還有西晉成公綏，《晉書》本傳曰：「綏雅好音律，嘗當暑
承風而嘯，泠然成曲。」〔註108〕足見其「嘯」的技巧極高。此外，他還作〈嘯
賦〉：

良自然之至音，非絲竹之所擬。是故聲不假器，用不借物。近取諸
身，役心御氣。動脣有曲，發口成音。觸類感物，因歌隨吟。大而

〔註104〕同注17，頁648。
〔註105〕余嘉錫箋疏引裴楷別傳。同注17，頁734。
〔註106〕陳伯君校注：《阮籍集校注》，北京：中華書局，2006年3月3刷，頁494。
〔註107〕卷四十九。同注5，頁1377。
〔註108〕卷九十二。同注5，頁2373。

不洿，細而不沈。清激切於笙竽，優潤和於瑟琴。玄妙足以通神悟
靈，精微足以窮幽測深。……於時縣駒結舌而喪精，王豹杜口而失
色。虞公輟聲而止歌，寗子檢手而歎息。鍾期棄琴而改聽，孔父忘
味而不食。百獸率舞而抃足，鳳皇來儀而挷翼。乃知長嘯之奇妙，
蓋亦音聲之至極。〔註109〕

何謂「嘯」，許慎《說文解字》曰：「嘯，吹聲也。從口肅聲。」〔註110〕《楚
辭・招魂》有「招具該備，永嘯呼些。」說明招魂時用嘯聲來感應陰陽與
魂魄〔註111〕。劉向〈九歎・思古〉中有「聊浮游於山陜兮，步周流於江畔。
臨深水而長嘯兮，且倘佯而泛觀。」〔註112〕陳述憂思不能獨處，因此遊戲
博觀，臨水長嘯。而〈嘯賦〉文中，成公綏認為「嘯」正可以接近自然，
還能標示不從流俗之風範。他稱「嘯」為「自然至音」，及「嘯」不是絲竹
之聲所能比擬的。他以為「嘯」時，言聲在喉中轉動，能做到大聲不震譁
而流漫，細聲不湮滅而不聞，還能哀而不傷。長嘯之奇妙，甚至連善謳與
善彈奏之人都會被吸引。成公綏生動的描述了嘯聲的悠揚婉轉及貼近自然
的意趣。

　　而「嘯」在魏晉南北朝中的特殊性，還成了筆記小說小說中的素材。《拾
遺記》載：「太始二年，西方有因霄之國，人皆善嘯。丈夫嘯聞百里，婦人嘯
聞五十里，如笙竽之音，秋冬則聲清亮，春夏則聲沈下。人舌尖處倒向喉內，
亦曰兩舌重沓，以爪徐刮之，則嘯聲逾遠。故《呂氏春秋》云『反舌殊鄉之
國』，即此謂也。」〔註113〕則說明擅嘯之國，男女皆精通長嘯，如絲竹之音，
且四季之嘯聲有不同的音調。其他如郭璞〈遊仙詩〉有「嘯傲遺世羅，縱情
獨往來。」及至東晉，陶潛更有〈歸去來兮辭〉：「登東皋以舒嘯，臨清流而
賦詩。」可見「嘯」本身所具有的抒解情緒、接近自然等功效，都讓魏晉南
北朝人將它視為當代特殊的審美風尚。

　　綜論之，「飲酒」、「長嘯」對魏晉南北朝名士而言，不但能用以紓解情緒，
還能作為遠離苦難與衝突人生現實的方式，並能讓人感受到接近自然，或達

〔註109〕卷十八。同注89，頁246。
〔註110〕許慎：《說文解字》，北京：中華書局，1985年初版，頁42。
〔註111〕王逸注：「夫嘯者，陰也。呼者，陽也。陽主魂，陰主魄，故必嘯呼以感之也。」
　　　　洪興祖：《楚辭補注》，臺北：天工書局，1994年9月，頁202。
〔註112〕同注111，頁307。
〔註113〕《拾遺記》，卷五。同注55，頁527。

到精神超脫的境界。這些都成為了「飲酒長嘯」在魏晉南北朝流行的最根本
原因。

（四）隱遁山林

在魏晉南北朝詩歌寫作題材的選擇上，開始與過去有顯著的差異。除了
關於政治社會、反映人民生活的詩歌外，山水園林題材作品大量興起，究其
原因是士人為了避禍全生，而選擇了退隱或遊賞於山水園林中。有了大量接
觸山水園林的機會後，尤其是南朝文人開始關心山水園林題材寫作的可能
性。他們在遊賞的同時，一方面紓解了精神的壓力，一方面開始用魏晉南北
朝特有的審美眼光，去審視山水園林之美感及趣味。他們往往重視心靈與外
在自然景物的融合，也渴望在徜徉自然中達到天人合一的境界。他們也借用
對當代人物品鑑中重視「精神」的方式，來重新審視山水園林之美，這些都
讓魏晉的山水園林題材作品，展現了不同於傳統文學的風貌。

山水園林題材在南朝時作品大量的產出，也逐漸取代了東晉的玄言詩。
其大約有其內外緣因。首先魏晉文人身處的政治與社會環境有極大的關聯。
過去他們面對動盪且充滿戰亂的時代，選擇投入了老莊學說的懷抱，一部分
人以老莊學說所強調的「自然」對抗「名教」；一部分人則選擇遠離政局而隱
入山林或縱情遊賞。這些選擇，都逐漸讓魏晉文人關注到自然與山水，並進
一步以其當代特殊的審美觀，重新看待自然山水。

除了老莊學說的影響，面對生命的朝不保夕，魏晉南北朝士人多崇尚道
教的修仙煉丹，因而隱入深山，追尋神仙及長生之道，這些也都是促進山水
題材寫作的外在原因。而內在原因則是在自然山水間，文人們能夠於情感上
有所抒發、釋放。在觀賞煙霧氤氳的秀麗山水時，心情的沉澱、領會及神遊，
都讓他們得以抒解憤懣不平或哀傷無奈的情緒，並迸發出特殊的領悟。如《世
說新語》中記載的園林遊賞，也往往能看到文人們展現暇逸超俗、悠然自得
的情趣，頗能代表兩晉對待自然山水的方式與想法：

> 簡文入華林園，謂左右曰，「會心處不必在遠，翳然林水，便自有濠
> 濮間想也，覺鳥獸禽魚，自來親人」(《世說新語‧言語》)〔註114〕

引文中「會心處不必在遠」正是魏晉士人特殊審美觀下的產物。而「鳥獸禽
魚，自來親人」則破除了物我的界線，有老莊天人合一的味道。文中展現的

〔註114〕同注17，頁120。

是時代中普遍浸染的道家思想，及心靈剎那間所感知到的美與感動。但顯然此文中尚未見到對山水風景專力、細膩的描摹，重點仍是以心靈的感動爲主。

至於顧長康以「千岩競秀，萬壑爭流，草木朦朧其上，若雲興霞蔚」〔註115〕來形容沿途所見的山水之美，雖然有較多對風景的描摹，但也是重在對千岩萬壑磅礴氣勢的塑造。又或者荀中郎在京口，登北固望海云：「雖未睹三山，便自使人有凌雲意。若秦、漢之君，必當褰裳濡足。」〔註116〕勾畫出終年煙霧氤氳的山水之境，絕塵脫俗絕類仙境，不禁令人聯想到數百年前的秦皇、漢武追求長生之事。可見山水的空間美感，能跨越時空界限，帶給了詩人與歷史人物在心神上的瞬間交錯。總而言之，關於山水題材寫作的內緣因素，正在於其「非唯使人情開滌，亦覺日月清朗」〔註117〕，著重的是情感的抒發。

及至南朝，則詩人多開始著力於詩文中對風景作細膩的描寫。如當時寫作山水題材饒富盛名的謝靈運，他面對政治上的失意悲傷，正是以遨遊山水、探奇訪勝作爲抒發憂憤的方式。他的名詩〈登池上樓〉：

> 潛虬媚幽姿，飛鴻響遠音。薄霄愧雲浮，棲川怍淵沈。
> 進德智所拙，退耕力不任。徇祿反窮海，臥痾對空林。
> 衾枕昧節候，褰開暫窺臨。傾耳聆波瀾，舉目眺嶇嶔。
> 初景革緒風，新陽改故陰。池塘生春草，園柳變鳴禽。
> 祁祁傷豳歌，萋萋感楚吟。索居易永久，離群難處心。
> 持操豈獨古，無悶徵在今。〔註118〕

謝靈運當時病中藉由登樓遠眺、遊賞山水來抒發自己的失意悲傷。他在遠眺中聆聽到流水的細微波動，也舉目遠望聳立的高山，感受到了接替冬日的和煦春風，而池塘中的小草和園林中的鳴禽，都因春天降臨而展現了蓬勃的生機。雖然聽到悲傷的歌還是會勾起心中的惆悵，但在美好的山水環境中堅守節操，他的心靈的確也受到了山水園林的療癒。

此詩讀來情韻與《楚辭‧招隱士》頗爲相似，王逸敘云：「小山之徒，閔

〔註115〕《世說新語‧言語》：「顧長康從會稽還，人問山川之美，顧云『千岩競秀，萬壑爭流，草木朦朧其上，若雲興霞蔚』」同注17，頁143。

〔註116〕《世說新語‧言語》：「荀中郎在京口，登北固望海云：『雖未睹三山，便自使人有凌雲意。若秦、漢之君，必當褰裳濡足。』」同注17，頁135。

〔註117〕《世說新語‧言語》：「王司洲至吳興印渚中看，歎曰：非唯使人情開滌，亦覺日月清朗。」同注17，頁139。

〔註118〕謝靈運：〈登池上樓〉。同注4，頁1161。

傷屈原，又怪其文昇天乘雲，役使百神，似若仙者，雖身沈沒，名德顯聞，
與隱處山澤無異，故作〈招隱士〉之賦，以章其志也。」〔註119〕小山之徒，
認為山中草木茂盛，但是風景雖美，卻是鹿麋熊羆等成群，不適合怡養道德
情性，欲使屈原還歸郢都。〈招隱士〉文曰：

> 青莎雜樹兮，薠草靃靡。白鹿麇𪊽兮，或騰或倚。狀貌峻峻兮峨峨，
> 淒淒兮漇溰。獼猴兮熊羆，慕類兮以悲。攀援桂枝兮聊淹留，虎豹
> 鬥兮熊羆咆，禽獸駭兮亡其曹。王孫兮歸來！山中兮不可以久留。
> 〔註120〕

淮南小山先是對隱於山中所見茂盛的植物及動物作簡單描述，而自「慕類兮
以悲」一句之後，洪興祖注云：「踟躕低迴，待明時也。違離黨輩，失群偶也，
（不可久留）誠多患害，難隱處也。」〔註121〕這與謝靈運雖自山水園林中受
到療癒，仍寓有其不遇之悲傷的寫法，實際上是如出一轍的，也顯見《楚辭》
對謝靈運詩文的影響。

　　又如謝靈運〈初去郡〉詩：「理棹遄還期，遵渚騖脩坰。溯溪終水涉，登
嶺始山行。野曠沙岸淨，天高秋月明。憩石挹飛泉，攀林搴落英。」〔註122〕
詩中極力以精細的筆觸雕琢景色，具有極高明的藝術技巧。對於謝靈運的山
水詩，鮑照盛讚其如「芙蓉出水，自然可愛」〔註123〕，足見謝靈運詩作的清
新動人。他的影響力也使得當代文人開始創作大量的山水詩。

　　王敍云《魏晉士人遊憩觀與身心治療關係》中，曾總論先秦到魏晉南北
朝間遊憩觀的差異：「魏晉以前，思想及文學上的遊憩觀，從一開始是道德取
譬為社會美、道德美在山水美學中的體現。《詩經》的比興手法，為以後的山
水詩創作樹立典範。《楚辭》的浪漫色彩和寄情於物、託物以諷的手法，也對
以後的山水美學發展，產生深遠的影響。至漢賦學者的自然審美意識更為強
烈，已經能留心體察自然美景的形貌，且能藉山水勝景暢敍幽情。」〔註124〕

〔註119〕王逸：〈招隱士〉序。同注 111，頁 232。
〔註120〕同注 111，頁 234。
〔註121〕洪興祖：〈招隱士〉注。同注 111，頁 232。
〔註122〕謝靈運：〈初去郡〉。同注 29，頁 467。
〔註123〕《南史‧顏延之傳》載：「延之嘗問鮑照己與靈運優劣，照曰：『謝五言如
　　　　初發芙蓉，自然可愛；君詩若鋪錦列繡，亦雕繢滿眼。』」此外，湯惠休說「謝
　　　　詩如芙蓉出水，顏如錯采鏤金。」（卷中‧顏延之條）同注 9，頁 97。
〔註124〕王敍云：《魏晉士人遊憩觀與身心治療關係》：成功大學中文所碩士在職專班
　　　　碩士論文，2009 年七月，頁 38～39。

由上文所舉詩文可知，繼先秦兩漢之後的山水園林書寫，魏晉南北朝時期，山水園林題材書寫在文學史上的最大意義與進步，正如李湉笑陳述魏晉士人的山水情結時所言：

> 魏晉士人欣賞山水，已經突破了前代“比德”的狹窄視野，拋棄了
> 功利、實用對山水的假借和利用，開始真正關注自然山水本身具有
> 的獨立的審美價值。〔註125〕

可見當魏晉士人將山水作為可欣賞的獨立個體時，山水園林本身的價值就被突顯出來了，而脫離了過去比德、實用等概念，山水園林於是乎開始滿溢情韻，因而品鑑自然山水蔚為風氣，大量的山水園林題材作品也應運而生。

因而，魏晉南北朝多有山水園林之遊賞與作品，如三國末年曹魏與西晉交接時，有竹林七賢之遊，亦多有登樓眺望風景之賦作；東晉有蘭亭盛會；南朝有石崇金谷園之宴及謝靈運山水之游……等等。這些親山近水的行為內因，正如宗白華先生所言：「晉人向外發現了自然，向內發現了自己的深情。山水虛靈化了，也情致化了。」〔註126〕這是魏晉南北朝文人在動盪的時代中，為生命意義尋求出口時，一個意想不到的收穫，也是中國文學發展上「山水園林」寫作題材的嶄新時期。

對當代《楚辭》擬作之影響，則在於文人嘗試將《楚辭》中描山述水的虛遊，轉變為親身經歷的實遊。這是「山水園林」題材寫作的興盛，對魏晉南北朝《楚辭》學的最大影響。

（五）服食養生

魏晉南北朝時期的士人面對朝不保夕的生命，除了隱退於山水園林外，受到老莊學說及道教的影響，一方面導致玄學興起，一方面也開始崇尚修仙煉丹，開啟了對成仙延年及服食養生之道的追尋。

追溯先秦時代，已有不少對仙境、仙人的描述。如《山海經·海內西經》中有「海內昆侖之虛，在西北，帝之下都。昆侖之虛，方八百里，高萬初。上有木禾，長五尋，大五圍。面有九井，以玉為檻，面有九門，門有開明獸守之，百神之所在。在八隅之巖，赤水之際，非仁羿不能上岡之巖。」〔註127〕

〔註125〕 李湉笑：〈自然美的發現與魏晉士人的山水情結〉，北京：中國傳媒大學影視藝術學院，頁55。
〔註126〕 〈論世說新語和晉人之美〉。《美學散步》。宗白華：《美學的散步》，臺北：洪範書局，1987年3月4版，頁67。
〔註127〕 袁珂：《山海經校注》，臺北：里仁書局，1982年8月，頁294。

描述帝鄉崑崙；又有《山海經‧大荒西經》：「西海之南，流沙之濱，赤水之後，弱水之前，有大山，名曰昆侖之丘。有神，人面虎身，有文有尾，皆白，處之。其下有弱水之淵環之，其外有炎火之山，投物輒然。有人，戴勝，虎齒，有豹尾，穴處，名曰西王母。」〔註128〕描述仙人西王母的形象，其他還有人面蛇身主宰晝夜變化的燭龍〔註129〕……等。由以上兩段文字可看出，大抵都先勾勒出仙境之空間環境，並點明有何種神祇居住或鎮守其中，書寫上可謂相當樸實。

《尚書》與《詩經》關於神話傳說不少，但出現較多描寫仙境與神仙的，要說是《楚辭》了。如屈原在〈天問〉中提出宇宙的概念：「圜則九重，孰營度之？惟茲何功，孰初作之？斡維焉繫，天極焉加？八柱何當，東南何虧？」〔註130〕對天有九重，由誰掌控又由誰所製？及天下有八山為柱，他是何所植基的？而東南方為水潦塵埃，又何以會虧缺？在亙古的年代能夠提出這要的宇宙概念實屬不易，不但展現了屈原極富浪漫的想像力，也讓我們對古代天地四方的理解能有所認識。

另外，在《楚辭‧離騷》中更有遨遊仙境與服食養生的描寫。如：

駟玉虬以桀鷖兮，溘埃風余上征。

朝發軔於蒼梧兮，夕余至乎縣圃；

欲少留此靈瑣兮，日忽忽其將暮。

吾令羲和弭節兮，望崦嵫而勿迫。

路曼曼其脩遠兮，吾將上下而求索。

飲余馬於咸池兮，總余轡乎扶桑。

折若木以拂日兮，聊逍遙以相羊。

前望舒使先驅兮，後飛廉使奔屬。

鸞皇為余先戒兮，雷師告余以未具。

吾令鳳鳥飛騰兮，繼之以日夜。

飄風屯其相離兮，帥雲霓而來御。

紛總總其離合兮，斑陸離其上下。

〔註128〕同注127，頁407。

〔註129〕《山海經‧大荒北經》：「西北海之外，赤水之北，有章尾山。有神，人面蛇身而赤。直目正乘，其瞑乃晦，其視乃明，不食不寢不息，風雨是謁。是燭九陰，是燭龍。」同注127，頁359。

〔註130〕同注111，頁86～87。

吾令帝閻開關兮，倚閶闔而望予。〔註131〕

文中屈原寫自己駕龍乘鳳，驅雲使月，又有望舒、飛廉、雷神、風伯、雨師等護駕隨行，終於到達了不少神人居住的帝鄉崑崙，最後卻因為侍衛帝閻的阻擋，而無法得見天帝。另兩次的仙境遨遊則是：

朝吾將濟於白水兮，登閬風而緤馬。

忽反顧以流涕兮，哀高丘之無女。

溘吾遊此春宮兮，折瓊枝以繼佩。

及榮華之未落兮，相下女之可詒。

吾令豐隆乘雲兮，求宓妃之所在。

解佩纕以結言兮，吾令蹇脩以為理。

紛總總其離合兮，忽緯繣其難遷。

夕歸次於窮石兮，朝濯髮乎洧盤。

保厥美以驕傲兮，日康娛以淫遊。

……

望瑤臺之偃蹇兮，見有娀之佚女。

吾令鴆為媒兮，鴆告余以不好。

雄鳩之鳴逝兮，余猶惡其佻巧。

心猶豫而狐疑兮，欲自適而不可。

鳳皇既受詒兮，恐高辛之先我。

欲遠集而無所止兮，聊浮遊以逍遙。

及少康之未家兮，留有虞之二姚。

理弱而媒拙兮，恐導言之不固。〔註132〕

朝發軔於天津兮，夕余至乎西極。鳳皇翼其承旂兮，高翱翔之翼翼。

忽吾行此流沙兮，遵赤水而容與。麾蛟龍使梁津兮，詔西皇使涉予。

路脩遠以多艱兮，騰眾車使徑待。路不周以左轉兮，指西海以為期。

屯余車其千乘兮，齊玉軑而並馳。駕八龍之婉婉兮，載雲旗之委蛇。

……

忽臨睨夫舊鄉。僕夫悲余馬懷兮，蜷局顧而不行。〔註133〕

〔註131〕同注111，頁25～29。

〔註132〕同注111，頁30～34。

〔註133〕同注111，頁44～47。

引文一中屈原登上閬風山，求見宓妃被拒，又降臨瑤台，求見有娀之佚女及有虞之二姚卻接連失敗。第二段引文中，屈原描寫他自天津出發，經過流沙，渡過赤水，轉不周之山，將西海當成旅途的目標，最後卻仍然因爲眷戀鄉國而返回故土。這三次的神遊歷程氣勢浩蕩奔騰，但都著重在屈原遨遊天地與仙鄉的神秘體驗上，對於仙境、仙人、虬龍鳳鳥卻缺乏了詳細的描摹與書寫。而這種較細膩深入的書寫，一直要到魏晉南北朝，在內容描寫及藝術手法才算豐富成熟。

至於《楚辭》中有關服食養生之道的文句則有「朝飲木蘭之墜露兮，夕餐秋菊之落英。」陳師怡良在〈嘔心瀝血，構思神奇——試探離騷及其神話天地的創作理念〉認爲：(墜露)此露即甘露，爲「神靈之精，仁瑞之澤，其凝如脂，其甘如飴，一名膏露，一名天酒，或名神漿」，飲之自可延年，起死回生。而服食菊花，則有益氣清心之效，古人或服食，或釀酒，均可獲高壽。《荊楚歲時記》云：「佩茱萸飲菊花酒，云令人長壽」。又詩人以瓊枝爲羞，瓊麋爲糧，此類食物，均可長生〔註134〕。〈遠遊〉中則有「餐六氣而飲沆瀣兮，漱正陽而含朝霞。保神明之清澄兮，精氣入而麤穢除。」〔註135〕吐納餐氣的描述，尚且不論〈遠遊〉作者是否爲屈原，但可推測最晚至兩漢時期，「吐納餐氣」的行爲已經出現了。

關於屈原的服食養生，一方面看見他祈求生命的強烈欲望，一方面他也以此來顯示他品格的高潔。而《楚辭》中他篇與仙人的交游與相遇的文句，亦爲數不少。然而在《楚辭》中，卻尚未見到秘煉丹藥服之，以延壽長生的文句。因此，《楚辭》可說是仙境遨遊與服食養生的開創者，雖然在描寫此類題材上未臻細膩深入，但卻對魏晉南北朝道家、道教思想大盛下的遊仙詩，產生內容思想及藝術手法上極大的影響。

魏晉南北朝一方面道家、道教思想大盛，一方面鑒於對生命的憂慮，而發展出了「惜生」的觀念。這種對延壽長生強烈的執著理念，就落實在其「服食養生」的行爲上，而其終極目標是要「飛昇成仙」。關於「服食養生」，範圍包含了服食食物、草木與丹藥。但「服藥雖爲長生之本，若能兼行氣者，其益甚速，若不得藥，但行氣而盡其理者，亦得數百歲。」〔註136〕雖然說的

〔註134〕收錄於陳師怡良：《屈原文學論集》，臺北：文津出版社，1992 年 11 月初版，頁 155～156。

〔註135〕同注 111，頁 166。

〔註136〕《抱朴子‧至理》，卷五。同注 77，頁 224。

是吐納在養生中的輔助功效，但可得見食物與草木的服食只能延壽，只有丹藥能使人「飛昇成仙」。因此據統計，魏晉南北朝服食有事蹟可尋考者，兩晉約 31 例，相當於魏及南北朝所有人數的總和，其中魏約 7 例，宋約 9 例，齊約 3 例，梁約 4 例，陳 1 例，後魏、北周約 4 例、隋約 2 例。從此可以看出，魏晉時期為服藥高峰期〔註137〕。而服藥當中最有名的魏晉士人就有何晏、王弼、嵇康、陸機、皇甫謐、郭璞、干寶、王羲之、石崇……等人。

正始名士何晏也是喜愛服食養生之人。魯迅稱何晏是吃藥的祖師：（何晏）身子不好因此不能不服藥。他吃的不是一般尋常的藥，是一種名叫「五石散」的藥〔註138〕。皇甫謐在《寒食散論》中則記載了何晏服藥的效果：「近世尚書何晏，耽聲好色，始服此藥，心加開朗，體力轉強，京師翕然，侍以相授，歷歲之困，皆不終朝而愈。」〔註139〕如此看來，「五石散」功效不差，無怪乎服食「五石散」的風氣在京師大為風行。

關於嵇康好服食養生的記錄，《三國志》注引嵇喜《嵇康傳》云：「長而好老、莊之業，恬靜無欲。性好服食，常采御上藥。善屬文論，彈琴詠詩、自足於懷抱之中……超然獨達，遂於世事，縱意於塵埃之表。」〔註140〕又《晉書》本傳：「其身長七尺八寸，美詞氣，有風儀，而土木形骸，不自藻飾，人以為龍章鳳姿，天質自然。恬靜寡欲，含垢匿瑕寬簡有大量。學不師受，博覽無不該通，長好《老》《莊》。與魏宗室婚，拜中散大夫。常修養性服食之事，彈琴詠詩，自足於懷。以為神仙稟之自然，非積學所得，至於導養得理，則安期、彭祖之倫可及，乃著〈養生論〉。」〔註141〕兩段記錄都記載了嵇康服食採藥的事蹟，而《晉書》本傳的記載，還說明了嵇康的養生心得，嵇康在思想上是相信神仙的存在的。其〈遊仙詩〉亦云：「王喬棄我去，乘雲駕六龍。飄飄戲玄圃，黃老路相逢。授我自然道，曠若發童蒙。采藥鐘山隅，服食改姿容。蟬蛻棄穢累，結友家板桐。」〔註142〕詩中如王喬、玄圃、黃老、蟬蛻等詞語，處處都流瀉著服食養生、蟬蛻昇仙的道家思想。

〔註137〕張潔：〈玄學思想影響下的魏晉飲食風潮〉，《西北農林科技大學學報》（社會科學版），2011 年 3 月第 11 卷第 2 期，頁 135。

〔註138〕魯迅〈魏晉風度及文章與藥及酒的關係〉。魯迅等著：《魏晉思想》乙編三種，臺北：里仁書局，1995 年 8 月，頁 7。

〔註139〕引自魯迅：〈魏晉風度及文章與藥及酒的關係〉。同注 138，頁 7。

〔註140〕陳壽撰，裴松之注：《三國志》，西安：陝西人民出版社，2007 年，頁 605。

〔註141〕同注 5，頁 1369。

〔註142〕嵇康：〈遊仙詩〉。同注 16，頁 39。

　　還有書法名家王羲之，「又與道士許邁共修服食，采藥石不遠千里，遍游東中諸郡，窮諸名山，泛滄海，歎曰：『我卒當以樂死。』」〔註143〕可見王羲之不但服食丹藥，還親自採取藥石來煉製丹藥，路途亦不嫌其有千里之遙。還有葛洪也強調丹藥服食的重要性，在其《抱朴子》中有〈金丹〉、〈仙藥〉兩篇內容主要就是探討丹藥的材料、煉製、及服食。其所著《神仙傳·彭祖》：

> 既而再拜請問延年益壽之法。彭祖曰：欲舉形登天，上補仙官，當
> 用金丹，此九召太一，所以白日升天也。此道至大，非君王之所能
> 爲。其次當愛養精神，服藥草，可以長生。〔註144〕

葛洪以長壽的彭祖爲例，請教「延年益壽之法」，彭祖的回答是必須服用金丹，才能白日飛昇成仙，次一步服食藥草，則可以達到長生之效。此則用以強調丹藥的服食對於飛昇成仙的幫助極大。然而服食丹藥也不是每個人都能飛昇成仙，或清瘦飄逸的。

　　皇甫謐也是喜愛服丹藥的，但皇甫謐常年服食五石散，卻受到五石散之害，在《晉書》中便記載了他的吃散之苦：

> 又服寒食藥，違錯節度，辛苦荼毒，於今七年。隆冬裸袒食冰，當
> 暑煩悶，加以咳逆，或若溫虐，或類傷寒，浮氣流腫，四肢酸重。
> 於今困劣，救命呼嗌，父兄見出，妻息長訣。仰迫天威，扶輿就道，
> 所苦加焉，不任進路，委身待罪，伏枕歎息。〔註145〕

皇甫謐自陳因爲服食丹藥錯誤，深受其害已有七年之久。身體過度燥熱，症狀如同傷寒，全身腫脹，四肢痠痛，嚴重時幾乎沒命。而身體過度燥熱，是服食五石散（寒食散）的副作用。魯迅說服用五石散，吃了之後不能休息，非走路不可，因爲走路才能「散發」。而走了之後，全身發燒，發燒之後又發冷，普通發冷宜多穿衣，吃熱的東西，但吃藥後的發冷剛剛要相反：衣少、冷食、以冷水澆身，倘穿衣多而食熱物，那就非死不可。所以五石散一名寒石散。只有一樣不必冷吃的，就是酒〔註146〕。依此說便可知，皇甫謐爲何要在隆冬裸袒食冰及當暑煩悶的原因了，也解釋了爲何這些服藥的名士們總是愛喝酒。

〔註143〕《晉書·王羲之》，卷八十、列傳第五十。同注5，頁2093。

〔註144〕《神仙傳·彭祖》。北京：中華書局，1991年。

〔註145〕《晉書·皇甫謐》，卷五十一、列傳第二十一。同注5，頁1415。

〔註146〕魯迅：〈魏晉風度及文章與藥及酒的關係〉。同注138，頁8。

　　魏晉南北朝時代煉丹服食養生，是蔚爲風潮的。大量丹藥的材料、製作方式、服用方法受到廣大的討論，也間接促進了中國道教系統各方面的發展，而道教思想也一邊相互影響這些士人。盧曉河〈求仙與隱逸——神仙道教文化對山林隱逸之士的影響〉一文以爲：「（士人）他們或隱居不仕，或棄官歸隱，在山林自然中體味『道』的超逸，在虛幻的仙界裏享受現世不得的欲望，盡情彌補被主流和中心社會疏離的失意和苦悶。」〔註147〕無怪乎士人們從晉一直到南朝，服藥的人雖逐漸減少，卻一直都沒有消失絕跡，那是因爲「道」的超逸，在無形中讓他們的心靈世界感受到了歡愉與安慰。

　　如前文所述，魏晉南北朝時代要面對的困境極爲嚴峻，不論在政治上或生活上，時時都存在著心中理想與殘酷現實的拉鋸，這種悲傷與無奈正是整個魏晉的氛圍寫照。因此，「憂生」是魏晉南北朝士人們努力解決的課題，人生如朝露，憂患常至，而歡樂短暫。於是士人開始思考「生命的意義」及「人究竟爲何而活？」，也開始了對「惜生」的省思；接續著如何在有限生命中能達到自適通達的境界，就是「樂生」的追求了。「憂生」、「惜生」、「樂生」成了魏晉南北朝普遍關心的話題，也頗能代表整個時代的基調。

　　因此他們「樂生」（對生命焦慮紓解）的方式，便發展了出來。亦即清談辯論、援道入儒、飲酒長嘯、隱遁山林、服食養生五種方式。但不論是援道入儒，用老莊的思想來解答人生的意義與生活態度；或是隱入山水園林，間接促進了山水園林題材的寫作，或是採取服食養生以期達到延壽長生的目的，大抵還是基於是人們對黑暗政治壓迫及生命朝不保夕的深層心理壓力。

　　對此時代的人們來說，生命變成一個重要的課題，「保性全身」的追求更是不可承受之重。最後以屈原和魏晉南北朝士人相處的環境來對照，他們面臨的政治黑暗與懷才不遇和屈原的履忠受讒、哲王不悟的情形是相似的。他們藉由仙境及服食延年的生命紓解方式，與屈原用仙境遨遊的方式，追求心靈的自由及服食菊花甘露表達自己的高潔心志，更是極爲相似。作爲文學及人格典範的屈原，自然不能不影響他們。但面對屈原的投江輕身，當代士人卻開始逐漸產生懷疑的聲音。實際上是面對無可奈何的黑暗，及致力於「保性全身」的特殊時代，對應著的是對生存強烈的欲望。

〔註147〕盧曉河：〈求仙與隱逸——神仙道教文化對山林隱逸之士的影響〉，《寧夏社會科學》2010 年 7 月第 4 期（總第 161 期），頁 129。

第二節　魏晉南北朝文學總論

魏晉南北朝文學，在紛亂的時代中，仍多元的發展。尤其是文人集團的相繼成立，帶動了各個時代的文學思潮，如建安文學、正始文學、太康文學……等等。而面對全新的人物品評標準，學術上也產生了「言意之辨」與「才性之爭」，這些都對魏晉士人的身心觀造成極鉅大的影響，他們真切感受到理想與現實的差距，因此如何在這個社會中尋求安身立命的地方。必須立即作出修正改變的是他們的價值觀、思想作風、人生態度及對文學與人生的審美標準。尤其是可以流傳千古的文學，正是作為時代風貌的最佳見證，讓我們理解他們如何詩意的棲居於世。

一、魏晉文學發展概況

魏晉南北朝文學思潮，隨著鄴下、正始、太康等多個文學集團的興起，而串連出精采的魏晉南北朝文學風貌，首先是三國的鄴下文學，引領了文學創作的風潮。

（一）建安文學

三國由建安二十五年（西元 220 年）曹丕代漢作為開始，歷史上魏、蜀、吳三國鼎立的局面，正式展開。

三國中，相較於曹魏的文風熾盛，孫吳與蜀漢於文學上並不發達。而談論曹魏的文風之盛，必然不能忽略的是三曹父子（曹操、曹丕、曹植）的大力提倡。關於曹魏文學的發展，則可將之再區分為兩個階段，亦即建安文學與正始文學。建安文學以三曹父子（曹操、曹丕、曹植）及建安七子為代表。正始文學則是以陳留阮籍、譙國嵇康、河內山濤、沛國劉伶、陳留阮咸、河內向秀、琅邪王戎等竹林七賢，及何晏、夏侯玄、王弼等正始名士作為代表。

《詩品》序：「降及建安，曹公父子，篤好斯文；平原兄弟，鬱為文棟；劉楨、王粲，為其羽翼。次有攀龍托鳳，自致於屬車者，蓋將百計。彬彬之盛，大備於時矣。」〔註148〕可見當時文質兼備，彬彬大盛的情形。而建安文學的成就與發展在中國文學中的輝煌成就，這與三曹父子擁有政治領袖的影響力及其大力提倡，有很大的關係。曹操，字孟德，沛國譙人，他不但是一個傑出的政治家、軍事家，也是一個文學家，更因為「雅愛詩章」（《文心雕

〔註148〕《詩品》序。同注9，頁1。

龍・時序》），身邊聚集了一批文人，其「登高必賦，及造新詩，被之管絃，皆成樂章。」〔註149〕曹操本身更是創作不少作品，如廣爲人知的〈短歌行〉：

對酒當歌，人生幾何？譬如朝露，去日苦多。

慨當以慷，憂思難忘。何以解憂？唯有杜康。

青青子衿，悠悠我心。但爲君故，沈吟至今。

呦呦鹿鳴，食野之苹。我有嘉賓，鼓瑟吹笙。

明明如月，何時可掇？憂從中來，不可斷絕。

越陌度阡，枉用相存。契闊談讌，心念舊恩。

月明星稀，烏鵲南飛，繞樹三匝，何枝可依？

山不厭高，海不厭深。周公吐哺，天下歸心。〔註150〕

張玉穀以爲：「此爲歎流光易逝，欲得賢才以早建王業之詩」〔註151〕。文中表達了曹操求賢若渴及對人才賢士的看重。又有〈蒿里行〉：

關東有義士，興兵討群凶。初期會盟津，乃心在咸陽。

軍合力不齊，躊躇而雁行。勢利使人爭，嗣還自相戕。

淮南弟稱號，刻璽於北方。鎧甲生蟣蝨，萬姓以死亡。

白骨露於野，千里無雞鳴。生民百遺一，念之斷人腸。〔註152〕

此則以樂府舊題寫時事，記述了漢末軍閥混戰的情形，反應了時代的生活與人民的苦難。更有〈秋胡行〉、〈步出夏門行〉、〈薤露行〉、〈卻東西門行〉……等，風格古樸蒼涼，多爲人知。

其子曹丕、曹植對文學的提倡，更是功不可沒。曹丕，字子桓，西元二二○年迫使漢帝禪位，終代漢自立，國號魏，是爲魏文帝。《三國志・魏志文帝紀》中晉・陳壽評曰：「文帝天資文藻，下筆成章，博聞強識，才藝兼該。」〔註153〕又謂文帝「好文學，以著述爲務，自所勒成垂百篇。又使諸儒撰集經傳，隨類相從，凡千餘篇，號曰《皇覽》。」〔註154〕他命令劉劭等人編纂的《皇覽》是中國第一部類書，可謂開官方編纂類書的先河。

〔註149〕《魏志・武帝紀》注引《魏書》。同注3，頁54。

〔註150〕曹操著，夏傳才校注：《曹操集校注》，河北：河北教育出版社，2013年6月1刷，頁6。

〔註151〕清・張玉穀：〈短歌行〉評語，載河北師範學院中文系古典文學教研組編《三曹資料彙編》，北京：中華書局，2005年2月三刷，頁39。

〔註152〕同注150，頁4。

〔註153〕《魏志・文帝紀》。同注3，頁89。

〔註154〕《魏志・文帝紀》。同注3，頁89。

　　據估曹丕現存辭賦共計約 30 篇，詩歌 40 首，風格清麗簡約。尤其，曹丕寫作的《典論》首開中國文學批評之風，是文學批評之祖。今所傳《典論·論文》中他首先將文學分為四科八目，其云：「奏議宜雅，書論宜理，銘誄尚實，詩賦欲麗」的各類文體特色。曹丕認為「生有七尺之形，死唯一棺之土。唯立德揚名，可以不朽；其次莫如著篇籍。」（裴松之《三國志注》）〔註 155〕，他也明確揭示了文學的價值「文章，經國之大業，不朽之盛事。年壽有時而盡，榮樂止乎其身，二者必至之常期，未若文章之無窮。」（《典論·論文》）他是鄴下文學實際上的領導人物，他的提倡，促進了建安文學的發展。因此可說自建安時代起，中國文學才開始有了自己獨立的地位和價值，這是中國文學史上的一大進步。魯迅在〈魏晉風度及文章與藥及酒之關係〉中認為「他說詩賦不必寓教訓，反對當時那些寓教訓於詩賦的見解，用近代的文學眼光來看，曹丕的一個時代可說是『文學的自覺時代』，或如近代所說是為藝術而藝術的一派。」〔註 156〕

　　陳思王曹植的文學作品則多有慷慨之志，如其〈與楊德祖書〉云「吾雖薄德，位為藩侯，猶庶幾　力上國，流惠下民，建永世之業，留金石之功。」及〈白馬篇〉：「長驅蹈匈奴，左顧陵鮮卑。棄身鋒刃端，性命安可懷？父母且不顧，何言子與妻！名在壯士籍，不得中顧私。捐軀赴國難，視死忽如歸」〔註 157〕都表達了建功立業的豪情壯志。其他如〈七哀詩〉、〈野田黃雀行〉、〈洛神賦〉……等，則可見浪漫氣息與關懷當代社會之情。鍾嶸《詩品》給予了曹植詩「骨氣奇高，詞采華茂，情兼雅怨，體被文質，粲溢古今，卓爾不群。」〔註 158〕的評價。

　　以三曹父子為首，建安七子也多有著作，如王粲〈七哀詩〉三首、〈登樓賦〉……等、阮瑀〈駕出北郭門行〉、劉楨〈贈從弟〉……等詩文多沉雄蒼壯、風格勁健。他們「慷慨以任氣，磊落以使才」（《文心雕龍·明詩》），在淒苦

〔註 155〕裴松之《三國志注》：「帝初在東宮，疫癘大起，時人凋傷，帝深感歎。與素所敬者大理王朗書曰：『生有七尺之形，死唯一棺之土。唯立德揚名，可以不朽；其次莫如著篇籍。疫癘數起士人凋落。余獨何人，能全其壽。故撰所著典論、詩、賦，蓋百餘篇。集諸儒於肅城門內，講論大義，侃侃無倦。』」，文帝紀第二。同註 3，頁 89。

〔註 156〕魯迅：〈魏晉風度及文章與藥及酒的關係〉。同註 138，頁 4～5。

〔註 157〕「左顧陵鮮卑」一句，《昭明文選》作「左顧『凌』鮮卑」，《曹植集校注》趙幼文校注為「左顧『陵』鮮卑」本文採趙幼文之注。

〔註 158〕同註 9，頁 37。

的時代背景中仍表現出奮發昂揚的精神，此即所謂以「剛健有力」為特徵的「建安風骨」。此外，劉師培《中國中古文學史》曾用「清峻、通脫、騁辭、華靡」八個字囊括建安文學的「特色」。魯迅將之解釋闡發，他說「清峻」亦即為簡約言明；「通脫」是作文章時沒有顧忌，想寫就把它寫出來；他又以曹丕為例，認為他強調「詩賦欲麗」又「以氣為主」，因此改稱「華靡」為「華麗」及改「騁辭」為「壯大」〔註159〕。其中「通脫」是想說什麼就說什麼，能真切的表達自我的真實情感，那些慷慨的、激烈的情感都能不需矯飾的直述出來。而當思想通脫之後，廢除了固執，才能充分容納異端和外來的思想。可知「通脫」這項特質直接或間接影響了魏晉當代及後代的文學極深。

（二）正始文學

正始文學（西元 240～249 年）正值曹魏末年到西晉建立的時期，以阮籍、嵇康……等竹林七賢，及何晏、夏侯玄、王弼、鍾會等正始名士為代表。

此時，正值司馬氏執政以虛偽名教誅殺異己的時代。士人們面對危機四伏的殘暴統治，唯恐生命朝不保夕，因此即使有所批評，也多用曲折隱晦的方式呈現，又或者走入崇尚老莊及玄學中，藉以避禍全生。如《昭明文選》李善注評阮籍〈詠懷詩〉云：

> 嗣宗身仕亂朝，常恐罹謗遇禍，因茲發詠，故每有憂生之嗟。雖志在刺譏，而文多隱避。百代之下，難以情測，故粗明大意，略其幽旨也。〔註160〕

「恐罹謗遇禍」、「有憂生之嗟」，可見阮籍面對司馬氏政權，雖有所憤懣不滿，但也只能用「隱約曲折」的方式來表達。以「憂生之嗟」的惶惶不安，相較於其「禮豈為我設耶」的逍遙曠達，足見當代文人在理想與現實中的深刻矛盾。而其作〈詠懷詩〉中則多用歷史、神話暗喻，意旨隱約曲折，部份頗有玄學理趣。如阮籍的〈詠懷詩〉二十四首「願為雲間鳥，千里一哀鳴。三芝延瀛洲，遠遊可長生。」、三十五首「登彼列仙岨，採此秋蘭芳。時路烏足爭，太極可翱翔」……等等，就表達了對玄學理趣及對神仙之道的追求。

〔註159〕魯迅〈魏晉風度及文章與藥及酒的關係〉：「通脫即隨便之意。此種提倡影響到文壇，便產生多量想說甚麼便說甚麼的文章。更因思想通脫之後，廢除固執，遂能充分容納異端和外來的思想，故孔教以外的思想源源引入。」同注138，頁4～5。
〔註160〕同注89，頁309。

　　至於阮籍詩文的評價《文心雕龍》云「阮旨遙深」；《詩品》將其作品置於上品，評其「詠懷之作，可以陶性靈、發幽思。言在耳目之內，情寄八荒之表。洋洋乎會于風雅，使人忘其鄙近，自致遠大。頗多感慨之詞。厥旨淵放，歸趣難求。」〔註161〕其作多感慨及內容思想具象徵性難以理解的原因，大抵也都肇因於「憂生之嗟」。而阮籍「青白眼」的狂放不羈，最終也只能以「發言玄遠，口不臧否人物」〔註162〕來保全性命。

　　而以「越名教而任自然」的嵇康，史稱其「性烈而才俊」〔註163〕。他在〈與山巨源絕交書〉中曾說自己的「七不堪」、「二不可」〔註164〕，其批判虛偽禮教更甚他人，最後身陷囹圄。嵇康於獄中曾寫作〈家誡〉一文，告誡兒子「夫言語，君子之機，則是非之形著矣，故不可不慎。」〔註165〕謹言慎行，是任誕狂妄的嵇康對兒子的教誨。可見，傳統士大夫崇尚的儒家禮教在司馬氏爭權的政治力影響下，已面目全非，在龐大壓力下「憂生」成為士人們普遍的憂患。至此，建安時代那種積極進取、渴望建功立業的雄心壯志早已消失，取而代之的是因「憂生之嗟」而崇尚老莊，及養生避難的消極心態。士人們唯恐罹禍，對於社會現實也持較為淡泊的態度。

　　正始名士的何晏、王弼更是提倡「名教出於自然」，進一步將玄學地位凌駕於儒學。士人們詩文多揉雜玄學，力求清虛高曠自然悠遠，他們遠離了現實的生活，走上了寄情山水、長生求仙的道路。雖「詩雜仙心」，但其高

〔註161〕同注9，頁46。

〔註162〕《晉書・阮籍傳》卷四十九：「籍雖不拘禮教，然發言玄遠，口不臧否人物。」同注5，頁1360。

〔註163〕《魏書》王衛二劉傳傳第二十一。楊家駱主編：《魏書》，臺北：鼎文書局，1979年11月初版，頁606。

〔註164〕嵇康〈與山巨源絕交書〉中自言「七不堪」、「二不可」原文茲錄於為：「臥喜晚起，而當關呼之不置，一不堪也。抱琴行吟，弋釣草野，而吏卒守之，不得妄動，二不堪也。危坐一時，痹不得搖，性復多蝨把搔無已，而當裹以章服，揖拜上官，三不堪也。素不便書，又不喜作書，而人間多事，堆案盈機，不相酬答，則犯教傷義，欲自勉強，則不能久，四不堪也。不喜弔喪，而人道以此為重，己為未見恕者所怨，至欲見中傷者，雖瞿然自責，然性不可化，欲降心順俗，則詭故不情，亦終不能獲無咎無譽如此，五不堪也。不喜俗人，而當與之共事，或賓客盈坐，鳴聲聒耳，囂塵臭處，千變百伎，在人目前，六不堪也。心不耐煩，而官事鞅掌，機務纏其心，世故繁其慮，七不堪也。又每非湯武而薄周孔，在人間不止，此事會顯世教所不容，此甚不可一也。剛腸疾惡，輕肆直言，遇事便發，此甚不可二也。」同注16，頁82。

〔註165〕嵇康：〈家誡〉。同注16，頁315。

曠悠遠的風格，也在文壇上創立了一股特殊的風潮，開拓了新的詩歌境界。

《文心雕龍・明詩》所云：「正始明道，詩雜仙心，何晏之徒，率多浮淺。唯嵇志清峻，阮旨遙深，故能標焉。」〔註166〕大抵能為正始文學的特色作一總結與收束。

（三）太康文學

西元 280 年，晉武帝司馬炎滅東吳，統一了長期分裂的中國，改年號為太康，開啓了西晉短暫而繁榮的一段時期。文人們聚居京城，詩文創作蓬勃，此時期以張載、張協、張華〔註167〕、陸機、陸雲、潘岳、潘尼、左思……等為代表人物，史稱「太康文學」。《詩品》序曾描述：

> 太康中，三張二陸二潘一左，勃爾復興，踵武前王，風流未沫，亦
> 文章之中興也。文學史上所謂太康中興。兩晉一百五十六年，以太
> 康最為盛世。論文風亦以太康時期為盛。〔註168〕

可見太康時期文學風潮極盛，著作繁多，在動亂的兩晉中為文學穩定而有大量作品產出的時期，甚至可與建安時期的蓬勃文風相比擬。但上承建安、正始，下啓南朝的太康文學，文學風格卻與建安、正始迥然不同。太康進入了短暫的統一局面，社會生活安定，因此缺乏了建安、正始文學中對建功立業的渴望、現實壓迫的衝突與對抗，及玄言詩中深邃的哲思。太康文學的共同傾向是：

> 偏重修鍊辭藻，初步形成華麗的風氣。兩漢詩歌，篇目雖少，然皆
> 文字質樸，內容充實。建安正始，辭華漸富，猶有兩漢遺風。至於
> 太康，時會所趨，無論詩歌辭賦，趨於藻飾。〔註169〕

可見，太康文學因為時代背景的不同，文學發展延續的是自建安、正始以來華麗辭藻的風氣。詩人運用大量華麗辭藻與排偶句型，細膩且繁複的描寫主題。劉勰《文心雕龍・明詩》總結其為「晉世群才，稍入輕綺，張潘左陸，比肩詩衢，采縟於正始，力柔于建安」〔註170〕，意即太康時期著重的華麗辭藻，發端自正始，而其筆鋒不再像建安文學一般清峻。沈約《宋書・謝靈運

〔註166〕同注 8，頁 67。
〔註167〕「三張舊說為張載、張協、張亢兄弟，但張亢不列詩品，詩亦不佳，應以張華為是。」同注 18，頁 274。
〔註168〕同注 9，頁 5。
〔註169〕同注 18，頁 275。
〔註170〕《文心雕龍・明詩》。同注 8，頁 67。

傳論》則云：「降及元康，潘陸特秀，律異班賈，體變曹王，縟旨星稠，繁文綺合。」〔註171〕指出太康時期文學的繁縟之風，不論在格律與體裁上都已不同於漢魏了。

其中，被《詩品》特別提出此時期最具代表性的特秀人物為潘岳與陸機。潘岳為太康文學的首領人物，他善綴詞藻、文章重鋪陳，強調形式美，李充〈翰林論〉評潘岳說「潘安仁之為文也，猶翔禽之羽毛，衣被之綃縠」（《初學記》卷二十一），而《晉書》中有「潘才如江」的美名。尤其他的三首悼亡詩，何焯云：「安仁悼亡，蓋在終制之後，荏苒冬春，寒暑易忽，是一期已周也，古人未有喪而賦詩者」〔註172〕，可謂正開啓了中國悼亡詩寫作之先河。

陸機則「少有其才，文章冠世」〔註173〕，其詩多對偶工整、文字精雕細琢，《晉書》中有「陸才如海」之美稱。左思出身卑微，在重視門第世族的當代，屢屢在詩中展現抗議門閥及禮教虛偽的思想，如其〈詠懷詩〉第八云：「習習籠中鳥，舉翮觸四隅，落落窮巷士，抱影守空廬，出門無通路，枳棘塞中塗，計策棄不收，塊若枯池魚。」正是抒發自己落寞不遇的困境。總觀左思詩風在太康中仍屬獨樹一幟，其詩內容充實、語言質樸、氣勢雄渾，風格「似孟德而加以流麗，子建而獨能簡貴」（《采菽堂古詩選》卷十一），不失漢魏遺風。而受太康文學繁縟之風影響所及，大抵自劉宋代晉至初唐，不出太康詩影響。

太康時期之後，尚有永嘉詩，時值東晉大亂之時，詩人或寫因南遷的家國之痛，或抒發憤世之情，代表詩人為劉琨與郭璞。劉琨面對國破家亡的環境，及遭遇現實之困厄，詩作中多充滿強烈的愛國思想及英雄末路之感，故《詩品》評其「善敘喪亂，多感恨之詞」〔註174〕。郭璞辭賦詩章，具為當時之秀，著作極多，如《爾雅注》、《方言注》、《穆天子傳注》、《山海經注》、《楚辭註》……等、又有〈遊仙詩〉十四首韻味頗高，不同於當代「理過其辭，淡乎寡味」〔註175〕的玄言詩。

〔註171〕 沈約：《宋書·謝靈運傳論》卷六十七：「降及元康，潘、陸特秀；律異班、賈，體變曹、王；縟旨星稠，繁文綺合」。沈約《宋書·謝靈運傳論》，載穆克宏、郭丹編著：《魏晉南北朝文論全編》，南京：江蘇教育出版社，1996年12月一版，頁212。

〔註172〕 游國恩之註引：〈義門讀書記〉。同注29，頁283。

〔註173〕 《晉書·陸機傳》。同注5，頁1467。

〔註174〕 同注9，頁83。

〔註175〕 《詩品》：「永嘉時，貴黃老，稍尚虛談。於時篇什，理過其辭，淡乎寡味。爰及江表，微波尚傳。孫綽、許詢、桓、庾諸公詩，皆平典似道德論，建安風力盡矣！」同注9，頁6。

二、南北朝文學發展概況

南北朝的詩文對後代文學的影響，大約是山水詩的開創；其又注重文學修辭及其藝術表現手法，使文學走向形式主義的道路。以下分別介紹南北朝文學發展概況及代表作家、作品。

（一）南朝文學發展概況

自西晉末年開始，北方不斷受到外族的侵擾，士人們為尋求安身立命之地，紛紛開始渡江南下。這時期知識份子與百姓的遷移，一方面使得南方經濟有了繁榮的發展，一方面也代表了中國文化重心的南移。南方宋、齊、梁、陳四朝，成了文學最鼎盛豐富的時期，而各個時期的特色，也都為後代的文學產生了極大的影響。以下按時間順序，由各個時期所發展出的體裁，說明其所標誌的文化意義及文學特色。

1. 元嘉文學

宋文帝（劉義隆）時，立儒玄文史四館，倡導文學，因此產生了元嘉文學。而嚴羽《滄浪詩話》以時代來論云：「元嘉體」乃「宋年號，顏、鮑、謝諸公之詩」〔註176〕，可見嚴羽主要是用「元嘉體」之名，來概括當代顏延之、鮑照、謝靈運詩文，這是「元嘉體」一詞最早的出現。郭紹虞校引《宋書‧謝靈運傳》云：「爰逮宋代，顏、謝騰聲，靈運之興會標舉，延年之體裁明密，並方軌前秀，垂範後昆。」〔註177〕故時稱為三大家。

謝靈運，陳郡陽夏人也，少好學，博覽群書，文章之美，江左莫逮。他所作詩文之盛名在《宋書‧謝靈運傳》有載：「每有一詩至都邑，貴賤莫不競寫，宿昔之間，士庶皆遍，遠近欽慕，名動京師。作《山居賦》並自注，以言其事。」〔註178〕大抵來說謝靈運詩的成就比散文的成就來得高，他是第一個大力創作山水詩的人。如其《石壁精舍還湖中作》：

> 昏旦變氣候，山水含清暉。清暉能娛人，游子憺忘歸。
>
> 出谷日尚早，入舟陽已微。林壑斂暝色，雲霞收夕霏。
>
> 芰荷疊映蔚，蒲稗相因依。披拂趨南徑，愉悅偃東扉。
>
> 慮澹物自輕，意愜理無違。寄言攝生客，試用此道推。〔註179〕

〔註176〕《滄浪詩話‧詩體》。嚴羽著，郭紹虞校釋：《滄浪詩話》，臺北：里仁書局，1987年4月，頁53。
〔註177〕《滄浪詩話‧詩體》。同注176，頁54。
〔註178〕沈約：《宋書‧謝靈運傳論》。同注171，頁212。
〔註179〕謝靈運：《石壁精舍還湖中作》。同注29，頁474。

詩中對景色的描摹相當細膩深入，一景連著一景，寫山水林壑之美、雲霞芰荷之豔彩及生機，用以烘托人物心情的悠然愉悅。詩中用字富麗精工，末四句，還寄託了一些玄言詩的味道，讀來能令人感受他自然清新的風格。他對山水詩寫作的推動，使得山水詩蓬勃發展。《宋書‧謝靈運傳論》總評他與顏延之的文學成就與特色爲「爰逮宋氏，顏、謝騰聲。靈運之興會標舉，延年之體裁明密，並方軌前秀，垂範後昆。若夫敷衽論心，商榷前藻，工拙之數，如有可言」〔註180〕，《詩品》則給予他「才高詞盛，富豔難蹤」〔註181〕的稱讚。

鮑照，字明遠，出身寒微，《宋書》及《南史》都沒有單獨爲他立傳，僅附其傳於〈臨川王劉道規傳〉後。鮑照文辭贍逸，文甚遒麗，然而因爲家世的寒微，使得他的仕進路相當艱難。《南史》中曾有一段記載：

> （鮑照）欲貢詩言志，人止之曰：「卿位尚卑，不可輕忤大王。」照
> 勃然曰：「千載上有英才異士沈沒而不聞者，安可數哉！大丈夫豈能
> 遂蘊智能，使蘭艾不辨，終日碌碌，與燕雀相隨乎？」於是奏詩，
> 義慶奇之，賜帛二十匹。〔註182〕

記錄中可以看出，南朝時承續了兩晉的世族制度，身分顯然還是相當被重視的。文中所謂千載英才異士「沈沒而不聞者，安可數哉」一語，實則是對世族制度不公的嚴厲控訴。因此，他只能將懷才不遇的悲痛，都抒發在詩文當中，作品有〈擬行路難〉十八首與〈擬古〉、〈詠史〉等。他最有名的作品爲樂府，以其〈擬行路難〉之六爲例：

> 對案不能食，拔劍擊柱長嘆息。丈夫生世會幾時，安能蹀躞垂羽翼？
> 棄置罷官去，還家自休息。朝出與親辭，暮還在親側。弄兒床前戲，
> 看婦機中織。自古聖賢盡貧賤，何況我輩孤且直。〔註183〕

此詩感嘆男兒有才華卻不能一展長才，只能閒置家中。最後不免感嘆自古以來，聖賢有才華卻不遇的人不在少數，更何況是勢單力孤又性格耿直的自己呢！另外，鮑照的賦，以〈蕪城賦〉最富盛名，被視爲六朝駢賦佳作，其形式亦屬於騷體賦的一種〔註184〕。〈蕪城賦〉：

〔註180〕沈約：《宋書‧謝靈運傳論》。同注171，頁212。
〔註181〕《詩品》序。同注9，頁1。
〔註182〕《南史‧宋書》，卷十三。同注65，頁360。
〔註183〕鮑照著：《鮑參軍集注》，臺北：木鐸出版社，1982年2月初版，頁231。
〔註184〕周殿富《楚辭源流選集》歷代騷體賦選中，將之列爲騷體賦。周殿富：《楚辭源流選集——楚辭餘》（歷代騷體賦選），長春：吉林出版社，2003年1月1刷。

若夫藻扃黼帳，歌堂舞閣之基。璇淵碧樹，弋林釣渚之館。吳、蔡、齊、秦之聲，魚龍爵馬之玩。皆薰歇燼滅，光沈響絕。東都妙姬，南國麗人。蕙心紈質，玉貌絳脣。莫不埋魂幽石，委骨窮塵。豈憶同輿之愉樂，離宮之苦辛哉！天道如何，吞恨者多，抽琴命操，爲〈蕪城之歌〉。歌曰：「邊風急兮城上寒，景遲滅兮丘隴殘，千齡兮萬代，共盡兮何言！」〔註185〕

〈蕪城賦〉的背景是北魏南侵戰後，作者經過蕪城感嘆過往繁華及壯麗，只剩一片黃沙荒蕪，舞閣麗人早已不在，偌大之變化不禁令人感到淒涼不已。因此發出「天道如何，吞恨者多」的感嘆。而其賦末的「歌曰」，正是對〈離騷〉亂辭的仿製。

《文心雕龍·明詩》曰：「宋初文詠，體有因革，莊老告退，而山水方滋；儷采百字之偶，爭價一句之奇，情必極貌以寫物，辭必窮力而追新，此近世之所競也。」〔註186〕此話對宋元嘉文學的特色，大致上把握得相當精確。由謝靈運與鮑照的詩文來看，宋元嘉文學是山水詩大量寫作的開啟期，在山水景物描摹上，的確是極力雕琢的。而鮑照抒發心志的詩文，真摯又充滿歷史滄桑感，倒是在要求辭藻雕琢、好用典故的當代，反而是特別的。

2. 永明文學

「永明體」一詞首見於《南齊書·陸厥傳》：「（沈）約等文皆用宮商，以平上去入爲四聲，以此制韻，不可增減，世呼爲永明體」〔註187〕。指的就是齊武帝永明年間，在詩歌中重視音律及駢偶形式的新詩體。

永明體的主要代表詩人，是合稱爲「竟陵八友」的沈約、謝朓、王融、任昉、陸倕、范雲、蕭琛、蕭衍諸家。當中最著名的，就是沈約的聲律說及謝朓的山水詩。聲律說的產生背景，是魏晉南北朝文人給與文學獨立地位後，加上傾力於著作華藻駢偶，因此逐漸體會到文章聲律上和諧的需求。而在沈約提出「四聲八病」說之後，文人們開始致力於聲律對偶與和諧的表現，並間接促進了南朝文學形式主義的風行。而此風之弊病，是承接晉代以來盛行

〔註185〕同注183，頁13。
〔註186〕同注8，頁67。
〔註187〕列傳第三十三。蕭子顯著，楊家駱主編：《南齊書》，臺北：鼎文書局，1980年3月初版，頁899。

的辭藻雕琢之風，再加以聲病的片面追求，因此文學更趨於技巧與形式的美麗。對南朝文學的新變，聲律論是有一定影響的〔註188〕。

而謝朓的山水詩與謝靈運齊名，世稱小謝。其詩內容上多表現對閒適生活的追求，及對現實的不滿；修辭技巧上，對山水有細膩的觀察摹寫，藻飾與玄言部份較少，詩風流麗清新。除了山水詩外，小品亦屬清麗新巧之作。《詩品》給予他「一章之中，自有玉石。然奇章秀句，往往警遒」〔註189〕的評價。

其〈暫使下都夜發新林至京邑贈西府同僚詩〉：

> 大江流日夜，客心悲未央。徒念關山近，終知返路長。
>
> 秋河曙耿耿，寒渚夜蒼蒼。引領見京室，宮雉正相望。
>
> 金波麗鳷鵲，玉繩低建章。驅車鼎門外，思見昭丘陽。
>
> 馳暉不可接，何況隔兩鄉？風雲有鳥路，江漢限無梁。
>
> 常恐鷹隼擊，時菊委嚴霜。寄言罻羅者，寥廓已高翔。〔註190〕

本詩是謝朓被召回建業時，沿途所見景色的記錄，詩中表達對自我前途的憂懼不安。詩中他將自己比喻為鳥及菊，將小人比喻為鷹隼與嚴霜，以鮮明的意象，表達自我對小人攻擊的憂慮。而語言上清麗動人，沒有太多駢儷詞藻，也不像謝靈運詩中尚有些許的玄言之風。

而這時期沈約的聲律說及謝朓的山水詩，都與《楚辭》有所關聯。如沈約的注重聲律，開展了魏晉南北朝時期對《楚辭》音韻的研究；而謝朓的山水詩則由《楚辭》中多有學習與借鑑。

3. 宮體文學

江南地區逐漸富庶，世族們更懂得享樂，因此文學成為一種點綴生命的工具，技巧上開始力求精美，形式主義文學傾向愈加嚴重。而梁、陳的文學開始了新的思潮，亦即「宮體詩」的興起。「宮體」一詞，首見於《南史梁書·簡文帝紀》對蕭綱的評語：「讀書十行俱下，辭藻豔發，博綜群言，善談玄理。……然傷於輕艷，當時號曰『宮體』」〔註191〕。可見「宮體詩」的缺點，正是流於「輕艷」。而這種文學的內容，主要是描寫閨情，甚而及於男色，實在是盡其放蕩、淫靡、墮落之能事。這種文學的產生，主要是當代文學，掌

〔註188〕 同注18，頁297。

〔註189〕 同注9，頁111。

〔註190〕 同注29，頁540。

〔註191〕 《南史梁書·簡文帝紀》，梁本紀下第八。同注65，頁229。

握在荒淫的君主貴族的手裡〔註192〕。宮體詩最早在梁武帝蕭衍及吳均、何遜之時，已開始創作，而後有蕭綱、蕭繹、庾肩吾、徐陵、庾信〔註193〕……等，陳時則有陳後主（陳叔寶）與江總……等人，都是宮體詩的作者。這類的作品，使得輕艷淫靡的文風大盛，也成為南朝文學被批評的最大缺點。

但宮體詩的出現與發展，在文學發展上來說，並非全然沒有意義。宮體詩是人們將眼光從外界自然山水的審美，進一步轉移到「人」本身的審美，這對於魏晉南北朝所強調的個人精神的張揚及重視情感、追求浪漫的特質基本上是一致的。鞏建鵬〈論魏晉審美意識的發現與梁代宮體詩的產生〉一文中也說：

> 宮體詩的一個重要審美價值就在於注重「情性」的抒發。……從宮
> 體詩人的創作實踐上看，所謂「情性」主要是指男女之情和對女性
> 美的欣賞。由於宮體詩人特殊的社會地位，決定了他們只能以純欣
> 賞的態度對審美對象，進行遠距離的審美觀照，與審美物件之間難
> 以發生情感的交流與共鳴，導致宮體詩缺乏深厚真摯的情感力量，
> 不能以情動人。〔註194〕

文中提及宮體詩的重要審美價值，就在於「情性」的抒發。他們正視了作為一個人的可貴的情感，也注重了對女性細節及情態的審美，這當然與一般的傳統文學是不同的。即使愈到南朝末期，貴族們無所事事，流於縱情享樂，宮體詩的內容益加淫靡鄙陋，但不能忽略的仍是宮體詩中所象徵的審美價值的凸顯。而這種審美意識凸顯，或重視「情性」抒發，多少影響了對《楚辭》學題材上的使用與發展，及對《楚辭》的評價。

這時期還有佛學的傳入，佛學內容思想上與兩晉玄學有部分共通之處。玄學、佛學兩者相輔而成，更影響了當代遊仙詩、玄言詩與志怪小說的發展。這時期的文學發展，對《楚辭》多有精神上的沿襲與新創。

〔註192〕劉大杰此言說法雖略為誇張，但可讓我們理解當時對宮體詩的缺點與流弊。同註18，頁310。

〔註193〕《北史·庾信傳》列傳第七十一：「梁自大同之後，雅道淪缺，漸乖典則，爭馳新巧。簡文、湘東啟其淫放，徐陵、庾信分路揚鑣。」庾信詩文前期輕豔，入北朝後則多鄉關之情。李延壽著，楊家駱主編：《北史》，臺北：鼎文書局，1980年3月初版，頁2793。

〔註194〕鞏建鵬：〈論魏晉審美意識的發現與梁代宮體詩的產生〉，山西：《太原師範學院學報》（社會科學版），第12卷第3期2013年5月，頁56。

（二）北朝文學發展概況

東晉南遷與十六國的戰亂，使得黃河流域的文化遭受到破壞，間接使得北朝文學陷入了衰微。關於北朝文學發展的階段，曹道衡以爲大致有三，即：衰微、復甦、興盛〔註195〕。北朝初期文章大抵多是樸素的散體，但卻是北方文士創作之始，其特色也偏向古樸務實。如高允的〈鹿苑賦〉就是北朝早期散文的代表。又如魏孝文帝的〈弔比干文〉「多用古字古語，文體也追摹先秦兩漢」〔註196〕，其中就對《楚辭》的辭彙與寫作手法多有仿製。到了十六國，因戰亂而文化衰頹，但還有前秦王嘉《拾遺記》、符朗《符子》佚文、後秦僧肇《肇論》、鳩摩羅什翻譯的經書等傳世。

相較於南朝文學的發展，北朝詩歌整體而言，雖發展較晚且略顯衰微，不過其中還是有部份大家作品值得注意。如庾信的詩歌、北地三才（溫子升、邢邵、魏收）的詩文、酈道元《水經注》、楊衒之《洛陽伽藍記》、顏之推的《顏氏家訓》等。

庾信，《北史》本傳記載「信幼而俊邁，聰敏絕倫，博覽群書……既文並綺豔，故世號爲徐、庾體焉。當時後進，競相模範，每有一文，都下莫不傳誦。」〔註197〕庾信前後期的詩風，因爲滯留北朝不得南返，而有顯著的改變。

庾信前期仕梁，文章以綺艷爲宗，音韻諧美，與徐陵父子詩文共稱「徐庾體」。而後期因北朝君主篤厚文學，庾信出使北朝時被強留於西魏，不得遣歸。他雖然官至驃騎大將軍，但作品多鄉關之思，風格蒼涼悲壯，充滿沉鬱之氣。有〈擬詠懷〉二十七首，藉擬古之名，抒發自己的悲痛。而除了詩歌之外，庾信駢文、駢賦亦相當傑出。如其〈哀江南賦〉：

> 且夫天道迴旋，生民預焉。余烈祖於西晉，始流播於東川。泊余身而七葉，又遭時而北遷。提挈老幼，關河累年。死生契闊，不可問天。況復零落將盡，靈光歸然！日窮於紀，歲將復始。逼切危慮，端憂暮齒。踐長樂之神皋，望宣平之貴裏。渭水貫於天門，驪山回

〔註195〕曹道衡以爲「從北魏初到孝文帝遷洛前，即南朝宋到齊武帝永明間，是第一個階段；從孝文帝遷洛到東、西魏分裂，即南朝齊末到梁武帝中大通間，是第二個階段；從東、西魏分裂到隋統一南北，即南朝梁武帝大同到陳末，是第三個階段。」曹道衡、沈玉成著：《南北朝文學史》，北京：人民文學出版社，1998 年 6 月 2 刷，頁 344。

〔註196〕同注 195，頁 353。

〔註197〕《北史·庾信傳》。同注 193，頁 2793。

於地市。幕府大將軍之愛客，丞相平津侯之待士。見鐘鼎于金、張，
聞弦歌于許、史。豈知灞陵夜獵，猶是故時將軍；咸陽布衣，非獨
思歸王子！〔註198〕

所引原文為〈哀江南賦〉之末段，其描寫先祖過去因永嘉之亂遷移到江陵，
自己又遷徙到了長安。雖然位居顯要，且得到君主王侯的禮遇，交往的也都
是達官顯要，但鄉關之思總是魂牽夢縈。更表明自己仍是故梁舊臣，對鄉國
有著深深的眷戀。整首賦穿插個人身世、時事及抒懷，其鄉國之思讀之令人
動容。杜甫〈詠懷古跡五首〉其一云：「支離東北風塵際，漂泊西南天地間。
三峽樓臺淹日月，五溪衣服共雲山。羯胡事主終無賴，詞客哀時且未還。庾
信生平最蕭瑟，暮年詩賦動江關。」〔註199〕正是說明庾信的鄉關之思的愁怨，
及〈哀江南賦〉之動人。林紓的《春覺齋論文》則稱其「子山〈哀江南賦〉，
則不名為賦，當視之為亡國大夫之血淚。」〔註200〕其旨趣讀來與屈原〈離騷〉、
〈哀郢〉是相當雷同的。

　　溫子昇為西晉大將軍溫嶠之後，他博覽群書，精通諸子百家之書，文章
清麗婉約。南朝梁武帝曾稱讚「曹植、陸機復生於北土」〔註201〕濟陰王王元
暉亦云：「江左文人，宋有顏延之、謝靈運，梁有沈約，我子昇足以陵顏轢謝，
含任吐沈。」〔註202〕讚揚他的詩文成就超過宋朝謝靈運、梁朝沈約；至於邢
邵文章風格典麗、魏收曾受命撰魏史。雖然三人筆下詩文形式、技巧多有模
仿南朝詩文痕跡，但詩文的產出，仍標誌了北朝興盛的文學風氣。

　　至於酈道元《水經注》、楊衒之《洛陽伽藍記》、顏之推的《顏氏家訓》
三者，則有「北地三書」之美名，風格樸實，為北朝散文之代表作。

　　北魏酈道元《水經注》，共四十卷，據《水經》紀錄與之相關的神話傳說、
歷史掌故、地理水文，為古代地理名著。

　　北魏楊衒之《洛陽伽藍記》內容包含地理、歷史、佛教、文學……等，《四
庫全書》列入地理類。其寫作旨趣，據其序云：「余因行役，重覽洛陽。城郭
崩毀，宮室傾覆。寺觀灰燼，廟塔丘墟。墻被蒿艾，巷羅荊棘。野獸穴於荒

〔註198〕庾信：〈哀江南賦〉。同注29，頁714。
〔註199〕杜甫著，仇兆鰲注：《杜詩詳註》，臺北：文史哲出版社，1985年9月出版，
　　　　頁73。
〔註200〕同注29，頁714。
〔註201〕《北史·魏書》（北齊），卷八十三。同注193，頁2785。
〔註202〕《北史·魏書》（北齊），卷八十三。同注193，頁2785。

階,山鳥巢於庭樹。遊兒牧豎躑躅於九逵,農夫耕稼藝黍於雙闕。麥秀之感,非獨殷墟。黍離之悲信哉!周室京城。表裏凡有一千餘寺。今日寮廓,鐘聲罕聞。恐後世無傳,故撰斯記。」〔註203〕足見乃作者藉佛寺興衰,以寄寓黍離麥秀之悲。《四庫全書總目提要》謂「體例絕爲明析,其文穠麗秀逸,煩而不厭,可與酈道元《水經注》肩隨」〔註204〕。《四庫全書總目提要》又稱《洛陽伽藍記》敘事「委屈詳盡」、「採摭繁富」,確實堪稱北魏極具代表性的書籍。

北齊顏之推《顏氏家訓》,其作意乃「魏晉已來,所著諸子,理重事複,遞相模效,猶屋下架屋,床上施床耳。吾今所以復爲此者,非敢軌物範世也,業以整齊門內,提撕子孫。」(〈序致〉第一)〔註205〕是爲告誡子孫的家訓類專著。以上,北地三書大抵可說是北朝散文代表性作品。

總而論之,從兩漢到魏晉南北朝文學思潮的變化,是從漢代的重政治功利,到魏晉時代文學自覺及個人主義的張揚,再進一步到對南朝唯美主義,及北朝質樸文風的強調。其間文學理論的建立與形式主義的興起,都代表了文學史上極爲重要的意義。

第三節　魏晉南北朝士人精神面貌與審美趨向

魏晉南北朝時代,是一個注重「美的自覺」的特殊時代。這種「美的自覺」的實踐,明確的落實在這群士人的平日言談、處世行爲、人格表徵上,而這種現象所形成的特殊文化與氛圍,突顯了時代的奇特性。而在此文化與氛圍中,士人他們所選擇對應生活的方式,展現了極爲豐富多元的精神面貌。以下將其文人的精神風貌,分爲任誕瀟灑與魏晉風流、才性之爭與人格重鑄、憂喜不至與淡泊以對三點加以論之。

一、任誕瀟灑與魏晉風流

魏晉南北朝時代的黑暗政治,對士人們所產生的精神壓力與心理的憂

〔註203〕 北魏・楊衒之著,楊勇校箋:《洛陽伽藍記》,北京:中華書局,2006年1月3刷,頁1~2。

〔註204〕 卷七十、史部二十六、地理類三。紀昀等撰:《四庫全書》研究所編:《欽定四庫全書提要》(史部),臺北:藝文印書館,2004年,頁958。

〔註205〕 北齊・顏之推、李振興等著:《顏氏家訓》,臺北:三民書局,2001年6月2月2刷,頁1。

懼，已在前述有所討論，此不再贅述。本節的討論重點在於，政治的黑暗所給予士人的壓力，使文人的精神面貌產生了什麼樣的變化？實則從正始竹林名士開始，一直到東晉渡江、偏安江左，士人們面對生命的態度重點不盡相同，因此文學創作上的展現，也就各有其特色。但過去建安時期積極建功，與慷慨進取的精神已逐漸消融，士人們真切體會到生之可貴及死之可憎，面對自己內心真實與理想的矛盾，展現的舉止及性格，我們一般稱爲「魏晉風流」。袁行霈有更確切的界定，是：

> 所謂「魏晉風流」是在魏晉這個特定的時期，形成的人物審美的範疇，它伴隨著魏晉玄學而興起，與玄學所倡導的玄遠精神相表裡，是精神上臻於玄遠之境的士人的氣質的外觀，……，也可以說是「玄」的心靈世界的外觀。〔註206〕

「魏晉風流」與魏晉玄學有著密切的關係，是故「魏晉風流」是指在各種思潮、政治、文化、社會、宗教等因素影響下，士人精神世界的外顯，並且更多元的表現在士人的言談、舉止、習尙與興趣上，大抵最驚駭異俗或令人瞠目結舌的事蹟，最多的是記錄在劉義慶《世說新語》中。《世說新語》裡專錄〈任誕〉篇，共錄有五十三則，可見當時士人們行事拋棄禮俗、放達而爲的情形的確不少。

以阮籍爲例，〈任誕〉載：

> 阮籍遭母喪，在晉文王坐進酒肉。司隸何曾亦在坐，曰：「明公方以孝治天下，而阮籍以重喪顯于公坐飲酒食肉，宜流之海外，以正風教。」文王曰：「嗣宗毀頓如此，君不能共憂之，何謂？且有疾而飲酒食肉，固喪禮也！」籍飲啖不輟，神色自若。〔註207〕

何曾本以高雅仁孝著稱，對於阮籍母喪卻飲酒食肉，認爲是悖亂風教禮俗，因此認爲應當嚴懲。干寶《晉記》中亦曾載「何曾曾謂阮籍曰『卿恣情任性，敗俗之人也。今忠賢執政，綜核名實，若卿之徒，何可長也？』」〔註208〕可見當時雖然儒教衰微，但堅持禮教之人還是有的。然而面對何曾的譴責，阮籍依舊吃喝如常，面不改色，又見司馬昭爲其辯駁，可知他的不遵禮俗恐怕是

〔註206〕袁行霈：〈陶淵明與魏晉風流〉，載《陶淵明研究》，北京：北京大學出版社，1997年7月第一版，頁31。
〔註207〕同注17，頁728。
〔註208〕同注17，頁728。

多有所見的。〈任誕〉另一則也記錄，朋友去喪母的阮籍家弔唁，時「阮方醉，散髮坐床，箕踞不哭」，面對當時喪禮主人家先哭，客人才加以回禮的習慣，阮籍也不甚理會，裴楷只以「阮方外之人，故不崇禮制。我輩俗中人，故以儀軌自居」〔註209〕回應。即使是在阮籍母親病危時，他還與人圍棋如故，對方求止，阮籍尚且不肯，欲一決勝負，最後嘔血數升。他的不遵禮俗，可說違反常理，其任誕在當時還引起一股仿效之風，間接成為名士風流的一種風範。《晉書》：「魏末阮籍嗜酒荒放，露頭散髮，裸坦箕踞。其後貴游子弟阮瞻、王澄、謝鯤、胡毋輔之之徒皆祖述於籍，謂得大道之本。」〔註210〕但若以為阮籍對喪母一事毫不在意，也並非事實。實際上，阮籍相當孝順，居喪時雖不循常禮，但喪母幾乎導致他毀幾滅性。而他既然至孝，為何又要以「不循常禮」作為應對方式呢？這恐怕還是一種用來稀釋、超脫恐懼的一種舉動吧！

而竹林七賢之一的嵇康「少有儁才，曠邁不羣，不修名譽，寬簡有大量。」〔註211〕，雖然行事放誕，但最後卻寫了風格迥異於先前作品的〈家誡〉。〈家誡〉的內容是嵇康對兒子嵇紹的叮囑，告誡他立身處世要順世隨俗、明哲保身，更要「宏行寡言，慎備自守」以謹言慎行，來避開禍端。嵇康對兒子的訓誡，實際上與自己的立身處世的原則，是大不相同的。

可見，阮籍與嵇康的放蕩不羈，都是對真實心性的一種特意遮掩，他們活在現實與理想的矛盾中，主要還是基於要避開當時政治的黑暗與紛擾。孔定芳〈死亡恐懼與魏晉風度〉認為當時「那種以灑脫的舉止、通脫的性格、超脫的心境為主要內蘊的魏晉風度，在某種意義上是魏晉名士藉以稀釋、宣洩、掩飾、轉移和超脫死亡恐懼的無奈之舉。」〔註212〕是很恰當的說法。可見魏晉風度不過是表面上看起來的瀟灑風流，但個體心靈卻往往潛藏著巨大的痛苦與悲哀。

其他還有記錄：「諸阮皆能飲酒，仲容至宗人間共集，不復用常杯斟酌，以大甕盛酒，圍坐，相向大酌。時有群豬來飲，直接去上，便共飲之。」〔註

〔註209〕同注17，頁734。

〔註210〕同注17，頁742。

〔註211〕陳壽撰、裴松之注：《三國志‧魏書‧王粲傳》注引嵇喜《嵇康傳》。同注3，頁597。

〔註212〕孔定芳：〈死亡恐懼與魏晉風度〉，《咸寧師專學報》第15卷第1期（總第44期），1995年2月，頁36。

〔註213〕同注17，頁734。

213）說的是阮咸在聚會中，以大盆喝酒，當時有豬也跑來喝，阮咸只是把豬喝過的酒上面倒掉，仍是繼續飲酒，此可看出當時名士放蕩、不拘小節的處事行為。之後這種放蕩越禮的風氣更加嚴重，部份名士只是以其為藉口，而行縱欲之實而已。

　　而到東晉，士人們隱入山水園林，或對生活快樂適意的感受，其所表露的真情瀟灑及從容高雅，更是魏晉風度的一部份表現。如王徽之忽然想起戴安道，立即夜乘小船而往。經宿方至，卻造門不前而返的「吾本乘興而行，興盡而返，何必見戴」的瀟灑。或謝安與孫綽泛海時，風起浪湧，所有人皆驚懼不安，只有謝安吟嘯自若；又謝玄等攻破符堅，謝安正與客人下圍棋，看完報喜文書仍未展露喜悅之色，直到客人詢問才回答「小兒輩遂已破賊」。而至陶淵明「採菊東籬下，悠然見南山」的澹泊閒適、任真自得、更是令人醉心不已了。

　　因此，魏晉風度的展現，可說是當時士人用以宣洩面對生死無常的情緒，以使心靈與形體得到解放，並求得自我精神自由的展現。

二、重才任俠與才性之爭

　　魏晉南北朝士人精神風貌的展現，在於重才任俠與才性之爭。當時儒家傳統禮教，已經不若以往有支撐社會、安定人心的強烈功能。但對於禮教有重大破壞力的是曹操。《魏書・武帝紀》載曹操之言曰：「夫有行之士未必能進取；進取之士未必能有行也。」〔註214〕他身處亂世，對儒學倫理名教全不重視。他認為，亂世中對德行、學問的要求是無益的。儒家的「博而寡要，勞而少功」，是不符合亂世所需的，他將人才分兩種，亦即「有行之士」和「進取之士」，而亂世需要的人才，是進取的英雄豪俠。

　　因此，曹操極重視才能之士，曾不拘一格，於建安十五年春頒布〈求賢令〉：

> 自古受命及中興之君，曷嘗不得賢人君子與之共治天下者乎！及其得賢也，曾不出閭巷，豈幸相遇哉？……若必廉士而後可用，則齊桓其何以霸世！今天下得無有被褐懷玉而釣於渭濱者乎？又得無有盜嫂受金而未遇無知者乎？二三子其佐我明揚仄陋，唯才是舉，吾得而用之。（《魏志・武帝紀》）〔註215〕

〔註214〕《三國志・魏書武帝紀》。同注3，頁2。
〔註215〕《魏志・武帝紀》建安十五年，曹操〈求賢令〉。同注3，頁33。

曹操審酌時勢，積極拔才，於〈求賢令〉中不難看出其豪邁的性格，及欲統一天下的野心。尤其摒除了傳統上對品德的高度要求，「唯才是舉」一句在當時政局紛亂、朝不保夕、生命無常的年代，的確給了士人一條充滿希望的道路。曹操之後更有〈求逸才令〉（亦謂〈求賢勿拘品性令〉）云：

> 昔伊摯、傅說出於賤人，管仲，桓公賊也，皆用之以興，蕭何、曹參，縣吏也，韓信、陳平負污辱之名，有見笑之恥，卒能成就王業，聲著千載。吳起貪將，殺妻自信，散金求官，母死不歸，然在魏，秦人不敢東向，在楚，則三晉不敢南謀。今天下得無有至德之人放在民間，及果勇不顧，臨敵力戰；若文俗之吏，高才異質，或堪為將守；負污辱之名，見笑之行，或不仁不孝而有治國用兵之術，各舉所知，勿有所遺。（《魏志·武帝紀》裴注引魏書）〔註216〕

延續〈求賢令〉「唯才是舉」的作風，〈求逸才令〉更是大膽露骨的昭告天下，那些不仁不孝卻擁有治國用兵之術的人，也一概是曹操來者不拒的對象。曹操所重在於刑名法術，而非倫理道德，於此可知。

廣義而言，這些有術之人也包含了文士。如建安七子中的陳琳，在袁紹帳下所作的〈為袁紹檄豫州文〉，文中遍數曹操罪狀，詆斥其父祖，及至袁紹大敗，陳琳被曹軍所俘。但曹操因「愛其才不咎」（《魏志·王粲傳》）〔註217〕，對他多所包涵，甚至稱其文章「可癒頭風」。因此，才學之士大量聚集到曹操帳下，繼而開啟了三國建安時代爭雄爭霸的輝煌歷史。

然而曹操重才能、輕德行之舉，卻推翻了過去傳統倫理道德下選拔人才的標準，更影響了魏晉南北朝對士人品格模式的要求。這種人才選拔標準與方式的改變，促進了魏晉南北朝時代士人品鑒人物的新趨向。如魏晉南北朝

〔註216〕 曹操〈求逸才令〉，《三國志》裴注引魏書。楊家駱主編：《魏書》，臺北：鼎文書局，1979 年 11 月初版，頁 49。

〔註217〕 《魏志·王粲傳》：「琳前為何進主簿。進欲誅諸宦官，太后不聽，進乃召四方猛將，並使引兵向京城，欲以劫恐太后。琳諫進曰：『《易》稱『即鹿無虞』。諺有『掩目捕雀』。夫微物尚不可欺以得志，況國之大事，其可以詐立乎？今將軍總皇威，握兵要，龍驤虎步，高下在心：以此行事，無異於鼓洪爐以燎毛髮。但當速發雷霆，行權立斷，違經合道，天人順之；而反釋其利器，更徵於他。大兵合聚，強者為雄，所謂倒持干戈，授人以柄：功必不成，祇為亂階。』進不納其言，竟以取禍。琳避難冀州，袁紹使典文章。袁氏敗，琳歸太祖。太祖謂曰：『卿昔為本初移書，但可罪狀孤而已，惡惡止其身，何乃上及父祖邪？』琳謝罪，太祖愛其才而不咎。」同註3，頁 601。

俠風的興盛，或許也受到其影響。「俠」的風範，不但展現在時人的所作行爲，更屢見其展現於魏晉南北朝的文學作品中。如《三國志‧魏書‧武帝紀》：「太祖少機警，有權數，而任俠放蕩，不治行業。」〔註218〕、《三國志‧魏書‧嵇康傳》：「時又有譙郡嵇康，文辭壯麗，好言老、莊，而尚奇任俠。」〔註219〕、《北齊書‧神武帝本紀》：「齊高祖神武皇（高歡）帝……長而深沉有大度，輕財重士，爲豪俠所宗。」〔註220〕就以「俠」來稱讚曹操、嵇康和高歡。《晉書‧裴秀傳》：「（裴楷子）憲字景思。少而穎悟，好交輕俠。」〔註221〕則記錄了時人喜愛與具「俠」風之人往來。

　　王艷麗《魏晉南北朝俠風與詩歌研究》作了統計：「遍觀魏晉南北朝時期的十一部史書，即《三國志》、《晉書》、《宋書》、《南齊書》、《梁書》、《陳書》、《魏書》、《北齊書》、《周書》、《南史》、《北史》，在這一時期史書中，存有這樣一個現象，就是史書在記述歷史人物之時，會在開篇就介紹此人是否有俠之特徵，將其作爲評價、肯定的一個重要因素。甚至在有些篇章，對具有典型俠之精神風貌的人物，仍不惜筆墨，佔用大篇幅爲之作傳。……〉據統計紀錄上魏晉有24條、南朝有11條、北朝43條，北朝要遠遠多於南朝，表現了北方尚俠任武之風更濃厚。」〔註222〕可見重「俠」的風氣在魏晉南北朝是相當普遍的情形。庾信〈擬詠懷二十七首〉（〈蕭條亭障遠〉）：「蕭條亭障遠，淒慘風塵多。關門臨白狄，城影入黃河。秋風別蘇武，寒水送荊軻。誰言氣蓋世，晨起帳中歌。」〔註223〕則由空曠遼遠的北方景色，歌詠蘇武、荊軻、項羽等人物，並表達自己故國難歸之淒涼，全詩充滿了悲壯氛圍。而綜觀魏晉南北朝數量不少的遊俠詩，相信「重才任俠」之風不假。

　　除了「俠風」的重視，魏晉南北朝更進一步討論到「英雄」與「才性」的問題。關於英雄，劉劭《人物志》中有專篇加以討論：

> 夫草之精秀者爲英，獸之特群者爲雄；故人之文武茂異，取名於此。
> 是故，聰明秀出，謂之英；膽力過人，謂之雄。此其大體之別名也。……

〔註218〕同注3，頁49。
〔註219〕卷二十一。同注3，頁605。
〔註220〕《北齊書‧高祖神武帝本紀》，卷六。同注65，頁209。
〔註221〕《晉書》，卷三十三。同注5，頁1050。
〔註222〕王艷麗：《魏晉南北朝俠風與詩歌研究》，陝西師範大學碩士論文，2010年5月，頁14。
〔註223〕同注4，頁2370。

　　　　體分不同，以多爲目，故英雄異名。然皆偏至之材，人臣之任也。
　　　　故英可以爲相，雄可以爲將。若一人之身，兼有英雄，則能長世；
　　　　高祖、項羽是也。然英之分，以多於雄，而英不可以少也。英分少，
　　　　則智者去之，故項羽氣力蓋世，明能合變，而不能聽采奇異，有一
　　　　范增不用，是以陳平之徒，皆亡歸。高祖英分多，故群雄服之，英
　　　　材歸之，兩得其用，故能吞秦破楚，宅有天下。……故一人之身，
　　　　兼有英雄，乃能役英與雄。能役英與雄，故能成大業也。〔註224〕

劉劭歸納出「英」與「雄」的特質，他認爲「英」是草之精秀者，必須具備
聰、明；而「雄」是獸之特群者，必須具備膽、力。而「英」可爲相，如張
良；「雄」可爲將，如韓信。然而人並非全是兼才，因此才將「英」、「雄」分
開論述，也唯有「英」、「雄」兼才，才能統領天下。而當世算得上英雄的，
只有劉邦和項羽。可惜項羽的英份少，使得謀臣離去，才丟失天下；而劉邦
英份多，使將相都歸服於他，才能獲致天下。因此欲成就大業者，必須兼具
「英」、「雄」兩項特質，並能夠使「英」、「雄」臣服於他。劉劭的英雄論述，
是中國文學中較詳細深入討論「英雄」的專論，它的產生受到動亂的社會背
景，及當代重「俠」風氣的影響極大。

　　　「才性之爭」也是魏晉南北朝中一個相當重要的論題。《世說新語·文學》
載：

　　　　鍾會撰四本論，始畢，甚欲使嵇公一見，置懷中，既定，畏其難，
　　　　懷不敢出，于戶外遙擲，便回急走。〔註225〕

關於鍾會的〈四本論〉的內容，文多不載，現只能由劉孝標注引《魏志》中
的敘述才能一探究竟。《魏志》曰：「（鍾）會論才性同異，傳於世。四本者，
言才性同，才性異，才性合，才性離也。尚書傅嘏論同，中書令李豐論異，
侍郎鍾會論合，屯騎校尉王廣論離。文多不載。」〔註226〕其中，「才」指的是
才能，是後天形成的；「性」指的是德性，是先天具備的。由此可知，鍾會的
〈四本論〉討論的內容，是關於才性同異合離的問題，亦即先天德性與後天
才能結合的不同程度及差異。這種將人的「才」與「性」分開討論的方式，
顯示了魏晉南北朝才性論的細膩與深入。

〔註224〕〈英雄〉第八。魏·劉邵著，劉昞原、王玫評注：《人物志》，北京：紅旗出
　　　　版社，1997年5月二版，頁113～116。
〔註225〕同注17，頁195。
〔註226〕同注17，頁195。

可見從曹操的〈求賢令〉、〈求逸才令〉開始，接續著「俠」的風氣的盛行，緊接著劉劭《人物志》對「英雄」專章的討論，最後是鍾會的〈才性四本論〉，觀察其過程會發現：一是魏晉南北朝對才華之士的需求是極為強烈的，因而促進了討論的風氣；二是這些討論，顯示魏晉南北朝人已開始認識到人先天與後天的特質，是必須分開探討的。而這項認知，也影響到他們對人物品評方式的愈加細膩與深入。如對屈原的形象品評，也是將其人品與文學分開論述，亦即對先天品格與後天文學才能的不同，作了明確的區分。而以上這些，都導致了魏晉南北朝出現了「重才任俠」的現象，展現了在人才專門學上不同於其他時代的內涵。

三、憂喜不至與淡泊以對

魏晉南北朝文人精神風貌展現的另一個特色，是憂喜不至與淡泊以對。憂喜不至與淡泊以對，大多是為了在魏晉南北朝中黑暗動亂的政治社會環境中，求得避禍保命。

魏晉名士中，如阮籍和嵇康，都藉此來避開不必要的政治紛擾。阮籍《晉書》本傳中有兩段記載，茲錄於下：

> 籍容貌瑰傑，志氣宏放，傲然獨得，任性不羈，而喜怒不形於色。……或閉戶視書，累月不出；或登臨山水，經日忘歸。博覽群籍，尤好《莊》《老》。嗜酒能嘯，善彈琴。當其得意，忽忘形骸。時人多謂之癡，惟族兄文業每嘆服之，以為勝己。

> 籍雖不拘禮教，然發言玄遠，口不臧否人物。……著《達莊論》，敘無為之貴。〔註227〕

阮籍，字嗣宗，陳留尉氏人。典籍中記載他「喜怒不形於色」、「尤好《莊》、《老》」。實則阮籍早年也有建功立業的積極思想，《晉書》本傳「籍本有濟世志，屬魏、晉之際，天下多故，名士少有全者，籍由是不與世事，遂酣飲為常。」〔註228〕可見隨著司馬氏與曹魏政權的分裂、鬥爭，政治局勢逐漸動盪不安，到最後司馬氏取得政權，伴隨而來的卻是一系列的政治鬥爭與殺戮。對於政治上的現實利害，阮籍只好無奈的選擇了不問世事，及放曠的態度來面對。

〔註227〕同注5，頁1359、1360。
〔註228〕同注5，頁1360。

　　然而司馬氏政權的高壓逼迫仍帶給他極大的壓力，他只好以喜怒不形於色來對應。喜怒不形於色，是因爲怕臉上表情透露了個人內心眞正的想法；而尤好《莊》、《老》，則是他藉以抒發情感及慰藉自我的方式。這些矛盾與痛苦，其實在他的〈詠懷詩〉中都明確可見，如七十首：「榮名非己寶，聲色焉足娛。采藥無旋返，神仙志不符。逼此良可惑，令我久躊躇。」〔註229〕文中便透露出想拋棄榮名聲色，而求仙之道又不可盡信的矛盾與掙扎。

　　而他謹愼的態度不只是喜怒不形於色而已，他從來不隨意臧否人物，藉以避開禍端。而後他在逼不得已下，還是爲司馬昭寫下「辭甚清壯」的〈勸進表〉。阮籍當時名重於世，但是他放誕酣飲的行爲，卻讓當代禮法之士疾之若仇，所幸有司馬昭的保護，而能全身而退。當時連受到皇帝敬重的阮籍，尚且用至愼的態度來面對世事，表面上憂喜不至並用玄遠之言來處於淡泊之境，便可見當時士人所處的時代氣氛是多麼嚴峻了。

　　而竹林七賢的嵇康，《晉書》本傳載：

> 有奇才，遠邁不群。身長七尺八寸，美詞氣，有風儀，而土木形骸，不自藻飾，人以爲龍章鳳姿，天質自然。……學不師受，博覽無不該通，長好《老》《莊》。……戎自言與康居山陽二十年，未嘗見其喜慍之色。〔註230〕

嵇康，字叔夜，譙國銍人也。據《晉書》記載和他相熟的王戎與嵇康相處二十年，從未見過喜慍之色顯現在嵇康臉上。喜怒哀樂本爲天然，嵇康不敢顯露內心眞正的情感，一方面當然顯現了魏晉人物的審美觀，一方面也自是心理背負了重大的壓力。這是因爲他的身分特殊，他曾與曹魏宗室聯婚，因此在司馬氏政權下，特別謹愼。但他的個性，比之阮籍，反抗性更強烈一些。雖然嵇康極力的不顯露眞實情感，但在面對鍾會等人時，他還是沒給過好臉色。因此孫登曾感嘆「君性烈而才儁，其能免乎！」〔註231〕孫登對嵇康的感嘆，也是一種提醒。可惜最後，嵇康還是被以「臥龍也，不可起。公無憂天下，顧以康爲慮耳」的原因處死東市。

　　阮籍和嵇康兩人，在嚴峻黑暗的政治下爲了避禍全生，而選擇了憂喜不至與淡泊以對的態度來面對世事。而這種態度與儀止，卻被當代人所模倣，

〔註229〕阮籍：〈詠懷詩〉第七十首。同注4，頁509。
〔註230〕《晉書・嵇康本傳》，卷四十九、列傳第十九。同注5，頁1369。
〔註231〕〈晉書・嵇康傳〉。同注5，頁1369。

視爲名士風範，殊不知這是他們在內心極大的痛苦與矛盾衝突下，無奈的選擇。

及至東晉，憂喜不至與淡泊以對的舉止情態，仍被視爲從容的名士風度。如謝安聽聞戰爭大勝，臉上「了無喜色」，仍從容與客人下棋。或與眾人出海戲遊時，風浪湧起，眾人臉上都露出驚懼之色，唯獨謝安吟嘯不言〔註232〕。

南朝時，則有顏延之：

> 閒居無事，爲《庭誥》之文。曰：「……喜怒者有性所不能無，常起於褊量，而止於弘識。然喜過則不重，怒過則不威，能以恬漠爲體，寬愉爲器者，大喜蕩心，微抑則定，甚怒煩性，小忍即歇。故動無怨容，舉無失度，則物將自懸，人將自止。」〔註233〕

文中也是強調情緒上喜怒態過的缺點，並認爲若能將安適、淡然及寬大當作處世原則，才能讓舉措都不會失去法度。

雖然依照各個時期政治與社會環境的不同，士人發展出自己的一套處世哲學，但我們可以發現不論是因爲何種原因，憂喜不至與淡泊以對都是魏晉南北朝士人常選擇來面對現實的方式。而這種從容閒適的風度，底下所潛藏的巨大的強烈的情感，也就只能藉著創作來抒發了。當時的玄言詩、遊仙詩的發達，就是士人們將其悲憤且受桎梏的心靈，用以釋放痛苦情感的方式。

四、以悲爲美與深情會心

如果說他們舉止、行爲上的憂喜不至與淡泊以對，是他們全生避禍的外在表徵，那麼放誕的行爲就是他們發洩內在澎湃情感的管道。他們的激憤與悲情，透過對美的感受和追求亂世中的心靈相通，得到些許的抒發。

漢魏兩晉南北朝時代，戰爭頻仍，在動盪的社會環境中，使得士人們所遇、所見都是人生中悲苦的景象，也因此對人生的倏忽無常，往往有所感傷。如王粲〈七哀詩〉描述「白骨蔽平原，路有饑婦人，抱子棄草間」、「風飄無止期，百里不見人」的人間慘狀不免令人鼻酸。或晉‧張載亦有〈七哀詩〉（〈北

〔註232〕據《世說新語‧雅量》第六記載「謝太傅盤桓東山時，與孫興公諸人泛海戲。風起浪湧，孫、王諸人色並遽，便唱使還。太傅神情方王，吟嘯不言。」同註17，頁369。

〔註233〕南史：《宋書‧顏延之傳》，列傳第二十四。同註65，頁877。

芒何壘壘〉〉：「昔為萬乘君，今為丘中土。感彼雍門言，悽愴哀今古」中對時間遷逝、人生無常的感傷也極為淒愴。

關於「七哀」一詞，《昭明文選》六臣注呂向注云：「七哀，謂痛而哀，義而哀，感而哀，怨而哀，耳目聞見而哀，口歎而哀，鼻酸而哀。」〔註234〕這些哀痛的情感，恐怕在魏晉南北朝時，都是士人能強烈感受到的情緒。而曹植〈薤露篇〉中「天地無窮極，陰陽轉相因。人居一世間，忽若風吹塵」，所寫人的微渺，更可見濃烈的感傷情懷。因此追求建功立業，已不是他們唯一的嚮往，他們更著重的是對個體人生的關注。

因此「以悲為美」的審美趨向，就成了魏晉南北朝中最特別的表現。「悲傷」情調的文學，最早可追溯自屈原的《楚辭》，〈離騷〉中「惟草木之零落兮，恐美人之遲暮」說出時間遷逝下的無可奈何。至於宋玉〈九辯〉：「憭慄兮懷恨兮，去故而就新；坎廩兮貧士失職而志不平。廓落兮羈旅而無友生；惆悵兮而私自憐。」〔註235〕寫出了貧士的困頓及缺乏朋友的寂寞。但這些大多都是個人的感傷，然而魏晉南北朝時代的悲傷情感卻是群體的、廣大的，它全面籠罩著這個時代，也使得士人們自覺性的關注它。

以文學來說，《世說新語》專立〈傷逝〉一篇，記錄了名士們面對死亡的情態與行為，顯見他們自覺「悲傷」，也是當代特徵值得記錄的一部份。而鍾嶸《詩品》則特別標出李陵「文多悽愴，怨者之流」一脈。而源出李陵者，又有「怨深文綺」的班姬、善為「愀愴之詞」的王粲，及「頗具王粲風格體式」的曹丕等人〔註236〕。孔定芳便認為「詩歌評論家鍾嶸在其《詩品》中就是以『托詩以怨』為審美價值取向，對那些悲傷哀怨的詩歌情有獨鍾。」〔註237〕

蕭統《昭明文選》也在詩、賦下收「哀傷」一類的文章，樂府詩下則收

〔註234〕《昭明文選》六臣注呂向注。同注89，頁317。

〔註235〕同注111，頁183。

〔註236〕王粲一系之下，則有「美姿儀、文辭華美」的潘岳；「辭采富盛」的張協；「體式華艷」的張華與「善為淒戾之辭」的劉琨、盧諶。曹丕一系之下，則有「風格華靡」的應璩及「訐直露才」、「託喻清遠」的嵇康。其它尚有「辭多慷慨」的郭璞；風格「華美妍麗」的鮑照；文辭「風流嬌媚」的謝瞻、謝混、袁淑、王僧達、王微；「風華清靡」的陶潛、「長於清怨」的沈約、「奇章秀句」的謝朓。可見以《詩品》中鍾嶸的區分，為《楚辭》一系的作家就多達二十一人。

〔註237〕孔定芳：〈死亡恐懼與魏晉風度〉，《咸寧師專學報》第15卷第1期（總第44期），1995年2月，頁37。

「挽歌」一類〔註238〕，哀傷類和挽歌一類具哀傷情調的共計二十四首，數量不少。而在陸機〈文賦〉中云「或遺理以存異，徒尋虛以逐微。言寡情而鮮愛，辭浮漂而不歸。猶絃麼而徽急，故雖和而不悲」〔註239〕，「悲」更被視爲一種對文章之美的檢視標準。南朝蕭繹也在《金樓子‧立言》中說到「吟詠風謠，流連哀思者謂之文。」這些都代表了魏晉南北朝對「以悲爲美」的審美趨向。

魏晉南北朝喜吟挽歌或創作挽歌詩的情形，更是「以悲爲美」的另一種表現。首先關於吟誦挽歌，如桓伊擅長唱輓歌，劉義慶《世說新語‧任誕》記載：「桓子野每聞清歌。輒喚『奈何』！謝公聞之曰：『子野可謂一往有深情。』」〔註240〕「時袁山松出遊，每號令左右作挽歌。」〔註241〕又「張驎酒後挽歌甚悽苦」。〔註242〕到了南朝也有詠唱挽歌的情形，《南史‧顏延之傳》記載顏延之：

> 文帝嘗召延之，傳詔頻不見，常日但酒店裸袒挽歌，了不應對，他日醉醒乃見。帝嘗問以諸子才能，延之曰：「竣得臣筆，測得臣文，㗌得臣義，躍得臣酒。」何尚之嘲曰：「誰得卿狂？」答曰：「其狂不可及。」〔註243〕

面對皇帝的召見，顏延之裸袒喝酒高唱挽歌，等到醉醒才晉見皇帝。而對於皇帝的諮詢，他的行爲態度更被其他大臣評論爲「狂」，甚至還自詡狂妄無人能及，這些都可以看到的顏延之行爲異於流俗。當然在這些充滿反抗性行爲的背後，是特意用以隱藏心中的一些矛盾與痛苦，因此具有一些悲劇精神的意味。《南史‧顏延之傳》記錄了顏延之：「疏誕，不能取容當世……辭意激揚，每犯權要。」可見的顏延之不見容於當世的痛苦。

〔註238〕哀傷類賦有：司馬相如〈長門賦〉、向子期〈思舊賦〉、陸機的〈嘆逝賦〉和〈寡婦賦〉、江淹的〈恨賦〉和〈別賦〉。哀傷類詩有：嵇康〈幽憤詩〉、曹植〈七哀詩〉、王粲〈七哀詩〉兩首、張載〈七哀詩〉兩首、潘嶽〈悼亡詩〉三首、謝靈運〈廬陵王墓下作〉、顏延之〈拜廟陵作〉、謝朓〈同謝諮議銅爵臺〉、任昉〈出郡傳舍哭范僕射〉。挽歌類繆熙伯〈挽歌詩〉、陸機〈挽歌詩〉三首、陶淵明的〈挽歌詩〉。

〔註239〕陸機著，劉運好校注：《陸士衡文集校注》，江蘇：鳳凰出版社，2007年12月1版，頁41。

〔註240〕同注17，頁757。

〔註241〕《世說新語‧任誕》。同注17，頁758。

〔註242〕《世說新語‧任誕》。同注17，頁758。

〔註243〕《南史‧顏延之傳》，列傳第二十四。同注65，頁877。

　　輓歌本屬於喪葬的哀祭歌曲，到了魏晉南北朝挽歌詩的創作也相當多。
如曹植〈薤露行〉：

　　　　天地無窮極，陰陽轉相因。人居一世間，忽若風吹塵。

　　　　願得展功勤，輸力於明君。懷此王佐才，慷慨獨不群。

　　　　鱗介尊神龍，走獸宗麒麟。蟲獸豈知德，何況於士人？

　　　　孔氏刪詩書，王業粲已分。騁我徑寸翰，流藻垂華芬。〔註244〕

講述的是人居於天地的渺小與脆弱，既然人生短暫，懷有良才的人更應該
力求名留青史的機會。一般挽歌通常具有實用性的功能，但曹植卻在挽歌
中加入了渴望建功立業的情懷。這也是魏晉時期挽歌的新發展，它開始拋
棄傳統的送葬這一專指的實用價值，如漢樂府中的〈薤露行〉、〈蒿里行〉、
〈泰山梁甫行〉皆為挽歌，曹氏父子卻用來以濃郁的感情描寫當時的社會
現實，挽歌的抒情功能被擴大與強化，往往表達作者對人生的哀挽，也帶
有自挽的性質〔註245〕。

　　又陸機〈挽歌詩〉其一的「送子長夜台。呼子子不聞。泣子子不知。歎
息重櫬側。」〔註246〕寫盡思子的悲傷。其二的「流離親友思，惆悵神不泰。
素驂佇轜軒，玄駟騖飛蓋。哀鳴興殯宮，回遲悲野外。魂輿寂無響，但見冠
輿帶。備物象平生，長旌誰為旆。」〔註247〕所描述送葬過程中，感物存人亡
的悲痛哀淒。或其三的「昔居四民宅。今托萬鬼鄰。昔為七尺軀。今成灰與

──────────

〔註244〕曹植著，趙幼文校注：《曹植集校注》，北京：人民文學出版社，1998 年 7 月
　　　　1 刷，頁 433。

〔註245〕胡前勝：〈論魏晉藥、酒、挽歌背後的悲劇精神〉，《安康學院學報》第 23 卷
　　　　第 6 期，2011 年 12 月，頁 64。

〔註246〕其一全文：「卜擇考休貞，嘉命咸在茲。凰駕警徒御，結轡頓重基。龍巾荒被
　　　　廣柳，前驅矯輕旗。殯宮何嘈嘈，哀響沸中闈。中闈且勿謹，聽我薤露詩。
　　　　死生各異倫，祖載當有時。舍爵兩楹位，啟殯進靈轜。飲餞觴莫舉，出宿歸
　　　　無期。帷衽曠遺影，棟宇與子辭。周親咸奔湊，友朋自遠來。翼翼飛輕軒，
　　　　駸駸策素騏。按轡遵長薄，送子長夜台。呼子子不聞，泣子子不知。歎息重
　　　　櫬側，念我疇昔時。三秋猶足收，萬世安可思。殉沒身易亡，救子非所能。
　　　　含言言哽咽，揮涕涕流離。」同注 89，頁 397。

〔註247〕其三全文：「悲風徽行軌，傾雲結流靄。振策指靈丘，駕言從此逝。重阜何崔
　　　　嵬，玄廬竄其間。磅礴立四極，穹隆放蒼天。側聽陰溝湧，臥觀天井懸。壙
　　　　宵何寥廓，大暮安可晨。人往有返歲，我行無歸年。昔居四民宅，今托萬鬼
　　　　鄰。昔為七尺軀，今成灰與塵。金玉素所佩，鴻毛今不振。豐肌饗螻蟻，妍
　　　　姿永夷泯。壽堂延魑魅，虛無自相賓。螻蟻爾何怨，魑魅我何親。拊心痛荼
　　　　毒，永歎莫為陳。」同注 89，頁 397。

塵。金玉素所佩。鴻毛今不振。豐肌饗螻蟻。妍姿永夷泯。」〔註248〕訴盡生前死後的差別，這些都油然勾起面對死亡的悲慟和恐懼。

乃至於陶淵明的〈擬挽歌辭〉其一：「嬌兒索父啼，良友撫我哭。得失不復知，是非安能覺！千秋萬歲後，誰知榮與辱？」。其二「肴案盈我前，親舊哭我傍。欲語口無音，欲視眼無光。昔在高堂寢，今宿荒草鄉。」。其三「荒草何茫茫，白楊亦蕭蕭。嚴霜九月中，送我出遠郊。四面無人居，高墳正嶕嶢。」〔註249〕都是由生者想像在自己死後，親友在旁痛哭的情形，具有強烈的自挽性質，情調極為淒楚動人。魏晉南北朝士人處於多戰亂且不安定的生活環境中，對死亡雖然是恐懼的，但也能用較為曠達的角度來想像自己死亡後的情景，而作出自挽的詩歌。當然這種自挽歌所表現的絕不是一時的衝動，而是對生的清醒認識，是人性徹底覺醒後，由於士人個體與社會的衝突而造成的心理瘀塊，也是魏晉士人消釋內心痛苦的一種方法，是這一時期悲劇精神的外化形式〔註250〕。

面對生命的短暫、人生的悲苦及死亡的可畏，除了以自挽歌作為他們悲劇精神的外在表徵，他們也特別重視心靈上交流的感動，這是他們慰藉痛苦生活的一種疏解。而這種心靈的交流的感動，有些是放肆的發洩自己的情感，有些則是盡在不言中的會心情感。如竹林七賢的阮籍在政權壓迫下，面對內心莫大的痛苦和愁緒，他「時率意獨駕，不由徑路，車跡所窮，輒痛哭而返。」（《晉書·阮籍傳》）被時人稱為瘋狂的舉動，其實是阮籍把這種寓藏在內心、無由發泄的痛苦與憤滿用「痛哭」的形式傾瀉出來。還有王子猷在大雪之夜，吟詠左思的〈招隱詩〉時，忽然想念朋友戴逵。便立即夜乘小舟前往。經宿方至，但是卻未造訪並返回。「人問其故，王曰：『吾本乘興而行，興盡而返，何必見戴？』」更是顯露了魏晉士人重情的表現。

除了個人情緒的抒發，他們與朋友相交也重視心靈層面的滿足，當雙方能互相感受到心意，也就一切盡在不言中了。如《世說新語·任誕》第二十三中有一段記載：

王子猷出都，尚在渚下。舊聞桓子野善吹笛，而不相識。遇桓於岸

〔註248〕同注89，頁397。

〔註249〕陶淵明著，袁行霈箋注：《陶淵明集箋注》，北京：中華書局，2003年4月，頁420～424。

〔註250〕胡前勝：〈論魏晉藥、酒、挽歌背後的悲劇精神〉，《安康學院學報》第23卷第6期，2011年12月，頁65。

上過，王在船中，客有識之者云：「是桓子野。」王便令人與相聞，

云：「聞君善吹笛，試爲我一奏。」桓時已貴顯，素聞王名，即便回

下車，距胡床爲作三調。弄畢，便上車去。客主不交一言。〔註251〕

兩人素不相識，自始至終也沒有交談，但桓子野卻回車爲王徽之演奏歌曲，兩個人心靈的交流，正是基於對音樂的喜愛與欣賞。又有王戎兒子早逝。山簡去探望，看到王戎相當悲傷，「簡曰：『孩抱中物，何至於此？』王曰：『聖人忘情，最下不及情。情之所鍾，正在我輩。』簡服其言，更爲之慟。」山簡聽聞王戎說我輩「重情」一語，能感同身受，痛哭失聲，甚至比王戎更悲痛。這些都可以知道魏晉時人縱情的原因，大多源於本身的「重情」。而且情感本身若能相互感受或觸發，「會心處不必在遠」〔註252〕也能心領神會。魏晉時人從對人生苦楚的悲怨中，將之昇華爲美的心靈活動，不但強調了創作主體的意念性，也呈現了當代以深情會心的特殊審美風尚。可見以悲爲美與深情會心，正是魏晉南北朝士人精神風貌與審美趨向的展現。

如果說魏晉南北朝以前，士人們關注的是天地流行或君臣之義，亦或聖人的作爲；那麼從魏晉開始，士人們關注的重點更多的轉向了自己，他們開始挖掘人性或心靈更深層的一面，並以此發現悲苦生命中美的一面，以用來彰顯人生的價值。不論是任誕瀟灑與魏晉風流、重才任俠與才性之爭、憂喜不至與淡泊以對，或以悲爲美與深情會心，這些都構成了魏晉南北朝特殊的精神風貌與審美趨向，並進一步影響到士人的價值觀、處世態度及審美意趣。而他們尊重個性、人格、精神自由的特點，也造就了他們以新的角度來剖析創作主體與文學作品的關係，當配合著時代文學觀念的進步，締造了中國文學上華美豐贍的一頁。

〔註251〕同注17，頁761。

〔註252〕引至《世說新語‧言語》，原文爲：「簡文入華林園，顧謂左右曰：『會心處不必在遠。翳然林水，便自有濠濮間想也。覺鳥獸禽魚，自來親人。』」同注17，頁121。

第三章　魏晉南北朝的《楚辭》接受

　　《楚辭》是戰國時代屈原的作品，它創新的體裁、鮮明的情感及奇幻華麗的文字，一直影響著後代文學。在戰國之後的漢代，漢人對屈原忠心高潔的形象及《楚辭》的喜愛，導致大量模仿《楚辭》的作品出現，尤其淮南王劉安作《離騷經章句》後，《楚辭》的地位躍升至「經」，這些都可以看到漢人對《楚辭》的重視，這也是《楚辭》學研究的第一個高峰。及至漢末動亂、三國鼎立，以至於魏晉南北朝的頻繁戰亂，對《楚辭》的關注與研究確實比不上漢代，以致有人認為這是「《楚辭》研究」的「低潮」，專著寥寥無幾，但注釋、音讀、文論等個別專著，從質量上看仍然有所發展〔註1〕。由此可見《楚辭》在學界、文壇上仍備受學者、文人的關注。

　　尤其魏晉南北朝之後的宋代，對於《楚辭》的注釋、專論及研究蔚為大觀，是《楚辭》學研究的第二個高峰。而漢、宋之間的魏晉南北朝，在《楚辭》學研究中也不容忽視。那麼在魏晉南北朝特殊的時代氛圍中，伴隨著文學自覺意識的高漲，文人對《楚辭》的關注與理解是否有所革新？而《楚辭》在魏晉南北朝的傳播情形如何？在魏晉南北朝文人的視野中，他們關注《楚辭》之原因以及他們特殊的審美觀為何？又他們如何去評價《楚辭》，及開拓《楚辭》研究的新方向？而延承歷代以來對屈原形象的品評，到了魏晉南北朝是否有所改變？以上都是本章欲討論的重要主題。

〔註1〕　湯炳正：〈楚辭研究〉載《中國大百科全書》編委會、《中國文學》編委會主編：《中國文學》，北京：中國大百科全書出版社，1988年9月第二版，頁88。

第一節　魏晉南北朝視野中的《楚辭》

　　《世說新語‧豪爽》第十三：「王司州在謝公座，詠『入不言兮出不辭，乘回風兮載雲旗』，語人云：『當爾時，覺一坐無人。』」原文中「入不言兮出不辭，乘回風兮載雲旗」兩句出自《楚辭‧少司命》一篇，二句之後原文為「悲莫悲兮生別離，樂莫樂兮新相知」，說的是在祭祀中少司命降臨時未曾言語，離開時也沒有告辭，便乘著旋風與雲霓飄然離去。正所謂「入乎堂中，不聞其聲，出乎堂外，不見其形」〔註2〕。王司州體察少司命來去之飄忽瀟灑，及挾風乘雲之氣勢，才脫口「一坐無人」之句。其一，王司州並非感受到一般大眾所能感知的生別離之悲，而是少司命降臨之瀟灑；其二，顯示在他的視野中，他的美感經驗，著重於自我個體的存在，這與魏晉南北朝人著重自我的現象相互扣合。這也正是魏晉基於特殊時代背景，所造就出的特殊審美觀。

　　又陸雲〈與兄平原書〉中云：「嘗聞湯仲歎〈九歌〉，昔讀《楚辭》意不大愛之。項日視之，實自清絕滔滔。故自是識者，古今來為如此種文，此為宗矣。視〈九章〉時有善語，大類是穢文，不難舉意。視〈九歌〉便自歸謝絕。」〔註3〕他稱讚陸機的文章已能永垂不朽，並勸陸機擬作清絕滔滔的〈九歌〉。而相較於論述較偏向屈原心志與政治的〈九章〉，陸雲並未讚揚，反認為大多為穢文；倒是〈九歌〉的特殊情韻，他以為是「清絕滔滔」的佳作，可視為文章之宗。由以上兩則短文可透析魏晉對《楚辭》特殊的審美角度：亦即《楚辭》中高玄遠舉之語，在道家思想繁盛滋長的魏晉時代中，頗予人恍忽飄然之美感。而〈九歌〉的「清絕滔滔」，更是成為提升文學永恆不朽價值的標準。

　　過去《楚辭》在儒家的觀點下，總是不脫「賢君忠臣」之辯的桎梏，甚或班固以「露才揚己」之語批評屈原。而〈九歌〉在漢朝也不過被視為楚地的祭祀歌曲或屈原藉其抒發心志的文章，它們被重視及討論的主因多離不開「實用」，或是否「利於政教」的功能。然而到了魏晉南北朝，文人們的眼光眺望得更遠，他們重視的是讀《楚辭》時，心靈的感受與共鳴，這些除了反

〔註2〕原文後為「悲莫悲兮生別離」，林雲銘言此為「生別離也。……死別離乃一訣暫痛，生別離則歷久彌思，故尤悲。」馬茂元主編，楊金鼎等注釋：《楚辭注釋》，臺北：文津出版社，1993年9月初版，頁158。

〔註3〕陸雲撰，黃葵校點：《陸雲集》，北京：中華書局出版社，1988年版，頁139。

映出魏晉士人們不同以往的審美眼光，也代表著文學觀念的轉變。魏晉南北朝恰好正值文學意識覺醒的時期，秉持個人主義、自然主義的人生觀，於是學者更能從文學審美的角度來探析《楚辭》。除了伴隨時代演變而進步的文學觀念，魏晉南北朝關注《楚辭》的主因，仍是因爲《楚辭》作品及屈原處境中所反映的主題，與魏晉南北朝時代士人所處環境與對生命的省思有相近之處。

　　以下便由背景與人生困境異同等因素來加以探討之：

一、《楚辭》的生命焦慮與魏晉南北朝憂生之嗟

　　在《楚辭》中，屈原因爲受到小人讒言而不得君王重用，其救國之心的強烈，也在在於文辭中陳述對時間倏忽的焦慮感。如〈湘君〉及〈湘夫人〉的「時不可兮再得」、「時不可兮驟得」；〈悲回風〉的「時亦冉冉而將至」；〈遠遊〉的「恐天時之代序兮」；〈離騷〉的「日月忽其不淹兮，春與秋其代序。惟草木之零落兮，恐美人之遲暮。」、「汩余若將不及兮，恐年歲之不吾與」、「恐鵜鴂之先鳴兮，使夫百草爲之不芳！」這些都可看出屈原感受到作爲個體自覺性的存在，他明白個人追求的價值性目標爲何，卻無法掌控有限且易逝之時間，因而產生無奈與惶恐的情緒，並展現急於把握時間的意圖。王立認爲：

> 《楚辭》對時間的緊迫感則強烈自覺得多，且帶有一種強大的道德感奮力量。限於時代，先時人們對有限人生無可奈何成分較多，而到了《楚辭》這裡則開始對這種無可奈何表現出極大的痛苦情緒。
> 〔註4〕

痛苦的情緒，主要肇因於自覺時間流逝的不可抗性。而不論是美政之無法達成的哀嘆，或時間之無法掌握，對時間的焦慮感爲先時人們所共有，而這種強烈的哀愁之情緒，處處流溢在《楚辭》當中，《楚辭》之所以被稱爲悲怨文學，大抵也基於這種哀怨的基調瀰漫了全書。據統計《楚辭》文本中「哀」字凡18見，「悲」字凡22見，「憚」字凡5見，「怨」字凡11見〔註5〕，而其

〔註4〕　王立〈先秦惜時主題與中國文學中的個體價值追求──主題學與先秦文學關係研究的一個回顧〉遼寧：《大連大學學報》第28卷第5期，2007年10月，頁25。

〔註5〕　劉殿爵、陳方正：《楚辭逐字索引》，香港：商務印書館，2000年8月第1版，頁27、29、43、166。

哀、悲、憚、怨的內容除了對政治上美政期待的落空，多半都還是對時光急促的焦慮，這些也都大篇幅闡述了屈原精神意念的執著。可見在時間焦慮感的命題上，《楚辭》的表現模式已與《詩經》有所不同，《詩經》側重在個體價值體現的物質生活與社會生活系統，而《楚辭》側重在政治生活和精神生活系統〔註6〕。

對時間的焦慮感，進一步演進成為「惜時」的表現。而前文所述，《楚辭》於「惜時」上側重在政治生活和精神生活系統方面，這與魏晉南北朝時代面臨的課題接近。

本論文第二章第一節已提及，魏晉士人遭遇之困境主要來自於：（一）政治清算鬥爭，（二）戰禍瘟疫威脅（三）奢靡浮華競尚，這三個原因都間接的威脅到個體的生存，因此如何能戰勝它們，是士人們極關心的問題。而為個體生存的奮戰，也間接讓他們體察到生命的本質底蘊，並進一步深思生命的價值何在？那麼如何在有限的生命中，讓自己活得有意義及有尊嚴？這些都成為了魏晉南北朝士人最大的人生課題，他們有些努力在有限生命中尋求建功立業的機會，如建安時代的曹植〈與楊德祖書〉云：「吾雖德薄，位為藩侯，猶庶幾　力上國，流惠下民，建永世之業，流金石之功」，曹植於文中揭出自己身為藩侯，期望憑藉自己的才華，能建立一番轟轟烈烈的事功，恩澤人民，其對於事功的渴望積極明確；有些則願藉文字建立千載之功為念，如曹丕〈典論論文〉云「蓋文章，經國之大業，不朽之盛事。年壽有時而盡，榮樂止乎其身，二者必至之常期，未若文章之無窮。」文中提及生命可藉由寫作的方式，提高其價值並將之長久延續，這較之短暫的榮華富貴，更具意義。這些創建生命價值的方式，推究其因，都基於對時間倏忽的焦慮，正如曹丕所言「古人賤尺璧而重寸陰，懼乎時之過已。」（〈典論論文〉），處處都可見魏晉時代對時間與生命的焦慮是相當強烈的。

另外，如陳琳〈遊覽詩〉其二云：「嘉木凋綠葉，芳草纖紅榮。騁哉日月逝，年命將西傾。建功不及時，鍾鼎何所銘。收念還房寢，慷慨詠墳經。庶幾及君在，立德垂功名。」〔註7〕則言建功須及時，才能令功名永垂不朽於史冊。西晉・劉琨〈重贈盧諶〉：「功業未及建，夕陽忽西流。時哉不我與，去

〔註6〕同注4，頁23。
〔註7〕陳琳〈遊覽詩〉其二，載夏傳才主編，杜志勇校注：《孔融、陳琳合集校注》，石家莊市：河北教育出版社，2013年6月一版，頁106。

乎若雲浮。朱實隕勁風，繁英落素秋。狹路傾華蓋，駭駟摧雙輈。何意百鍊剛，化爲繞指柔。」〔註8〕則表現了在時間倏忽的壓力下，來不及建功立業的焦慮；又阮籍〈詠懷詩十三首〉之四：「秋風凤屬，白露宵零。修林彫殞，茂草收榮。良時忽邁，朝日西傾。有始有終，誰能久盈。」更是表明對良時稍縱即逝的感嘆。以上，都是陳述時間的倏忽消逝，而害怕無法及時建功立業的現象。由這些詩句的對照，我們清楚可見《楚辭》與魏晉文人因有強烈的自覺意識，產生了對時間的焦慮感，並引發其憂生之嗟。尤其《楚辭》與魏晉文人又同處於頻繁戰爭的時代氛圍，亦有懷才不遇的現象的，這些極爲相似的時代背景與人生危機，都成爲魏晉文人關注《楚辭》的原因。

二、《楚辭》的幻境神遊與魏晉的自由追尋

　　《楚辭》中屈原所建構的神話世界，恢宏廣大，引人入勝。〈離騷〉中，便有：

> 「駟玉虬以乘鷖兮，溘埃風余上征。朝發軔於蒼梧兮，夕余至乎縣圃。」

> 「吾令鳳鳥飛騰兮，繼之以日夜。飄風屯其相離兮，帥雲霓而來御。」

> 「鳳皇既受詒兮，恐高辛之先我。欲遠集而無所止兮，聊浮遊以逍遙。」

> 「吾令豐隆乘雲兮，求宓妃之所在。」

> 「揚雲霓之晻藹兮，鳴玉鸞之啾啾。朝發軔於天津兮，夕余至乎西極。」

> 「麾蛟龍使梁津兮，詔西皇使涉予。」

> 「駕八龍之婉婉兮，載雲旗之委蛇。」

以上文句中，屈原描述他駕馭虬龍鸞鳳，在一天的極短時間內，於天地間上下周行追求宓妃佚女；又命令鳳鳥飛騰、飄風相離、雲霓來御；甚至還有飛揚雲霓、使役蛟龍之情景，可謂神奇奧妙，蔚爲大觀。

　　此外，〈離騷〉中也出現求長壽永生的記述與象徵，如詩人常摘取或飲用之物都寄喻了「不死」的意念。如「宿莽」是「履霜不凋，冬生不死」，寓有

〔註8〕　西晉劉琨〈詩丁·贈答三·重贈盧諶〉詩（卷二十五）。梁·昭明太子撰、唐·李善注：《昭明文選》，臺南：第一書局，1981年11月再版，頁346。

不死之理念。「朝飲木蘭之墜露兮，夕餐秋菊之落英」中的「墜露」即「甘露」，飲之可延年，起死回生；服食菊花則益氣清心，可獲高壽。又上一段提及屈原駕馭虬龍鸞鳳，飛龍與鳳更是不死的象徵；其他如「白水」、「瓊木」等多有長生意涵〔註9〕。而屈原於朝夕一日內出發或到達的地方，如「朝發軔於蒼梧兮，夕余至乎縣圃」、「朝發軔於天津兮，夕余至乎西極」中的蒼梧、縣圃、天津、西極等也多為仙境。其中「縣圃」，王逸注：「縣圃，神山，在崑崙之上。」《淮南子》曰：「登之乃靈，能使風雨。」〔註10〕可見其皆為神仙所居之境。

除了〈離騷〉，一系列華美的〈九歌〉祭曲，更是勾勒出篤信萬物有靈的楚人，所信奉的諸多天上神祇的形象。他們的形象有氣勢威猛的太陽神、變化倏忽的雲神、溫婉動人的水神，或冷酷神秘的司命之神，其他更有河神、山神……等等。而這些神祇，本身除了喝令風雨雲霧的權力外，更是永恆長生的代表，他們所建構出的神秘國度，都給予人們極為豐富的想像。

〈遠遊〉中亦陳述「風伯為余先驅兮，氛埃辟而清涼。鳳皇翼其承旂兮，遇蓐收乎西皇。擥彗星以為旍兮，舉斗柄以為麾」的情景。其中，屈原命令風伯為他掃除霧霾與塵埃〔註11〕、使鳳凰扶輪，以彗星、北斗星為令旗，氣勢磅礡弘大。這些詭譎神秘的想像與描述，曾被劉勰評之為「詭異之辭」、「譎怪之談」、「狷狹之志」、「荒淫之意」，被認為是異乎經典者的文辭。

〈遠遊〉中除了陳述這些譎怪之情景，又說「聞赤松之清塵兮，願承風乎遺則。貴真人之休德兮，美往世之登仙。」及「軒轅不可攀援兮，吾將從王喬而娛戲！」其中描述了嚮望與赤松子、王子喬等仙人共遊的情節，並提及軒轅之境及登仙等具有長生意涵的文句。馬其昶解釋為「悲時俗之迫隘，念人生之長勤，而因有觀化頤生之志。」〔註12〕

文後，進而論述「餐六氣而飲沆瀣兮，漱正陽而含朝霞。保神明之清澄兮，精氣入而麤穢除。順凱風以從遊兮，至南巢而壹息。」此段王逸注云：「常吞天地之英華也；納新吐故，垢濁清也」〔註13〕、蔣驥注云：「人之神明，本

〔註9〕 陳師怡良：《屈原文學論集》，臺北：文津出版社，1992年11月初版，頁155～156。

〔註10〕 王逸注。同注2，頁54～55。

〔註11〕 王逸注。同注2，頁449。

〔註12〕 王逸注。同注2，頁431。

〔註13〕 王逸注。同注2，頁438。

自清澄，而不能不淆於後天昏濁之氣；故必取天地之精氣以自益而粗穢自消，神明所以能保，此求正氣之始事也。」〔註14〕可見這是屈原論述以餐天地四時之氣、飲用沆瀣露水來保持自己神明清澄，而不被後天粗穢之氣混淆的方法。

這些關於神仙及使自己神明清澄的方法，也都是後來魏晉南北朝時代相當熱衷與風行的求仙長生之術。而以上這些神話天地的描述，絕非屈原的無端幻想，其具備特殊的象徵意義。以〈離騷〉爲例，就神話學的觀點，探討其表露的現實意義，約可概括爲四點：1 祈求獲得永生。2 渴望控制環境。3 奢求洞悉秘密。4 祈求掌握命運〔註15〕。

屈原面對生命短暫課題的排解，正是藉由「神遊」。陳師怡良以爲「神遊」在心理學解釋上是一種「補償作用」，是「心理自衛機轉」，當自身陷入煢獨無依之困境，能在超現實的神話天地中，取得支持、補償與同情。屈原的這幾次神遊歷程，固然可以看做對現實不滿而尋求自我精神自由的一種途徑。然而追求自由的極限，便是無拘無束，能不受天地有形萬物形體的牽絆，亦即必須達到超越生死之外，這便是「永生」。

屈原於文中也常用命令的句式，如「前望舒使先驅兮，後飛廉使奔屬」、「吾令鳳鳥飛騰兮，繼之以日夜」、「吾令羲和弭節兮，望崦嵫而勿迫」、「吾令帝閽開關兮」、「吾令豐隆乘雲兮」、「吾令鴆爲媒兮」……等。這些命令的句式：「吾令……」、「使……（差遣……）」的使用，正是彌補屈原遭受放逐，補償了他在人世間無能自主，而渴望控制環境及擁有支配自然的能力。

此外，他在神遊八荒時，云：「路曼曼其脩遠兮，吾將上下而求索。」可見即使前方長路漫漫，他仍執著的不斷的多方探索，並向靈氛問卜，續求神巫、巫咸昭示，以確定前行之吉凶，則是祈求能進一步掌握命運。

又〈遠遊〉開章，屈原便云：「悲時俗之迫阨兮，願輕舉而遠遊。質菲薄而無因兮，焉託乘而上浮。」表明自己陷於眾人嫉妒，難以容世的困境。王逸注曾云：

> 〈遠遊〉者，屈原之所作也。屈原履方直之行，不容於世。上爲讒佞所譖毀，下爲俗人所困極，章皇山澤，無所告訴。乃深惟元一，

〔註14〕 王逸注。同注2，頁438。
〔註15〕 〈嘔心瀝血，構思神奇——試探〈離騷〉及其神話天地之創作理念〉。收錄陳師怡良：《屈原文學論集》。同注9，頁155～160。

修執恬漠。思欲濟世，則意中憒然，文采鋪發，遂敘妙思，託配仙人，與俱遊戲，周歷天地，無所不到。〔註16〕

王逸詳細描述了屈原進退維谷的人生困境，天地之大，卻無可容身，只能藉由與仙人遊歷及周遊天地作為鬱悶心情的抒發管道，如此方能不受有形軀體的拘束，而感受心靈的自由。胡文英《屈騷指掌》贊同此說法，他認為屈原是因「時俗迫阨，則賢者難容，欲借遠遊以避之。」〔註17〕因此著作〈遠遊〉。蔣驥更認為文首四句話標舉出了〈遠遊〉的主旨。他以為「原自以悲戚無聊，故發憤欲遠遊以自廣。然非輕舉，不能遠遊；而質非神仙，不能輕舉；故慨然有志於延年度世之事。」〔註18〕蔣驥除了詳細點出屈原寫作〈遠遊〉的原因，較前人進步的是明確標出了〈遠遊〉中「延年度世」的思想。而陳本禮《屈辭精義》更認為〈遠遊〉為「後世游仙之祖」〔註19〕。因此，歷遊仙境詩作傳統的建立，可以將《楚辭》的〈離騷〉與〈遠遊〉視為開端。

追根究柢，在屈原所建構的神秘世界中，能上下求索、命令虬龍鸞鳳，他所追尋的其實是擺脫人生困境，轉而追求「心靈的自由與超脫」，昏昧的國君、奸佞的小人、混亂的國政、虎視眈眈的外敵，這些都已經是他無力去改變的現實，唯有透過「神遊」與「追尋永生」，藉此抒發自我憤懣的情緒，方能救贖痛苦矛盾的靈魂。

魏晉時代文學中，也常有文人模擬《楚辭》進行文學創作，其中一部分更是模仿〈離騷〉、〈遠遊〉中上天下地的神遊與和神仙共遊的文辭，這除了是《楚辭》歷遊仙境詩作傳統的進一步發展外，當代道教及煉丹文化的盛行也影響極大。

魏晉南北朝戰亂頻仍，死傷無法數計；當權者又多有以名教壓迫的高壓統治，士人們感受到生命的短暫脆弱，及朝不保夕的憂慮。對生命受到的威脅，及無力改變的政局處境，這些都讓魏晉士人惶惶難安，他們的處境與屈原相比，是極為相同的，而且是更加艱困的。李澤厚先生曾在《美的歷程》一書中論及「魏晉風度」，他談到：

對生死存亡的重視、哀傷，對人生短促的感慨、喟歎，從建安直到

〔註16〕 洪興祖：《楚辭補注》北京：中華書局，1981年版，頁163。
〔註17〕 王逸注。同註2，頁426。
〔註18〕 王逸注。同註2，頁426。
〔註19〕 司馬遷等：《楚辭評論資料選》，臺北：長安出版社，1988年9月初版，頁491。

晉宋，從中下層直到皇家貴族，在相當一段時間中和空間內瀰漫開
來，成爲整個時代的典型音調。〔註20〕

這時魏晉士人與屈原最大的不同是，屈原的困境侷限在個人，而魏晉士人的
喟嘆卻是群體的，這種全體性、瀰漫性的恐懼，潛藏在魏晉士人的群體意識
中，其製造出的氛圍悲傷與無力感是更加濃厚的。他們也必須尋找一條能抒
解情緒及保全生命的安全管道，因此他們靠著藥與酒，點綴了一段荒誕不羈、
任情任性的魏晉風度。魯迅有〈魏晉風度與藥及酒的關係〉〔註21〕一文，他
提及魏晉時代士人們居喪之際，飲酒食肉，由闊人名流倡之，萬民皆從之的
情形；也提到士人們服食五石散的普遍，藥及酒在魏晉中成了士人逃避現實
的途徑，如阮籍終日醉酒，而何晏則是服藥的創始者之一，而這些人被稱之
爲名士一派。

又《世說新語·任誕》記載：「王孝伯言：『名士不必須奇才，但使常得
無事，痛飲酒，熟讀〈離騷〉，便可稱名士。』」〔註22〕若藥與酒的普及與暫
時的精神麻痺，是魏晉士人逃避現實的一種途徑，以王孝伯之言來看，「熟讀
〈離騷〉」與「痛快飲酒」便具有相同的功用，它也成爲了魏晉名士抒發心中
塊壘的特殊方式。屈原在〈離騷〉中盡情周遊八方的自適消遙，超越有限時
間與空間的傲岸無拘，都是被魏晉士人所欣慕的，因此也間接的帶動了魏晉
遊仙詩的蓬勃發展。

魏晉遊仙詩的寫作，曹植、阮籍、郭璞等都有相當豐富的創作。如曹植
的〈遠遊〉藉歷遊仙境來抒發自己的悲苦煩悶，唐·吳兢在《樂府古題要解》
中云曹植此詩「傷人事不永，俗情險艱，當求神仙翶翔六合之外。其詞蓋出
楚歌〈遠遊篇〉也。」〔註23〕明揭此詩對《楚辭·遠遊》的直接因襲。而其
〈五游詠〉〔註24〕文中不論是「逍遙八紘外。遊目歷遐荒」、「閶闔啓丹扉。

〔註20〕 李澤厚：《美的歷程》，新店：谷風出版社1987年11月，頁114。
〔註21〕 魯迅〈魏晉風度與藥及酒的關係〉，魯迅、容肇祖、湯用彤等著：《魏晉思想》
　　　　乙編三種，臺北：里仁書局，1995年8月初版，頁11。
〔註22〕 劉義慶著，劉孝標注，余嘉錫箋疏：《世說新語》，臺北：華正書局，1993年
　　　　10月，頁764。
〔註23〕 河北師範學院中文系古典文學教研組編：《三曹資料彙編》，北京：中華書局，
　　　　2005年2月北京三刷，頁104。
〔註24〕 曹植〈五游詠〉原文爲「九州不足步。願得陵雲翔。逍遙八紘外。遊目歷遐
　　　　荒。披我丹霞衣。襲我素霓裳。華蓋芳晻藹。六龍仰天驤。曜靈未移景。倏
　　　　忽造昊蒼。閶闔啓丹扉。雙闕曜朱光。徘徊文昌殿。登陟太微堂。上帝休西

雙闕曜朱光。」或是曹植描述在天庭賞玩靈芝芳草或見到仙藥奇方，都存有〈離騷〉中文句、意境轉化而來的痕跡。

至於阮籍雖有崇高志向，但面對政治的動盪黑暗，他也只能藉由酩酊大醉來逃避現實。其〈詠懷詩〉就多受到《楚辭·離騷》極大影響，〈詠懷詩〉八十二首，當中有極多關於仙人及仙境的描述。清·方東樹《昭昧詹言》曾云：「阮公之時與世，眞〈小雅〉之時與世也，其心則屈子之心也」〔註25〕。便認爲阮籍面對的人生困境，與藉由遨遊仙境以抒懷的方式，與屈原之心志是相同的。如〈詠懷詩〉第五十五首云：「人言願延年，延年欲焉之。黃鵠呼子安，千秋未可期。獨坐山崖中，惻愴懷所思。王子亦何好，猗靡相攜持。悅懌猶今辰，計校在一時。置此明朝事，日夕將見期。」〔註26〕清·陳祚明《采菽堂古詩選》中將這首詩中作者情感與屈子欲遠逝自疏前高丘返顧的複雜情感對比，謂其秉承屈騷情懷。甚至，清·方東樹《昭昧詹言》爲解讀阮詩評注云：「大約不深解〈離騷〉，不足以讀阮詩」〔註27〕，這些都顯見《楚辭》對其創作的影響。

而郭璞遊仙詩，共計有 19 首。其〈遊仙詩〉第九首「登仙撫龍駟，迅駕乘奔雷。鱗裳逐電曜，雲蓋隨風迴。手頓羲和轡，足蹈閶闔開。東海猶蹄涔，崑崙螻蟻堆。」〔註28〕駕馭龍駟、駕乘奔雷、追逐閃電，大開仙境宮門，上天下地直至東海、崑崙，這些描述與屈原於《楚辭·離騷》中周遊天地，觀覽八方的文句皆極爲相似，而「採藥遊名山，將以救年頹。呼吸玉滋液，妙氣盈胸懷」等句，更與〈遠遊〉中屈原餐天地四時之氣、飲用沆瀣露水來保持自己神明清澄或延年長生一致，無怪乎方東樹《昭昧詹言》云本篇「本屈子〈遠遊〉之恉而擬其辭，遂成佳製」〔註29〕了。

櫺。輦后集東廂。帶我瓊瑤佩。漱我沆瀣漿。踟躕玩靈芝。徙倚弄華芳。王子奉仙藥。羨門進奇方。服食享遐紀。延壽保無疆。」參見趙幼文校注：《曹植集校注》，臺北：明文書局，1985 年 4 月初版，頁 401。

〔註25〕 方東樹著，汪紹楹校點：《昭昧詹言》，北京：人民文學出版社，2006 年版，頁 81。

〔註26〕 逯欽立：《先秦漢魏晉南北朝詩》，北京：中華書局，1998 年 5 月 4 刷，頁 506。

〔註27〕 同注 25，頁 80。

〔註28〕 郭璞〈遊仙詩〉第九首全文爲「採藥遊名山，將以救年頹。呼吸玉滋液，妙氣盈胸懷。登仙撫龍駟，迅駕乘奔雷。鱗裳逐電曜，雲蓋隨風迴。手頓羲和轡，足蹈閶闔開。東海猶蹄涔，崑崙螻蟻堆。遐邈冥茫中，俯視令人哀。」同注 26，頁 866。

〔註29〕 同注 25，頁 95。

　　自然，魏晉遊仙詩的發展，除了繼承屈原《楚辭》（尤其是〈離騷〉、〈遠遊〉）的遺緒外，魏晉道教流行，盛行煉丹的特殊文化也進一步推動了遊仙詩的發展。雖然屈原與魏晉士人所處時代不同，但因面臨了「惟天地之無窮兮，哀人生之長勤」（〈遠遊〉）的人生困境，在心理層面及情緒的抒解上，魏晉士人借鑑了屈原幻遊仙境的方式，以神秘作為追求心靈自由的外衣，並揉合道教煉丹的特殊文化，這種關注與轉化，也間接對魏晉《楚辭》學的發展做出了貢獻。

三、屈原的際遇與魏晉南北朝的世族

　　《史記・屈原賈生列傳》：「屈平正道直行，竭忠盡智以事其君，讒人間之，可謂窮矣。信而見疑，忠而被謗，能無怨乎？」〔註30〕屈原博聞彊志，明於治亂，嫺於辭令，積極想為國效力，卻被讒人所害，導致落於「窮」而生「怨」的處境，因此作〈離騷〉來抒發滿腔的愁悶。這與他在〈遠遊〉中自言：「悲時俗之迫阨兮，願輕舉而遠遊。質菲薄而無因兮，焉託乘而上浮。遭沈濁而汙穢兮，獨鬱結其誰語」的處境可以相互參看。時俗的迫阨，說明屈原處境的艱難，亦即境遇之「窮」，而輕舉遠遊天地，更是因為心情鬱結難解的抒發方式。

　　屈原不受重用及遭奸小迫害的深沉痛苦，也表現在〈懷沙〉一賦中，其云：

> 懷質抱情，獨無匹兮。伯樂既歿，驥焉程兮？萬民之生，各有所錯
> 兮。定心廣志，余何畏懼兮？曾傷爰哀，永歎喟兮。世溷濁莫吾知，
> 人心不可謂兮。知死不可讓，願勿愛兮。〔註31〕

屈原感嘆世上無人理解他的忠心，雖然他懷抱著治世良能，因為沒有伯樂的欣賞，就像無法馳騁的千里馬一般。屈原的痛苦無人理解，也無處抒發，只能將原因歸結於天命的安排。然而他又表明雖處於困境，自己卻絕非貪生怕死之輩，不會避死求生。這些文辭，雖沒有搶天呼地的激動，卻娓娓訴出了對人生困境的絕望與表達了將選擇捨身取義的訊息。實則，〈懷沙〉是屈原臨死前所作〔註32〕，理想的破滅、國家的淪陷，痛苦的齧食著他的心，他回顧

〔註30〕同注19，頁1。
〔註31〕同注16，頁145～146。
〔註32〕馬茂元認為〈懷沙〉是屈原懷念長沙，並選擇作為生命歸宿之地。原因是長
　　　　沙是一個具有歷史意義的地方。其云「楚國始封君熊繹在開拓疆宇的過程

自己一生，恍然驚覺天地之大卻無一己容身之處，這種極端的孤獨，讓他只能選擇追隨彭咸一類的人。

屈原作為知識份子，懷抱理想，卻遭遇困阨處境，只能在「天地四方」與「自我」中不斷求索、尋找自我價值，這種忠君愛國、不與世俗同流合污的形象，深深激勵了後代失志的貧士，並使其折服於《楚辭》的藝術魅力中。因此，屈原之後的漢代，文士們藉由擬騷進一步抒發自己懷才不遇的悲憤。進一步分析，魏晉南北朝作品自然也受到屈原此類主題的影響。

首先，將屈原與魏晉士人的生活環境相比較：戰國時代，無論政治、經濟和社會組織，都起了劇烈的變化。文化思想相當活躍，文學歷史上有一個明顯的事實，便是詩的衰頹和散文的勃興，是一個百家爭鳴的新時代〔註33〕。而魏晉時代，是文學自覺的時代，重視文學價值，深入探討文學理論，文學亦有蓬勃及自由的發展。以文學環境而言，戰國與魏晉同樣都是文學走向新局面、展現新風貌的時代；就政治環境而言，戰國七雄逐鹿爭霸，魏晉政治混亂恐怖，則都屬於社會動亂的局面。又本論文於第二章中，曾探析過兩晉播遷與其士族制度，其中論及自曹丕的「九品中正制」實施後，阻擋了非世族士人的晉身之途，在選拔人才制度上，不辨才實，全基於世族之私利及愛憎的情形，導致士人之不遇，形成了「上品無寒門，下品無世族」的社會現象。又因曹丕、司馬家的爭權篡奪、賈后之亂、八王之亂、外族入侵，可謂內憂外患不斷。戰亂饑荒是現實中常面對的問題，因此魏晉南北朝士人們也和屈原一樣，都有處於對政治現實環境極度焦慮，和對出路困惑無奈的境況。

正因為文學、政治環境的類似，屈原哀怨的情結，得以由漢代接續而傳至魏晉南北朝，這種士人懷抱利器卻不受重用的「士不遇」情形，因士人無力改變現實，滿腔的激憤，只能藉由書寫作品來抒發情志，也形成了一種文學傳統。而「士不遇」一詞由來，姜亮夫先生認為「題名，得之董子，文旨取自〈離騷〉。皆擬騷之作也。」〔註34〕在漢代的文學創作中，「士不遇」主題相當常見，如賈誼的〈弔屈原賦〉、〈鵬鳥賦〉就是這類典型的作品。

中，江北以丹陽為中心，江南則以長沙為據點，春秋之後，才正式定都於郢。到了屈原自殺的那年，郢都已淪陷，要想渡江而北，死於生身之地，事實上不可能。於是依戀宗國之情，自然而然地集中在這一具有歷史意義的地區（長沙）了。」同注2，頁364。

〔註33〕 劉大杰：《中國文學發展史》，臺北：華正書局1998年8月版，頁61。

〔註34〕 姜亮夫：《楚辭書目五種》，上海：中華書局上海編輯所，1961年，頁462。

及至建安時期，曹植、王粲、應瑒及阮籍、陸機、陶淵明⋯⋯等，也都有關於「士不遇」主題的作品。如王粲〈登樓賦〉：

> 冀王道之一平兮，假高衢而騁力。懼匏瓜之徒懸兮，畏井渫之莫食。⋯⋯心悽愴以感發兮，意忉怛而憯惻。循階除而下降兮，氣交憤於胸臆。夜參半而不寐兮，悵盤桓以反側。

劉勰《文心雕龍》稱譽王粲爲「七子之冠冕」，〈登樓賦〉則是建安辭賦的經典著作。王粲出身名門，但遭逢亂世，曾避難荊州登樓遠眺，抒發思念故土之情，傾吐懷才不遇的苦悶。他用畏懼「匏瓜徒懸」、「井渫莫食」來表達渴望施展才能的迫切心情。但最終也只能帶著沉重的心情離開高樓，懷才不遇的鬱鬱不安，還導致他整夜盤桓不寐，悵然欲悲。此後王粲登樓，成爲「失意」的意象典型。此賦除了在主題上，繼承屈原懷才不遇的思想，在字句使用上，也有相當多《楚辭》字句的引用轉化。如阮籍的騷體作品基本上是沿用〈離騷〉句式，語言與意象亦多有對屈騷的繼承借鑑。〈詠懷詩〉中的許多詩句及意象，都是引自《楚辭》或直接從中化出〔註35〕。

阮籍在政治鬥爭中，藉酒消愁，其〈詠懷詩〉三十三：「萬事無窮極，知謀苦不饒，但恐須臾間，魂氣隨風飄。終身履薄冰，誰知我心焦。」〔註36〕更是透露了對時光易逝、生命無常且困厄常臨，因此時有如履薄冰之感。詩中對際遇的無可奈何，表達了深切的惶恐與不安，氛圍深沉悲壯，與〈離騷〉中的精神恰恰相近。阮籍之作，多怨刺憂憤。他的詩賦繼承了屈原張揚的個性及懷疑一切的精神，因而展現了趨於屈子的熱烈激蕩、深沉悲壯的內涵。如陳祚明云：

> 阮公〈詠懷〉，神至之筆。觀其書寫，直取自然，初非琢煉之勞，吐以匠心之感，與〈十九首〉若離若合，時一冥符。但錯出繁稱，辭多悠謬，審其大旨，始覩厥眞。悲在衷心，乃成楚調。⋯⋯，公詩自學〈離騷〉，而後人以爲類〈十九首〉耳。〔註37〕

〔註35〕 鄭晶艷：《楚辭對阮籍思想及其文學創作的影響》，湖南師範大學碩士論文，2007年5月。

〔註36〕 阮籍〈詠懷〉第三十三首全文爲「一日復一夕，一夕復一朝。顏色改平常，精神自損消。胸中懷湯火，變化故相招。萬事無窮極，知謀苦不饒。但恐須臾間，魂氣隨風飄。終身履薄冰，誰知我心焦。」阮籍著，陳伯君校注：《阮籍集校注》，北京：中華書局，2006年3月三刷，頁312。

〔註37〕 《采菽堂古詩選》卷八，收錄於游國恩：《魏晉南北朝文學史參考資料》，臺北：頂淵文化事業有限公司，2005年10月出版，頁206～207。

說明的是阮籍〈詠懷詩〉用以自抒襟懷，自然率質，但「錯出繁稱，辭多悠謬」，卻頗具〈離騷〉情致。原因在於阮籍的激憤之情，與屈子忠而被謗的怨情是相似的。

另外，魏晉其他文人如曹植〈玄暢賦〉、〈九愁賦〉；劉楨〈遂志賦〉；應瑒〈㬉驥賦〉、阮籍〈詠懷詩〉、陶淵明〈感士不遇賦〉……等，作品格調皆一貫哀怨淒楚，都是感嘆仕途失意、不受重用及慨歎生死無常的作品。

可見，魏晉南北朝因為與屈原所處的文學環境與政治環境雷同的關係，面對相同懷才不遇的情形，他們借鑑了《楚辭》中「不遇」的主題，並能真切感受屈原的痛苦，更進一步在漢代「士不遇」的主題發展上，有所繼承與創新。他們以這些字句描繪出魏晉南北朝普遍的士人恐慌與焦慮，也為我們勾勒出一部分魏晉視野中的《楚辭》印象。然而不同的是，兩者在文學表現的語氣，與現實生活中用以選擇抒發情緒的方式大不相同。

屈原在精神極度痛苦時，迫於現實之困厄，選擇了遠遊仙境來遠遁避世，藉此得到精神的自由。雖然《楚辭》語調悲傷悽涼，但在字裡行間情感表現卻可謂婉曲隱微。以〈離騷〉為例，雖然屈原處處表達懷才不遇的苦悶，但《史記》認為它的陳述兼具了《詩經》中〈國風〉與〈小雅〉的特色，亦即能「好色而不淫」、「怨誹而不亂」，其情感的拿捏仍頗合矩度，彰顯了中國傳統士人的形象。胡應麟《詩藪·內編》卷一云：「紓迴斷續，《騷》之體也；諷諭哀傷，《騷》之用也；深遠優柔，《騷》之格也；宏肆典麗，《騷》之詞也。〔註38〕」因而，在《騷》之體、用、格、詞上，風格紓迴哀傷、優柔典麗仍凸顯屈原情感表現的嚴謹與合宜。

但魏晉南北朝的士人面對政治黑暗的絕望與產生對生命無法把握的憂慮時，卻選擇了以任誕狂妄的行為來感受精神、心靈的放曠與自由。他們藉由鍊藥求仙與終日醉酒、及於天地間袒身裸露……等放蕩的行為，來表達他們心中的怨刺憂憤，竹林七賢便是著名的例證。因此，他們的情感表達相較於《楚辭》的婉曲隱微及屈原嚴整端正的形象舉止，形成極為強烈的反差。這是魏晉南北朝視野中，文學對《楚辭》繼承外的創新，也是魏晉《楚辭》學的一項特色。自然，除了文學的創新外，屈原人格及精神的熱烈激蕩、深沉悲壯，也成為魏晉士人取法的對象。

劉熙載《藝概·賦概》云：「王仲宣〈登樓賦〉出於〈哀郢〉；曹子建〈洛

〔註38〕 胡應麟：《詩藪·內編》卷一。同注 19，頁 267。

神賦〉出於〈湘君〉、〈湘夫人〉。」〔註39〕可見，魏晉南北朝對《楚辭》的學習與模仿不少，且多能展現極高的藝術價值。而經由以上討論，可見魏晉南北朝時代會關注《楚辭》，及其在文學或屈原精神人格上有所繼承的主因，是因爲《楚辭》作品及屈原在困窮處境中展現的生命焦慮、欲突破現實困境的的神遊及懷才不遇三項，恰巧與魏晉南北朝中的憂生之嗟、桎梏下對自由的追尋及九品世族制度下的士不遇等情形，確實有其相近之處。而《楚辭》作爲一種中國悲怨文學的代表，在魏晉南北朝情勢如此複雜的年代，相信在魏晉南北朝《楚辭》學的發展上，所激盪出的火花，必定特別華美絢爛。

第二節　魏晉南北朝的《楚辭》著述

　　早先漢帝國因爲開國皇帝劉邦的喜愛與提倡，「楚辭」及「楚歌體」的傳播相當遍及。《漢書·地理志》所述「淮南王安亦都壽春，招賓客著書，而吳有嚴助、朱買臣貴顯漢朝，文辭並發，故世傳《楚辭》。」〔註40〕可見當時朝中對《楚辭》的傳布之功。漢宣帝時，據《漢書·王褒傳》記載「宣帝時，修武帝故事，講論六藝群書，博盡奇異之好，徵能爲《楚辭》九江被公，召見誦讀。」〔註41〕足見至漢宣帝時，《楚辭》特別被賦予與「六藝群書」、「奇異之好」等書相同的重視，此時尚可見《楚辭》被重視的情形。

　　及至魏晉南北朝，《楚辭》的傳播情形仍極爲廣泛。大致上可分爲注釋、音韻與目錄總集類三類，以此三類爲討論主題，將於下文分別論述之。

一、注釋類

　　在文本著作上，據姜亮夫先生《楚辭書目五種》〔註42〕指出：晉代《楚辭》的相關著作大致分有兩大類，爲輯注類和音義類。輯注類有晉·郭璞《楚辭註》三卷，音義類則有徐邈《楚辭音》一卷，只是這兩本著作早已亡佚，所幸能由其他典籍中稽核其部份佚文。其他，尚有南朝劉宋·何偃《楚辭刪

〔註39〕劉熙載：《藝概·賦概》，載劉熙載著、徐中玉、蕭華榮校點：《劉熙載論藝六種》，成都：巴蜀書社，1990 年 6 月一版，頁 88。

〔註40〕班固著，顏師古注，楊家駱主編：《漢書》，臺北：鼎文書局，1980 年 3 月初版，頁 1668。

〔註41〕同注 19，頁 7。

〔註42〕同注 34，頁 263。

王逸注》十一卷，可惜隋時已亡、佚說不考。晉‧皇甫遵《參解楚辭》七卷，也佚失不存。

《楚辭註》三卷，作者為郭璞。郭璞，字景純，河東聞喜人。《晉書‧郭璞傳》中稱他好經術，博學有高才，雖訥於言論，但詞賦著作為中興之冠。又郭璞喜好古文奇字，妙於陰陽算曆。《晉書‧郭璞傳》中也用大幅篇章記載他曾展現神仙道術之高妙，並頗令時人稱奇。他為古籍所作的注釋共計有《爾雅》、《三蒼》、《方言》、《穆天子傳》、《山海經》及《楚辭》、《子虛》、《上林賦》等數十萬言，皆流傳於世。郭璞精於陰陽算曆、神仙道術對他在注釋典籍上也多有影響，另外也可看出他選擇注釋的書籍，如《穆天子傳》、《山海經》及《楚辭》等，也多與古代神話相關。可惜郭璞的《楚辭註》今日已無法得見，只能由其他典籍及文獻中去尋找遺文。

而在各方學者辛苦的稽考下，發現晉‧郭璞《楚辭註》猶能從《晉書‧郭璞傳》、《隋書‧經籍志》、兩唐書《藝文志》等文獻中見到目錄的記載。又郭璞《楚辭註》部分佚文，則可由敦煌本道騫《楚辭音》、《爾雅‧釋天》（郭註）〔註43〕等書中比對得出。但唐代之後，已不見其他書本或目錄提及二書，姜亮夫先生判斷大抵是「宋以後各家書目無著錄者，則佚于宋之季世也」〔註44〕。

郭璞《楚辭註》雖然因為亡佚而未能流傳後世，但仍可看出魏晉南北朝時期文人對《楚辭》的關注與研究的面向。這本著作的亡佚，導致魏晉南北朝時期的《楚辭》研究較為沒落，學者無跡可尋，在《楚辭》學上仍是一個極為遺憾的小斷層。然而直至今日，學者們對於佚失的郭璞《楚辭注》，因仍有部分文字由其他典籍中得以參酌，因而仍保有極大的興趣並努力追尋其遺跡，如聞一多〈道騫楚辭音跋〉、饒宗頤〈郭璞楚辭遺說摭佚〉及學者胡小石《楚辭郭注義徵》〔註45〕便是據《爾雅註》、《方言註》、《文選註》、敦煌本道

〔註43〕 《爾雅‧釋天》（郭註）引屈賦者三條，〈釋草〉引二條，〈山海經〉引十餘條，〈方言〉引二條，《文選‧江賦註》引一條，皆《楚辭註》佚文之可考者。近人饒宗頤有〈郭璞楚辭遺說摭佚〉一文詳之矣。同注34，頁26。

〔註44〕 同注34，頁263。

〔註45〕 胡小石《楚辭郭注義徵》收錄於1982年6月，上海古籍出版社《胡小石論文集》：「郭璞《楚辭注》三卷在《隋書‧經籍志》及新、舊《唐書‧經籍志》中皆有著錄，自宋以後就不見記載，大概早在唐代天寶、廣明諸亂中這部書就已毀於戰火了。」參見崔富章總主編：《楚辭學文庫》第三卷，潘嘯龍、毛慶主編：《楚辭著作提要》，武漢：湖北教育出版社，2003年5月第1版，頁

騫《楚辭音》等書，就郭註佚文搜羅整理後的作品。胡小石於論文中也歸納了郭璞注的幾項特色，如用反語方式來互証及大量保留《楚辭》中的方言古語。其突破處為東漢·王逸注注解出《楚辭》中的方言僅十來字，郭注卻註解了多達三十來字。這些除了是《楚辭》學研究中的巨大貢獻，也影響了南唐·王勉《楚辭釋文》及宋·洪興祖的《楚辭補注》，更開啓了楚名物研究的先鋒。

　　注釋類中，尚有晉·劉杳《離騷草木疏》，雖已佚失，但仍可謂開啓《楚辭》中專題研究之先河，相信對宋·吳仁傑《離騷草木疏》、明·周拱辰《離騷草木史》都具有相當大的啓發與影響。

二、音韻類

　　東晉·徐邈《楚辭音》，可在《隋書·經籍志》、兩唐書《經籍》、《藝文志》、《通志略》等書中目錄見其著錄。但和郭璞《楚辭註》一樣，後來已不見其他書本或目錄提及此書，姜亮夫先生判斷大抵是「佚于宋之季世也」〔註46〕。雖然東晉·徐邈《楚辭音》於今日已無從窺見其真面目，但今日尚留存有隋·敦煌本道騫的《楚辭音》一書殘本。兩者雖然朝代有些許差距，但都是研究《楚辭》的音韻作品，相信其中必定有傳承及相關的部份。

　　然而敦煌本道騫的《楚辭音》在今時取得相當不容易，據悉法國學者伯希和由敦煌石窟取走相當多中國重要文獻，其中就有道騫《楚辭音》的殘卷。實則，在《隋書·經籍志》中著錄的《楚辭》音義著作共有五種，亦即「《楚辭音》一卷，徐邈撰；《楚辭音》一卷，宋處士諸葛氏撰；《楚辭音》一卷，孟奧撰；《楚辭音》一卷；《楚辭音》一卷，釋道騫撰。」〔註47〕可惜以上五書均以逸失，不復可見，只有道騫《楚辭音》殘卷尚可略見。

　　道騫《楚辭音》殘卷存放於巴黎國民圖書館中，其中的紀錄由今本〈離

　　　10。李中華、朱炳祥的《楚辭學史》則由胡氏鈎輯的資料推論出郭璞對《楚辭》的貢獻有三：保存異文，以利校勘；多引方言解說《楚辭》語意，可補王逸《章句》之不足；多引《山海經》、《穆天子傳》、《淮南子》中的神話資料解說《楚辭》，更接近於作品之本意。李中華、朱炳祥：《楚辭學史》，湖北：武漢出版社，1996 年 10 月 1 版，頁 68～69。

〔註46〕同注 34，頁 263。

〔註47〕一說釋道騫之「道」為「智」之誤，為行文之統一，仍採用《隋書·經籍志》中所稱。唐·魏徵等撰：《隋書·經籍志》卷三二，北京：中華書局，1985年一版，頁 101。

騷〉的「駟玉虬以乘鷖兮」之「乘」字，到「雜瑤象以爲車」之「瑤」字，共計八十四行，二百八十一條。其中道騫用反切、直音、如字、依文讀、協韻等方式來註解音韻〔註 48〕。這是當時《楚辭》音韻研究上的一大進步與重要的發展〔註49〕。

可惜的是，自魏晉《楚辭》音韻著作陸續佚失後，後代學者大多只能從《楚辭》韻文的規律來考訂研究《楚辭》原文的音韻。如王力著《楚辭韻讀》，將《楚辭》用韻歸爲三十部，並爲所有韻字擬音〔註 50〕。劉永濟《屈賦音注詳解》，在每節釋義之後，末有「韻讀」、「音義」〔註51〕。由此可知，今日我們雖已無法一窺魏晉《楚辭》音韻著作的全貌，但隨著著作的佚失，《楚辭》學上的研究斷層也遽然出現，相對的意義是，更加凸顯了魏晉《楚辭》音韻著作的重要性及獨特代表性。

魏晉《楚辭》音韻著作的佚失，其實跟《楚辭》本身特殊音韻有極大的關係。因爲楚地聲韻本自有一套系統，對中原音韻而言，顯得特別聱牙難懂。因此，其聲之佚失，除了相關著作的湮滅外，特殊音韻的問題乃成爲最大之關鍵，雖然至魏晉，仍有能言楚聲之人，但畢竟仍是少數。姜亮夫先生曾爲此嘆息云：

> 宮商音樂之異，爲楚民俗歌謠詠嘆律呂之所披者，自漢歷六朝、隋、唐，已無能言者；則《楚辭》音義之書，與釋氏音義等類齊觀而已矣！……惜哉！然亦學人之所不當廢也，故著之。〔註52〕

文中指出《楚辭》至晚到唐代之後，已經無人能朗誦或歌唱楚國律呂歌曲，但《楚辭》身爲音樂文學〔註53〕的作品，與「音樂」相關的音韻部份當然也就極爲重要，這也是姜亮夫先生強調「學人之所不當廢也」，故而再一次將之提出的原因。

綜觀魏晉時代對《楚辭》音韻研究來看，魏晉時代在《楚辭》音韻的傳播與流通上有幾個特點：

〔註48〕 同注 34，頁 263。
〔註49〕 同注 34，頁 263。
〔註50〕 王力《楚辭韻讀》。收錄王力：《王力別集》，北京：中國人民大學出版社，2005年 6 月 2 刷。
〔註51〕 劉永濟：《屈賦音注詳解》，臺北：崧高書社，1985 年 5 月。
〔註52〕 同注 34，頁 263。
〔註53〕 請參閱作者碩士論文：《楚辭》與音樂之研究，國立成功大學中文所碩士論文，2004 年 6 月。

（一）《楚辭》音韻研究的開啟

在魏晉以前，漢代即使有相當多的擬騷之作，如賈誼的〈弔屈原賦〉、淮南小山的〈招隱士〉……等等，且有漢高祖劉邦對楚歌的喜愛與提倡；又有漢宣帝召見九江被公使其誦讀《楚辭》，這時期可說是《楚辭》學的第一個興盛期，他們雖然都體認到《楚辭》音韻上的特殊性，但僅止於欣賞階段。

第一本正式對《楚辭》音韻做研究著錄的，還是東晉‧徐邈的《楚辭音》。雖今日無從得知其完整內容，但他的研究為《楚辭》的發展跨出創新的一大步，並標示了《楚辭》聲韻研究在《楚辭》學的重要意義。後來如隋‧釋道騫《楚辭音》〔註54〕、宋代多本《楚辭》音韻研究著錄〔註55〕，及明‧屠本畯的《楚辭協韻》、陳第《屈宋古音義》、江有誥《楚辭韻讀》，及方績《屈子正音》；清‧蔣驥《楚辭說韻》、戴震《屈原賦音義》、王念孫《詩經群經楚辭韻譜》……等著作，相信這些與《楚辭》音韻相關的專著，都不能脫離晉‧徐邈《楚辭音》對《楚辭》音韻研究的啟發與影響。

在對《楚辭》音韻的重視下，魏晉南北朝時期，《楚辭》特殊的誦讀方式也就相當受到青睞，上從貴族，下至孩童，都以能誦讀《楚辭》受到注目。如據《南史》記載：

> 陳武宣皇后善書記，能誦《詩》及《楚辭》。
>
> 蕭洽年七歲，誦《楚辭》略上口。〔註56〕

引文中，陳武宣皇后的能誦《楚辭》，可推測在當時貴族的養成教育中，《楚辭》的學習恐怕是極其重要的。而下至七歲孩童都能朗誦《楚辭》，首先這當然與《楚辭》「音韻清切」〔註57〕的特質有關。其次，可推測《楚辭》在當時的流傳勢必相當廣泛，甚至有可能作為兒童教育的詩歌讀本。

（二）楚聲訛韻問題的重視

正如前文所述《楚辭》之名的由來是：

> 蓋屈、宋諸騷，皆書楚語，作楚聲，記楚地，名楚物，故謂之楚辭。
>
> 若些、只、羌、誶、蹇、紛、侘傺者，楚語也；頓挫悲壯，或韻或

〔註54〕費鴻虹：〈徐昂《楚辭音》體例考〉，江蘇：《無錫職業技術學院學報》，2013年1月第12卷第1期，頁69～70。

〔註55〕如宋‧林至《楚辭補音》一卷、宋‧黃銖《楚辭協韻》一卷。同注34，頁280。

〔註56〕兩引文接出於唐‧李延壽著：《南史》，北京：中華書局，1975年，頁343。

〔註57〕「有僧道騫者，善讀之能為楚聲，音韻清切。」載唐魏徵：《隋書‧經籍志》，臺北：藝文印書館據清乾隆隆武英殿刊本景印，未刊出版年月，頁521。

> 否者，楚聲也；沅、湘、江、澧、修門、夏首者，楚地也；蘭、茝、
> 荃、葯、蕙、若、蘋、衡者，楚物也；他皆率若此，故以楚名之。
> 〔註58〕

文中提及《楚辭》中楚聲中不論用韻或不用韻，「頓挫悲壯」是楚聲的基調。
因此可知，楚聲節奏感極爲強烈，又除了因地域而有其特殊楚地特色外，最
重要還基於其用韻的特殊性。關於《楚辭》的用韻特殊性，與《詩經》相較，
雖然克服了《詩經》同一韻字相押的情形，但仍然繼承了其相向韻系的傳統，
即實詞韻字和虛詞韻字（如兮）配合的雙軌押韻法〔註59〕。特殊的韻式下，《楚
辭》音韻實在令後人覺得聱牙難懂。此外，據《隋書・經籍志》的記載「有
僧道騫者，善讀之能爲楚聲，音韻清切；至今傳《楚辭》者，皆祖騫公之音。」
〔註60〕可知其「音韻清切」，實能涵括《楚辭》之用韻之情調。但直到劉勰，
才明確的指出楚聲「訛韻」的問題。其《文心雕龍・聲律》云：

> 又詩人綜韻，率多清切，《楚辭》辭楚，故訛韻實繁。及張華論韻，
> 謂士衡多楚，《文賦》亦稱知楚不易，可謂銜靈均之聲餘，失黃鐘之
> 正響也。凡切韻之動，勢若轉圜；訛音之作，甚于枘方。免乎枘方，
> 則無大過矣。練才洞鑒，剖字鑽響，識疏闊略，隨意所遇，若長風
> 之過籟，南郭之吹竽耳。古之佩玉，左宮右徵，以節其步，聲不失
> 序。音以律文，其可忘哉！〔註61〕

劉勰於〈聲律〉中認爲《楚辭》因爲多用楚地音韻，因此錯亂的聲韻很多，
不及《詩經》音韻的標準雅正。而錯亂的聲韻，會使「圓鑿方枘」，與文字、
文義無法配合。劉勰並以張華論陸機之文爲例，說明陸機爲楚人，而作品中
多保留了楚地的特殊音韻，在魏晉南北朝中算是「靈均聲餘」。

　　對於劉勰的評論：其一，劉勰是繼東晉・徐邈的《楚辭音》後，第一個
在魏晉南北朝評論《楚辭》音韻問題的人〔註62〕。他認爲《楚辭》的流傳不

〔註58〕宋・黃伯思《翼騷序》，引用自崔富章總主編《楚辭學文庫》第二卷《楚辭》
　　　　評論集覽，收錄於戴錫琦、鍾興永：《屈原學集成》，北京：中央編譯出版社，
　　　　2007 年 6 月 1 版 1 刷，頁 678。
〔註59〕參考作者碩士論文：《楚辭》與音樂之研究——第四章《楚辭》與音樂之結合
　　　　之「韻式與樂調」。同注 53。
〔註60〕同注 57，頁 521。
〔註61〕劉勰著：《文心雕龍》，臺北：宏業書局，1975 年 2 月，頁 553。
〔註62〕今日已無從得知東晉・徐邈的《楚辭音》的全貌，因此本處將劉勰視爲第一
　　　　個在魏晉南北朝評論《楚辭》音韻問題的人。

易，正是因爲「訛韻」的問題。「訛」亦作「譌」，也就是訛誤、錯謬的意思。因此，當代關於楚音韻的流傳與使用，是稀少且困難的。其二，劉勰認爲《詩經》的音韻才是標準雅正的，而多「訛韻」的楚韻是「失黃鐘之正響」，這很明顯是錯誤的。正如劉勰於〈聲律〉篇中所提及「古之佩玉，左宮右徵，以節其步，聲不失序。音以律文，其可忽哉？」是講述音韻能使詩文「節步」、「合序」，因此對於文章的聲律極其重要。今日即使不能用古音韻來誦讀《楚辭》，但不能否認的，在《楚辭》篇章中的確是具有節奏與韻律之美的。更何況，劉勰於〈聲律〉篇首中云「夫音律之始，本於人聲者也。」意爲聲律本身是由人發聲的規律而產生，楚韻自然是楚地人民發聲的規律，它不應與《詩經》的音韻作爲比較，成爲反例。反而，《楚辭》中的楚音韻打破了《詩經》四言定格的聲律，實際上乃是一種詩歌聲律體式的解放〔註63〕。

（三）義用與聲用並重的《楚辭》研究

《楚辭》聲、義關係之間的發展，曾歷經三大階段〔註64〕，亦即：1聲、義並立發展。2聲、義獨立發展。3徒存義用之階段。以下先論及各階段特色：

1. 聲、義並立發展

《楚辭》除王逸據班固《漢書·藝文志》所定爲屈原作品二十五篇外，再加〈招魂〉（按：後世學者，有以爲亦是屈原所創作者）一篇共二十六篇，皆爲可歌之音樂文學。尤其〈離騷〉、〈九歌〉，更是屈原以舊有曲譜塡製新辭而成，音樂性極爲明顯。不只〈離騷〉、〈九歌〉，《楚辭》二十六篇中還常出現類似民間歌謠疊詠的情形，可見《楚辭》與音樂關係極深，在當時應是可歌的音樂文學，鄭樵《通志·正聲序論》云：「詩者，樂章也，或形之歌詠，或散之律呂，……其有辭者，皆可歌也。」〔註65〕可見屈子的《楚辭》最初之作意，是聲、義並用的。此時期亦可謂《楚辭》及其音樂表現最豐富完整的時期，音樂架構乃爲其外體，屈子之憂愁幽思爲其內質，誠然爲當時楚國高度藝術的代表。

2. 聲、義獨立發展

屈原之後，後代士人看中屈原的「珍重其志、嘉瑋其辭」，並「高其行義」，

〔註63〕同注61，頁522。

〔註64〕《楚辭》聲、義關係發展的三大階段，請見作者碩士論文：《楚辭》與音樂之研究——第四章《楚辭》與音樂之結合。同注53。

〔註65〕卷四九。鄭樵：《通志》，杭州：浙江古籍出版社，1988年，頁626。

如王逸云：「屈原履忠被譖，憂悲愁思，獨依詩人之義而作《離騷》，上以諷諫，下以自慰。遭時闇亂，不見省納，不勝憤懣，遂復作《九歌》以下凡二十五篇。楚人高其行義，瑋其文采，以相教傳。至於孝武帝，恢廓道訓，使淮南王安作《離騷經章句》，則大義粲然。」〔註66〕自此之後卻使得《楚辭》的「聲」漸漸不受重視，對《楚辭》研究的重點也逐漸轉移到對其大暢其「義」，至此《楚辭》逐漸地佚失其歌樂本質，而走向經典化、神聖化了。而在《楚辭》經典化（如〈離騷經〉）的時期，顯然是義用重於聲用的，在聲用的部份上只徒存「聲誦」之遺音。

3. 徒存義用之階段

自然《楚辭》的「聲」之用，也非突然或無原因的斷絕，而是由「樂曲之聲」，轉變為「誦讀之聲」，《楚辭》正式由樂歌形式一變而徒存吟誦的形式。更甚者因為楚韻的難懂，既而連「誦讀之聲」亦無法再接續傳承了，至此《楚辭》之聲用，也不得不被其義用所取代了。因此《楚辭》只能由音樂文學，成為純文學作品而流傳，《楚辭》的「聲」漸不受重視，轉而大暢其「義」。雖然後代仍有相當多關於《楚辭》音韻的研究，但因為楚聲的特別，《楚辭》已無人能歌、無人能誦了，徒存義用的功能了。

以上由《楚辭》聲、義關係發展的三階段，可見《楚辭》被傳播與接受的情形，這些對現今《楚辭》學的研究都有極大的影響。

以關於《楚辭》聲、義關係發展的分期來看，魏晉南北朝時期應該正值《楚辭》聲、義關係發展的第二階段，此時期《楚辭》的相關著作如前文所述，有輯注類和音義類兩大類。很明確的正是走入聲、義獨立發展、獨立被研究的階段。從晉·徐邈的《楚辭音》，到隋·釋道騫《楚辭音》的著作出現，及《隋書·經籍志》記載的「有僧道騫者，善讀之能為楚聲，音韻清切，至今傳《楚辭》音者，皆祖騫公之音」〔註67〕，都可見魏晉南北朝在研究《楚辭》學上對被遺忘的《楚辭》音韻的注重，這種注重《楚辭》音韻研究的情形，可說正是魏晉南北朝時代對前朝《楚辭》學研究的超越與創新。

自然魏晉南北朝的《楚辭》研究走向聲、義獨立發展的路線，受到時代背景的影響是極大的。魏晉南北朝對音韻的重視，與當時佛教的傳入，與魏晉在聲韻學上的發展有極大的關係。在聲韻學上，如周顒著有《四聲切韻》、沈約

〔註66〕同注16，頁48。
〔註67〕同注47，頁101。

則著有《四聲譜》，其中沈約的《四聲譜》總結出詩歌運用音韻上「四聲八病」
〔註68〕的說法。關於沈約《四聲譜》對中國音韻的影響更是極大，如《南史·
庾肩吾傳》：「齊永明中，王融、謝朓、沈約文章，始用四聲，以爲新變。」〔註
69〕說明了《四聲譜》的出現，對中國音韻產生的變化。而宋代的沈括《夢溪
筆談》云：「音韻之學，自沈約爲四聲，及天竺學入中國，其術漸密。」〔註70〕
他更是直指中國音韻，因沈約的四聲及佛經的翻譯有了新發展。

另外，顏之推《顏氏家訓·音辭》篇中也提及：

> 夫九州之人，言語不同，生民以來，固常然矣。自《春秋》標齊言
> 之傳，〈離騷〉目《楚辭》之經，此蓋其較明之初也。〔註71〕

意謂中國幅員廣大，各地語言不同，爲平常之事。如《春秋》經的《公羊傳》
標示齊國人的語言，而〈離騷〉爲《楚辭》之經，〈離騷〉中更包含相當多楚
國人的語言。趙曦明《顏氏家訓注》注解此句云：「此言〈離騷〉多楚人之語，
如羌字些字等是也。」〔註72〕文中又云：

> 南方水土和柔，其音輕舉而切詣，失在浮淺，其詞多鄙俗。北方山
> 川深厚，其音沉濁而鈋鈍，得其質直，其辭多古語。……吾家兒女，
> 雖在孩稚，便漸督正之，一言訛替，以爲己罪矣。〔註73〕

以上一段，說明了南北方因爲音韻之不同，產生不同的語言風格及特色，南
方「和柔輕舉」卻「浮淺鄙俗」、北方則是「沉濁鈋鈍」卻「質直多古」。並
常因南北用語不同，而有「一言訛替」詞語相互混雜的情形。這是顏之推因
戰爭及時代政局變遷，由南方進入北方所見的景象。而陸法言《切韻·序》
中云：「吳、楚則時傷清淺」〔註74〕正可與顏之推所言南方「和柔輕舉」卻「浮
淺鄙俗」相互印證〔註75〕。

〔註68〕 沈約撰：《四聲譜》及「八病說」。「八病」即八種聲律上的毛病：平頭、上尾、
　　　　蜂腰、鶴膝、大韻、小韻、旁紐、正紐。
〔註69〕 《南史·庾肩吾傳》卷五十、列傳第四十。同注56，頁1246。
〔註70〕 沈括《夢溪筆談》第十四卷文學一。沈括：《夢溪筆談》收錄《四庫叢刊續編》
　　　　（五十三），上海：上海書店，據商務印書館1934年版重印，頁數不清。
〔註71〕 北齊·顏之推著，李振興等注譯：《顏氏家訓》，臺北，三民書局，2001年2
　　　　月二刷，頁357。
〔註72〕 《顏氏家訓·音辭》。同注71，第360頁。
〔註73〕 《顏氏家訓·音辭》。同注71，第360頁。
〔註74〕 《顏氏家訓·音辭》。同注71，第361頁。
〔註75〕 初審時龔顯宗老師指出，陸法言《切韻·序》與顏之推所言，乃能相互印證
　　　　的原因是：「隋文帝開皇初年一場討論音韻學的盛會，共有劉臻、蕭該、盧思

三、目錄總集類〔註76〕

在文學意識高揚的魏晉南北朝，《楚辭》在士人學者的研究、輯佚下，除了出現對後世目錄、校勘有重要影響的總集與類書，還奠定了《楚辭》歸類與分部的系統，成為《四庫全書》分部的沿用標準。然而這些成就可說奠基於漢·劉向對《楚辭》學的貢獻，因此以下論述略分為魏晉南北朝前、魏晉南北朝兩部分論其大要。

（一）魏晉南北朝前

劉向《別錄》可說是中國目錄學的始祖，今日雖佚不復得見，仍標誌著極重要的地位。如在《四庫全書》集部中的〈楚辭章句題要〉，稱劉向《別錄》中所所收錄的《楚辭》，為「總集之祖」。其曰：

> 劉向裒集屈原〈離騷〉、〈九歌〉、〈天問〉、〈九章〉、〈遠遊〉、〈卜居〉、
> 〈漁父〉，宋玉〈九辨〉、〈招魂〉，景差〈大招〉，而以賈誼〈惜誓〉，
> 淮南小山〈招隱士〉，東方朔〈七諫〉，嚴忌〈哀時命〉，王襃〈九懷〉
> 及向所作〈九歎〉，共為《楚辭》十六篇。是為總集之祖。〔註77〕

劉向收集了屈原、宋玉等人的著作，將之定名為《楚辭》，這一方面顯示了當代士人對《楚辭》的熱切關注，所謂「擬作」的風氣，形成了讓人無法忽略的文學風潮；一方面當然也開啟了《楚辭》學在中國文化中傳播的熱潮。之後其子劉歆將《楚辭》收錄於著作的《七略》中。雖然《七略》已經亡佚，無法見其原貌，但有「中國最早的圖書分類目錄」美稱的《漢書·藝文志》，卻保留了《七略》的大概樣貌。《漢書·藝文志》云：

道、李若、辛德源、薛道衡、魏彥淵等人參加，陸法言與顏之推也是與會的其中二人。」當次盛會中評議音韻學的古今優劣。他們認為，自西晉呂靜《韻集》以下所成韻書，定韻缺乏標准，有部分錯誤。因此，陸法言根據當次議論之要點，編成《切韻》五卷。

〔註76〕崔富章以為：「《楚辭》校勘文獻，大致可方為三類：一類是善本，即比較早、比較好的《楚辭》版本，包括寫本、刻本（影印本）、批校本等；二是校勘著述，包括專著、筆記、札記等；三是四部典籍所引之《楚辭》正文及王逸註文。如《漢書》顏註、《文選》李註、《北堂書鈔》、《一切經音義》、《太平預覽》等等。」因此收錄較完整文章的注本，本論文置於注釋類中，至於殘卷、目錄、總集、類書、收錄部分正文、著述者，或與《楚辭》有所關聯者，將置於目錄總集類探討。崔富章：〈楚辭文獻校勘目錄〉，《中國楚辭學》，2005年第2期，頁99。

〔註77〕紀昀等撰：《四庫全書》出版工作委員會編：《文津閣四庫全書提要匯編》（集部），北京：商務書局，2006年，頁1。

> 至成帝時，以書頗散亡，使謁者陳農求遺書於天下。詔光祿大夫劉
> 向校經傳諸子詩賦，步兵校尉任宏校兵書，太史令尹咸校數術，侍
> 醫李柱國校方技。每一書已，向輒條其篇目，撮其指意，錄而奏之。
> 會向卒，哀帝復使向子侍中奉車都尉歆卒父業。歆於是總群書而奏
> 其七略，故有輯略，有六藝略，有諸子略，有詩賦略，有兵書略，
> 有術數略，有方技略。今刪其要，以備篇籍。〔註78〕

劉向的「條其篇目，撮其指意」是一種典籍的校勘工作。而劉歆子承父志，
最後總錄群書，呈上《七略》。班固《漢書・藝文志》則是在劉歆《七略》的
基礎上加以增刪，因此內容中還大致保留了《七略》分類與輯略的大略樣貌。
尤其《漢書・藝文志》云：「春秋之後，周道浸壞，聘問歌詠不行於列國，學
詩之士逸在布衣，而賢人失志之賦作矣。大儒孫卿及楚臣屈原離讒憂國，皆
作賦以風，咸有惻隱古詩之義。其後宋玉、唐勒，漢興枚乘、司馬相如，下
及揚子雲，競爲侈麗閎衍之詞，沒其風諭之義。是以揚子悔之，曰：『詩人之
賦麗以則，辭人之賦麗以淫。』」〔註79〕文中指出孫卿、屈原因爲遭讒憂國而
寫作辭賦，而宋玉以下至司馬相如、揚雄等人，辭賦則開始走向侈麗的風格，
可謂簡單總結了春秋之後辭賦寫作的情形。

（二）魏晉南北朝

及至魏晉南北朝，文學意識的高度發揚，使得士人們用新的態度重新審
視文學，類書、總集等著作也陸續問世。在此時，有曹魏鄭默的《中經》〔註
80〕，可惜已經佚失而無從得知其體例。又有西晉荀勖的《中經新簿》，其作意
及體例，據《隋書・經籍志序》載：

> 魏氏代漢，采掇遺亡，藏在秘書中、外三閣。魏秘書郎鄭默，始制
> 《中經》，秘書監荀勖，又因《中經》，更著《新簿》，分爲四部，總

〔註78〕 同注40，頁1701。又陳煒舜《楚辭練要》提及：「《四庫全書》的〈楚辭章句
　　　　題要〉著錄劉向收集《楚辭》十六卷；而班固《漢書・藝文志・詩賦略》並
　　　　未著錄《楚辭》十六卷，取而代之的是屈原賦二十五篇。如此的編排，就是
　　　　別集的形式了。而姜亮夫先生則以爲兩者實指同一本書。」屈原別集的觀念
　　　　是否已然在漢代成形，因文獻仍不足以支持，此述而不論，宜在另闢專章論
　　　　之。陳煒舜：《楚辭練要》，宜蘭：佛光人文社會學院，2006年7月初版，頁
　　　　79。
〔註79〕 同注40，頁1756。
〔註80〕 志第二十七，卷三十二。《隋書・經籍志》總序曰云：「魏氏代漢，采綴遺亡，
　　　　藏在祕書中外三閣，魏祕書郎鄭默始制《中經》。」同注57，頁469。

括群書。一曰甲部，紀六藝及小學等書；二曰乙部，有古諸子家、
近世子家、兵書、兵家、術數；三曰丙部，有史記、舊事、皇覽簿、
雜事；四曰丁部，有詩賦、圖贊、汲塚書。大凡四部合二萬九千九
百四十五卷。但錄題及言，盛以縹囊，書用緗素。至於作者之意，
無所論辯。〔註81〕

文中指出荀勗的《中經新簿》，乃是在曹魏鄭默《中經》的基礎上再加以編定
的。而荀勗《中經新簿》最具創新性，對後世影響也最大的，是開始以「四
部」來區分典籍類別。《明史·藝文志序》也以為「四部之目，昉自荀勗，晉、
宋以來因之。」〔註82〕但《中經新簿》的解題比較簡略，對作者之意並無批
評論辯。又從其體例來看，丁部雖收有詩賦一類，卻無法判別是否收錄了《楚
辭》。

　　而後還有齊王儉的《七志》。《南齊書·王儉傳》載：「（王儉）上表求校
墳籍，依《七略》撰《七志》四十卷，上表獻之，表辭甚典。」〔註83〕可惜
今日，我們也無法知其內容細節了。

　　以上，可知魏晉南北朝在目錄、類書或總集的撰寫，的確有相當的成績，
只是因為時代久遠或戰亂、遷徙而典籍佚失，乃至於無從得知是否將《楚辭》
加以編錄。

　　至於第一次將《楚辭》與詩賦作出區別，並將之單獨列為一類的，要到
南朝梁阮孝緒的《七錄》。阮孝緒斟酌王儉及劉向的條目，將《七錄》分為內
外兩篇，內篇有五錄，分別是〈經典錄〉、〈記傳錄〉、〈子兵錄〉、〈文集錄〉、
〈術伎錄〉。其中，《文集錄》下又有《楚辭》、別集、總集、雜文四部。《楚
辭》部中除了收錄五種五帙二十七卷的書籍目錄外，在《文集錄》中的次序
上，還將《楚辭》編於別集、總集之前。而外篇有二錄，分別是〈佛法錄〉、
〈仙道錄〉，謂之《七錄》〔註84〕。然而其書早亡佚，今僅存輯本。《七錄》

〔註81〕　志第二十七，卷三十二。《隋書·經籍志》總序曰云：「魏氏代漢，采綴遺亡，
藏在祕書中外三閣，魏祕書郎鄭默始制《中經》。」同注57，頁469。
〔註82〕　張廷玉著：《明史》，收錄於章培桓、喻遂生撰：《二十四史》，上海：上海古
籍出版社，2004年1月，頁1893。
〔註83〕　蕭子顯著，楊家駱主編：《南齊書》，臺北：鼎文書局，1980年3月初版，頁
433。
〔註84〕　卷三。〈七錄序〉：「今所撰《七錄》，斟酌王、劉。王以六藝之稱不足標牓經
目，改為經典，今則從之，故序〈經典錄〉為內篇第一。……今依擬斯例，
分出眾史，序〈記傳錄〉為內篇第二。……兵書既少，不足別錄，今附于子

將《楚辭》置於集部，又將其置於別集、總集之前，顯見他已認識到《楚辭》與別集、總集體裁上的不同。而此舉不但確立了集部內容分類的前後次序，另一方面也確立了《楚辭》學獨特的地位。

關於此點，章學誠《文史通義‧文集篇》云：「夫《楚辭》，屈原一家之書也；自《七錄》初收於集部，《隋志》特表《楚辭》類，因併總集、別集爲三類，遂爲著錄諸家之成法。」〔註85〕《七錄》對《楚辭》特殊性的認識，可說影響了《隋志》中對《楚辭》的分類，並成爲了後來典籍編輯目錄上沿用的定法。

南朝齊、梁還有蕭統的《昭明文選》，對《楚辭》文獻的保存上也有所貢獻。其一爲李善注，引用了相當多王逸的注，間接保留了漢朝注本的部分內容。其二是《昭明文選》獨立「騷體」一類，其下收錄〈離騷〉、〈九歌〉六首、〈九章〉一首、〈卜居〉、〈漁父〉、宋玉〈九辯〉、〈招魂〉，及劉安〈招隱士〉等文章。蕭統將「騷體」與詩賦類加以區別，顯見當時蕭統對文體的概念已有新的認識。至於爲何「騷體」中篇目，與劉向所收的《楚辭》篇目不同，這大抵牽涉到蕭統《昭明文選》「事出於沉思，義歸於翰藻」的選文標準，及當時魏晉南北朝重「情」的文學概念。推測這也是收錄的〈九章〉篇目，只有一篇的原因所在。

從阮孝緒的《七錄》將《楚辭》收錄集部開始，到蕭統《昭明文選》另立「騷體」一類，《楚辭》體裁的特殊性，地位與價值正處於被重新確立與接受的過程。

北魏尚有祖珽所編纂的類書《修文殿御覽》三百六十卷，這是北齊後主高緯官修的類書。雖已亡佚，但法國國家圖書館仍收藏有其敦煌唐人抄寫本殘卷。

末，總以「子兵」爲稱，故序〈子兵錄〉爲內篇第三。……竊以項世文詞，總謂之集，變翰爲集，於名尤顯，故序〈文集錄〉爲內篇第四。……但房中、神仙，既入仙道，醫經、經方，不足別創，故合術伎之稱，以名一錄，爲內篇第五。……譜既注記之類，宜與史體相參，故載于記傳之末。自斯已上，皆內篇也。……王氏雖載于篇，而不在志限，即理求事，未是所安，故序〈佛法錄〉爲外篇第一。仙道之書，由來尚矣，劉氏神仙，陳於方伎之末。王氏道經，書於《七志》之外。今合序〈仙道錄〉爲外篇第二。」道宣：《廣弘明集》，上海：上海古籍出版社，1991 年 8 月初版，頁 112。

〔註85〕章學誠著，葉瑛校注：《文史通義校注》，臺北：漢京出版社，1986 年 9 月，頁 298。

可見，隨著魏晉南北朝目錄、總集、類書的發展，使得《楚辭》重新確立了在中國典籍中的定位，也宣告了《楚辭》文體的特殊價值。影響所及，至唐虞世南的類書《北堂書鈔》中，還摘錄《楚辭》部份的正文與擬作。唐僧人慧琳《一切經音義》〔註86〕中也摘錄《楚辭》部份正文。而作為中國最大叢書的《四庫全書》，在集部以下的《楚辭》、別集、總集、詩文評、詞曲等編次，的確是受到《七錄》影響的。據《四庫全書・楚辭類》文云：

> 《隋志》集部以《楚辭》別為一門，歷代因之。蓋漢、魏以下，賦體既變，無全集皆作此體者。他集不與《楚辭》類，《楚辭》亦不與他集類，體例既異，理不得不分著也。〔註87〕

雖然《四庫全書》認為《楚辭》別為一門的概念，是從《隋志》開始的。但正如前述，追溯到將《楚辭》首收於集部的還是《七錄》。又此文最重要的還是闡明了《楚辭》與他集「體例既異，理不得不分著也。」而這現象，正是從「漢、魏以下」開始的。可見魏晉南北朝對《楚辭》學的保存、傳播或文獻學上，的確是有所貢獻的。

毛浦先的〈論《楚辭》校勘學產生與發展的幾個歷史階段〉認為：「《楚辭》校勘學產生與發展應分為：兩漢初興期、魏晉南北朝隋唐五代發展期、宋元明興盛期、清代大盛期，這四個歷史階段。」〔註88〕雖然毛浦先將魏晉南北朝與隋唐五代一併討論，並稱之為「發展期」。但從上述討論，我們確知「魏晉南北朝」對《楚辭》學的發展的確具有極重要的代表意義。

魏晉南北朝在目錄、總集、類書上的蓬勃發展，一方面確立了《楚辭》在中國文學中的定位，並間接讓更多士人關注與研究《楚辭》，並使得當代對騷體擬作（如辭賦、詩歌等）蔚為風氣。

以上，可見魏晉南北朝對《楚辭》的關注，相較於前代，在擬作上雖不如漢朝鼎盛，但卻在特殊的時代氛圍下，重新回歸到研究《楚辭》文本自身。並在佛教盛行中國，及重視音韻四聲的特殊歷史文化下，間接在《楚辭》學音韻研究上，開拓了嶄新的視野。魏晉南北朝在目錄、總集、類書的蓬勃發

〔註86〕 如「怨讎」一詞：「視由反讎對也，《爾雅》仇讎匹也，《春秋》怨偶曰讎，《楚辭》父怨曰讎，皆是也。」慧琳撰：《一切經音義》，北京：上海古籍出版社，1986 年 9 月，頁 345。

〔註87〕 同註 77，頁 1。

〔註88〕 毛浦先：〈論《楚辭》校勘學產生與發展的幾個歷史階段〉，《雲夢學刊》2002 年 5 月第 23 卷第 3 期，頁 5。

展，更推動了當代《楚辭》學傳播與接受的熱度。在這些多元角度的檢視下，《楚辭》學的內容更加完整豐富，對於後代的《楚辭》學來說，具有極大的意義與影響。

第三節　魏晉南北朝的屈原形象品評

在魏晉南北朝特殊的時代氛圍裡，《楚辭》學的傳播，揉合了魏晉士人獨特的視野與觀點，在面對與屈原部份相同的時代難題中，他們對生命的關注及憂慮，都引起他們對《楚辭》及作者屈原的注意。實則，《楚辭》一書與屈原的精神人格，影響中國文學極深，早在兩漢已有相當多的討論，而兩漢可謂為《楚辭》學的「最初形成期」〔註89〕，擬作及對屈原形象的品評都相繼出現。而魏晉南北朝接續兩漢《楚辭》學的研究盛況，文人學者在此時期，對兩漢《楚辭》學有所繼承，也有所開創與異變。面對特殊的時代課題，魏晉南北朝文人學者評論、借鑑並選擇可成為楷模的人物、著作，並用以借寓自身遭遇並抒發心中塊壘，自然屈原形象的品評，在魏晉南北朝也成為當代《楚辭》學中重要的一環。

孟子云：「知人論世」，在詳細討論《楚辭》對魏晉南北朝各文學的影響前，必須先討論魏晉南北朝文人學者對屈原的評論，建構出屈原的形象及應用，方能更進一步理解《楚辭》在魏晉南北朝的完整地位與價值。

本節擬由追溯兩漢《楚辭》學作為討論的切入點，並總結兩漢《楚辭》學裡屈原之形象與應用，進一步比較及梳理出魏晉南北朝建構的屈原之形象與兩漢的差異。

一、兩漢屈原形象品評

魏晉南北朝前的屈原形象品評，大盛於兩漢。其中淮南王劉安、司馬遷、劉向、王逸都由各方面來對屈原加以評論，這些評論如司馬遷的「屈平之作〈離騷〉，蓋自怨生也」（《史記·屈原賈生列傳》）分析屈原創作《楚辭》的緣起、班固「露才揚己」（〈離騷序〉）批評屈原的不當行為、王逸「金相玉質，百世無匹」（〈離騷序〉）高讚《楚辭》的文學成就……等，這些評

〔註89〕曹曉宏主編，殷光熹著：〈兩漢時期的楚辭評論〉載於《楚辭論叢》，成都：巴蜀書社出版發行，2008年初版，頁355～368。

論都建構了兩漢評論家，對屈原的認識及整體印象，並成爲了屈原形象建立裡相當重要的階段。因此論及魏晉南北朝對屈原的形象品評前，先省察兩漢對屈原的評論，更能深入的理解其與兩漢屈原形象品評的異同，及差異產生的原因。這些對我們研究魏晉南北朝《楚辭》學的屈原形象，有輔助性功用。

（一）志潔行廉

漢代最早與《楚辭》相關的著作是淮南王劉安的《離騷傳》。關於《離騷傳》的紀錄於《漢書‧淮南王傳》有載：

> 時武帝方好藝文，以安屬爲諸父，辯博善爲文辭，甚尊重之。每爲報書及賜，常召司馬相如等視草乃遣。初，安入朝，獻所作《內篇》，新出，上愛秘之。使爲《離騷傳》，旦受詔，日食時上。〔註90〕

文中可見武帝因喜愛文藝而進一步促進《楚辭》學的發展，以及劉安能在一日內將《離騷傳》上呈武帝的情形。可惜今日《離騷傳》徒剩部份殘文，已無法得見其全貌。因此，現存可見明確對屈原及其作品作出評論的是司馬遷。他在《史記‧屈原賈生列傳》中稱屈原「博聞彊志，明於治亂，嫺於辭令」，正面肯定了屈原的治世才能，又對於屈原「信而見疑，忠而被謗」的困窮處境表達同情，並給予評論云：

> 屈平之作〈離騷〉，蓋自怨生也。〈國風〉好色而不淫，〈小雅〉怨誹而不亂。若〈離騷〉者，可謂兼之矣。上稱帝嚳，下道齊桓，中述湯武，以刺世事。明道德之廣崇，治亂之條貫，靡不畢見。其文約，其辭微，其志絜，其行廉，其稱文小而其指極大，舉類邇而見義遠。其志絜，故其稱物芳。其行廉，故死而不容自疏。濯淖汙泥之中，蟬蛻於濁穢，以浮游塵埃之外，不獲世之滋垢，皭然泥而不滓者也。推此志也，雖與日月爭光可也。〔註91〕

首先關於本段，自「國風好色而不淫」到「雖與日月爭光可也。」一段原文，在班固〈離騷章句序〉及劉勰《文心雕龍‧辨騷》中都有提及，且兩人都以爲是此段原出於淮南王劉安的《離騷傳》。以兩人時代與淮南王劉安相近的條件來看，此說頗爲可信。然不論此說法是否確切，以司馬遷援引淮南王劉安

〔註90〕卷四十四。同注40，頁2145。

〔註91〕司馬遷《史記‧屈原賈生列傳》。司馬遷著，韓兆琦注譯：《史記》，臺北：三民書局，2008年2月1版，頁3466。

《離騷傳》的說法，也說明司馬遷對此論述的認同之意，因此本論文討論時仍以司馬遷評述的角度出發，加以分析討論。

文中，司馬遷的評論大致上可分為兩部分。其一為品格形象上，司馬遷認同屈原志向高潔、品行清廉，並認為屈原於污穢政治環境中不同流合污的心志，可與日月光芒同等耀眼。但司馬遷對於屈原不容自疏的死亡，卻也提出了不同的思考。他在《史記‧屈原賈生列傳》末提出：「余讀〈離騷〉、〈天問〉、〈招魂〉、〈哀郢〉，悲其志。適長沙，觀屈原所自沈淵，未嘗不垂涕，想見其為人。及見賈生弔之，又怪屈原以彼其材，游諸侯，何國不容，而自令若是。」〔註92〕可見司馬遷，他雖能體會屈原不遇的悲憤，卻以為當時戰國時諸侯眾多，屈原必定能找到容身之處，卻讓自己陷入絕境，走向死亡。可見司馬遷雖然對屈原的高潔稱讚有加，對他的自沉適當與否卻有所質疑。但大致而言，司馬遷認同的屈原形象是正直高潔的。

其二，司馬遷也討論到〈離騷〉的創作起因。他認為〈離騷〉是基於屈原因忠被讒、遭受放逐的「怨」情所激發創作而出。這論點在其《史記‧太史公自序》中亦有提及，其云：

> 昔西伯拘羑里，演周易；孔子困陳蔡，作春秋；屈原放逐，著離騷；
> 左丘失明，厥有國語；孫子臏腳，而論兵法；不韋遷蜀，世傳呂覽；
> 韓非囚秦，說難、孤憤；詩三百篇，大抵賢聖發憤之所為作也。此
> 人皆意有所鬱結，不得通其道也，故述往事，思來者。〔註93〕

亦即屈原的「怨」，產生於人們處於困境中的心思鬱結，引起發憤之情，進而成為著作之基礎。也就是屈原在〈離騷〉一文的情感表達上，是基於「信而見疑，忠而被謗，能無怨乎？」（《史記‧屈原賈生列傳》）這是人情之常，且符合規矩，不至於過分的。司馬遷能正視《楚辭》的「怨」和「憤」，並公正的給予評價，在當時是極為進步的思想。另外，司馬遷也評論了〈離騷〉一文具有「刺事」、「明道」、「治亂」的功用，及「文約辭微」、「文小旨大」、「舉邇見遠」的特色。以上所述，可見司馬遷評論的標準是不脫傳統儒家的標準的，尤其以儒家詩教「溫柔敦厚」的特徵來檢視對應《楚辭》，就是最明確的證據，又對於文章須有利於社會民生，或者兼具「諷諭」、「明道」的功用等，都是傾向儒家政教觀念的，但這卻是兩漢《楚辭》接受的基本途徑。

〔註92〕同注91，頁3498。
〔註93〕《史記‧太史公自序》。同注19，頁4。

　　以上，在司馬遷的評論中，我們了解他肯定了屈原人格的正面形象、〈離騷〉的創作起因及情感表達的中正，但也可看出他尚未對文學的獨立價值有所認識，而對於文學的評論，仍不自覺的囿於傳統儒家政教的觀點。然而，司馬遷在於當代為屈原及擬作《楚辭》的諸作家（宋玉、景差、唐勒）記錄立傳，記錄了他們的生平事蹟，記錄了文學集團的活動，並大量載錄辭賦作品，這是司馬遷的創舉〔註94〕，又將《楚辭》與《詩經》並立談論，可謂提升了《楚辭》的地位，在中國《楚辭》學的發展中，成為了最早的開創者和奠基者。

（二）博通清潔

　　西漢・劉向集結屈原、宋玉、及漢代淮南小山、東方朔、王褒和自己的辭賦，並為全書作注，成《楚辭章句》一書。後王逸再加入自己的作品〈九思〉一篇，全書共計十七篇，以屈原作品為主，其餘漢人擬作多為承襲屈賦形式的文章，此為第一本對《楚辭》章句加以注釋的專書。因此，劉向可說是繼司馬遷後對中國《楚辭》學開拓有創建之功的第二人，他對於屈原的形象評論，在其《新序・節士》第七，提及屈原「有博通之知，清潔之行，懷王用之。」〔註95〕簡潔明確的給予了屈原形象「節士」、「博通清潔」的評價。雖然，劉向對屈原形象或其作品並未留下太多評論，不過自其擬作〈九歎〉中，可稍窺其對屈原與其作品之稱揚。無怪乎王逸《楚辭章句・九歎序》云：「〈九歎〉者，護左都水使者光祿大夫劉向之所作也。向以博古敏達，典校經書，辯章舊文。追念屈原忠信之節，故作《九歎》。歎者，傷也，息也。言屈原放在山澤，猶傷念君，歎息無已，所謂讚賢以輔志，騁詞以曜德者也。」〔註96〕吾人今自〈九歎〉本文中云：「申誠信而罔違兮，情素潔於紐帛，光明齊於日月兮，文采燿於玉石」（〈九歎・怨思〉）就可以知道劉向對屈原的人品與詩品，是如何的讚歎了。又從他大量的擬騷作品，及《楚辭章句》的成書，都

〔註94〕踪凡：〈論司馬遷對中國楚辭學與中國賦學研究的貢獻〉，《濟南大學學報》2006年第16卷第3期，頁29～35。

〔註95〕原文為「屈原者，名平，楚之同姓大夫。有博通之知，清潔之行，懷王用之。秦欲吞滅諸侯，并兼天下。屈原為楚東使於齊，以結強黨。秦國患之，使張儀之楚，貨楚貴臣上官大夫靳尚之屬，上及令子蘭，司馬子椒；內賂夫人鄭袖，共譖屈原。屈原遂放於外，乃作離騷。」同注58，2007年6月1版，頁5。

〔註96〕同注16，頁282。

顯見他對屈原及屈原作品的推崇，這對兩漢《楚辭》學的發展自然有推波助瀾之功。

（三）露才揚己

相較於司馬遷對屈原的肯定，班固是對屈原持反對意見的否定派人物，「露才揚己」是班固對屈原的批評。班固對於屈原形象的評論，見於其〈離騷序〉：

> 淮南王安敘《離騷傳》，以〈國風〉好色而不淫，〈小雅〉怨悱而不亂，若〈離騷〉者，可謂兼之。蟬蛻濁穢之中，浮游塵埃之外，皭然泥而不滓，推此志，與日月爭光可也。斯論似過其真。……今若屈原，露才揚己，競乎危國群小之間，以離讒賊，然責數懷王，怨惡椒蘭，愁神苦思，強非其人，忿懟不容，沈江而死，亦貶絜狂狷景行之士。多稱崑崙、冥婚宓妃虛無之語，皆非法度之政，經義所載，謂之兼《詩》〈風〉〈雅〉，而與日月爭光，過矣！然其文弘博麗雅，為辭賦宗，後世莫不斟酌其英華，則象其從容。自宋玉、唐勒、景差之徒，漢興，枚乘、司馬相如、劉向、揚雄，騁極文辭，好而悲之，自謂不能及也。雖非明智之器，可謂妙才者也。〔註97〕

以上，班固認為屈原，顯露才能炫耀自己，在國家處於危難時還和小人爭寵，後因小人的讒言受到國君（楚懷王）疏遠，卻指責楚懷王，埋怨朝廷，憂愁憤懟，強烈的指責詆毀他的人，最後不容於世，投江而死。這種行為並非高潔狂狷之人的作為，對於淮南王劉安稱屈原之志「與日月爭光」，班固認為言過其實，是一種謬讚。

至於文學成就上，又認為屈原的〈離騷〉多寫崑崙、冥婚、宓妃等虛無縹緲的事，都不符合法度與經義。批評劉安或司馬遷所謂屈原作品「兼《詩》〈風〉〈雅〉，而與日月爭光」的評價，更是太過了。

以上，班固對於屈原人格及〈離騷〉都給了嚴厲的批評指責。原因大抵可在其〈離騷序〉中窺見一二，〈離騷序〉云：

> 君子道窮，命矣。故潛龍不見是而無悶，〈關雎〉哀周道而不傷，蘧瑗持可懷之智，甯武保如愚之性，咸以全命避害，不受世患。故〈大雅〉曰既明且哲，以保其身，斯為貴矣。〔註98〕

〔註97〕同註58，頁6。
〔註98〕同註58，頁6。

可見班固是以「全命避害」、「明哲保身」作爲否定屈原的標準依據。班固認爲面臨困境是命運之定數，應學習先賢的智慧，才能不遭禍害。而在面對窘境，在情感的表達上，班固認爲要「無悶」、「不傷」，才是儒家要求的君子之道，屈原〈離騷〉中「何桀紂之猖披兮」、「哲王又不寤」……等對朝廷君王的指責，及其「九死其猶未悔」、「伏清白以死直兮」的狂放與哀情，都是班固無法苟同的。

其實有趣的是，相較於司馬遷與淮南王劉安認爲〈離騷〉的情感表達爲「溫柔敦厚」，班固雖然給予否定意見，但實質上筆者認爲班固更能正視、直揭〈離騷〉情感的熱烈狂放，且不願生硬的將〈離騷〉填入儒家道德的框架中。這在對屈原（或《楚辭》）文學本身的純粹省視裡，及兩漢一面倒的屈原評論中，反而是一針見血且較能切合《楚辭》抒情特質的眞確評論。尤其他肯定了屈原的文辭「弘博麗雅」，可謂辭賦之宗，並陳述了漢代擬騷之作風氣之盛行，並給予屈原「妙才」的讚賞，這也是漢代《楚辭》學發展中，重視文學抒情系統的開端。

當然，班固身爲傳統儒家的代表，囿於儒家正統思想的局限性，嚴厲批評了屈原的人格。班固的批評雖不夠全面、完善，但特別的是在兩漢，他也是第一個直接正視、透析屈原熱烈情感的人。

（四）絕世俊彥

對於班固的批評，東漢王逸在其〈離騷序〉中作了辯解與反駁。其云：

> 屈原執履忠貞而被讒邪，憂心煩亂，不知所愬，乃作《離騷經》。離，別也。騷，愁也。經，徑也。言己放逐離別，中心愁思，猶依道徑，以風諫君也。故上述唐、虞、三后之制，下序桀、紂、羿、澆之敗，冀君覺悟，反於正道而還己也。……《離騷》之文，依《詩》取興，引類譬諭，……。其詞溫而雅，其義皎而朗。凡百君子，莫不慕其清高，嘉其文采，哀其不遇，而愍其志焉。〔註99〕

王逸首先肯定屈原的忠貞，並認爲屈原雖然因黨人進讒，導致憂心煩亂，但在〈離騷〉一文中對情感的抒發仍是「依道諷諫」的，因此〈離騷〉的文學特色，詞彙溫和典雅、文中意涵亦清皎明朗。文末又提及後人對屈原不幸遭遇的同情、哀憫與對其文采的讚賞和風靡。

〔註99〕〈離騷序〉。同注16，頁2～3。

　　除了〈離騷序〉中正面的肯定外，王逸在《楚辭章句後序》中更是對班固「露才揚己」的說法進一步提出批評：

> 今若屈原，膺忠貞之質，體清潔之性，直若砥矢，言若丹青，進不隱其謀，退不顧其命，此誠絕世之行，俊彥之英也。而班固謂之「露才揚己」，「競於群小之中，怨恨懷王，譏刺椒、蘭，苟欲求進，強非其人，不見容納，忿恚自沈」，是虧其高明，而損其清潔者也。……而論者以爲「露才揚己」、「怨刺其上」、「強非其人」，殆失厥中矣。夫《離騷》之文，依託《五經》以立義焉。「帝高陽之苗裔」，則「厥初生民，時惟姜嫄」也；「紉秋蘭以爲佩」，則「將翶將翔，佩玉瓊琚」也；「夕攬洲之宿莽」，則《易》「潛龍勿用」也；「駟玉虬而乘鷖」，則「時乘六龍以御天」也；「就重華而陳詞」，則《尚書》咎繇之謀謨也；「登崑崙而涉流沙」，則《禹貢》之敷土也。……屈原之詞，誠博遠矣。自終沒以來，名儒博達之士著造詞賦，莫不擬則其儀表，祖式其模範，取其要妙，竊其華藻，所謂金相玉質，百世無匹，名垂罔極，永不刊滅者矣。〔註100〕

其一，王逸對屈原的忠貞高潔給予肯定，稱屈原爲俊彥之英。接著進一步批評班固對屈原的評價是不正確、不中正的，甚至損害了屈原人格的清潔高明。再度肯定了屈原正面的形象。

　　其二，論及屈原作品〈離騷〉，除了延續司馬遷以來認爲其與《詩經》溫柔敦厚的風格相符外，王逸另外還認爲〈離騷〉之立義正是仿照儒家《五經》的的《詩經》、《尚書》、《易》而來，並一一詳述。於此，可見王逸將屈原作品視爲儒家「經典」的地位，《楚辭》於此時的地位可謂大大被提升了。

　　其三，王逸也評述了當代士人對《楚辭》學接受的狀況，指出騷體的形式，已成爲漢士人的摹擬範本。而他自己更是騷體擬作的追隨者與實踐者，他在〈九思〉中更表達了對屈原無限的景仰。而他的《楚辭章句》中各篇所作的序，採取的不是一種平淡的、純客觀的注經方式，而是與原作者一同經歷著情感的起伏震盪。《章句》中幾乎所有的序文都著重揭示作者創作的情感動力，尤其描繪了作者在特定處境下的憂心愁苦的心理特徵〔註101〕。

〔註100〕王逸：〈離騷後序〉《楚辭章句》。同注16，頁48。
〔註101〕陳松青：〈王逸的楚辭創作與批評〉，《中國文學研究》2004年第1期，頁49～54。

　　王逸的注重視詩作者創作情感的態度，發揚了《楚辭》的抒情傳統。而王逸爲《楚辭》所下的八字讚語：「金相玉質，百世無匹」，更標誌了漢代《楚辭》學的廣泛流行與士人們普遍的接受，及《楚辭》對中國文學的廣大影響。

　　其他，尚有揚雄〈反離騷〉、〈畔勞愁〉作品，可惜已亡佚。揚雄對《楚辭》的看法，今日可於劉勰《文心雕龍・辨騷》中可見：「揚雄諷味，亦言『體同詩雅』」。可見揚雄與劉安、司馬遷將《楚辭》視爲「經」的觀點是有一致性的。孔融〈與曹操論酒禁書〉，載有「屈原不餔糟歠醨，取困于楚。」〔註102〕〈報曹公書〉則自陳「忠非三閭，智非晁錯，竊位爲過，免罪爲幸。」〔註103〕可見孔融認可了屈原的高潔心志與忠心，並認爲不願與亂世同醉，或小人同流合汙，乃是屈原陷入困境的主因。

　　至於宋玉，關於其是否爲屈原弟子，頗有爭議〔註104〕。然其身分之認定，非本節所重，故尚且置而不論。宋玉其實並沒有留下直接評述屈原形象的文句，然由其〈九辯〉來看，或可推論一二。王逸在〈九辯序〉中，云：「宋玉者，屈原弟子也，閔惜其師，忠而放逐，故作〈九辯〉以述其志。」洪興祖《楚辭補注》引五臣注云：「宋玉惜其師忠信見放，故作此辭以辯之，皆代原之意」。故〈九辯〉的文意或某些字句，應可視爲宋玉對屈原的評價。尤其〈九辯〉一篇，不論在題名、形式、辭彙上，擬騷的痕跡極其明確；而其主題正是表達對士人坎坷不幸的悲憤，和傷感的悲秋情懷。如「坎廩兮貧士失職而志不平，廓落兮羈旅而無友生。」〔註105〕及「竊慕詩人之遺風兮，願託志乎素餐。」〔註106〕……等，顯然當對懷才不遇的士人，展現了深切的悲憫。這些評論，大抵可視爲宋玉對於屈原的看法與評價。如吳廣平的《宋玉研究》，也認爲「說宋玉是屈原弟子，恐不可信，但宋玉爲景仰屈原道德文章之後學，則是可以肯定的。」〔註107〕

　　綜合以上兩漢文人對屈原及《楚辭》的評價可知，屈原形象爲「志潔行

〔註102〕〈孔融集〉。俞邵初輯校：《建安七子集》，臺北：文史哲出版社，1990 年 4 月初版，頁 23。

〔註103〕同注 102，頁 24。

〔註104〕持肯定論者，如王逸。持否定論者，如褚斌杰《楚辭要論》中的〈宋玉論〉贊同蔣天樞與胡念貽之說，認爲「屈宋之師徒關係，雖僅見於王逸記述，也不好輕易否定」。

〔註105〕同注 16，頁 183。

〔註106〕同注 16，頁 192。

〔註107〕吳廣平：《宋玉研究》，長沙：岳麓書社，2004 年，頁 78。

廉」、「博通清潔」、「露才揚己」、「絕世俊彥」。雖然褒貶不一，但褒多於貶，
屈原的形象是正面的，而且高潔之志是受到讚揚的。又兩漢對屈騷的評論，
顯而易見的是不論褒貶，論述者從司馬遷、劉安、班固、王逸等，都用傳統
儒學的框架加以評判其價值，而將楚騷「納入經學的軌道，以儒家的倫理道
德原則作爲屈原人格及其作品思想性評價的根本準則，以至於從根本上遮蔽
和消解了屈騷的浪漫主義美學精神和藝術特色。因此，「漢儒對屈騷的接受從
本質上看是一種經學的接受，而不是文學的接受。」〔註108〕另外將屈原及其
作品納入儒家政教倫理的文化氛圍中作出批評，也是做爲主流文化的儒家文
化，對《楚辭》這種異質文化的一種改造〔註109〕。

　　因此，兩漢時代《楚辭》學雖然處於興盛期，但對於《楚辭》文學上的
眞正認識還圍於經學框架，必須延及魏晉南北朝方有更進一步的發展。

二、魏晉南北朝的屈原形象品評

　　范文瀾《中國通史簡編》中，用了幾句話說明《楚辭》的眞價值，相當
值得玩味：

> 《楚辭》的眞價值並不在於符合儒家的經義，恰恰相反，正在於不
> 受儒家經義的拘束〔註110〕。

簡而言之，以兩漢經學角度作爲審視標準的《楚辭》，圍於忠君愛國的思想，
對《楚辭》作爲藝術價值極高的文學創作，尚不能呈現出《楚辭》完整的
文學或美學特色，而眞正挖掘出《楚辭》眞價值的時代，反而是在具有特
殊時代氛圍的魏晉南北朝。以下，擬以時代爲先後次序，並由魏晉南北朝
各作家的評論切入，梳理出當代屈原形象的解讀標準及評論，並試著進一
步分析與漢代詮釋和理解上的差異爲何，以此一窺魏晉南北朝的屈原形象
品評。

（一）魏‧李康〈運命論〉

魏‧李康〈運命論〉中有一段文字，論及屈原。云：

> 治亂，運也；窮達，命也；貴賤，時也。而後之君子，區區于一主，

〔註108〕鄧新華：〈從漢儒評《騷》看兩漢文學接受的異化〉，《江西社會科學》2011
　　　　年6月，頁100～104。
〔註109〕過常寶：《楚辭與原始宗教》，上海：東方出版社，1997年，頁150～160。
〔註110〕范文瀾：《中國通史簡編》，北京：人民文學出版社，1957年修訂版，頁283。

　　嘆息于一朝，屈原以之沉湘，賈誼以之發憤，不亦過乎？然則聖人
　　所以爲聖者，蓋在乎樂天知命矣。〔註111〕

引文中可見李康認爲屈原因不能理解，人生境遇之窮達乃是命數所定，因而
嘆息悲傷，終致沉江。這以聖人樂天知命的標準來看，自然是不恰當的，因
此批評屈原之「過」，顯見對屈原的生命選擇，李康是不能認同的。

（二）魏·曹丕〈典論論文〉

　　繼魏·李康之後，有曹丕〈典論論文〉一篇，是專門論述文學的文章。
其中論及屈原的爲：

　　或問：屈原、相如之賦孰愈？曰：優遊案衍，屈原之尚也；窮侈極
　　妙，相如之長也。然原據託譬喻，其意周旋，綽有餘度矣；長卿、
　　子雲，意未能及已。〔註112〕

曹丕於文中評論屈原與相如之賦，認爲兩人之長處在：屈原的想像優遊從容
廣闊，而相如則能於文字上窮盡精妙。但屈原勝出相如等人之處，在於託諷
技巧的高超。於本段中，曹丕針對屈原作品的文學價值給予了極高度的評價，
雖然他仍將騷賦一併而論，但能超脫出漢朝以政治評論屈原忠君與否的概
念，已算是一項進步。

　　曹丕此段或說爲仿揚雄《法言》之語，在唐李善注《文選》卷五十沈約
《宋書·謝靈運傳論》中有注引揚雄《法言》一段，雖今本《法言》中不見
本段文字記載，但或可與曹丕此段相互補充說明。其文云：「或問屈原、相如
之賦孰愈？曰：原也過以浮，如也過以虛。過浮者蹈雲天，過虛者華無根。
然原上援稽古，下引鳥獸，其著意於虛，長卿亮不可及。」〔註113〕以此來看，
屈原文辭因論及上天下地之事，因此「過浮」，但他能援引古事，並用鳳鳥、
鵬梟等暗寓善惡，這是司馬相如等人無法企及的。綜合而論，大抵屈原優游
周旋的想像，與絕妙的善惡比喻，是後代文人遠遠不及的。

〔註111〕魏·李康：〈運命論〉，《全三國文》卷四十三。載清·嚴可均輯：《全上古三
　　　　代秦漢三國六朝文》，北京：中華書局，1958 年 12 月一版，頁 1295。
〔註112〕魏·曹丕：〈典論論文〉，載穆克宏、郭丹編著《魏晉南北朝文論全編》，南京：
　　　　江蘇教育出版社，1996 年 12 月一版，頁 15。
〔註113〕明·楊慎：《丹鉛總錄》卷十二也言《法言》論屈原相如此段文字，今本《法
　　　　言》無此條。

（三）西晉・劉毅〈上疏請罷中正除九品〉

西晉・劉毅〈上疏請罷中正除九品〉中，為了提出廢除九品中正制的有力論證而提及屈原，其云：

> 陳平韓信，笑侮於邑里，而收功於帝王。屈原、伍胥，不容于人主，
> 而顯名於竹帛，是篤論之所明也。〔註114〕

顯而易見的，劉毅和皇甫謐一樣都是把屈原當作一個才能之士看待。他認為屈原雖受小人讒言，而不能見容於懷王，但其才能終歸讓他足以顯揚於史冊。

（四）西晉・摯虞〈文章流別論〉

摯虞是魏晉南北朝著名的評論家，編有《流別集》三十卷，〈文章流別論〉是後人把《流別集》有關各種體裁文章的評論摘出而成，書中論及各種文體（頌、賦、詩、七、箴、銘、誄、哀辭、哀策、對問、碑銘等十一種）的性質、源流、作用和文章的評價。明代張溥《漢魏六朝百三家集・摯太常集》的《題辭》云：「〈流別〉曠論，窮神盡理，劉勰《雕龍》，鍾嶸《詩品》，緣此起議，評論日多矣。」〔註115〕顯見〈文章流別論〉對南朝文學理論的重大影響。因此，由〈文章流別論〉來分析摯虞對屈原作品的看法，有助於掌握魏晉南北朝當代對屈原作品的評價與影響。關於《楚辭》之賦，〈文章流別論〉云：

> 賦者，敷陳之稱，古詩之流也。古之作詩者，發乎情，止乎禮義。
> 情之發，因辭以形之；禮義之旨，須事以明之：故有賦焉！所以假
> 象盡辭，敷陳其志。前世為賦者有孫卿、屈原，尚頗有古詩之義。
> 至宋玉則多淫浮之病矣！《楚辭》之賦，賦之善者也。故揚子稱賦
> 莫深於〈離騷〉，賈誼之作，則屈原儔也。〔註116〕

摯虞認為「賦」與「古詩」淵源頗深，可謂古詩支流。又古詩人因為能用文辭抒發情感，並且用來明揭禮義，可說是「發乎情，止乎禮。」而屈原正是能深得古詩之旨的人。另外，摯虞提及屈原之後的宋玉等人多有寫作浮誇的缺點，並稱讚《楚辭》為賦之善者，亦即是辭賦類中極好的作品，這與之後皇甫謐〈三都賦序〉中的論點幾乎是相同的。以上，我們清楚可知摯虞認為

〔註114〕西晉・劉毅：〈上疏請罷中正除九品〉，《全晉文》卷三十五。同注111，頁1663。

〔註115〕明代張溥、殷孟倫集注：《漢魏六朝百三家集・摯太常集》〈題辭〉，臺北：木鐸出版社，1982年5月，頁114。

〔註116〕西晉・摯虞：〈文章流別論〉。同注112，頁88。

《楚辭》繼承並發揚古詩的傳統，既能將情感完整表達，又能寄託諷喻之旨。他的評文標準仍舊以傳統古詩的標準出發，雖然稱揚了《楚辭》爲「賦之善者也」，可惜對於古詩與賦的文體界定仍存在模糊的空間。

而他對當代辭賦的評論，還可以參見其〈文章流別論〉中的一段論述。其云：

> 古詩之賦，以情義爲主，以事類爲佐。今之賦，以事形爲本，以義正爲助。情義爲主，則言省而文有例矣；事形爲本，則言富而辭無常矣，文之煩省、辭之險易，蓋由於此。夫假象過大，則與類相遠；逸辭過壯，則與事相違；辯言過理，則與義相失；麗靡過美，則與情相悖：此四過者，所以背大體而害政教，是以司馬遷割相如之浮說，揚雄疾「辭人之賦麗以淫」。〔註117〕

在此段，摯虞比較了「古詩之賦」與「今之賦」的差異。他指出「古詩之賦」的架構，是以事例來輔佐文章的情義，主從關係相當明確。而「今之賦」卻與之大相逕庭，事例的堆砌躍升爲主要部份，情義反而是作爲輔助了，這樣會產生因「假象過大」、「逸辭過壯」、「辯言過理」、「麗靡過美」四項弊病。這些弊病，總而言之其實就是「太過」與「浮誇」，這觀點實際上與皇甫謐的說法也是一致的。這是摯虞對當代辭賦寫作現況的分析與反省，也是對當代部分擬騷作品的批評。

〈文章流別論〉中的論述大多就《楚辭》、〈離騷〉的文學角度作討論。而摯虞本身有〈愍騷〉作品一篇，其云：「蓋明哲之處身，固度時以進退。泰則攄志于宇宙，否則澄神于幽昧。摛之莫究其外，巹之周視其內。順陰陽以潛躍，豈凝滯乎一概。」〔註118〕摯虞認爲所謂「明哲之士」必須知所進退，用行舍藏，達時攄志宇宙，不遇時則潛藏以培養仁德，不應凝滯不通。以此思想來檢視屈原的形象，大抵摯虞是不認同屈原沉湘的行爲的。

（五）西晉・傅玄〈橘賦序〉

傅玄所作〈橘賦序〉云：「詩人睹王雎而詠后妃之德，屈平見朱橘而申直臣之志焉。」〔註119〕也極力讚揚了屈原的「正直忠潔」。

〔註117〕西晉・摯虞：〈文章流別論〉。同注112，頁14。

〔註118〕西晉・摯虞：〈愍騷〉，《全晉文》卷七十六。同注111，頁1898。

〔註119〕晉・傅玄：〈橘賦序〉，《全晉文》卷四十五。同注111，頁1718。

（六）西晉·陸機〈文賦〉

至於魏晉南北朝重要的文學評論——〈文賦〉，系統性論述文學創作中的諸多論題，是中國文學批評中極重要的篇章。文中所提觀點，除了作爲文學理論發展的新標誌，也頗能呈現六朝文學的新趨向。〈文賦〉首先提出「理扶質以立幹，文垂條而結繁」的論點，亦即爲文須內容形式並重。臺靜農解爲能把握題材之理以成爲文章之質，繼而有賴文辭運用的技巧，將質做多方面的的發揮，使其茂盛〔註120〕。可見，陸機將文章的文辭與內質（內容）並舉，認爲文理相生，才能使文章更完美。

〈文賦〉更提出「詩緣情而綺靡」的論題，認爲抒情是詩歌的基本特徵。李善注云：「詩以言志，故曰緣情。……綺靡，精妙之言。」〔註121〕以此而言，顯然詩歌的寫作，還必須注意到文辭的「精妙」。陸機還說「其會意也尚巧，其遣言也貴妍。暨音聲之迭代，若五色之相宣。」〔註122〕說明「意」與「言」，必須「尚巧」、「貴妍」，講究的是文章的藝術性。從這些論點都看出，陸機雖然也看重文章內容的表現，但更凸顯了崇尚「麗辭」的傾向，反映了六朝追求形式美的風尚。

此外，陸機也重視「獨創」，反對「抄襲」。其云「炳若縟繡，悽若繁絃，必所擬之不殊，乃闇合乎曩篇。雖杼軸於予懷，怵他人之我先。」〔註123〕意即認爲文章必須要聲色動人，也要有創新的內容與風貌，但不乖離傳統，能承續先士之盛藻〔註124〕，更必須極力避免與他人雷同。

而不論是講究文質並重；凸顯出對文辭「精妙」、「尚巧」、「貴妍」……等形式美的重視；或重視「獨創」的功夫，顯然是繼曹丕〈典論論文〉後，展現了對文學價值、藝術形式更深入的理解。檢視〈文賦〉全篇，雖未有專章討論《楚辭》，亦未觸及對屈原形象的評價。但若以〈文賦〉重視「文理並重」或「麗辭」、「創新」等角度檢視《楚辭》，相信《楚辭》或屈原的文學成就，理應獲得肯定。

文質並重上，質以能具有豐富內涵，及達到爲文目的爲上。劉熙載《藝

〔註120〕楊牧：《陸機文賦校釋》，臺北：洪範書局，1985年4月，頁29～30。
〔註121〕李善注，南朝梁·蕭統著，李善注：《昭明文選》，臺北：第一書局，1980年11月，頁225。
〔註122〕南朝梁·蕭統著，李善注：《昭明文選》，頁226。
〔註123〕南朝梁·蕭統著，李善注：《昭明文選》，頁226。
〔註124〕楊牧：《陸機文賦校釋》，頁67。

概·文概》曾言：「『文麗用寡』揚雄以之稱相如，然不可以之稱屈原。蓋屈之辭，能使讀者興起盡忠疾邪之意，便是用不寡也。」〔註125〕可見，屈原用以諷諫楚王的《楚辭》的確具有實用性，能達到陸機「理扶質以立幹」的要求。而陸機之後的劉勰，於〈辨騷〉中所評論的「觀其骨鯁所樹，肌膚所附，雖取鎔經意，亦自鑄偉辭。」、「辭來切今，驚采絕豔，難與並能矣！」〔註126〕都是對屈原寫作「麗辭」，能「獨創」又能「闇合薈篇」的肯定。而〈文賦〉論述文章之創作，未論及其與作者德行上的關係，也顯然符合了魏晉南北朝論人、論文分離的傾向。

（七）西晉·陸雲〈與兄平原書〉

西晉·陸雲〈與兄平原書〉中有一段文字論及自己研讀《楚辭》的心得：

> 雲再拜「嘗聞湯仲歎〈九歌〉，昔讀《楚辭》，意不大愛之。頃日視之，實自清絕滔滔，故自是識者，古今來為如此種文，此為宗矣。視〈九章〉，時有善語，太類是穢文，不難舉意，視〈九歌〉便自歸謝絕。思兄常欲其作詩文，獨未作此曹語，若消息小佳，願兄可試作之。兄復不作者，恐此文獨單行千載，間嘗謂此曹語不好，視〈九歌〉正自可歎息。……真玄盛稱〈九辯〉，意甚不愛。〔註127〕

陸雲過去讀〈九歌〉並未特別喜愛，但在某一天卻赫然發現〈九歌〉清絕滔滔的特色，甚至認為可作為文章之宗，並勸兄長可試作〈九歌〉一類文章。除了對〈九歌〉的批評，陸雲進一步評論了〈九章〉與擬作〈九辯〉。陸雲給〈九章〉的評語是「時有善語，大類是穢文」，而給予〈九辯〉的評語是「意甚不愛」。陸雲對三者感受的差別，主要原因在於自己對文章風格的喜好。陸雲身為西晉文學家，文風清新嚴謹，這大大影響了他對〈九歌〉、〈九章〉、〈九辯〉的評價。〈九歌〉作為南楚沅湘的祀神樂歌，所述神祇人物形象皆鮮明動人，又具有句法奇峭、文辭俊逸華麗、情感繾綣多情的特色，因此閱讀〈九歌〉時情感能隨著文辭釋放，正是「情神慘惋，辭復騷豔。喜讀之可以佐歌，悲讀之可以當哭。清商麗曲，備盡情態矣。」〔註128〕可見〈九歌〉這些篇章

〔註125〕漢·司馬遷等：《楚辭評論資料選》，臺北：長安出版社，1988年9月，頁210。
〔註126〕南朝齊梁·劉勰：《文心雕龍》，臺北：宏業書局，1975年2月，頁64。
〔註127〕西晉·陸雲：〈與兄平原書〉，載明·張溥輯：《漢魏六朝百三名家集》（《陸清河集》），臺北：文津出版社，1979年8月初版，頁2022、2023。
〔註128〕明·馮覲（引自明·蔣之翹：《七十二家評楚辭》卷二〈九歌〉）。同註19，頁366。

既能達到縱情效果，文辭又能使人在美感經驗上獲得滿足，都符合了當代魏晉名士追求的風度及美感情趣。劉熙載曾指出〈九歌〉與〈九章〉特色之異同，「〈九歌〉與〈九章〉不同，〈九歌〉純是性靈語，〈九章〉兼多學問語。」〔註129〕顯然〈九歌〉清絕滔滔的特色，正是基於性靈所出。相較之下，端莊嚴整用以述說屈原心志的〈九章〉，及後代擬作的〈九辯〉，在陸雲的觀念中，在藝術價值上來說自然是遠遠不及〈九歌〉的。

又陸雲作有〈九愍〉一篇，其序云：「昔屈原放逐，而〈離騷〉之辭興。自今及古，文雅之士莫不以其情而玩其辭，而表意焉。遂廁作者之末，而述〈九愍〉。」〔註130〕〈九愍〉序文中「以其情而玩其辭」一句，顯見當代對屈原作品的重視的原因，考察〈九愍〉各篇後，發現其雖沒有著重在「兮」字的使用上，但寫作手法及〈紆思〉、〈感逝〉文末的「亂日」，都明確存在對《楚辭》的學習，這都「更表達了魏晉文士對屈原的接受模擬，重在于對其文學辭藻方面的接收和學習上。」〔註131〕而〈與兄平原書〉中稱：「雲以原流放，唯見此一人（漁父），當爲致其義，深自謂佳。願兄可試更視，與漁父相見時語，亦無他異，附情而言，恐此故勝淵弦。」〔註132〕當中亦強調「情」字的重要性。可見「縱情自適」及「清麗動人」正是吸引魏晉人研讀《楚辭》的重要因素之一。

而陸雲的這段評論，在魏晉《楚辭》學，中代表了極爲重要的意義。其一，跳脫過往只討論、稱頌屈原的〈離騷〉一篇，進一步揭示了魏晉文士對〈九歌〉及擬作的注意。其二，跳脫漢朝對屈原忠君愛國的心志是否恰當的討論，改由文學角度切入，以討論屈原作品情感的豐厚度及文字特色。以上兩點都是魏晉《楚辭》學中，讀者接受角度愈趨多元的表徵，也呼應了魏晉文學自覺意識的高度抬頭。

（八）西晉・曹攄〈述志賦〉

曹攄作〈述志賦〉云：

詠楚懷之失圖，悲伍員之沈悴，痛屈平之無辜，嘉沮溺之隱約，

〔註129〕清・劉熙載：《藝概・賦概》。同注19，頁384。
〔註130〕同注127，頁1992。
〔註131〕劉帥麗：《兩漢魏晉文士的屈原批評及其生存之思》，漳州師範學院碩士論文，2009年5月，頁38。
〔註132〕西晉・陸雲：〈與兄平原書〉。《全晉文》，頁2043。

羨接輿之狂歌，顧大雅之先智，緯明哲之所經，微見機而遂逝，
比舍生而親名，道殊涂而同歸，要逾世而并榮，舜拘忤于焚廩，
孔怵惕于陳匡，紛迍邅之若斯，何遭運之可常。〔註133〕

文中認為因楚懷王的昏昧，導致屈原最後受讒沉湘，文句中都透露出對屈原
的悲憫感嘆，但一方面也宣揚明哲保身的處世態度，這些顯示魏晉文士對屈
原進退處世的態度，仍有所質疑。

（九）西晉・皇甫謐〈三都賦序〉

西晉・皇甫謐〈三都賦序〉中有一段對屈原的評論，其云：

至於戰國，王道陵遲，風雅浸頓，于是賢人失志，辭賦作焉。是以
孫卿、屈原之屬，遺文炳然，辭義可觀，存其所感，咸有古詩之意，
皆因文以寄其心，托理以全其制，賦之首也。及宋玉之徒，淫文放
發，言過於實。誇競之興，體失之漸，風雅之則，于是乎乖。〔註134〕

〈三都賦〉是左思的作品，內容分別為〈魏都賦〉、〈蜀都賦〉、〈吳都賦〉集
合而成，是魏晉賦中特有的長篇作品。皇甫謐看過〈三都賦〉後，給予其極
高的評價，並為其撰寫了〈三都賦序〉。其中，皇甫謐對賦的發展有所論述，
其中一段提及了屈原作品的創作，導源於「賢人失志」，認為它是屬於懷才不
遇的失志之作；而其價值在於文采及文章內涵上有粲然可觀處，並頗能符合
古詩寫作之意旨，又因為於文字上能確切的反應心志，在體制上亦能依傍於
理，故稱揚其為辭賦之首。這也顯示了，在辭賦這類文體中，荀子與屈原作
為先導，在辭賦類中佔有重要的地位。皇甫謐更進一步批評在屈原之後的擬
騷之作為情溢於辭，因此多有言過其實的毛病，更常落入無病呻吟的窘境。
這段紀錄，一方面揭示了《楚辭》學在宋玉之後發展的狀況，另一方面可見
皇甫謐從文學發展的角度，論及了屈原的作品，並給予極高評價。

而對於屈原的形象認知，引文中皇甫謐將他歸類為與荀子一樣有才華的
「賢能之士」。這與他在所作的〈釋勸論〉中一段所言屈原的形象是相吻合的。
〈釋勸論〉云：「故蘇子出而六主合，張儀入而橫勢成，廉頗存而趙重，樂毅
去而燕輕，公孫沒而魏敗，孫臏刖而齊寧，蠡種親而越霸，屈子疏而楚傾。」
〔註135〕可見他也是將屈原和蘇秦、張儀、廉頗、樂毅……等有才華的能士並

〔註133〕〈全晉文〉，頁2074。
〔註134〕西晉・皇甫謐：〈三都賦序〉。同注19，頁15。
〔註135〕西晉・皇甫謐：〈釋勸論〉。同注111，頁1871。

稱。他將屈原的形象定位成「賢能之士」，這是跳脫了屈原是否忠君的漢代評論，並從「才情」的角度來解析屈原形象。這項認知，符合魏晉時品藻人物所重視的精神氣度，也昭示了魏晉對屈原形象解析多元豐富的開端，這與兩漢時代《楚辭》學著重屈原人格之「忠誠」角度，已開始有所差異了。

（十）東晉・謝萬〈八賢論〉

晉時士林對於人物們的出處、進退的優劣，有不同的見解，謝萬寫作〈八賢論〉舉漁父、屈原、季主、賈誼、楚老、龔勝、孫登、嵇康四隱四顯為八賢〔註136〕。通篇主旨以處者為優，出者為劣，並用以和孫綽辯論。這篇大致代表了魏晉時代大多數士人的想法，他們多數尊崇終身隱居不仕者，對先隱後出的謝安或人在江湖、心存魏闕一類的人是極為鄙視的。其中他對屈原的評論是「皎皎屈原，玉瑩冰鮮。舒採翡林，摛光虬川。」〔註137〕足見他十分讚賞屈原高潔的品格，這是對屈原形象正面的描述。

（十一）東晉・葛洪《抱朴子・時難》

晉・葛洪《抱朴子》外篇〈時難〉：

> 以智告愚，則必不入，故文王諫紂，終於不納也。言不見信，猶之可也。若乃李斯之誅韓非，龐涓之刖孫臏，上官之毀屈平，袁盎之中晁錯，不可勝載也。為臣不易，豈一途也哉！蓋往而不反者，所以功在身後；而藏器俟時者，所以百無一遇。高勳之臣，曠代而一有；陷冰之徒，委積乎史策。悲夫，時之難遇也，如此其甚哉！由茲以言，吾知渭濱呂尚之儔，巖間傅說之屬，懷其王佐之器，抱其邈世之材，秉竿擁築，老死於庸兒之伍，而遂不遭文王高宗者，必不訾矣。〔註138〕

葛洪列舉歷史上韓非、孫臏、屈平、晁錯等人物說明「時之難遇」的悲傷。他也將屈原看成「懷其王佐之器，抱其邈世之材」的賢才，句句透露悲其不遇的感嘆。

〔註136〕唐・房玄齡等著，楊家駱主編：《晉書》，臺北：鼎文書局，1980年3月初版，頁2086。
〔註137〕同註19，頁15。
〔註138〕葛洪著，何淑貞校注：《抱朴子外篇》，臺北：鼎文書局，2002年2月初版，頁213～215。

（十二）東晉·陶淵明〈感士不遇賦〉

陶淵明為東晉詩人，其著有〈感士不遇賦〉一篇，序云：

> 夫履信思順，生人之善行；抱朴守靜，君子之篤素。自真風告逝，
> 大偽斯興，閭閻懈廉退之節，市朝驅易進之心。懷正志道之士，或
> 潛玉於當年；潔己清操之人，或沒世以徒勤。故夷、皓有「安歸」
> 之嘆，三閭發「已矣」之哀。悲夫！寓形百年，而瞬息已盡；立行
> 之難，而一城莫賞。此古人所以染翰慷慨，屢伸而不能已者也。夫
> 導達意氣，其惟文乎？撫卷躊躇，遂感而賦之。〔註139〕

陶淵明感嘆當世純樸風氣已蕩然無存，賢人們只能隱居草野，而能出仕者卻
遭遇坎坷。如屈原受讒遭難只能抑鬱而終，建功立業的理想更是窒礙難行了，
而人生不過百年瞬息將盡，遂有感而發作〈感士不遇賦〉。陶淵明雖認為「天
地賦命，生必有死，自古賢聖，誰獨能免？」（〈與子儼等疏〉），而認為處世
態度宜「抱朴守靜」，但仍對屈原的不遇有所感嘆。

（十三）宋·顏延之〈祭屈原文〉

南朝宋顏延之曾出任始平太守，途經汨羅時，著有〈祭屈原文〉一篇，
表達對屈原的憐憫。其云：

> 蘭薰而摧，玉縝則折。物忌堅芳，人諱明潔。
> 曰若先生，逢辰之缺。溫風怠時，飛霜急節。
> 贏芊構紛，昭懷不端；謀折儀尚，貞蔑椒蘭。
> 身絕郢闕，跡遍湘幹。比物荃蓀，連類龍鸞。
> 聲溢金石，志華日月。如彼樹芬，實穎實發。〔註140〕

顏延之於文中稱讚了屈原的堅貞品格，並為屈原處於懷王、頃襄王之際，在奸
佞小人的攻擊讒毀下，最終被流放到沅湘之地的結果而感嘆。此外，他也特別
提及屈原以獨特意象（荃蓀、龍鸞）託寓己意的文學技巧，使得文章能「聲溢
金石」。引文可見，顏延之對於屈原的人品與文學成就，都是相當讚賞的。但
「蘭薰而摧，玉縝則折。物忌堅芳，人諱明潔。」四句，指出了品德如同蘭、
玉的屈原遭遇挫折的原因。雖然對於屈原的處世之道，顏延之未加以批評或質
疑，但「摧」、「折」二字，顯然對於士人生命途徑的省思，寄寓了深意。

〔註139〕陶淵明著，袁行霈箋注：《陶淵明集箋注》，北京：中華書局，2003年4月，
　　　　頁431。
〔註140〕同注8，頁839。

（十四）梁・蕭統〈昭明文選序〉

　　蕭統《昭明文選》是中國現存的最早一部詩文總集，遍收周、秦、漢、魏、晉、宋、齊、梁八代，一百三十位作家的精彩作品，以作爲後代學者習文的範例。內容宏富，辭藻華美，並針對當代文壇瀰漫的華靡文風多所批評，強調「文質並重」的重要性。在其序文中，對屈原的形象便有所評述：

> 楚人屈原，含忠履潔，君匪從流，臣進逆耳，深思遠慮，遂放湘南。
> 耿介之意既傷，壹鬱之懷靡愬；臨淵有《懷沙》之志，吟澤有憔悴
> 之容。騷人之文，自茲而作。〔註141〕

本段論述的是屈原的政治經歷與其創作間的關係，並指出此即爲騷體的產生。首先，蕭統對屈原的形象做出正面的評價：「含忠履潔」、「深思遠慮」、「耿介」。接著說明騷體文學的產生，是由於屈原的抑鬱之懷，無處可訴說，因而化爲詩句，這種說法大抵與劉勰、鍾嶸言屈原作品，出自怨情的說法一脈相承。然而蕭統在魏晉《楚辭》學的拓展上，是在《昭明文選》中將「騷」與「賦」分門別類，專立「騷」體。在《昭明文選》序中，也說明了專立「騷」體的原因：「凡次文之體，各以彙聚。詩賦體既不一，又以類分。類分之中，各以時代相次。」可見蕭統已開始意識到「騷」、「賦」爲兩種不同文體了。書中「騷」體一類，選有〈離騷〉、〈九歌〉（選六首）、〈九章〉（選一首）、〈卜居〉、〈漁父〉等共十篇，如果將〈招魂〉或漢人擬作〈九辯〉（選五首）、〈招隱士〉也算在內，則共計十七篇。與其他文類相比，騷體類的文章數量並未比其它文類少，一方面是當代文體繁興，文體辨析日漸精細，一方面也顯見蕭統對騷類文體的重視。

　　再由《昭明文選》「事出於沉思，義歸於翰藻」的選文標準來檢視，騷體類文章的深刻內涵與華美辭藻，皆符合他所強調的「文質並重」，因此獲得蕭統的認同。這些相較於劉勰或鍾嶸，顯示蕭統對屈原作品文學價值的認識，更充分且深入，他注意到騷體文學的獨立性，選文之多，正有爲當代學者提供寫作範例的想法。而騷體在魏晉被立爲專門的文學體裁，成爲了一門具獨立地位的文類，這大抵是魏晉在《楚辭》學以來最大的進步與貢獻了。

（十五）齊梁・劉勰《文心雕龍・辨騷》

　　《文心雕龍》是中國第一部有系統的文藝理論鉅著，也是一部文學批評

〔註141〕同注8，頁1。

專書。劉勰於書中主要以其宗經思想評論各類文體，並反對華靡不實之文風。〈辨騷〉是《文心雕龍》中的第五篇。其中主要評論屈原的〈離騷〉及《楚辭》中的大部分作品。其云：

> 自風雅寢聲，莫或抽緒，奇文鬱起，其〈離騷〉哉！固已軒翥詩人之後，奮飛辭家之前，豈去聖之未遠，而楚人之多才乎！昔漢武愛《騷》，而淮南作《傳》，以爲「〈國風〉好色而不淫，〈小雅〉怨誹而不亂，若〈離騷〉者，可謂兼之。蟬蛻穢濁之中，浮游塵埃之外，皭然涅而不緇，雖與日月爭光可也。班固以爲「露才揚己，忿懟沉江；羿澆二姚，與左氏不合；崑崙懸圃，非經義所載。然其文辭麗雅，爲詞賦之宗，雖非明哲，可謂妙才。王逸以爲「詩人提耳，屈原婉順。〈離騷〉之文，依《經》立義。駟虯乘鷖，則時乘六龍；崑崙流沙，則〈禹貢〉敷土。名儒辭賦，莫不擬其儀表，所謂金相玉質，百世無匹者也。及漢宣嗟嘆，以爲皆合經術。揚雄諷味，亦言體同詩雅。四家舉以方經，而孟堅謂不合傳，褒貶任聲，抑揚過實，可謂鑒而弗精，玩而未覈者也。〔註142〕

首先劉勰整理了漢代劉安、王逸等各家對〈離騷〉的評論，認爲諸家不論是稱讚或指責屈原，都因觀察不夠精細及未深入考核，而使評論不夠客觀。他總結了漢代《楚辭》學的讀者接受論，並認爲共可區分爲兩種方向，亦即「方經」與「不合傳」。「方經」是將〈離騷〉與經術並舉，因而著重點在其與經書相同品格、內容的比較分析。如王逸〈離騷〉之文是依《經》立義的說法，又如漢宣帝的「皆合經術」及揚雄「體同詩雅」的說法。而班固認爲的「不合傳」，則明指〈離騷〉非《經》義所載。而不論褒貶，這兩派都是以是否符合「經傳」的標準來加以評論〈離騷〉。而劉勰進一步提出自己的意見：

> 將覈其論，必徵言焉。故其陳堯舜之耿介，稱湯武之祗敬，典誥之體也；譏桀紂之猖披，傷羿澆之顛隕，規諷之旨也；虯龍以喻君子，雲蜺以譬讒邪，比興之義也；每一顧而掩涕，歎君門之九重，忠怨之辭也。觀茲四事，同於風雅者也！至於託雲龍，說迂怪，豐隆求宓妃，鴆鳥媒娀女，詭異之辭也；康回傾地，夷羿彃日，木夫九首，土伯三目，譎怪之談也；依彭咸之遺則，從子胥以自適，狷狹之志

也；士女雜坐，亂而不分，指以爲樂，娛酒不廢，沉湎日夜，舉以

爲懽，荒淫之意也！摘此四事，異乎經典者也！〔註143〕

在此段引文中，劉勰進一步詳細分析了〈離騷〉與經傳的「四同」與「四異」。
他認爲〈離騷〉中可見《尚書》典誥的體制，及《詩經》中勸誡諷喻的旨趣、
善用比興的意義，與忠而懷怨的言辭，這都與歷代自《詩經》以下祖述經術
的文學傳統相同。而〈離騷〉中的離奇怪異之說、褊急的性情與胸懷的狹隘，
或者描述男女雜坐調笑的荒淫行爲，則與儒家經典不同。當然，劉勰的評論，
清楚的揭示了他的論文標準，仍不脫儒家經典的宗經角度，但較漢代進步的，
是他將班固「不合經義」的譴責，詳細的分析羅列論辨，建立了他自己對《楚
辭》文學特色的評論。其後劉勰又進一步說明《楚辭》異於經典的原因，其
云：

> 故論其典誥則如彼，語其夸誕則如此。固知《楚辭》者，體慢於三
> 代，而風雅於戰國。乃雅頌之博徒，而詞賦之英傑也。觀其骨鯁所
> 樹，肌膚所附，雖取鎔經意，亦自鑄偉辭。故〈騷經〉、〈九章〉，朗
> 麗以哀志；〈九歌〉、〈九辯〉，綺靡以傷情；〈遠遊〉、〈天問〉，瑰詭
> 而惠巧；〈招魂〉、〈招隱〉耀豔而深華；〈卜居〉標放言之致；漁父
> 寄獨往之才。故能氣往轢古，辭來切今，驚采絕豔，難與並能矣。
>
> （〈辨騷〉）〔註144〕

劉勰認爲《楚辭》的體製，因爲與《尚書》、《詩經》相近，可說延承三代而
來，而其誇誕怪說，他則提出是受到「戰國縱橫家影響」。這種說法在其〈時
序〉篇中亦有提及，其云：「春秋以後，角戰英雄，六經泥蟠，百家飆駭。方
是時也……屈平聯藻於日月，宋玉交采於風雲。觀其豔說，則籠罩〈雅〉〈頌〉。
故知煒燁之奇意，出乎縱橫之詭俗也。」〔註145〕劉勰以爲屈原之作仍存有〈雅〉
〈頌〉的骨架，卻能迭出新奇之意，正是受到戰國縱橫家詭俗的影響。

　　劉勰的分析是相當精確的，其一：北方文學四言體《詩經》的影響，本
來就是促發《楚辭》產生的客觀因素之一；其二：《楚辭》中上天入地的想像，
一方面當然是源於屈原情懷的浪漫，一方面屈原本身思想正受到縱橫家佈言
成理、飾辯詭麗的沾染。而當時楚國因爲南北文化的頻繁交流，許多中原學

〔註143〕劉勰：《文心雕龍·辨騷》，頁58。
〔註144〕劉勰：《文心雕龍·辨騷》，頁64。
〔註145〕劉勰：《文心雕龍·時序》，頁672。

者來到楚國遊說，或仕宦，故楚政壇及社會，也瀰漫著強烈的縱橫詭辯色彩。如魯‧墨翟曾說楚；齊吳起曾相楚悼王；魏人張儀則以連橫說楚；趙人荀卿，也擔任過楚蘭陵令。楚國上下既多有縱橫之士充斥，則《楚辭》作為文學不可能不受影響〔註146〕。近代學者李日剛也指出《楚辭》成立外緣因素之一，正是「乘時於辯說」，其云：「以縱橫家之抵掌騰說，其詞敷張而揚厲，委婉而善諷，屈、宋耳濡目染，自不能不乘其時而習其氣焉。」因此「騷賦詭異之想，宏麗之辭，實蒙戰國縱橫家之影響。」〔註147〕這說法是很正確的。

　　然而，就因為這些奇誕怪說，雖然讓劉勰認為《楚辭》與〈雅〉〈頌〉等體裁相比略顯平凡，然而作為辭賦在藝術特色上的凸出，卻是無庸置疑的。尤其《楚辭》雖然在體制上取法了經典，卻能有所突破，亦即能「自鑄偉辭」，正因如此才能獲得劉勰「氣往轢古，辭來切今，驚采絕豔，難與並能矣」的高度評價。另外，劉勰在〈定勢〉篇中也提及「是以模經為式者，自入典雅之懿，效〈騷〉命篇者，必歸豔逸之華。」〔註148〕據此《楚辭》豔逸華麗的特點，是更加明確的了。在於上段〈離騷〉引文，劉勰評述了《楚辭》體制的沿革與其創新處，並給予了《楚辭》極高的文學評價。另外，他也進一步論及《楚辭》的文學影響，令我們能一窺漢末至魏晉六朝《楚辭》的傳播狀況：

> 自〈九懷〉以下，遽躡其跡，而屈宋逸步，莫之能追。故其敘情怨，則鬱伊而易感；述離居，則愴怏而難懷；論山水，則循聲而得貌；言節候，則披文而見時。是以枚賈追風以入麗，馬揚沿波而得奇，其衣被詞人，非一代也。故才高者菀其鴻裁，中巧者獵其豔辭，吟諷者銜其山川，童蒙者拾其香草。若能憑軾以倚〈雅〉、〈頌〉，懸轡以馭楚篇，酌奇而不失其真，玩華而不墜其實，則顧盼可以驅辭力，欬唾可以窮文致，亦不復乞靈於長卿，假寵於子淵矣。贊曰：不有屈原，豈見離騷。驚才風逸，壯志煙高。山川無極，情理實勞，金相玉式，豔溢錙毫。〔註149〕

漢魏晉六朝後，《楚辭》漸漸成為後代文人習作的標竿，從模擬作品的大量產出，可見《楚辭》在文學上的影響力。尤其，屈原作品中的「飾辯詭麗」和

〔註146〕第三章：〈《楚辭》成立之淵源〉，《楚辭與音樂之研究》。同注53。
〔註147〕李日剛著：《中國文學史》，臺北：白雲書屋，1976年9月訂正版，頁44。
〔註148〕劉勰：《文心雕龍‧定勢》，頁482。
〔註149〕劉勰：《文心雕龍‧辨騷》，頁71。

「自鑄偉辭」，更是受到作家們極大的喜愛與學習。然而在追風入麗，沿波得奇的模擬學習中，文人卻一味追新逐奇，強調形式技巧，造成「辭人愛奇」（〈序志〉）、「率好詭巧」（〈定勢〉）的弊端，而劉勰認為這些文章的價值，已無法與屈原、宋玉相匹配了。除了提及當代學習者擬作的缺點，劉勰也將學習模仿的程度高下，分為四種：一是能吸取其體制亦即「菀其鴻裁」的才高者；二是只能掌握其文辭上，所謂「獵其艷辭」的中巧者；三是只能「銜其山川」的吟諷者，也就是一般的閱讀大眾；其四是初學的童蒙者，頂多處於「拾其香草」的階段。因此，劉勰認為寫作應先立其大，若能憑倚〈雅〉、〈頌〉的體制，自然能駕馭文辭，自然能辭藻華麗又能不失真實。這與劉勰在〈通變〉篇中所云：「暨楚之〈騷〉文，矩式周人」〔註150〕及〈比興〉篇中「楚襄信讒，而三閭忠烈，依《詩》製《騷》，諷兼比興。」的作品需依據《詩經》之語，正可相互印證。此段劉勰雖對《楚辭》有「金相玉式，艷溢錙毫」的極高評價，但重要的意義，卻是再一次強調了他的「宗經」思想，亦即能符合「經典」的文學體裁與內容，才是標準與完美的。

其他如〈通變〉中的「暨楚之騷文，矩式周人；漢之賦頌，影寫楚世。」〔註151〕更說明《楚辭》上承《詩經》的傳統，及對漢賦的影響之大。又有〈詮賦〉篇的「至如鄭莊之賦大隧，士蔿之賦狐裘，結言短韻，詞自己作，雖合賦體，明而未融，及靈均唱《騷》，始廣聲貌。然賦也者，受命於詩人，拓宇於《楚辭》也。」〔註152〕及〈明詩〉篇的「自王澤殄竭，風人輟采，春秋觀志，諷誦舊章，酬酢以為賓榮，吐納而成身文。逮楚國諷怨，則〈離騷〉為刺。」〔註153〕這些說明劉勰認為，賦之早期形式起源於屈原及其〈離騷〉，而至〈離騷〉出現後，賦之體式才顯廣大與完善，又〈離騷〉實際上繼承了《詩經》美刺的傳統。

綜合以上所述，劉勰與之前評論家相同處為：認為〈離騷〉是詩六義中「賦」的進一步發展，更延續了《詩經》的美刺傳統，這大抵與漢代王逸的看法相同。又劉勰評論《楚辭》作品時，雖已將人、文分開評論，但仍並未詳細界定騷賦兩種文體的區別。而與諸家不同的是，劉勰對《楚辭》學的確有進一步的拓展。一是：除了整理漢代諸家對屈原的評論外，也以「宗經」

〔註150〕劉勰：《文心雕龍·通變》，頁473。
〔註151〕劉勰：《文心雕龍·通變》，頁473。
〔註152〕劉勰：《文心雕龍·詮賦》，頁134。
〔註153〕劉勰：《文心雕龍·明詩》，頁66。

的觀點，進一步詳細分析「四同四異」，用以爲其不合經義的批評作解釋。二是：認爲《楚辭》中的富麗詭辯，受戰國縱橫家影響。三是評述了《楚辭》體製的沿革與其創新處，並給予《楚辭》極高的文學評價，並進一步論及《楚辭》的文學影響，及漢末至魏晉六朝《楚辭》的傳播狀況，及其遺緒「華麗侈豔」的弊病。四是他是第一個由各個角度注視《楚辭》的人，在《文心雕龍》中論述《楚辭》的文句，分布在〈辨騷〉、〈明詩〉、〈詮賦〉、〈通變〉、〈章句〉、〈比興〉、〈序志〉……等篇，雖然劉勰討論屈原或《楚辭》多由文學角度出發，直接評論屈原人格的不多，但在《文心雕龍》中，仍有論及屈原人格的文句，如〈比興〉篇云「楚襄信讒，而三閭忠烈，依詩製《騷》，諷兼比興。炎漢雖盛，而辭人夸毗，詩刺道喪，故興義銷亡。」雖主要是批判漢賦鋪采詞藻之弊，但也間接顯示對屈原人格「忠烈」的評價。

相較於漢代多對屈原人格上加以評論，劉勰則是多論述其作品的源流與影響，定位了《楚辭》在文學史的位置，顯見魏晉對《楚辭》面向的討論，愈趨精細，已將論人與論文分開評論，《楚辭》學內涵的擴大，尤其在重文學自覺的魏晉，更具獨特意義。

劉勰對《楚辭》的理論中，有沿革也有創新，對其成就與流變、影響，也有了詳細深入的探討，他的討論，確實豐富了魏晉南北朝《楚辭》學的內涵。

（十六）梁·沈約《宋書·謝靈運傳論》

沈約《宋書·謝靈運傳論》中也提及了對屈原的評論。其云：

> 周室既衰，風流彌著。屈平、宋玉導清源於前；賈誼、相如振芳塵于後。英辭潤金石，高義薄雲天。自茲以降，情志愈廣。王褒、劉向、揚、班、崔、蔡之徒，異軌同奔，遞相師祖。雖清辭麗曲，時發乎篇，而蕪音累氣，固亦多矣。若夫平子豔發，文以情變，絕唱高蹤，久無嗣響。至於建安，曹氏基命，二祖、陳王，咸蓄盛藻，甫乃以情委文，以文披質。自漢至魏，四百餘年，辭人才子，文體三變。相如巧爲形似之言，班固長於情理之說，子建、仲宣以氣質爲體，並標能擅美，獨映當時，是以一時之士，各相慕習。源其飆流所始，莫不同祖〈風〉〈騷〉。〔註154〕

〔註154〕沈約：《宋書·謝靈運傳論》。同注112，頁212。

文中「英辭潤金石，高義薄云天」論及屈原等人的文學成就與品格，皆爲正面且極高的稱譽；又再進一步論及後代擬作「蕪音累氣」的弊病，及將《楚辭》定位爲清辭麗曲之祖。文辭特色與人格被分開論述，是沈約對屈原及其作品的評論重點。

（十七）梁‧鍾嶸《詩品》

鍾嶸《詩品》爲中國第一部詩論專著，它評論漢魏以迄齊、梁的五言詩人，並有系統的論述詩作的優劣，評定其品第，其中有不少精闢的見解，與《文心雕龍》可稱爲南朝兩大文論專著。其中提及關於屈原及其作品的評論，於其序中可見：

> 氣之動物，物之感人，故搖蕩性情，形諸舞詠。……，若乃春風春鳥，秋月秋蟬，夏雲暑雨，冬月祁寒，斯四候之感諸詩者也。嘉會寄詩以親，離群托之以怨。至於楚臣去境、漢妾辭宮……凡斯種種，感蕩心靈，非陳詩何以展其義？非長歌何以騁其情？故曰：詩可以群，可以怨。（《詩品‧序》）〔註155〕

鍾嶸認爲創作貴在自然，故詩之緣起主要基於人的感知萬物。因此，舉凡人世種種遭遇，不論是親朋的嘉會、離群或楚臣去境、漢妾辭宮等等，心中感情受到激盪，而不得不用詩歌來騁情展義。於此，鍾嶸點出詩歌的本質正在於發抒人的情感。其中，「楚臣去境」指的就是屈原受讒而離開楚國一事，可見鍾嶸認爲屈原的作品，是出於內心眞摯的情感搖蕩而成詩，無怪乎鍾嶸給予他極高的評價，甚至認爲他是五言詩的濫觴。其云：「楚謠曰：『名余曰正則』，雖詩體未全，然是五言之濫觴也。」〔註156〕「名余曰正則」一句出自於屈原〈離騷〉，〈離騷〉中長短句交錯，但一段屈原自述身世的文句中，有「名余曰正則兮，字余曰靈均」兩句，全是五言組成，在當時異於《詩經》的四言，鍾嶸追溯五言詩之源頭，認爲〈離騷〉中此二句，當爲五言之開端。實則，《詩品》中將五言詩的源流劃分爲三：〈國風〉、〈小雅〉、《楚辭》，可見《詩品》對《楚辭》文學地位的重視，將之提高到與《詩》並立。其後尚有論李陵詩云：

> 其源出於《楚辭》，文多悽愴，怨者之流。陵，名家子，有殊才，生命不諧，聲頹身喪，使陵不遭辛苦，其文亦何能至此！〔註157〕

〔註155〕鍾嶸著，程章燦注譯：《詩品》，臺北：三民書局，2330年5月，頁1。
〔註156〕鍾嶸：《詩品‧序》。同註155，頁2。
〔註157〕同註155，頁1。

李陵率五千步兵與數萬匈奴戰於浚稽山,最後因寡不敵眾,兵敗投降,因此聲名頹喪,故所作詩句悽愴哀怨,是屬於抒發怨情一派。而其「不遭辛苦,其文亦何能至此」的境遇,也和屈原遭難而作〈離騷〉的背景相似。源出李陵者,又有「怨深文綺」的班姬、善為「愀愴之詞」的王粲,及「頗具王粲風格體式」的曹丕。王粲一系之下,則有「美姿儀、文辭華美」的潘岳;「辭采富盛」的張協;「體式華艷」的張華,與「善為淒戾之辭」的劉琨、盧諶。曹丕一系之下,則有「風格華靡」的應璩,及「訐直露才、託論清遠」的嵇康。其他尚有「辭多慷慨」的郭璞;風格「華美妍麗」的鮑照;文辭「風流嬌媚」的謝瞻、謝混、袁淑、王僧達、王微;「風華清靡」的陶潛、「長於清怨」的沈約、「奇章秀句」的謝朓。可見以《詩品》中鍾嶸的區分,為《楚辭》一系的作家就多達二十一人〔註158〕,並可見此系作家在風格上大多具有文辭華美、悽愴悲傷的傾向。細而論之,魏晉諸家尤重怨情抒發,而兩晉南北朝除了劉琨、盧諶尚作淒涼悲愴之辭以外,大多偏向了華靡之途。由此看來,作為悲怨文學源頭的《楚辭》,在藝術形式與風格上,對魏晉南北朝作家的影響力,是不容小覷的。

　　綜合以上三段所述,可知:其一,鍾嶸認為屈原作品真摯動人,是自然的情感抒發,肯定了屈原作品是感物而發,此觀點大抵與劉勰《文心雕龍》中所持觀點相同。其二,鍾嶸視〈離騷〉中某一段文字,為五言之濫觴,甚至認為李陵詩淵源於《楚辭》,此舉不啻標示了《楚辭》在文學史中的重要地位。以上,可知鍾嶸是單純由文學意義上來討論《楚辭》的,他並未提及屈原的「忠」的品格,只由文學角度來為《楚辭》作定位,並提及《楚辭》的影響,進一步說明它與五言詩的關係。《楚辭》繼劉勰與鍾嶸的重視後,顯見它在當時文學批評中的重要性。

（十八）梁·簡文帝蕭綱〈與湘東王書〉

　　梁·簡文帝蕭綱在其〈與湘東王書〉中云:「比見京師文體,儒鈍殊常,競學浮疏,爭為闡緩。玄冬脩夜,思所不得,既殊比興,正背〈風〉、〈騷〉。」〔註159〕這段話主要是強調文學作品當操筆寫志、吟詠情性,並批評當時京師

〔註158〕計有李陵、班姬、曹丕、王粲、嵇康、應璩、潘岳、郭璞、張協、鮑照、陶潛、沈約、張華、謝瞻、謝混、謝朓、袁淑、王僧達、王微、劉琨、盧諶共21人。

〔註159〕簡文帝蕭綱在其〈與湘東王書〉。同注112,頁479。

流行的文學浮誇華靡，於此亦顯見他對楚騷作品也是從文學上來加以肯定的。

（十九）北魏・劉獻之《北史・儒林傳》

《北史・儒林傳》劉獻之本傳載：

> 曾謂其所親曰：「觀屈原《離騷》之作，自是狂人，死其宜矣。孔子
> 曰：『無可無不可』，實獲我心。」〔註160〕

這大抵是魏晉南北朝中批評屈原最嚴厲的一段話。劉獻之閱讀完屈原作品《楚辭》後，以其情感昂烈，稱屈原為「狂人」，並認為死亡是其最好的歸宿。歷來一般評論者都認為，此乃對屈原的負面批評。然而《論語・子路》篇中，孔子曾對「狂」一字下過定義，其云：「不得中行而與之，必也狂狷乎。狂者進取，狷者有所不為也。」可見「狂」，乃指進取之人，而進取之人的缺點，乃在太過躁進、好高騖遠。如此，顯然劉獻之並未一味的譴責屈原，所謂「狂人」之解，宜指屈原乃為「進取，卻太過躁進之人」。以此解析劉獻之此話，似較為恰當。

再以劉獻之提出的「無可無不可」佐證，文意當更顯清晰。「無可無不可」出於《論語・微子》，是孔子論伯夷、叔齊、虞仲、夷逸、朱張、柳下惠、少連等隱士之處事態度與風範，其云：

> 逸民：伯夷、叔齊、虞仲、夷逸、朱張、柳下惠、少連。子曰：「不
> 降其志，不辱其身，伯夷、叔齊與？」謂柳下惠、少連：「降志辱身
> 矣，言中倫，行中慮，其斯而已矣。」謂虞仲、夷逸：「隱居放言，
> 身中清，廢中權。」「我則異於是，無可無不可。」
>
> （《論語・微子》第十八）

文中孔子認為伯夷、叔齊不屈折志節，不讓身體受辱。柳下惠、少連，犧牲自我意志，降低自我身分，然而言語切合正道，行為合於思慮。虞仲、夷逸隱居獨善，清高而放肆直言，合於權宜。最後認為自己與這些人的不同處，是依從正道，沒有什麼可以，也沒有什麼不可以。意指自己能因時、因地而權衡制宜，故處於任何環境中，都能愉快自適。

可見，劉獻之認為屈原為「狂人」之因，一為《楚辭》情感悲壯，一為屈原乃是積極之「狂人」，他不願妥協混亂俗世，亦不願獻媚小人，最終的適宜歸宿或者便是「死亡」。而劉獻之所提出認為孔子所言的「無可無不可」，

〔註160〕　《北史・儒林》（上）卷八十一、列傳第六十九。李延壽著，楊家駱主編：《北史》，臺北：鼎文書局，1980 年 3 月初版，頁 712。

才是最佳的處世態度一語，與魏晉南北朝人認為人當洞悉窮達之理，樂天知命的評論，是相當一致的。《北史·儒林傳》中稱「通《毛詩》者，多出於魏朝劉獻之。」〔註161〕、「雅好《詩》、《傳》」〔註162〕，認為士人當以德行為首，讚揚儒家入孝出悌，忠信仁讓之風〔註163〕等紀錄來看，劉獻之的確為服膺儒家「溫柔敦厚」的傳統儒士，會語出驚人的評論屈原也就不奇怪了。

（二十）北齊·顏之推《顏氏家訓》

顏之推《顏氏家訓》卷四〈文章〉云：

> （文章）至於陶冶性靈，從容諷諫，入其滋味，亦樂事也。行有餘力，則可習之。然而自古文人，多陷輕薄：屈原露才揚己，顯暴君過；宋玉體貌容冶，見遇俳優；……阮籍無禮敗俗；嵇康凌物兇終；傅玄忿鬥免官；孫楚矜誇凌上；陸機犯順履險；潘岳乾沒取危；顏延年負氣摧黜；謝靈運空疏亂紀；王元長兇賊自詒；謝玄暉侮慢見及。凡此諸人，皆其翹秀者，不能悉紀，大較如此。……每嘗思之，原其所積。文章之體，標舉興會，發引性靈，使人矜伐，故忽于持操，果于進取。今世文士，此患彌切，一事愜當，一句清巧，神屬九霄，志凌千載，自吟自賞，不覺更有傍人。加以砂礫所傷，慘于矛戟，諷刺之禍，速乎風塵，深宜防慮，以保元吉。〔註164〕

顏之推歷經世變，能身仕四朝，使家業不衰，誠然不易。《顏氏家訓》正是關於他立身為學、治家處事的心得經驗。引文中，顏之推認為文人才華洋溢，志凌千載，然而往往於文章寄寓諷刺，導致殺身之禍，故宜深慮謹慎，才能保身無虞。此文重在提出士人的「保命全身」之法，以此歸結屈原之罹禍，

〔註161〕同注160，頁711。

〔註162〕同注160，頁713。

〔註163〕時人有從獻之學者，獻之輒謂之曰：「人之立身，雖百行殊塗，准之四科，要以德行為首。子若能入孝出悌，忠信仁讓，不待出戶，天下自知。儻不能然，雖複下帷針股，躡屩從師，正可博聞多識，不過為土龍乞雨，眩惑將來。其於立身之道，有何益乎？孔門之徒，初亦未悟，見皋魚之歎，方乃歸而養親。嗟乎！先達何自覺之晚也？」由是四方學者，莫不高其行義，希造其門。同注160，頁712。

〔註164〕〈文章〉，卷四。顏之推：《顏氏家訓》，臺北：臺灣商務印書館，1986 年 2 月 2 版，頁81。李中華、朱炳祥《楚辭學史》以為此言「反映了顏之推在文化心理上的內在矛盾性，同時也是動亂之士文人精神受壓抑、被扭曲的象徵。」《楚辭學史》，湖北：武漢出版社，1996 年 10 月，頁 64。

正因爲「露才揚己，顯暴君過」。若能完整的閱讀顏之推所論，才能理解其譴責屈原之語，乃基於顏之推認爲當代文人多以才華而陷於矜伐、輕薄，導致災禍的困境，提出警告及解決之道。這也是顏之推在重視「才能之士」的南北朝，給予當代士人的誠心建議與勸告。

由以上資料可得知，魏晉南北朝屈原形象的討論範圍大多聚焦在兩個部份：（1）才能：將屈原視爲才能之士，並讚賞他高潔的品格，如摯虞、謝萬、皇甫謐、葛洪、陶淵明、劉勰、沈約、傅玄等人。這和當時人物品藻風氣，重視人的才能與風神有相當的關係。（2）生命抉擇：魏晉南北朝討論的重點在於對屈原選擇沉江的質疑。除了李康〈運命論〉直陳屈原沉湘，是無法洞悉世間窮達之理，認爲其非樂天知命者，並以「過矣」表達不認同；或劉獻之、顏之推兩人基於儒家立場，強調「全身保命」的立身之法，將屈原之失作爲反例外；其他如劉毅、曹攄等都只提出對其人生抉擇的質疑，這大抵與漢代批評屈原「露才揚己」的強烈批評風氣有顯著的不同。而這也和當代士人面對黑暗殘酷的政治與動亂，有極密切的關係。

另外，以上列所述的資料來看，魏晉南北朝對屈原形象的討論並不算少，但相較於漢朝的著重人物品格加以討論，魏晉南北朝卻將焦點漸漸轉移到屈原作品風格及影響力的論述上，並且分別論人與論文，也強調情性的重要。顯見魏晉南北朝在屈原形象的討論上，不但內容上有所擴展也更深入細密了，這些新的討論方式與觀點更加豐沛了《楚辭》學的內涵，讓《楚辭》在魏晉南北朝展現了奇異美善的風華。

整體檢視中國文學史的發展，文學作品的興衰，都與其傳播有極大關聯。藉由傳播，各朝各代的讀者能加以檢視、理解或深入感受，進而闡述或擬作，文學作品在這個過程中，才能更加充實豐茂。

魏晉南北朝正值文學自覺的時代、強調自我情性的舒展，許多作家對《楚辭》的文學精神與意義上，都有所借鑑，《楚辭》的藝術表現手法，也微妙的滲入了魏晉南北朝文學的各方面，繼而推動當代作家創作出更精妙的文學作品。

三、魏晉南北朝屈原形象的評論傾向

自東漢末年開始，品評人物的風氣便極爲盛行。而徐復觀在《中國藝術精神》一書中，也把漢末魏晉之際的人物品鑒之學，看作令中國藝術精神形

成和完善的重要關鍵。因此藉由魏晉南北朝文人對屈原的品評，作爲其形神檢視的重要標的，相信對屈原在魏晉南北朝形象的勾勒與掌握，是極具意義的。

由上文的討論，魏晉南北朝文人對屈原形象的看法，在人格的品評上，大多給予賢才及具忠心耿直品格的正面評價。如郭璞、謝萬、摯虞、蕭統……等人，他們同情屈原遭遇，也表達對屈原受讒不遇的悲憫之情。另一些人則對屈原最後選擇「沉江」提出了質疑，認爲「樂天知命」、「隱逸山林」也是面對生命困境的另一種選擇途徑。然而他們從未認爲屈原將「怨情」明揭於《楚辭》各篇章，是一種「彰顯君過」的過錯，反而看重屈原能恣意的抒發其哀怨憂鬱之情。這些實際上，都與魏晉南北朝特殊的時代風潮，與社會文化息息相關。

以下便將兩漢與魏晉南北朝對屈原形象理解的差異，分爲以下幾項加以闡述：

（一）由政治功利走向人才及文學精神、意義的探討

魏晉南北朝政壇遞嬗頻繁，且又多施以高壓政治，士人們一般對政治爭鬥並無太大興趣，忠君觀念自然就不同於兩漢大一統時代下的士人強烈。追溯大一統的漢朝，大多以政治與功利面來評論屈原，對於君王的權利與地位，有絕對尊崇，這使他們認爲屈原在文章中，怨恨君王的行爲是「不忠」的表現。兩漢士人持負面評價者，大抵將屈原視爲一個不受重用、滿腹牢騷又彰顯君過的「不遇賢臣」，即使是正面評述屈原形象者，也不脫政治面的影響。但魏晉南北朝士人對屈原形象的理解，卻多關注「人性」、「情感」與「才性」方面。

屈原在〈離騷〉與〈九章〉中哀怨的憤懣之情，在魏晉士人看來，是「恣意縱情」的表露，這顯示他們重視的是「人性化」的表現。正如《世說新語》中有〈任誕〉一類，記載魏晉名士的放達與縱情，是當代頗能體現「魏晉風度」的証明。以《世說新語》檢視名士的標準，有幾點特質，如：長於思辯、有自己的觀點；鎮定；風流；寄情山水、吟詩詠文；人性美的追求〔註165〕。尤其是「人性美的追求」更是魏晉風流的內在基礎之一。劉利華認爲：

> 魏晉士人將人性的關懷，作爲風流的內在基礎，否則只是整天醉生

〔註165〕劉利華：〈從《世說新語》看魏晉名士標準〉，新疆：《伊犁師範學院學報》（社會科學版），2012 年 6 月第 2 期，頁 89～91。

夢死的享受之徒。他們重情、重人性的觀點，打破了儒家傳統名教
的標準、規範，擺脫了社會行為的束縛，突出了自我個性，活出了
真正的自我。〔註166〕

屈原在文章中展現的「嫉惡如仇」、「哀君不寤」……等明朗果斷的個性，是
自我個性的表達，也是內心不虛情矯飾的真情流露；又在困阨的環境中，不
同流合污的清潔心志，更是保持了自我人格的獨立，相信這些都是魏晉士人
所欣賞的人物特質。

　　另外，屈原被諸多魏晉士人視為「賢臣」，也和魏晉時代重視「才性」的
風氣有關。如當代有「才性四本」〔註167〕的爭論，更有劉邵《人物志》的問
世。劉邵《人物志》是一部泛論才性的專書，首先劉邵認為「蓋人物之本，
出乎性情」（〈九徵〉第一），說明了著重「性情」。然而凡人皆是秉氣而生，
性分自然各殊，因此才能有偏。這裡劉邵正視了人物才性上的差異與複雜，
這種觀念可說「從本體論上，肯定了人的個體存在和生命價值，在客觀上，
動搖了壓抑個體生命的儒家倫理道德的基礎，無形中起到為士人們追求自由
與狂放推波助瀾的作用。」〔註168〕但劉邵也提出「凡人之質量，中和最貴矣。
中和之質必平淡無味，故能調成五材，變化應節。」（〈九徵〉）指出「中和」
才是聖人最重要的特色。上文中還能顯現道家思想的影子。而《人物志》鮮
少採取道德觀點評論人物，反而重「情性」、「才性差異」的論點，或許可以
為魏晉士人重屈原「人性」及「才性」的原因下一註腳；道家思想影響的顯
著，也能普遍解答魏晉士人對屈原寧可求死而非選擇樂天知命的質疑。

　　既然重視屈原的「才性」，也勢必會注意到他的作品，而在當代文學自覺
的影響下，自然而然的評論屈原文學中的精神與意義，也就成了魏晉士人注
意的焦點。簡而言之，屈原的形象，可說是由兩漢強調「忠臣」的「忠」，走
向魏晉南北朝聚焦於其才性展現，及文學精神、意義的探討。

（二）由專論忠貞品格走向論人、論文的分離

　　前述屈原作品中的文學精神與文學意義受到重視後，專論道德品格的評

〔註166〕同注165，頁91。

〔註167〕劉義慶撰：《世說新語‧文學》篇，鍾會撰「《四本論》」一條，南朝梁‧劉孝
　　　　標注引《魏志》云：「會論才性同異，傳於世。四本者：言才性同，才性異，
　　　　才性合，才性離也」。同注22，頁195。

〔註168〕劉強：〈論魏晉人物美學的範疇與體系〉，上海：《同濟大學學報》（社會科學
　　　　版）第23卷第6期，2012年12月，頁71。

論，也就逐漸減少了。文學的本質受到重視，在文學自覺的時代氛圍中，再加上對文體的辨析，日漸精細，實踐出來的，便是論人與論文的分離。

尤其《昭明文選》首先將騷體與其他文體分門別類，已脫離了兩漢辭賦合稱的習慣，這可謂是《楚辭》在文體學上的一大突破。實則在南朝‧梁蕭統之前，據《隋書‧經籍志》集部總集類載，還有一位孔逭著有《文苑》百卷，可惜此書已佚失不可見。其書目的編排，依宋‧王應麟《玉海》卷五四引《中興書目》有云：「孔逭集漢以後諸儒文章，今存十九卷，賦、頌、騷、銘、誄、弔、典、書、表、論，凡十屬目錄」。遺憾的是，騷類中未錄屈原作品。又有梁‧阮孝緒第一次將《楚辭》獨立成為圖書目錄種類，編於別集、總集之前，其《七錄‧文集錄》（《七錄》一書已亡佚），云：文集錄內篇四《楚辭》、別集、總集、雜文。後世的目錄學著作受它影響頗深，多遵循此例〔註169〕。

在重視「騷體」的情況下，魏晉南北朝的士人們，也由漢朝獨重〈離騷〉走向了廣泛討論《楚辭》各章的道路。他們品讀〈九歌〉，醉心於煙霧縹緲的神祇世界，感受神祇與神祇或神祇與人間纏綿悱惻的情感；或研擬〈九章〉，悲憫於屈原受讒流放，眼見楚郢都將敗亡的哀痛逾恆。可見在重「情」的魏晉南北朝，屈原的情志，也隨著他的正面形象，一併在傳播的過程中，被士人們接受了。

在由兩漢專論忠貞品格轉向魏晉南北朝論人、論文的分離的過程中，其實產生了許多微妙的變化。尤其是最晚到南朝‧梁時，「騷體」已由騷賦混雜走向了專列獨立文體，不但代表當代對於「騷體」的獨立文體地位，已被初步的認知了，也可視為魏晉南北朝在文學史，及《楚辭》學史上的一項開拓與躍進。

（三）由直截批評轉向委婉質疑

兩漢與魏晉南北朝對屈原形象解讀的差異，尚有由直截批評轉向委婉質疑。兩漢對於屈原形象解讀，是存在著批評與爭議的，尤其班固〈離騷贊序〉中所云：「露才揚己，競乎危國群小之間，以離讒賊，然責數懷王，怨惡椒蘭，愁神苦思，強非其人，忿懟不容，沈江而死，亦貶絜狂狷景行之士。」〔註170〕

〔註169〕高林清：〈論蕭統《文選》中的楚辭批評〉，《寧夏大學學報》（人文社會科學版），第34卷第4期2012年7月，頁56～61。

〔註170〕班固：〈離騷贊序〉。同註16，頁51。

他以此疾叱屈原之過，嚴厲的檢視屈原，以爲其指責君王、怨惡同僚、忿懟不容、貶低了狂狷之士等，都是他行爲的缺點。而這種強烈的批評，引起了漢代文人們對屈原形象的廣泛討論，從王侯到史官、文人都加入了討論的陣營中。

　　相較於兩漢的爭論，魏晉南北朝除了顏之推、劉獻之的論述，士人對屈原形象的解讀是較無歧異的。顏之推《顏氏家訓・文章》：「自古文人，多陷輕薄，屈原露才揚己，顯暴君過。」〔註171〕其對屈原形象的想法，大抵與班固相近，顏之推認爲屈原「露才揚己，顯暴君過」的作爲，以一個君子的氣度風範來檢視，顯得太過輕薄。實則《顏氏家訓》作爲家訓類的專書，本意便是訓勉後代子孫，提醒子孫以中正、中庸的態度，來待人處事及侍奉君長，自然批評上顯得端正嚴厲許多。而除了顏之推、劉獻之較爲激進的批評話語外，其他士人大多在論及文章風格或文學特色時，順道一提屈原的正面形象。

　　可見相較兩漢的專論屈原，及擁有龐大的群衆討論，魏晉南北朝士人顯得低調許多，可謂有「直言評屈式微」的情形。劉帥麗以爲魏晉南北朝「在這些許的批評言論中，除了隻言片語有涉及到對屈原其人的評價外，較多的還是涉及到對屈原作品中的文學性方面的評述，而這方面也僅僅包蘊在不多的幾篇關於屈賦的理論批評文獻中。魏晉文士在直接言論上，對屈原的批評爭議已經趨於衰落。」〔註172〕而雖然「直言評屈式微」，魏晉南北朝士人卻在「實踐中的隱性接受屈原」，意即「在日常行爲中普遍接受屈原、在創作中廣泛吸收屈賦的藝術成就。」〔註173〕徐志嘯更認爲「整個魏晉南北朝時期，褒揚與肯定屈原其人與作品佔著絕對優勢。」〔註174〕

　　不可否認的，《楚辭》的文學魅力精采動人，舉凡主題內容、表現手法與藝術形式，都深深影響及內化著各朝各代的文人。然而魏晉南北朝士人與其他朝代士人表現最大不同的，是在於魏晉南北朝獨特的文學審美標準。因爲生命短暫，倏忽將逝，他們重「情」，認爲屈原的困頓不遇，與自我的生命省思中，有相同的情感，因此他們藉著文辭的模擬，與屈原的精神遙相呼應。

〔註171〕北齊・顏之推：《顏氏家訓・文章》。同注19，頁29。
〔註172〕劉帥麗：《兩漢魏晉文士的屈原批評及其生存之思》，漳州師範學院碩士論文，2009年5月，頁31。
〔註173〕同注171，頁32～33。
〔註174〕徐志嘯：《楚辭綜論》，臺北：東大圖書股份有限公司，1994年6月初版，頁267。

因為爭鬥迅烈、戰亂頻仍或出身寒族，才能無法施展，這些有形體與心靈的拘束，讓他們渴望「真正的自由」，因此他們以屈原〈離騷〉與〈遠遊〉中的仙境為範本，更細膩的描述了仙境幻遊的細節，加入了長壽永生的思想，形成了為數不少的「遊仙詩」。而面對政治黑暗的肅殺氛圍，他們選擇遠離紛擾，熱衷於對人物形神的品鑒，他們期待展現「自我個性」，因此屈原在〈離騷〉中，隨意周遊天地，疾呼「九死不悔」的傲然氣概，或在〈九章〉中，娓娓陳述對鄉國之愛的深情，都讓他們迷戀不已。

以上原因都造就了魏晉南北朝士人，對屈原親近的需要，屈原對他們的吸引力主要還是形神上、內在情感上，士人們在生命經驗的自我覺醒中，找到了一種欣賞的人格模範，也找到了自我及時代需要的屈原精神。他們不像賈誼一般煩惱自苦，反而在生命的深切省思中，提供了「避世遠遊」、「樂天知命」的選項，來尋求突破生死困境，為人生找到出口，這正是魏晉南北朝標舉屈原圖像的最大價值與意義所在。

另外，從典籍資料上來看，對屈原的品評是西晉較多，而建安、東晉較少。大抵建安風骨強調任俠慷慨、梗概多氣的特色，與屈原華美哀婉的風格不同，而東晉又值玄風大盛。就南北朝相比，則是南朝多於北朝，但南北朝評屈的數量極少。雖然評屈的數量不多，但《楚辭》與屈原的影響力，卻落實在各朝代的文學作品中，魏晉南北朝的騷體作品，不論從主題內容、意象表現或語言形式上，都受到《楚辭》極大的影響。魏晉南北朝士人的擬騷之作，不論辭賦或詩歌，都在借鑑的基礎上做了微幅的修改與創新。可說他們不但發揚了《楚辭》學的傳統，還進一步在時代特殊氛圍及自我生命省思的過程中，豐富了《楚辭》學的內涵。經沉澱尤其再過濾後，擬騷之作，確實有一番嶄新的風貌呈現。

歷經了漢代經說《楚辭》或屈原評述的嚴正階段，魏晉南北朝走向了重情重美的審美批評與接受，這些都接續影響著唐宋的《楚辭》學，如唐·柳宗元評《楚辭》的「哀」（〈上揚京兆憑書〉）或「幽」（〈答韋宗立論師道書〉）〔註175〕，顯然不能不受到魏晉南北朝《楚辭》學的影響。

〔註175〕柳宗元：《柳宗元集》〈答韋中立論師道書〉：「參之穀梁氏以屬其氣，參之《孟》、《荀》以暢其支，參之《莊》、《老》以肆其端，參之《國語》以博其趣，參之《離騷》以致其幽，參之太史公以著其潔：此吾所以旁推交通，而以為之文也。」收錄《唐宋八大家全集》（第二卷柳宗元），臺北：新世紀出版社，頁295。

第四章　魏晉南北朝辭賦、駢文與《楚辭》

　　本章擬討論魏晉南北朝辭賦與《楚辭》的關係，並由討論及列舉的作品中，得出魏晉南北朝辭賦對《楚辭》題名、形式、意象、內容、功用及文辭上的借鑑與衍變。既而討論魏晉南北朝各時期辭賦，對《楚辭》的學習與背離為何？並由以上資料的梳理討論，理解在魏晉南北朝《楚辭》學中，關於辭賦方面的發展情形。本節以周殿富《楚辭源流選集——楚辭餘》（歷代騷體賦選）〔註1〕所選騷體賦〔註2〕為主，並以嚴可均校輯的《全上古三代秦漢三國六朝文》〔註3〕一書所載資料作為輔助與補充，討論範圍主要是作品形式為騷體，或作品中有擬騷形式的賦作。

第一節　魏晉南北朝辭賦對《楚辭》的借鑑

　　據周殿富《楚辭源流選集——楚辭餘》一書統計，魏晉時期的擬騷賦作

〔註1〕　周殿富：《楚辭源流選集——楚辭餘》（歷代騷體賦選），長春：吉林出版社，2003 年 1 月 1 刷，頁 69。

〔註2〕　郭建勛先生以為：「所謂騷體賦，是指採用《楚辭》的體式而又以賦稱名的作品，它是直接在戰國《楚辭》的母體中脫胎而成的。」因此他認為一些雖是賦體，卻未以賦稱名的作品，不能稱為騷體賦。郭建勛：《楚辭與中國古代韻文》，長沙：湖南師範大學出版社，2001 年 4 月一版。然筆者認為部份未以賦稱名的作品，內容純是騷體，撇開題名不論，在內容與文辭上仍具有代表性，價值亦頗有可觀處。因此本論文所選範圍作品，主要仍以「採用《楚辭》的體式而又以賦稱名的作品」為主，未以賦稱名的作品，卻有可助論文研究成果者為輔，使其達到較為完整的論述。

〔註3〕　嚴可均校輯的《全上古三代秦漢三國六朝文》雖蒐羅完整，但部分校訂上有所誤失，故論文中所引原文乃取對照後之佳者。另有《御定歷代賦彙》一書，蒐羅作品多，其以類別區分賦作，亦可提供研究分類上較清楚的認知。

多達 94 篇，其中魏有 23 篇，以曹植作品最多，共收錄 13 首；兩晉有 29 篇，以陸雲作品最多，收錄有 5 首；而南北朝有 42 篇，以江淹作品最多，共收錄 19 首。實則，應該再將周殿富本列入兩漢騷體賦的王粲（收錄 9 首）、應瑒（收錄 4 首）的作品，列入本節討論範圍，原因為兩人身分為建安時代文人，若能將其所作騷體賦一併討論，應該能使研究成果更加完整。若是因此，魏晉南北朝騷體賦將多達 107 首，與所收漢代的騷體賦 41 首，及唐宋騷體賦 104 首相較，皆可見魏晉南北朝時期文人，對《楚辭》接受的廣泛及擬作作品的豐富。本節所選作討論的作品，多是在思想內容上，或在藝術形式上，對《楚辭》有所摹擬或創新的作品，希望以此達成期望的研究目標。以下分為（一）題名與形式（二）意象與內容（三）功用與文辭三方面作為探討範圍：

一、題名與形式

在題名與形式上，主要由「亂辭」與系詩兩方面來加以討論：

（一）亂辭

《楚辭》中的一大特色，便是篇末所置「亂辭」。對於「亂辭」的解釋，如王逸《楚辭章句·離騷》注云：

> 亂，理也，所以發理詞指，總撮其要也。屈原舒肆憤懣，極意陳辭，
> 或去或留，文采紛葦，然後結括一言，以明所趣之意也。〔註4〕

王逸認為「亂辭」是用以收束文章，以總撮其要之用。因此將「亂」於文章結尾，用來總述詩人創作的原因。持此說者，還有洪興祖《楚辭補注》，其云：「《國語》云，其輯之亂，輯，成也，凡作篇章既成，撮其大要，以為亂辭也。〈離騷〉有亂，有重。亂者，總理一賦之終；重者，情志未中，更作賦也。」〔註5〕另一派說法，則是將「亂辭」視為音樂的一種專有名詞，這大抵與《楚辭》身為一種音樂文學有極大的關係。如朱熹《楚辭集注》：「亂者，樂節之名。」蔣驥《山帶閣注楚辭》卷一：「亂，樂之卒章也。」王闓運《楚辭釋》：「亂，終也，樂之終有亂，詩之終有亂。」然而不論何種解釋，它們都不致於相牴觸，而可綜合論之。因為樂章之終，本用以總結前面所述，並製造全

〔註4〕 王逸《楚辭章句·離騷注》。載洪興祖：《楚辭補注》，臺北：天工書局，1994 年 9 月，頁 67。

〔註5〕 洪興祖：《楚辭補注》，頁 67。

章高潮〔註6〕。可推知「亂辭」在形式上屬於音樂的專有名詞，而作用上是總撮文章大要。而在《楚辭》中有「亂辭」的共有六篇，爲〈離騷〉、〈涉江〉、〈哀郢〉、〈抽思〉、〈懷沙〉、〈招魂〉。

這種用以總撮文章大要的「亂辭」形式，除了在兩漢被大量使用外〔註7〕，在「亂辭」外，兩漢還發展出「系曰」、「辭曰」、「訊曰」、「重曰」等形式〔註8〕。而在魏晉南北朝騷體賦中，「亂辭」及其他形式除了被繼續模擬與使用外，文人還發展出其他更豐富的用語。

首先是嵇康的〈琴賦〉，文末採用了「亂辭」：

> 亂曰：愔愔琴德，不可測兮，體清心遠，邈難極兮。良質美手，遇今世兮，紛綸翕響，冠眾藝兮。識音者希，孰能珍兮，能盡雅琴，惟至人兮。〔註9〕

〈琴賦〉是嵇康認爲琴音有導養神氣、宣和情志、吟詠肆志，寄言廣意等功能，而且在所有樂器之中以「琴德最優」，因此作賦以爲宣揚。〈琴賦〉中則充分展現了嵇康道家養生及儒家中和的思想，如導養神氣是爲道家長生之法。而《左傳》有「君子之近琴瑟，以儀節也，非以慆心也」一說，便是說琴瑟是用以規範儀節，而不是用來享樂沉溺的。

在〈琴賦〉文末，他強調琴德最優，因此邈遠不能量度，當能遇到彈奏技術高超者，方能顯其音之美，可惜世上知音人太少，恐怕只有「至人」才能做到。顯見嵇康延續了《楚辭》以來，用「亂辭」來總撮全文要點的方式。「亂辭」部份共六句，全以七言句式組成，句尾用「兮」字作爲語氣詞，是典型對《楚辭》的借鑑。

其他襲用「亂辭」形式的，還有謝惠連的〈雪賦〉：

> 亂曰：白羽雖白，質以輕兮。白玉雖白，空守貞兮。未若茲雪，因時興滅。玄陰凝不昧其潔，太陽曜不固其節。節豈我名，潔豈我貞。

〔註6〕 關於《楚辭》作爲一種音樂文學的原因及特色，和「亂辭」爲《楚辭》的音樂性象徵，可參酌筆者所著：《楚辭與音樂之研究》，成功大學碩士論文，2004年6月，頁25。

〔註7〕 如揚雄〈甘泉賦〉、張衡〈南都賦〉、班彪〈北征賦〉、〈溫泉賦〉；王延壽〈魯靈光殿賦〉……等。

〔註8〕 約略舉例如下：「系曰」，如張衡〈思玄賦〉、「辭曰」，如馬融〈長笛賦〉、「訊曰」，如賈誼〈弔屈原賦〉、「重曰」，如班婕妤〈自悼賦〉。

〔註9〕 戴明揚：《嵇康集校注》，臺北：河洛出版社，1978年5月初版，頁110。

憑雲升降，從風飄零。值物賦象，任地班形。素因遇立，汙隨染成。

縱心皓然，何慮何營？〔註10〕

謝惠連的〈雪賦〉在六朝小賦中饒富盛名，他在文中採用主客問答的形式，並由降雪寫到雪霽天晴的景色，呈現大地一片素淨美麗的景致。最後用「亂曰」收束全文，他以爲白羽的白性輕，而白玉的白雖然性貞，卻都比不上白雪的白，能隨時行藏、因時興滅。尤其雪能與雲升降，隨風飄零，形體自由無拘，而又本心皓白，根本無須擔憂外在的影響。「亂曰」全文共二十一句，多爲四言句式，雜有七言句式，亦有使用「兮」字作文末之語氣詞。其他使用「亂辭」的還有韋承慶〈枯井賦〉、許敬宗〈遊廟山賦〉……等等。

而跟「亂辭」具相同作用的詞語，還有潘岳〈藉田賦〉的「頌曰」、江淹〈蓮華賦〉的「謠曰」、〈扇上采畫賦〉的「重曰」及謝莊〈月賦〉的「歌曰」。潘岳〈藉田賦〉：

頌曰：思樂甸畿，薄采其茅。大君戾止，言藉其農。其農三推，萬方以祇。耨我公田，實及我私。我簠斯盛，我簋斯齊。我倉如陵，我庾如坻。念茲在茲，永言孝思。人力普存，祝史正辭。神祇攸歆，逸豫無期。一人有慶，兆民賴之。〔註11〕

《晉書》載泰始四年正月丁亥，世祖初次於千畝之地親耕，因此司空潘岳作〈藉田賦〉。文末以「頌曰」作結，觀其內容，也是用以收束全文意旨，與「亂曰」有相同作用。全數共二十句，皆爲四言組成，文中並未使用「兮」字，這或許也與其爲較短的四言文句有關。

江淹〈蓮華賦〉的「謠曰」云：

秋雁度兮芳草殘，琴柱急兮江上寒。願一見兮道我意，千里遠兮長路難。若其華實各名，根葉異辭，既號芙蕖，亦曰澤芝。麗詠楚賦，豔歌陳詩。非獨瑞草，爰兼上藥。味靈丹砂，氣驗青虇。乃可棄劍海岫，龍舉雲逞，畫臺殿兮霞蔚，圖縑縞兮炳爛。永含靈於洲渚，長不絕兮川壑。〔註12〕

江淹寫作此賦的原因，由其賦文中可得知，其云：「余有蓮華一池，愛之如金。

〔註10〕 周殿富：《楚辭源流選集——楚辭餘》（歷代騷體賦選），頁 127～129。

〔註11〕 潘岳〈藉田賦〉。嚴可均校輯：《全上古三代漢魏三國六朝文》，北京：中華書局，1958 年出版，頁 1986。

〔註12〕 江淹〈蓮華賦〉。嚴可均校輯：《全上古三代漢魏三國六朝文》，頁 3149。

宇宙之麗，難息絕氣。」因此江淹以華辭麗藻描繪了蓮華之美。文末「謠曰」共二十句，多四言與六、七言，部份文句使用到「兮」字。而其〈扇上彩畫賦〉有「重曰」：「碧臺寂兮無人，蔓丹草與朱塵。度俄然如一代，經半景若九春。命幸得爲絲扇兮，出入玉帶與綺紳。」〔註13〕江淹〈扇上彩畫賦〉中鋪寫了品類繁多的彩畫裝飾與顏料，文辭相當精巧。文末「重曰」共六句，爲六、七言夾雜，亦有「兮」字的使用。

前文述及魏晉南北朝的擬騷賦作中，以江淹作品最多，實際上他的遭遇也與屈原相似。《梁書·江淹傳》記載，宋建平王景素好賢士，江淹跟隨景素在南兗州時，江淹被他人誣告牽連，關入州獄。江淹在〈獄中上書景素〉云：「昔者賤臣叩心，飛霜擊於燕地；庶女告天，振風襲於齊臺。下官每讀其書，未嘗不廢卷流涕。何者？士有一定之論，女有不易之行。信而見疑，貞而爲戮，是以壯夫義士伏死而不顧者也。」〔註14〕文中說明自己的冤情與報效國家的忠心，才被景素釋放。又後來景素欲起兵叛亂，江淹直諫認爲不可行，亦不被重視。江淹的不得志，使他很多辭賦的主題都與放逐及悲思有關，並頗近於《楚辭》「朗麗以哀志，綺靡以傷情」的風格。

南朝宋·謝莊〈月賦〉文末的「歌曰」有兩段，其中插入四句描述滿座賓客狀態的文句，再云「又歌曰」。以其內容判斷，兩段實可相互接續。其辭爲：「美人邁兮音塵闕，隔千里兮共明月；臨風歎兮將焉歇？川路長兮不可越。」〔註15〕及「月既沒兮露欲晞，歲方晏兮無與歸；佳期可以還，微霜霑人衣！」〔註16〕幾乎都是使用「兮」字的七言句。

魏晉南北朝發展出來的「亂辭」形式還有一種，就是「已矣哉（乎）」。「已矣哉（乎）」一詞源出於〈離騷〉文末的亂辭，其云：「已矣哉，國無人莫我知兮，又何懷乎故都？既莫足與爲美政兮，吾將從彭咸之所居。」魏晉南北朝時文人，直接以「已矣哉（乎）」來替代「亂辭」的用法。如：

> 已矣乎！寓形宇內能復幾時？曷不委心任去留？胡爲乎惶惶兮欲何
> 之？富貴非吾願，帝鄉不可期。懷良辰以孤往，或植杖而耘耔。登

〔註13〕江淹〈扇上彩畫賦〉。嚴可均校輯：《全上古三代漢魏三國六朝文》，頁3147。

〔註14〕《梁書·江淹傳》。唐·李延壽著、楊家駱主編：《南史》，臺北：鼎文書局，1980年3月初版，頁247。

〔註15〕周殿富：《楚辭源流選集——楚辭餘》（歷代騷體賦選），頁119。

〔註16〕周殿富：《楚辭源流選集——楚辭餘》（歷代騷體賦選），頁119。

東臯以舒嘯，臨清流而賦詩。聊乘化以歸盡，樂夫天命復奚疑？
（陶淵明〈歸去來兮辭〉）

已矣哉！春草暮兮秋風驚，秋風罷兮春草生。綺羅畢兮池館盡，琴
瑟滅兮丘壟平。自古皆有死，莫不飲恨而吞聲。（江淹〈恨賦〉）

已矣哉！秋風起兮秋葉飛，春花落兮春日暉；春日遲遲猶可至，客
子行行終不歸。（梁元帝〈蕩婦秋思賦〉）

已矣哉！波瀾動兮昧前期，庸夫蔽兮多自欺，不遠而復幸無嗟，建
功立德有常基，胸馳臆斷多失之，前言往行可爲師。（簡文帝〈悔賦〉）
〔註17〕

以上所舉之例，分析後發現「已矣哉（乎）」也都是文末用來總撮全文主旨，
可見的確相似於《楚辭》「亂辭」形式的一種運用。

總結以上魏晉南北朝對《楚辭》「亂辭」的延用情形，可發現幾個特色：

1.「亂辭」用語多元

「亂辭」的使用自《楚辭》之後，兩漢的賦也曾經使用過，如「系曰」、
「辭曰」、「訊曰」、「重曰」。但魏晉南北朝則發展出「頌曰」、「謠曰」、「歌曰」、
「已矣哉（乎）」等形式，顯見使用方式上的豐富多元與創新求變。

2.「亂辭」句式創新

以下先列出《楚辭》中各篇「亂辭」，再加以討論：

〈離騷〉：已矣哉，國無人莫我知兮，又何懷乎故都？既莫足與爲美
政兮，吾將從彭咸之所居。

〈涉江〉：鸞鳥鳳皇，日以遠兮。燕雀烏鵲，巢堂壇兮。露申辛夷，
死林薄兮。腥臊並御，芳不得薄兮。陰陽易位，時不當兮。懷信侘
傺，忽乎吾將行兮！

〈哀郢〉：曼余目以流觀兮，冀壹反之何時。鳥飛反故鄉兮，狐死必
首丘。信非吾罪而棄逐兮，何日夜而忘之！

〈抽思〉：長瀨湍流，泝江潭兮。狂顧南行，聊以娛心兮。軫石崴嵬，
蹇吾願兮。超回志度，行隱進兮。低佪夷猶，宿北姑兮。煩冤瞀容，

〔註17〕 周殿富：《楚辭源流選集——楚辭餘》（歷代騷體賦選），頁 112、145、114。
梁元帝〈蕩婦秋思賦〉，《全梁文》卷十七。錄自逯欽立：《先秦漢魏晉南北朝
詩》，北京：中華書局，1998 年 5 月 4 刷，頁 3038。

實沛徂兮。愁歎苦神，靈遙思兮。路遠處幽，又無行媒兮。道思作頌，聊以自救兮。憂心不遂，斯言誰告兮。

〈懷沙〉：浩浩沅湘，分流汩兮。脩路幽蔽，道遠忽兮。懷質抱情，獨無匹兮。伯樂既沒，驥焉程兮？萬民之生，各有所錯兮。定心廣志，余何畏懼兮？曾傷爰哀，永歎喟兮。世溷濁莫吾知，人心不可謂兮。知死不可讓，願勿愛兮。明告君子，吾將以爲類兮。

〈招魂〉：「獻歲發春兮汨吾南征，菉蘋齊葉兮白芷生。路貫廬江兮左長薄，倚沼畦瀛兮遙望博。青驪結駟兮齊千乘，懸火延起兮玄顏烝。步及驟處兮誘騁先，抑騖若通兮引車右還。與王趨夢兮課後先。君王親發兮憚青兕，朱明承夜兮時不可以淹。皋蘭被徑兮斯路漸。湛湛江水兮上有楓，目極千里兮傷春心。魂兮歸來哀江南！〔註18〕

以上，在〈離騷〉、〈涉江〉、〈哀郢〉中偶爾有雜言的出現，但仍多是以六、七言句爲主。而〈抽思〉、〈懷沙〉形式較爲特別，是以四言爲主要的形式。這種情形，原因是《楚辭》在寫作過程中，受到北方文學《詩經》的影響，《詩經》的四言詩形式提供了《楚辭》學習的範本。而屈原再進一步於《楚辭》中融入南方的、具楚地地方特色的風格，因此發展出六、七言形式爲主的《楚辭》體。至於〈招魂〉一篇，既是用於特殊儀式中的歌曲，亂辭更趨向雜言的風格，也就不奇怪了。

　　到了兩漢的辭賦，也是延續使用了《楚辭》亂辭的句式，在形式上類似一首騷體詩，仍沒有擺脫《詩經》、《楚辭》中的傳統句式的明顯印記。直到張衡〈思玄賦〉〔註19〕和馬融〈長笛賦〉〔註20〕才打破陳規，從民間歌謠中吸收了七言句式，創造了「亂辭」的新格式。雖與其他賦中所使用《楚辭》句式的「亂辭」相比，輕靈流麗方面大爲遜色，但卻是對「亂辭」語言形式

〔註18〕 洪興祖：《楚辭補注》，頁47、131、136、140、145、213。

〔註19〕 張衡〈思玄賦〉「系曰：天長地久歲不留，俟河之清祇懷憂。願得遠渡以自娛，上下無常窮六區。超逾騰躍絕世俗，飄遙神舉逞所欲。天不可階仙夫稀，松喬高時孰能離，結精遠遊使心攜。囘志揭來從玄謀，獲我所求夫何思！」周殿富：《楚辭源流選集──楚辭餘》（歷代騷體賦選），頁43。

〔註20〕 馬融〈長笛賦〉「辭曰：近世雙笛從羌起，羌人伐竹未及已。龍鳴水中不見己，截竹吹之聲相似。剡其上孔通洞之，裁以當簻便易持。易京君明識音律，故本四孔加以一。君明所加孔後出，是謂商聲五音畢。」〈全後漢文〉卷十八，嚴可均校輯：《全上古三代漢魏三國六朝文》，頁525。

進行改革的勇敢實踐〔註 21〕。本處先不論張衡〈思玄賦〉和馬融〈長笛賦〉
是否七言句式的來源，是爲對民間歌謠的吸收。但其正如程章燦所云，在句
式上七言句的形式被大大的加強了，也顯示了逐漸脫離《楚辭》朗麗綺靡之
風的趨向。

　　到了魏晉南北朝，尤其是南朝時，在「亂辭」的語言形式上，更是走向
了以七言爲主或雜言的方向。如本節所舉的江淹〈蓮華賦〉，雖是四、六、七
言爲多，但實際也雜有五言。

　　另外「亂辭」語言形式走向以七言句爲主的情形，也可由「兮」字漸
漸被「而」、「以」、「乎」等虛詞代替的痕跡看出端倪。如陶淵明〈歸去來
辭〉中「亂辭」：「懷良辰以孤往，或植杖而耘籽。登東　以舒嘯，臨清流
而賦詩。聊乘化以歸盡，樂夫天命復奚疑？」各句中的句型是「……
以……」、「……而……」，句中的「以」、「而」實際上就是用來取代「兮」
字的作用。而簡文帝〈悔賦〉中「亂辭」：「不遠而復幸無嗟，建功立德有
常基，胸馳臆斷多失之，前言往行可爲師。」則幾乎是直接將「兮」字省
略了。這雖然是對《楚辭》或騷體學習上的一種背離，但也顯示了魏晉南
北朝騷體賦逐漸與《楚辭》分開，並凸顯其獨特性，而「楚辭的地域性特
徵大爲減弱，它具有鮮明的生活化、個性化氣息，一定程度上也擺脫了漢
代騷體賦日見僵化的困局。」〔註 22〕

　　而不論是用「以」、「而」來取代「兮」字的作用，或將「兮」字直接省
略，它所彰顯的意義，便是騷體賦中楚地方特色的淡化。在《楚辭》中，「兮」
字是形成節奏最主要因素。統計《楚辭》總字數爲 15286 字，其中「兮」出
現 1038 次，多於總數的十六分之一〔註 23〕。而追溯「兮」字的起源，早在《詩
經》時便有所運用。但當時「兮」的使用，尚未有規範化的特徵。相較於《詩
經》，《楚辭》中除了句式變得曼長，「兮」也開始展現了鮮明的規範化特徵〔註

〔註 21〕 程章燦：《魏晉南北朝賦史》，江蘇：江蘇古籍出版社，1992 年 2 月一刷，頁
　　　　234～235。

〔註 22〕 孫寶：〈儒運邊轉與漢晉騷體賦體式演進〉，《西華師範大學學報》（哲學社會
　　　　科學版），2011 年 05 期，頁 10～16。

〔註 23〕 此《楚辭》指傳統屈賦的 25 篇，及〈招魂〉、〈大招〉、〈九辯〉三篇，共 28
　　　　篇。引自周秉高：〈兮字與楚辭的音樂性〉《風騷論集》，呼和浩特：內蒙古大
　　　　學出版社，1995 年 9 月一版，頁 123。

〔註 24〕 郭建勛：〈略論楚辭的兮字句〉，《中國文學研究》，1998 年第三期，頁 32～34。

24〕。所謂「鮮明的規範化特徵」即是變化靈活、參差錯落的句式，及能涵括楚地鮮明文化的符號。我們見姜亮夫之語：「吾人讀〈九歌〉，情愫宕蕩，……，此一分字之功爲不可沒云！」〔註 25〕便不難理解「兮」字在《楚辭》及楚文化中的意義。

因此，魏晉南北朝除了在「亂辭」用語的使用上愈趨多元靈活外，在其句式的創新上則有：由四言向五、六、七言等雜言體，或以七言爲主要句式上的衍變；「兮」字的逐漸消失，漸被「而」、「以」、「乎」等虛詞代替；及楚地方特色的消失。

（二）系詩

魏晉南北朝騷體賦，除了對《楚辭》「亂辭」用語及句式上有所沿用與改變外，其於賦中系詩的情形，也是對《楚辭》形式的借鑑。

「系」指聯繫，賦中的系詩是指收束賦前半段主旨大意，並將之與賦的後半段作一完整的聯繫。因此其實際功能應是作聯繫及重複提示文旨大意，而發展到兩漢及魏晉南北朝時，其自由活潑的變化及繁縟華麗的文采，目的「則是增加全賦的文采和聲韻之美」〔註 26〕。

首先追溯系詩之源，元祝堯《古賦辨體》卷二〈漁父〉篇前云：「賦尾作歌，如齊梁以來諸人所作用此篇體」〔註27〕可見〈漁父〉篇末的「歌曰：『滄浪之水清兮，可以濯吾纓，滄浪之水濁兮，可以濯吾足。』」可說是南朝賦中系詩的濫觴。而學習《楚辭》系詩最早在兩漢便出現了，漢枚乘的〈梁王兔園賦〉：「於是婦人先稱曰，春陽生兮萋萋，不才子兮心哀，見嘉客兮不能歸，桑萎蠶飢，中人望奈何！」實爲漢賦系詩的開風氣者，而班固首創一賦系數詩之例，其〈兩都賦〉篇末系詩五篇〔註28〕。

到了魏晉南北朝，賦中系詩的傳統被因襲而下，尤其是南朝的宋、齊、梁、陳四朝，賦中系詩的數量及形式更是數量眾多且變化多端。首先是謝惠連〈雪賦〉，前文提及其在賦末，已採用「亂辭」形式來收結全文旨意；但其

〔註25〕 姜亮夫〈九歌兮字用法釋例〉。姜亮夫：《楚辭學論文集》，上海：古籍出版社，1984 年 12 月第一版，頁 318。

〔註26〕 程章燦：《魏晉南北朝賦史》，頁 236。

〔註27〕 卷二〈漁父〉。元祝堯：《古賦辨體》（影印宋刊本），臺北：商務出版社，1960年，頁 14。

〔註28〕 程章燦：《魏晉南北朝賦史》，頁 236。

在篇中又採用了系詩的方式，寫作了「積雪之歌」及「白雪之歌」〔註 29〕。
到了南朝的江淹，其〈學梁王兔園賦〉〔註 30〕，其序云：「聊爲古賦，以奪枚
叔之制焉。」明確說明模擬枚乘〈梁王兔園賦〉的意圖，特別的是他以連續
系了三首歌謠來收結全篇，「這表明南朝人的賦中系詩正在向功能和形式的多
樣化發展。」〔註 31〕

　　首先我們先將爲晉南北朝辭賦中系詩的情形作一個統整，我們發現大約
有幾種情形：

1. 單一系詩：辭賦中爲單一系詩，置於賦末，用語上爲「歌曰」者。其
   功用大抵與本文先前所述的「亂辭」相同，因此可直接視爲「亂辭」
   用語的變化與發展。此類有宋孝武帝〈華林清暑殿賦〉（〈全宋文〉卷
   五）、鮑照〈蕪城賦〉（〈全宋文〉卷四十六）、謝莊〈月賦〉、〈舞馬賦〉
   （〈全宋文〉卷三十四）……等。

2. 系詩不只一首，加上「亂辭」：如謝惠連之〈雪賦〉。

3. 系詩二首以上：江淹〈學梁王兔園賦〉。

　　以此歸類來看，南朝文人的賦中系詩的確呈現了多樣化的發展，但這絕
對不是兩漢或魏晉南北朝文人的創舉。在討論系詩的同時，不能只討論到〈漁
父〉一篇，《楚辭》中的〈抽思〉更值得作爲討論的材料。〈抽思〉是一篇極
爲特殊的作品，因爲其篇中有「少歌」、「倡」、「亂」三種形式結構的應用。《楚
辭》有「少歌」的，也唯有〈抽思〉一篇，而關於「少歌」，近人殷光熹云：

　　　從內容（少歌）看，當是一篇中某個部份的小結，或樂章中的小高
　　　潮，點出了前半部份的主題。從形式上看，節奏與前邊相類似，但
　　　它的曲調帶有過渡性質，或承前啓後的作用。〔註 32〕

可見，「少歌」的用途與功效，是作爲文章中的小結或高潮，以點明主題。而
關於「倡」，王逸《楚辭章句》云：「起倡發聲，造新曲也。」〔註 33〕朱熹《楚

〔註 29〕 程章燦：《魏晉南北朝賦史》，頁 127。
〔註 30〕 〈全梁文〉，卷三十三。江淹〈學梁王兔園賦〉。嚴可均校輯：《全上古三代漢
　　　　魏三國六朝文》，頁 3145。
〔註 31〕 程章燦：《魏晉南北朝賦史》，頁 239。
〔註 32〕 殷光熹：〈楚辭在藝術形式上的地方特色〉《楚騷——華夏文明之光》，昆明：
　　　　雲南大學出版社，1990 年 10 月第一版，頁 26。
〔註 33〕 東漢・王逸《楚辭章句》：「起倡發聲，造新曲也」。洪興祖：《楚辭補注》，頁
　　　　139。

辭集注》：「倡，亦歌之音節，所謂發歌句者也。」〔註34〕王夫之《楚辭通釋》
云：「少歌、倡，皆古人歌曲之節。」〔註35〕王逸、朱熹皆解其爲「歌之音節」，
王夫之則認爲是「楚歌的歌節」。以三人所說的音樂角度來看，可推測「倡」
當是樂章結構的一部份，在演奏時配合「少歌」或「亂辭」，以創造出更繁盛
的效果〔註36〕。洪興祖《楚辭補注》曾總結三者在〈抽思〉中的作用：

> 此章有少歌，有倡，有亂。少歌之不足，則又發其意而爲倡，獨唱
> 而無與和也，則總理一賦之終，以爲亂辭云爾。〔註37〕

洪興祖認爲「少歌」、「倡」、「亂」三者有相互補足的功用，當「少歌」不足
闡發文旨大意時，便用「倡」來作一個相和的動作；最後再以「亂辭」作一
完整及強調的收束。可見「少歌」、「倡」、「亂」三者雖然名稱不同，在音樂
結構的用法上也不盡相同，但就文章字句的意義上來說功能還是一致的。而
這種形式，衍變到魏晉南北朝，以其歷史性、功能性、摹擬性等各項線索所
指，相信便是賦中系詩二首以上加上「亂辭」；或系詩二首以上兩種類型最早
學習的典製。

　　我們先試以謝惠連〈雪賦〉中兩首系詩來看，其云「有懷妍唱，敬接末
曲。」於是乃作而賦積雪之歌：

> 歌曰：攜佳人兮披重幄，援綺衾兮坐芳褥。燎薰鑪兮炳明燭，酌桂
> 酒兮揚清曲。又續寫而爲白雪之歌。歌曰：曲既揚兮酒既陳，朱顏
> 酡兮思自親。願低帷以昵枕，念解珮而褫紳。怨年歲之易暮，傷後
> 會之無因。君寧見階上之白雪，豈鮮耀於陽春。〔註38〕

「積雪之歌」描述了佳人在雪中的衣物之穿戴及飲宴中明燭熒熒，美酒佳
餚的情況，是辭賦中寫明麗雪景外，欲進一步引導文章到人性情感的過渡。
而「白雪之歌」是續寫用以補足「積雪之歌」所欲陳述不足的部份，它說
明了在雪景及歡會中，人們對青春年華易逝的埋怨，及歡會後的離別愁苦。

〔註34〕 朱熹《楚辭集注》：「倡，亦歌之音節，所謂發歌句者也」。收錄於朱熹：《朱
　　　　子全書》，上海古籍出版社，頁 100。

〔註35〕 王夫之：《楚辭通釋》，臺北：廣文書局，1972 年 10 月三版卷四〈九章〉，頁
　　　　79。

〔註36〕 《楚辭與音樂之研究》第四章〈楚辭與音樂的結合〉。林雅琪：《楚辭與音樂
　　　　之研究》，頁 29。

〔註37〕 〈抽思〉。洪興祖：《楚辭補注》，頁 202。

〔註38〕 程章燦：《魏晉南北朝賦史》，頁 127。

足見其作用，是加強氣氛的烘托。最後我們再結合前文所討論的〈雪賦〉
賦末「亂辭」，它用以總結全文，並帶出作者個人的見解。以此對照〈抽思〉
中「少歌」、「倡」、「亂」三者，可見其除了名稱使用不同，但作用都是相
同的。

再以江淹〈學梁王兔園賦〉三首系詩來檢視，其與〈抽思〉中的「少歌」、
「倡」、「亂」三者之作用之相關性及同異：

> 謠曰，碧玉作椀銀爲盤，一刻一鏤化雙鸞。乃報歌曰：美人不見紫
> 錦衾，黃泉應至何所禁。妃因別曰：見上客兮心歷亂，送短詩兮懷
> 長歎。中人望兮蠶既饑，躞蹀暮兮思夜半。〔註39〕

江淹〈學梁王兔園賦〉首先描述了兔園的風景，其云：「朝日晨霞兮絕紅壁，
仰望沉寥兮數千尺。……奔水激集，瀴溟潔渠。瀆湟吐吸，跳波走浪。」接
著描述士大夫之徒，稱詩而歸。而此時在園林中，偶然遇見邯鄲麗人，她蕙
色玉質，作者雖守禮自持，仍感受到悵然若失之感。因此先用「謠曰」中玉
和銀的意象，點明麗人之美。而「歌曰」則補充說明美人的心情與愁思，最
後以「別曰」總結說明美人的心思之紛亂。這一層層的氣氛的烘托與情景補
充，堆疊出一幅愁思美人圖，也將文章主題由兔園美景，成功帶領到個人情
感的鮮明抒發中，顯見南朝辭賦重視情感的特色。當然，這與三首系詩與〈抽
思〉中「少歌」、「倡」、「亂」三者的作用也是相似的。

但此篇的跳脫之處，則在於賦中對情感的加強渲染及答問形式的明確，
這的確是魏晉南北朝賦中，系詩與《楚辭》最大的不同。

再以江淹的〈去故鄉賦〉的賦中系詩爲例，其有二首系詩，一爲「少歌
曰」；一爲「重曰」，茲附錄其下：

> 少歌曰：芳洲之草行欲暮，桂水之波不可渡。絕世獨立兮，報君子
> 之一顧。是時霜翦蕙兮風摧芷，平原晚兮黃雲起。甯歸骨於松柏，
> 不買名於城市。若濟河無梁兮，沈此心於千里。

> 重曰：江南之杜蘅兮色以陳，願使黃鵠兮報佳人。橫羽觴而淹望，
> 撫玉琴兮何親。瞻層山而蔽日，流餘涕以沾巾。恐高臺之易晏，與
> 螻蟻而爲塵。〔註40〕

〔註39〕 〈全梁文〉，卷三十三，江淹〈學梁王兔園賦〉。嚴可均校輯：《全上古三代漢
魏三國六朝文》，頁3145。
〔註40〕 江淹〈去故鄉賦〉。嚴可均校輯：《全上古三代漢魏三國六朝文》，頁3143。

江淹的〈去故鄉賦〉寫的是他年輕時，被貶謫時的失意與思鄉之情。第一首系詩，便表達了與故鄉空間上的遙遠阻隔，又說自己如同蕙、芷一般，被寒霜與狂風（小人）摧折，但即使再想念故鄉，正如同欲渡河卻缺乏舟楫的人一樣，毫無辦法。由第一首系詩的「少歌曰」便可證明，魏晉南北朝文人對《楚辭・抽思》的「少歌曰」，不但不陌生，還能成熟的學習與應用在文章。一方面除了可以知道江淹的文章多有對《楚辭》的借鑑外，亦可證明在魏晉南北朝時代《楚辭》的傳播，必定極廣也持續不斷。第二首系詩，則再度表達對故鄉的思念，他以流涕沾巾加強了思鄉的情感，也表達了對人生不安的哀嘆。其用意可看得出，是用以補充烘托第一首系詩。

　　總結魏晉南北朝辭賦中系詩的狀況，我們得以理解：系詩是由《楚辭・漁父》中發展而出的傳統，經過兩漢到了魏晉南北朝已發展出更靈活的運用方式。而關於賦中系詩超過兩首以上，或加上「亂辭」形式的辭賦，相信對《楚辭・抽思》中「少歌」、「倡」、「亂」再三反覆致意的用法，作了借鑑，他們的作用是極為相同的，都是用以反覆加強與烘托主旨、情感與氣氛。除此之外，其他系詩名稱的發展，如歌、謠等風格上，還呈顯出一種清新搖曳，辭采秀麗的重點，這正是它所承受的《楚辭》傳統，及吳歌西曲等南朝民歌的影響，和當時的新變體都有關係〔註41〕。

　　關於「亂辭」用語，及句式上的改變及賦中系詩，程章燦《魏晉南北朝賦史》則指出這是「賦的詩化的早期表現，可稱為局部詩化階段〔註42〕」。這些文學體裁、特色的細微改變，都顯示了魏晉南北朝騷體賦，在擬騷作品中的求新求變，及其作為《楚辭》學發展中的重要價值表徵。

二、意象與內容

　　所謂「意象」，李元洛《詩美學》中的闡釋為：

意象，如同詩歌創作與批評中的興象、氣象、情景、意境等詞一樣，在漢語的構詞法中，都是先抽象後具象的複合名詞，它包括抽象的主體的「意」與具體的客觀的「象」，是「意」（詩人主觀的審美思想與審美感情）與「象」（作為審美客體的現實生活的景物、事象與

〔註41〕程章燦：《魏晉南北朝賦史》，頁240。
〔註42〕程章燦：《魏晉南北朝賦史》，頁233。

場景）在文學的第一要素——語言中的和諧交融與辯證統一，這種
交融與統一，就是意象美所誕生的搖籃。〔註43〕

李元洛指出「意象」必須在詩人主體的「意」與環境客觀的「象」雙向條件
下，經過必要的審美的過程，將思想、感情與環境景物作出結合，當其能交
融與統一，才會產生美的意象。這將意象的生成原因，歸類於作者思想角度
與作者生存環境中所見、所遇的情感交會中，所產生的美感體驗。這樣的解
析，其實很能代表中國文學中意象的產生。中國文學很早便開始使用意象來
表達作者的所欲所指，又因為作者擅於將抽象的「意」，寄託於具體的「象」
之中，造就了許多且豐富靈動的意象。而談論到意象的豐贍，不能不注意到
《楚辭》。

關於《楚辭》的意象，因為豐富多元的展現作者主體的感情與審美思考，
並賦予無情之物寄託的寓意，因此成為了後代文學仿製的典範。而《楚辭》
在意象上的特殊，早在西漢司馬遷時便已經注意到了，其《史記·屈原列傳》
曰：

> 上稱帝嚳，下道齊桓，中述湯、武、以刺世事。明道德之廣崇，治
> 亂之條貫，靡不畢見。其文約，其辭微，其志潔，其行廉。其稱文
> 小而其指極大，舉類邇而見義遠。〔註44〕

司馬遷認為文中所列舉的帝嚳、湯、武、齊桓等先聖先賢們，用意是在藉此
以「指大」、「見遠」，又因為使用到這些特殊人物所代表的意象，因此可以文
約辭微的表明作者心志。而屈原要陳述的自然是藉這些帝嚳、湯、武、齊桓
的意象，來闡明自己忠君愛國之志。

之後，王逸更進一步注意到個別意象的分析。其《離騷序》云：

> 〈離騷〉之文，依《詩》取興，引類譬諭，故善鳥香草，以配忠貞；
> 惡禽臭物，以比讒佞；靈修美人，以媲於君；宓妃佚女，以譬賢臣；
> 虬龍鸞鳳，以託君子；飄風雲霓，以為小人。〔註45〕

王逸將〈離騷〉中的意象，作了簡單的分類與歸納，他總結出〈離騷〉中「善
鳥香草」、「靈修美人」、「虬龍鸞鳳」等三大意象系統，而這些意象系統，讓

〔註43〕 李元洛：《詩美學》，臺北：東大圖書公司，2007 年 7 月，頁 141。
〔註44〕 《史記·屈原賈生列傳》。瀧川龜太郎著：《史記會注考證》，臺北：文史哲出
版社，1993 年 10 月初版，頁 983。
〔註45〕 洪興祖：《楚辭補注》，頁 2～3。

我們更注意到屈原藝術技巧的高妙，也象徵文人開始對屈原所使用的意象，有了更深入的理解與認識。尤其藉由寄寓遙深的意象，我們彷彿更能理解與感受屈原九死不悔的堅貞心志。這些精煉隱微的意象，在經過後代文人閱讀後，產生了極大的共鳴，不但成爲創作文章的典範標準，還有對其意象的拓大與改造。而熱衷於對《楚辭》意象的使用與拓大，這是因爲讀者與作者都對此有著先備的認識，其所聯繫起來的，是許許多多的文化積澱，所以可以用最少的字數，喚起最多的情思〔註46〕。

到了對文學具有高度自覺意識的魏晉南北朝，文學內容與藝術技巧被更深入的理解，尤其在辭賦文類上經歷兩漢的高度重視與創作，文人對《楚辭》意象的繼承使用與改造拓大，有更令人驚異的表現。

總結魏晉南北朝之前文學理論的《文心雕龍》，便提供我們檢視的最佳材料，於其中我們能把握當代辭賦對《楚辭》意象的理解與使用情況。劉勰《文心雕龍·辨騷》：

> 陳堯舜之耿介，稱湯武之祗敬，典誥之體也；譏桀紂之猖披，傷羿澆之顛隕，規諷之旨也；虯龍以喻君子，雲蜺以譬讒邪，比興之義也；每一顧而掩涕，歎君門之九重，忠恕之辭也。〔註47〕

〈辨騷〉中的「騷」指的是《楚辭》一書，因《漢書·藝文志》有屈原賦二十五篇，二十五篇中〈離騷〉爲最重，後人因以騷名其全書〔註48〕。〈辨騷〉中劉勰以典誥之體、規諷之旨、比興之義及忠恕之辭，分析《楚辭》與儒家經典相同的地方。以其所言，大抵由體製、功用、修辭、內容四點來分析，劉勰以爲《楚辭》的體製近於《尚書》的典誥，功用上具備《詩經》的諷誡勸喻，修辭上有《詩經》的比、興之法，而內容上是《詩經》中忠而懷怨的內容，而以《尚書》、《詩經》來對比《楚辭》，明顯是基於他「體聖宗經」的儒家思想。以上段落，雖然並非以意象角度來切入，但所提及的堯舜、湯武、桀紂、羿、虯龍、雲蜺……等，在後代文學不斷的摹仿中，早已成爲鮮明的意象。顯然，劉勰是將「意象」當成「比、興之法」來說明的。

〔註46〕仇小屏：《篇章意象論──以古典詩詞爲考察範圍》，臺北：萬卷樓圖書公司，2006 年 10 月，頁 249。
〔註47〕劉勰：《文心雕龍》，臺北：宏業書局，1975 年 2 月，頁 58。
〔註48〕劉勰：《文心雕龍》，頁 48。

　　劉勰這四個分類至少讓我們理解，在劉勰的時候，不但能兼顧《楚辭》的內容與形式，也揭露在《楚辭》的內容或形式裡，處處都流洩著豐富意象的使用。尤其以劉勰寫作〈辨騷〉的背景來看，以〈離騷〉為代表的《楚辭》直接影響了兩漢、魏晉南北朝辭賦駢文的產生與發展，是具有承先啟後意義的特殊文體。因此〈離騷〉在歷時的流轉中已被賦予經典的地位，作為特定時代背景下的劉勰，便認為要「談文」必先「辨騷」〔註49〕。而對於當時文壇上「自〈九懷〉以下，遽躡其跡，而屈宋逸步，莫之能追。」及侈艷的流弊，劉勰更是欲藉〈辨騷〉來作出指正。以上，說明了《楚辭》對魏晉南北朝辭賦的重大影響，及其意象被重視的情形。那麼到底魏晉南北朝辭賦中，對《楚辭》意象的使用是如何繼承借鑑或改造創新？

　　《楚辭》具有南楚鮮明的地方特色，想像豐富，逸興遄飛，因此其意象一直都是研究《楚辭》的學者相當關心的部份。在《楚辭》意象的分類上，游國恩分為十項：（1）以栽培香草比延攬人才。（2）以眾芳蕪穢比好人變壞。（3）以善鳥惡禽比忠奸異類。（4）以舟車駕駛比用賢為治。（5）以車馬迷途比惆悵失志。（6）以規矩繩墨比公私法度。（7）以飲食芳潔比人格高尚。（8）以服飾精美比品德堅貞。（9）以擷采芳物比及時自修。（10）以女子身分比君臣關係〔註50〕。蘇慧霜則將其簡單分為：美人、香草、禽鳥等三種意象，題材上則區分為神女、悲秋、遊仙、不遇、紀行五類，並分別論述其意象及題材的發展與衍變〔註51〕。羅建新則將《楚辭》的意象類型分為物象與事象兩種，物象之下再分自然物象、人工物象兩類；事象之下則分為實存事象、虛擬事象兩類。本論文擬奠基於學者對《楚辭》取象類型的研究成果，用較簡單易懂的分類，來檢視並討論魏晉南北朝對《楚辭》意象的使用，及所創作的辭賦內容表現情形。

　　《文心雕龍·詮賦》：「賦者，鋪也，鋪采摛文，體物寫志也。」說明了所謂「賦」是需要文采與情志抒發兩方面條件作用下才能產生的。劉勰又說

〔註49〕 宋菲：〈《文心雕龍·辨騷》篇要旨探微〉，《長城》編輯部，2012 年 10 期，頁109～110。

〔註50〕 游國恩〈論屈原文學的比興特徵〉。游國恩此處未言「意象」，是以「比興」舉例，但實際上所舉之例及歸納種類與意象無異。游國恩：《楚辭論文集》，臺北：九思出版社，1977 年 11 月一版，頁 206。

〔註51〕 蘇慧霜：《騷體的發展與衍變——從漢到唐觀察》，臺北：文津出版社，2007年 4 月一刷。

「及靈均唱《騷》，始廣聲貌。然賦也者，受命於詩人，而拓宇於《楚辭》也。」
（《文心雕龍・詮賦》）〔註52〕認為《楚辭》拓展了《詩經》以來賦的傳統，
這番話給予了《楚辭》在辭賦中極重要的地位。以上是關於辭賦的基本意涵
及賦的發展衍變。

　　而如何將賦寫得好，〈詮賦〉篇中則提到「至於草區禽族，庶品雜類，則
觸興致情，因變取會，擬諸形容，則言務纖密；象其物宜，則理貴側附；斯
又小制之區畛，奇巧之機要也。」〔註53〕指的是草木禽獸及各種物類，能觸
動作者興致引起創作情感，當將感情與外物加以結合，並以細緻周密的語言
來描摹事物外貌，體現事物內在意義，並貴在從側面說出，這就是把小賦寫
得新奇小巧的關鍵。《文心雕龍》作為一部「體大思精」，總結魏晉以前文學
理論的專書，我們看見劉勰對文章意象與辭賦寫作的重視，這與當代辭賦創
作風氣盛行，及當代辭賦的弊病是有極大關係的。

　　魏晉南北朝辭賦在意象的使用上，一方面延續了《楚辭》意象，如美人、
香草、禽鳥等常見的創作主題；其他如神女、悲秋、遊仙、不遇、紀行……
等也是魏晉南北朝士人學習模擬的材料。以周殿富《楚辭源流選集——楚辭
餘》所收的魏晉南北朝騷體賦來看，大致上有：

1. 美人神女類：王粲〈神女賦〉、曹植〈洛神賦〉、江淹〈水上神女賦〉、
   〈麗色賦〉、蕭繹〈採蓮賦〉。
2. 香草植物類：曹植〈迷迭香賦〉、王粲〈迷迭賦〉、鍾會〈菊花賦〉、
   傅玄〈柳賦〉、〈桃賦〉、〈李賦〉、〈鬱金賦〉、〈芸香賦〉；
   伍輯之〈柳花賦〉、夏侯湛〈浮萍賦〉、〈芙蓉賦〉、〈宜男
   花賦〉、〈石榴賦〉、梁簡文帝〈梅花賦〉；江淹〈蓮華賦〉、
   〈青苔賦〉、〈金燈草賦〉、潘尼〈安石榴賦〉。
3. 禽鳥動物類：曹丕〈槐賦〉、〈鶯賦〉；曹植〈離繳雁賦〉、〈鷂雀賦〉、〈蟬
   賦〉；阮籍〈獼猴賦〉、孫楚〈雁賦〉、羊祜〈雁賦〉、傅
   咸〈螢火賦〉、成安〈鳥賦〉、梁元帝〈鴛鴦賦〉、徐陵〈鴛
   鴦賦〉、謝朓〈野鶩賦〉、何遜〈窮鳥賦〉、陳後主〈夜亭
   度雁賦〉、應瑒〈愍驥賦〉、傅玄〈儀鳳賦〉、桓玄〈玄鶴
   賦〉。

〔註52〕 劉勰：《文心雕龍》，頁134。
〔註53〕 劉勰：《文心雕龍》，頁134。

4. 自然歲時類：曹植〈愁霖賦〉、〈秋思賦〉；傅玄〈大寒賦〉、夏侯湛〈秋可哀賦〉、潘越〈秋興賦〉、陸雲〈愁霖賦〉、〈喜霽賦〉；梁簡文帝〈晚春賦〉、謝惠連〈雪賦〉、湛方生〈秋夜賦〉、梁元帝〈臨秋賦〉、江淹〈赤虹賦〉。

5. 園林記遊類：王粲〈登樓賦〉、〈遊海賦〉、〈浮淮賦〉；曹植〈遊觀賦〉、〈登臺賦〉、摯虞〈思游賦〉、陸雲〈登臺賦〉、郭璞〈登百尺樓賦〉、謝朓〈遊後園賦〉、〈臨楚江賦〉；鮑照〈蕪城賦〉、江淹〈學梁王兔園賦〉、庾信〈小園賦〉

6. 情志抒寫類：王粲〈傷夭賦〉、曹丕〈感離賦〉、向秀〈思舊賦〉、陸機〈嘆逝賦〉、梁簡文帝〈悔賦〉；江淹〈傷友人賦〉、〈傷愛子賦〉、〈恨賦〉、〈別賦〉。

（一）題材多元，內容深拓

首先就其題材來討論，魏晉南北朝的辭賦題材相當多元廣泛；尤其在借鑑《楚辭》及歷經兩漢的辭賦題材後，還能有所變化與改造。如在美人神女類辭賦上的創新，其一是由對神女的愛戀轉為對麗人的描寫。其二他們關注的眼光，已不止是落在傾心追慕卻遙不可及的神女上，而是落在社會生活中現實的人物，如寡婦、棄婦、出婦，甚至是娼婦。如江淹〈麗色賦〉，描寫了一個絕世獨立、翠眉赬唇的東方佳人：

> 既翠眉而瑤質，亦盧瞳而赬唇。灑金花於珠履，颯綺袂與錦紳。色練練而欲奪，光炎炎其若神。非氣象之可譬，奚影響而能陳。故仙草靈葩，冰華玉儀。其始見也，若紅蓮鏡池；其少進也，如綠雲出崖。五光徘徊，十色陸離。寶過珊瑚同樹，價值瓊草共枝。〔註54〕

他先以「金花」、「珠履」、「綺袂」、「錦紳」等極其華麗的服飾，來塑造絕色麗人；再用紅蓮在皎潔的池水中，及像彩雲出崖一般斑斕兩個色彩豐富的比喻，來形容麗人的容貌之美。至此，「美人」的意象與《楚辭》中的「美人」，已經截然不同了。

追溯「美人」意象的起源，在《詩經》中已經出現，但到了《楚辭》用「美人」意象來指陳國君或賢臣，才形成了所謂「香草美人」的傳統。在漢魏文人中，其實「美人」意象大多還是遵循著《楚辭》的傳統，用無法追尋

〔註54〕 周殿富：《楚辭源流選集——楚辭餘》（歷代騷體賦選），頁138～139。

的神女，來表達忠君戀鄉之情，或象徵心中不可企及的理想。如曹植〈洛神賦〉形容洛神的樣貌：「其形也，翩若驚鴻，婉若遊龍。榮曜秋菊，華茂春松。髣髴兮若輕雲之蔽月，飄颻兮若流風之回雪。遠而望之，皎若太陽升朝霞；迫而察之，灼若芙蕖出淥波。」〔註55〕塑造的就是一種縹緲、虛無又美麗的神女形象。可惜憤恨的是「人神之道殊兮」，最後只能夠命令僕夫打道回府，只留下徒然的悵愁。其中追慕洛神不可得，及人神道殊的情節，都頗有〈離騷〉及〈九歌〉的韻味。王粲〈神女賦〉描寫希世無群的神人，說她「朱顏熙曜，曄若春華。口譬含丹，目若瀾波。美姿巧笑，靨輔奇葩。」〔註56〕可惜佳人雖難遇，但一遇卻也只能長別了。大抵漢魏美人神女賦，和《楚辭》相較之下，顯然都著力於對美人神女容貌情態上的摹寫，雖然意象及內容意旨尚殘存些《楚辭》的情韻，卻顯現了變化的徵兆。

及至江淹，「六朝時期，由於政治的黑暗腐敗，封建貴族所崇尚的宮體詩歌大盛。文人們紛紛趨而從之，不再關心政治，只是貪圖享樂，大量創作柔靡豔麗的宮體詩歌。雖然此時描繪女性的作品很多，但是都是把美人當作現實生活中欣賞的物件。因此，在六朝時期『美人』這一意象由象喻性回到了對現實生活中香豔美人的描繪。」〔註57〕顯示其意象的抒寫，是在「抒情言志」減少，「**豔麗**」風貌更增的變革軌跡〔註58〕。

潘岳的〈寡婦賦〉則表達了對喪夫女子的悲憫，並稱讚了她高貴自持的良好品行：

> 嗟予生之不造兮，哀天難之匪忱。少伶俜而偏孤兮，痛忉怛以摧心。
> 覽寒泉之遺歎兮，詠蓼莪之餘音。情長感以永慕兮，思彌遠而逾深。
> 伊女子之有行兮，爰奉嬪於高族。承慶雲之光覆兮，荷君子之惠渥。
> 顧葛藟之蔓延兮，託微莖於樛木。懼身輕而施重兮，若履冰而臨谷。
> 遵義方之明訓兮，憲女史之典戒。〔註59〕

全詩以「兮」字句作為主要句型，「兮」字停頓及舒緩語氣的作用，使得這篇

〔註55〕周殿富：《楚辭源流選集——楚辭餘》（歷代騷體賦選），頁73。
〔註56〕卷九十。逯欽立：《先秦漢魏晉南北朝詩》（《全後漢文》），北京：中華書局，1998年5月4刷，頁960。
〔註57〕劉燕：《先秦漢魏六朝美人意象研究》，河北大學碩士論文，2010年5月，頁38。
〔註58〕蘇慧霜：《騷體的發展與衍變——從漢到唐觀察》，頁128。
〔註59〕周殿富：《楚辭源流選集——楚辭餘》（歷代騷體賦選），頁94。

賦充滿了濃厚悲傷的情思。而這篇〈寡婦賦〉是潘岳有感於「良友既沒，何痛如之！其妻又吾姨也，少喪父母，適人而所天又殞。（序）」所作，可見賦的主題與政治、教化等等無關，完全呈現了個人化感情的抒發，是極為生活化的題材。這又是美人神女賦意象上的一種變形了。

　　魏晉南北朝關於香草植物類的賦作，也在《楚辭》「香草」意象的傳統上，有了些微的變化。王逸《楚辭章句・離騷序》：「善鳥香草，以配忠貞」，《楚辭》中的「香草」意象，多是用來表示屈原自身品格的高潔不染，及其美善的德性。如〈離騷〉中出現的香草意象，據統計就有蘭、芷、椒、蕙、荃等主要意象，另尚有江離、留夷、揭車、杜蘅、宿莽、秋菊、木根、薜荔、芰荷、芙蓉、申椒、菌桂等次要意象，還有惡草茅、蕭、艾、薋、菉、葹等〔註60〕。更不用說在楚祭祀歌曲〈九歌〉中，頻繁且重複出現的植物種類了。及至魏晉南北朝，曹植有〈迷迭香賦〉：

> 播西都之麗草兮，應青春而發暉。流翠葉于纖柯兮，結微根於丹墀。
> 信繁華之速實兮，弗見凋于嚴霜。芳暮秋之幽蘭兮，麗崑崙之芝英。
> 既經時而收采兮，遂幽殺以增芳，去枝葉而特御兮，入綃縠之霧裳。
> 附玉體以行止兮，順微風而舒光。〔註61〕

《廣志》曰：「迷迭出西域。」〔註62〕除魏陳王曹植外，曹丕、王粲、應瑒、陳琳皆作有〈迷迭香賦〉，為當時同題共作的題材，但獨曹植、曹丕〔註63〕之作品為騷體賦。曹植此賦型製短小，通篇講述迷迭香的形態，並認為它可香同幽蘭、麗若英芝，而經過除去枝葉的動作後，還可配戴在身上。此賦曹植強調的是對迷迭香形態及功用的描寫，並未觸及指涉或隱喻，顯見已經開始和《楚辭》「善鳥香草，以配忠貞」的傳統產生了背離，辭賦描述的主體，已成了對日常生活中某些物象的感觸，因而加以記錄的摹寫。據《藝文類聚》記載，魏也是最早出現〈迷迭香賦〉賦作題材的時代〔註64〕。

〔註60〕　詹詠翔：《楚辭意象論》，成功大學中文所碩士論文，2010年7月，頁81～82。

〔註61〕　〈全三國文〉。嚴可均校輯：《全上古三代漢魏三國六朝文》，頁1128、1129。

〔註62〕　據趙幼文《曹植集校注》引《魏略》云：「大秦出迷迭（《魏志・四夷傳》裴注引）」又引王粲〈迷迭賦〉：「產崑崙之極幽」則迷迭蓋西域所產，頁140。

〔註63〕　「坐中堂以游觀兮，覽芳草之樹庭。」歐陽詢撰：《藝文類聚》，京都：中央出版社，1980年12月再版，頁1394。

〔註64〕　《藝文類聚》，81卷。記載〈迷迭香賦〉之寫作，始於魏文帝。歐陽詢撰：《藝文類聚》，頁1394。

又傅玄〈柳賦〉：「參剛柔以定體分，應中和以屈伸。長莖舒而增茂分，密葉布而重陰。」描述了柳樹枝條的柔軟，能以剛柔、中和之道來曲屈伸張。而江淹〈青苔賦〉：「悲凹險分，唯流水而馳驚。遂能崎屈上生，班駁下布。……彼木蘭與豫章，既中繩而獲夭。及薜荔與蘼蕪，又懷芬而見表。至哉青苔之無用，吾孰知其多少。」〔註65〕賦中描述了青苔的生長環境之艱險，又列舉木蘭、豫章、薜荔、蘼蕪等香草，以為它們以芬芳見用，並獲得喜愛；但相對於無用的青苔，卻是無人知道與理解的辛酸，表示了悲憫之情。賦中江淹以「青苔」比喻自己不受重用，沉淪下僚的悲傷；意義上還是遵循著《楚辭》香草意象的喻己清潔，但寫作題材卻是全新的開創，及前所未見的微小之物。

至於傅玄〈鬱金賦〉：「葉萋萋分翠青，英薀薀而金黃。樹菴藹以成陰，氣芳馥而含芳。凌蘇合之珠珍，豈艾網之足方。榮曜帝寓，香播紫宮，吐芬揚烈，萬里望風。」〔註66〕關於「鬱金」，《說文》曰：「鬱金芳草也。十葉為貫，百二十貫，採以煮之為齊。一曰，鬱鬯百草之華，遠方所貢芳物，合而釀之以降神。」《魏略》曰：「大秦國出鬱金。」〔註67〕〈鬱金賦〉的題材在漢已有朱公叔寫過，在題材上雖非新創，但也是極特別的。本篇賦是典型前述所謂以「以」、「而」等字代替「分」字句的騷體辭賦，篇幅短小精製，多下筆墨在於對「鬱金」馥郁香氣的描述。另有夏侯湛〈宜男花賦〉，《藝文類聚》記載：「(「宜男花」)即「鹿蔥」。《風土記》曰：宜男，草也，高六七尺，花如蓮。宜懷妊婦人佩之·必生男。」〔註68〕夏侯湛描述它「遠而望之，若丹霞照青天；近而觀之，若芙蓉鑒綠泉。」〔註69〕並以「奇草」來稱呼。「宜男花」的寫作題材，在兩漢未見，到了兩晉才始見，《藝文類聚》所載的辭賦，也只有傅玄與夏侯湛兩篇〈宜男花賦〉。

經由以上對香草植物賦的討論，我們看到了魏晉南北朝在香草植物賦作上，對《楚辭》題材的變化與創新。如以新題材為賦，或歌詠的植物題材，不再侷限傳統可用於比德的梅、蘭、竹、菊，或薜荔等香花異草，迷迭香、柳、青苔、鬱金、宜男花……等，都成了賦家們寫作的題材。而這些草本植物的本質，在過去多半都是代表了柔弱、微小的意象，魏晉南北朝賦家卻在

〔註65〕〈全六朝文〉。嚴可均校輯：《全上古三代漢魏三國六朝文》，頁3149。
〔註66〕傅玄〈鬱金賦〉。嚴可均校輯：《全上古三代漢魏三國六朝文》，頁1717。
〔註67〕歐陽詢撰：《藝文類聚》，81卷，頁1394。
〔註68〕歐陽詢撰：《藝文類聚》，81卷——「鹿蔥」，頁1396。
〔註69〕歐陽詢撰：《藝文類聚》，81卷，頁1396。

《楚辭》、兩漢賦家的眼光外，發現了它們，並賦予它們生動靈活的形貌與塑造特別的意象。

在魏晉南北朝賦作中，還有自然歲時類及個人情志類，描述的題材與意象，也顯示了在對《楚辭》學習以外的新創。「悲秋」意象的開創與定型，《楚辭·湘夫人》是重要代表之一，其云：「帝子降兮北渚，目眇眇兮愁予。嫋嫋兮秋風，洞庭波兮木葉下。」雖短短幾句，卻寫盡了秋風捲起，木葉飄墜，使洞庭生波之景，其高妙的藝術魅力，使清·賀貽孫《騷筏》中評其「洞庭波兮木葉下，七字可敵宋玉悲秋一篇。」〔註70〕而謝莊〈月賦〉所云「洞庭始波，木葉微落」化用此語，遂為全賦生色〔註71〕。明·胡應麟《詩藪》因此稱它為「千古言秋之祖，六代、唐人詩賦，靡不自此出者。」〔註72〕屈原用此來烘托思念的殷切、遠望的愁思，更為秋日的環境氛圍，增添了無可言喻的悲傷，「悲秋」遂成為後來辭賦中塑造悲涼氛圍的意象。

到了魏晉南北朝，對「悲秋」意象的描摹仍是創作的重點之一。如夏侯湛的〈秋可哀賦〉其云：「秋可哀兮，哀秋日之蕭條」、「秋可哀兮，哀新物之陳燕」、「秋可哀兮，哀良夜之遙長」說的正是秋天的蕭瑟之感，使得人們有感於物轉星移、人事變動及時間的消逝流轉，因而生發出悲傷悽愴之情。又潘岳〈秋興賦〉：「四時忽其代序，萬物紛以迴薄。覽花蒔之時育，察盛衰之所託。感冬索而春敷，嗟夏茂而秋落」〔註73〕賦中更是有感於天地四時的盛衰變化，而凸出秋天蕭瑟悲涼的氣氛，如用翠葉的紛紛落下，化地為泥，以比喻被捐棄的過往青春年華。生機蓬勃的「翠綠」，對照蕭瑟零落的秋之「灰暗」，在強烈的生命與凋零的對比下，怎能不令人感受同於作者輾轉難寐的情思呢？這是魏晉南北朝悲秋意象對《楚辭》的學習。

然而除了「悲秋」，魏晉南北朝在自然歲時類中的題材開拓，在於他們也「苦民所苦」，針對社會群眾日常生活中所愁的「淫雨」成災，也成了他們關心及描述的主題。如陸雲〈愁霖賦〉：「谷風扇而攸遠兮，苦雨播而成淫。天

〔註70〕賀貽孫《騷筏》評語，載蔡守湘主編：《歷代詩話論詩經楚辭》，武漢：武漢出版社，1991 年 6 月一版，頁 233。

〔註71〕馬茂元主編，楊金鼎等注釋：《楚辭注釋》，臺北：文津出版社，1993 年 9 月初版，頁 118。

〔註72〕胡應麟《詩藪》內編卷一。載司馬遷等著：《楚辭評論資料選》〈九歌〉，臺北：長安出版社，1988 年 9 月初版，頁 397。

〔註73〕嚴可均校輯：《全上古三代漢魏三國六朝文》，頁 1980。

決溽以懷慘兮，民嚬蹙而愁霖。」〔註74〕，是為了連日淫雨所導致的災情而為百姓們感到擔憂與嘆息。這類的題材，在《楚辭》中是未見的。

至於個人情志類，在魏晉南北朝時也是備受重視的題材，作家藉著抒發某類情感而將之鋪敘成文。主要還是因為當代社會政治的不安定，加之生命所面臨的戰亂及瘟疫，都對他們產生了莫大的威脅與壓力。面對浩渺天地、時光倏忽及生離死別，他們都產生了許多的感觸。而在重視個體情感的魏晉南北朝，這些感觸自然就成了賦作中主要抒寫的意象。抒寫個人情志中最有名的，就是江淹的〈恨賦〉和〈別賦〉。〈恨賦〉：「春草暮兮秋風驚，秋風罷兮春草生。綺羅畢兮池館盡，琴瑟滅兮丘壟平。自古皆有死，莫不飲恨而吞聲。」〔註75〕四時運轉，春秋代序，死生循環正如植物的榮枯，但即使如此，無可奈何而且必須忍氣吞聲的，就是面對死亡，無怪乎王羲之雖知生命短暫，也有「死生亦大矣」的感慨了。又〈別賦〉之名句「黯然銷魂者，唯別而已矣！況秦吳兮絕國，復燕宋兮千里。或春苔兮始生，乍秋風兮暫起。以行子腸斷，百感悽惻。」〔註76〕賦中描述面對離別的千般愁怨，不免令人感到意奪神駭，心折骨驚。而這種離別的寂寞傷神，即使有雕龍之才，恐怕也無法摹寫透徹。此外，傷逝、感離、思舊等，也都成了抒寫的題材及被盡力烘托的意象。《楚辭》雖然也是屈原用以抒寫自己受讒放逐，及不遇等離恨愁思的作品，但大前題之下的怨之所生，還是基於對國君、鄉國的忠心與堅貞。相較於屈原在《楚辭》中所表達沉重的鄉國之愛戀，魏晉南北朝轉向了個體情志的抒發，雖然賦中沒有義正詞嚴的忠君愛國之情，卻走向了個人化、生活化的路線，他們真切的感受生命中的生離死別，並將感觸如實的記錄下來，讓我們看到在混亂的年代中，一群至情至性的文人。

因此魏晉南北朝的辭賦意象與內容，一方面繼承了《楚辭》中「香草美人」的意象，一方面又對各類意象與題材，作了開拓與發展。如在美人神女類中，極力摹寫容貌形態絕艷的麗人，或喪夫的寡婦、出婦等。在香草植物類中，跳脫了《楚辭》傳統比德的梅、蘭、竹、菊等植物，而發展了迷迭香、柳、宜男花等植物的意象。在自然歲時類中，突破了由《楚辭》而來的「悲秋」傳統，切合了日常生活，及表達對社會的關懷，如愁霖、喜霽等等。在

〔註74〕嚴可均校輯：《全上古三代漢魏三國六朝文》，頁2031。
〔註75〕嚴可均校輯：《全上古三代漢魏三國六朝文》，頁3142。
〔註76〕嚴可均校輯：《全上古三代漢魏三國六朝文》，頁3142。

個人情志類，則不再侷限於對國君、鄉國的大忠大愛，而轉向強調個人的感逝、傷離、憤恨⋯⋯等情感。

這些變化顯示了魏晉南北朝賦家，眼光轉向了對社會生活內容的關懷；他們重視微物意象，然後再「從這種不起眼的題材中開掘新意，以小喻大，言淺託深」〔註 77〕。他們尚情，因此也強調個人鮮明情感的表露。可見魏晉南北朝辭賦，在意象與內容上的特色，正是對意象的拓大抒寫。

（二）託寄高奇，設喻巧妙

除了對《楚辭》傳統意象的拓大書寫外，魏晉南北朝辭賦家還在意象與內容的描寫上逐字爭奇。《文心雕龍·詮賦》：

> 至于草區禽族，庶品雜類，則觸興致情，因變取會，擬諸形容，則言務纖密；象其物宜，則理貴側附；斯又小制之區畛，奇巧之機要也。〔註 78〕

劉勰在〈詮賦〉篇中提到，魏晉南北朝小賦的寫作要盡力達到新奇小巧。他認為當這些草木禽獸或物品，觸動了作者興致，作者就順著情感與事物的變化，來取得情和物的相互配合。描摹外貌，語言就要求細膩周密，要體現事物的外在意義，就貴在從側面說出，這就是把小賦寫得新奇小巧的關鍵。相較於兩漢長篇鉅製的大賦，魏晉南北朝流行的是注重情感的小賦，這些小賦如前文所論已開始注意到微物的寫作。但這些描寫草木、微物的作品，是一種新的嘗試，那麼如何令它們吸引眾人的目光，自然是要使其意象上高巧奇特。由側面說出，意同於以文章內的意象，寄寓作者欲訴說的情感與主題。而以劉勰的討論，可據此推論「託寄高奇，設喻巧妙」，當是魏晉南北朝小賦寫作欲達的目標。

以《文心雕龍·詮賦》中，提及堪稱為魏晉南北朝優秀賦家的潘安仁〔註79〕，劉勰評論他的〈螢火賦〉〔註80〕中所用的「流金在沙」（《文心雕龍·比

〔註77〕 程章燦：《魏晉南北朝賦史》，頁 177。

〔註78〕 劉勰：《文心雕龍》，頁 68。

〔註79〕 《文心雕龍·詮賦》：「及仲宣靡密，發端必遒；偉長博通，時逢壯采；太沖安仁，策勳於鴻規；士衡子安，底績於流制，景純綺巧，縟理有餘；彥伯梗概，情韻不匱：亦魏、晉之賦首也。」劉勰：《文心雕龍》，頁 68。

〔註80〕 潘岳〈螢火賦〉：「翔太陰之元昧，抱夜光以清遊，若頹飛焱之宵逝，慧似移星之雲流。動集陽暉，灼如隋珠；熠熠熒熒，若丹英之照葩。飄飄頹頹，若流金之在沙。」嚴可均校輯：《全上古三代漢魏三國六朝文》，頁 1991。

興》）一句，以金粒在沙裡閃爍來形容點點螢光，便極爲流麗脫俗，爲往昔之所無，此意象之烘托不可不謂高奇。而張翰〈雜詩〉中的「青條若總翠」（《文心雕龍・比興》），用聚集起來的翡翠鳥羽，來形容青色枝條更是侈麗絕妙了。先不論張翰〈雜詩〉並非賦的體製，但劉勰以其與潘岳爲例，來說明比興的原則爲「比類雖繁，以切至爲貴，若刻鵠類鶩，則無所取焉。」〔註81〕足見當代意象的大量發展與高奇的追求，已經使劉勰注意到意象與內容切合的重要性了〔註82〕。更甚者在追求意象與內容的高奇中，刻鵠類鶩成了最大的弊病。

　　《楚辭》中在意象塑造上，除了「香草美人」的傳統外，極爲奇巧特殊的就屬〈橘頌〉一文。〈橘頌〉是屈原藉由橘的形象和特徵的細膩描述，以闡明作者高尚人格及熱愛鄉國的情志。清・蔣驥《山帶閣注楚辭》云其：「體物之精，寓意之善，兼有之矣！」〔註83〕也說明了〈橘頌〉託物言志之精妙。劉勰《文心雕龍》更贊其「情采芬芳，比類寓意，又覃及細物。」（〈頌讚〉）對於〈橘頌〉中的比類寓意之妙，及以細微之物來作抒情寫志，這些都相當符合魏晉南北朝抒情小賦的風潮，也難怪能得到劉勰高度的稱頌。首先是對「橘」的描述：

> 受命不遷，生南國兮。深固難徙，更壹志兮。綠葉素榮，紛其可喜兮。曾枝剡棘，圓果摶兮。青黃雜糅，文章爛兮。精色內白，類可任兮。紛縕宜脩，姱而不醜兮。〔註84〕

屈原描述了橘樹初夏所開的花潔白繁盛，再描述其枝幹的重疊、橘子青黃雜糅的果色，及橘子外皮鮮明的顏色，將橘子小巧燦黃的形象，細膩華美的呈現出來。而橘外表的鮮明，及其具有的甘美內在，正是屈原塑造其意象的第一步。王逸注云：「橘實赤黃，其色精明，內懷潔白，以言賢者亦然，外有精明之貌，內有潔白之志，故可任以道而事用之也。」〔註85〕這與文中的受命

〔註81〕劉勰：《文心雕龍・比興》，頁602。

〔註82〕前文已經提及劉勰是以「比興」來解「意象」的，劉勰已能將「比」、「興」分開闡述。但或者是因當時對「意象」一詞並沒有嚴格明確的界定，因此一些對於「意象」的討論，都會與「比興」相互參雜，因此以《文心雕龍・比興》部份內容來討論「意象」實際上具有其價值性。

〔註83〕蔣驥：《山帶閣注楚辭》卷四〈九章・橘頌〉，臺北：廣文書局，1971年7月三版，頁33。

〔註84〕洪興祖：《楚辭補注》，頁153～154。

〔註85〕馬茂元主編、楊金鼎等注釋：《楚辭注釋》，頁101～102。

不遷、深固難徙及壹心壹志是相互呼應的。而後文中的「蘇世獨立，橫而不流兮。閉心自愼，不終失過兮。秉德無私，參天地兮。」所強調的忠直自持、不隨俗人，敕愼自守、行無阿私，更是明確說明了屈原自我的高潔心志。頌橘與表白心志兩這潔結合下，對橘高潔不遷的讚頌，就突出了橘的意象，使〈橘頌〉成了「詠物之祖」〔註 86〕，託喻之巧妙及文辭之描寫，更成了後代文人模擬的範本。

其中屈原在〈橘頌〉的寫作上，正有其創作勝處。陳師怡良在〈〈橘頌〉的傳承與突破──兼論屈原創作〈橘頌〉之緣因與勝處〉中，便認爲〈橘頌〉創作之勝處在於（1）體物得神，不即不離。（2）因小見大，寄託深遠。（3）生命投入，物質昇華。（4）民族思想，寓意無窮。尤其在其體制上，〈橘頌〉是以果樹作爲全首詠物者，這在過去的文學如《詩經》中都是看不到的，可謂在主題上的一大突破，亦見屈原的開創精神〔註 87〕。

魏晉南北朝騷體賦的創作，在題材開創與意象上，頗具屈原的開創精神；而尤其是在詠物賦的寫作上，更不能不受「詠物之祖」──〈橘頌〉的影響。如張華〈鷦鷯賦〉歌詠的就是色淺體陋、不爲人用，形微處卑、物莫之害的鷦鷯。其序云：

> 色淺體陋，不爲人用，形微處卑，物莫之害，繁滋族類，乘居匹遊，翩翩然有以自樂也。彼鷲鶚鵾鴻，孔雀翡翠，或凌赤霄之際，或託絕垠之外，翰舉足以沖天，觜距足以自衛，然皆負矰嬰繳，羽毛入貢。何者？有用於人也。夫言有淺而可以託深，類有微而可以喻大，故賦之云爾。〔註 88〕

序中說明了鷦鷯不爲人用，卻能繁滋族類，翩翩自樂；而鷲、鶚、孔雀有用於人，可是最後卻負矰嬰繳，羽毛入貢的極大對比。

其賦曰：

> 惟鷦鷯之微禽兮，亦攝生而受氣。育翩翩之陋體，無玄黃以自貴。毛弗施於器用，肉弗登於俎味。……其居易容，其求易給，巢林不過一枝，每食不過數粒。棲無所滯，遊無所盤。匪陋荊棘，匪榮茝蘭。動翼而逸，投足而安。委命順理，與物無患。伊茲禽之無知，

〔註 86〕 南宋‧劉辰翁、馬茂元主編，楊金鼎等注釋：《楚辭注釋》，頁 105。

〔註 87〕 陳師怡良：〈〈橘頌〉的傳承與突破──兼論屈原創作〈橘頌〉之緣因與勝處〉，《雲夢學刊》第 33 卷第 1 期，2012 年 1 月，頁 42～47。

〔註 88〕 嚴可均校輯：《全上古三代漢魏三國六朝文》，頁 1790。

何處身之似智？不懷寶以賈害，不飾表以招累。靜守約而不矜，動
因循以簡易。任自然以爲資，無誘慕於世僞。〔註89〕

賦中描述鷦鷯的外在淺陋不美麗；生長在野草、藩籬之下，而只能在一、二
丈範圍之內飛翔；功用上則在人類器具與食物的使用上完全無用。牠雖然極
爲卑微，但卻能隨順命運，平安自適。這是爲什麼呢？只因爲牠不身懷美物
以招致禍害，不裝飾外表而受到牽累；能靜守不驕矜，行動也因循舊俗而簡
易；更能隨順自然，不被世間虛華誘騙。〈鷦鷯賦〉是張華憤世嫉俗，有感而
發之作。賦中以鷦鷯微禽，來說明人生中的種種不公平，鷦鷯此一意象的塑
造，正是用來借喻張華的懷才不遇。以鄙微的禽鳥來象徵自己，以其無用卻
能順世自足，說明現實人生的不公平，這種寄託的寓意及對意象的烘托，可
謂極爲高妙奇巧。

又如傅咸〈儀鳳賦〉序中，說明「余以爲物生則有害，有害而能免，所
以貴乎才智也。」他認爲才智才是避禍的關鍵，因此即使鷦鷯無用，能順世
安身但「無智足貴，亦禍害未免」。〈儀鳳賦〉賦云：

翔寥廓以輕舉兮，凌清霄而絕形。若乃龍飛九五，時惟大明，闡隆
正道，既和且平。感聖化而來儀兮，讚《簫韶》於九成。隨時宜以
行藏兮，諒出處之有經。豈以美而賈害兮，固以德而見榮。〔註90〕

賦中藉由鳳凰的翔凌清霄，來顯揚行藏出處，必須依照常道的儒家思想。鳳
本身是中國的祥瑞之物，以其祥瑞來說明避禍吉祥之道，符應儒家思想，這
種關聯緊密的託喻，是相當恰當及特出的。而傅咸以「翔寥廓以輕舉兮，凌
清霄而絕形」的文辭來勾畫鳳凰飛天的形態，不但能點出鳳鳥神韻及氣勢，
更顯得文辭運用上的巧妙動人。

其他如棗據〈船賦〉以「濟凌波之絕軌兮，越巨川之玄流。水無深而不
渡兮，路無廣而不由。……不辭勞而惡動，不偷安而自寧；不貪財以徇功，
不憂力而欲輕。」、「雖不乘而常浮，雖涉險而必正。……周遊曲折，動與時
並，博載善施，心無所營」〔註91〕……等船艇的形態，來比喻君子的勤勞謙
遜及公正不曲，意象上的塑造可謂奇巧特殊。又應瑒以〈愍驥賦〉來悲憫當
代社會人們生活的不安定；或江淹〈青苔賦〉用「青苔」意象，來說明卑微

〔註89〕嚴可均校輯：《全上古三代漢魏三國六朝文》，頁1790。
〔註90〕〈全晉文〉。嚴可均校輯：《全上古三代漢魏三國六朝文》，頁1754。
〔註91〕〈全晉文〉。嚴可均校輯：《全上古三代漢魏三國六朝文》，頁1845。

人物的懷才不遇，這些都可看出魏晉南北朝賦作，在意象與內容上託喻高奇，文辭巧妙的特色。

三、功用與文辭

　　《楚辭》的鮮明特徵之一是強烈的抒情性。《楚辭》的寫作背景，本來就是在屈原遭讒被放，憂心愁悴，仰天歎息時所作，故其中抒發屈子的悲傷沉痛，屢屢流洩於篇章中，故祝堯《古賦辨體》卷三云：「二十五篇之《騷》，莫非發乎情者」〔註92〕。又劉熙載《藝概·賦概》云「騷人之清深」〔註93〕。除了強烈的抒情性外，《楚辭》所用的「香草美人」及「虬龍雲霓」，更是寄託了屈原對國君深切的諷諫。而劉熙載《藝概·賦概》對《楚辭》的理解，便含括了抒情與諷諫兩項。其《藝概·賦概》云：「太史公〈屈原傳贊〉曰『悲其志』，〈敘傳〉曰『作辭以諷諫』，志與諷諫，賦之體用具矣。」〔註94〕劉熙載除了直揭《楚辭》抒情與諷諫的功用外，他也認為抒情與諷諫是組成一篇「賦」最重要的基礎元素。尤其是騷體賦，由兩方面的原因，造成了它淒楚悲切的抒情性。其一是屈原的身世使他的作品具備了一種悲壯憤懣的文化品格，並將這種文化品格，延伸到了「騷體」體式之上；其二是騷體參差錯落的句式，具有更大的自由度與靈活性，特別是句中反覆出現的兮字，具有特別強烈的抒情詠歎意味〔註95〕。

（一）張揚情感個性

　　《楚辭》抒情與諷諫並重的寫作特色，到了西漢的騷體賦創作，更是繼承了這兩項特色而加以發展。如賈誼的〈鵩鳥賦〉，賦中賈誼闡述了天道人事的循環變化，並借老、莊達觀的人生態度，求得精神上的解脫，是為抒情的功用；而其寓意，是用以闡明自己不遇的深沉悲哀，是為諷喻自我不遇明君的功用。賈誼的懷才不遇，造就了他特別能感受屈原的莫大痛苦與悲哀，而〈鵩鳥賦〉中用「兮」的體式，也加強了其抒情的特徵。

　　及至揚雄用〈甘泉賦〉諷刺成帝鋪張，又作勸諫為主的〈羽獵賦〉，賦的

〔註92〕祝堯《古賦辨體》卷三。元祝堯：《古賦辨體》（影印宋刊本），臺北：商務出版社，1960年，頁2。
〔註93〕清·劉熙載《藝概·賦概》。司馬遷等著：《楚辭評論資料選》，頁213。
〔註94〕劉熙載《藝概·賦概》。司馬遷等著：《楚辭評論資料選》，頁215、216。
〔註95〕郭建勛：《楚辭與中國古代韻文》，頁57。

諷諫功能，被大加強調。《漢書・揚雄傳》云：「雄以爲賦者，將以風也，必推類而言，極麗靡之辭，閎侈鉅衍，競於使人不能加也，旣乃歸之於正，然覽者已過矣。」〔註 96〕可見揚雄認爲賦的三大要素，爲麗靡的文辭、閎大的體制及諷諫的功能。而其中又以諷諫的功能最爲重要。其《法言・吾子篇》云：「諷乎，諷則已；不已，吾恐不免於勸也。」說明當賦失去了諷諫的功能，也就失去其效用了。這是一種極端的文學功利論，說明他對文學的本質缺乏科學的認識，對文學作品提出了功用高於藝術美的絕對要求〔註 97〕。雖是如此，但兩漢對辭賦諷諫功用，的確是相當重視的。

　　《法言・吾子篇》云：「詩人之賦麗以則，辭人之賦麗以淫」，足見漢末賦的創作已逐漸流於形式，開始失去勸諫諷諭的作用，而無益於時政了。劉熙載在《藝概・賦概》中曾分辨《楚辭》與漢賦的不同，其云：「《楚辭》按之而逾深，漢賦恢之而彌廣」，一以情深見長，一以境廣取勝，這正是騈辭大賦和抒情小賦的區別之一〔註 98〕。

　　及至魏晉南北朝，多元的思想與審美觀照，給予了騷體賦或受《楚辭》影響的賦作，更自由、更靈活的面貌。面對文學自覺的年代，及政治的紛亂不安，生命的不安定感，及轉瞬即逝的時間流轉，都讓魏晉南北朝的文人，更重視文學上的審美觀照，及自我個性的抒發張揚，而他們對於命運無可奈何的憂傷哀傷，更是顯示了與《楚辭》哀婉悲痛的相同情調。如本論文第二章所述，他們關心生活、遠離政治紛爭，重視的由對鄉國的熱愛，轉向對自我生命的珍重。他們重情、重視生活環境中，可成爲題材的鄙微物象，因此「(魏晉騷體賦) 它具有鮮明的生活化、個性化氣息，一定程度上也擺脫了漢代騷體賦日見僵化的困局。魏晉騷體賦在抒情方面，直追屈宋的幽怨低回，卻缺乏批判精神和獨立人格意識，在描寫方面，則吸收《周易》觀物取象、以象盡意的原則，崇尚寫實，筆法精工細膩，但意象本身的可指性內涵淺白。」〔註 99〕缺乏批判精神和獨立人格意識，正是在太過重視情感化、個性化中，失去了《楚辭》諷諫的特色，而更著墨於將抒情的特色發揚光大了。意象本

〔註 96〕　《漢書・揚雄傳》。班固著，楊家駱主編：《漢書》，臺北：鼎文書局，1980
　　　　　年 3 月初版，頁 3513。
〔註 97〕　何新文：《中國賦論史》，北京：人民出版社，2012 年 1 版，頁 28。
〔註 98〕　程章燦：《魏晉南北朝賦史》，頁 22。
〔註 99〕　孫寶：〈儒運邅轉與漢晉騷體賦體式演進〉，四川：《西華師範大學學報》(哲
　　　　　學社會科學版)，2011 年第五期，頁 10～15。

身的可指性內涵淺白，也是失去諷諫後的一個變化。意象的寫作雖然多元，且盡力在摹寫上追求奇巧，但缺乏了諷喻，隱含性與深度顯然是較為缺乏的。

騷體賦中，情志書寫類的大量創作，就可證明魏晉南北朝文人對情感化、個性化的重視。如王粲〈傷夭賦〉、曹丕〈感離賦〉、向秀〈思舊賦〉、陸機〈嘆逝賦〉、梁簡文帝〈悔賦〉；江淹〈傷友人賦〉、〈傷愛子賦〉、〈恨賦〉、〈別賦〉……等等，這些感離、傷逝、思舊、後悔、恨……等情感與主題的賦作，都顯示了文人強烈的情感波瀾。尤其這些情感，大多是屬於個人而非群體的，就更顯示出賦作的獨特。這時期的騷體賦，可謂一方面仍學習著《楚辭》的體式，一方面卻逐漸淡化了《楚辭》寄喻諷諫的特色，逐漸走向了加強抒情特徵的路線。這種抒情的加強，雖然能娓娓陳訴出細膩的感情變化，但在麗靡的文辭堆砌下，也失去了實用性的價值，有時甚至落入無病呻吟的窘境。

（二）強調麗文美辭

《楚辭》本身就是美文的代表，如自陳不遇的〈離騷〉中「朝飲木蘭之墜露兮，夕餐秋菊之落英」、「擥木根以結茝兮，貫薜荔之落蘂。矯菌桂以紉蕙兮，索胡繩之纚纚」……等，王逸〈離騷章句序〉給予「其詞溫而雅，其義皎而朗」的稱讚。又南楚祭歌〈湘夫人〉中「帝子降兮北渚，目眇眇兮愁予。嫋嫋兮秋風，洞庭波兮木葉下」眇然絕異的帝子形象；或者〈少司命〉中感嘆生別離之憂的「悲莫悲兮生別離，樂莫樂兮新相知。」及〈思美人〉中，想請朝臣為自己向君王說合，卻又不願意如此作的「令薜荔以為理兮，憚舉趾而緣木。因芙蓉而為媒兮，憚褰裳而濡足。」都採用了美麗的文辭，來形成對偶或鋪敘情境，清麗的韻味令人讀來回味不已，無怪乎劉勰要給《楚辭》「氣往轢古，辭來切今，驚采絕豔」（〈辨騷〉）的高度評價了。

到了重視個性及情感的魏晉南北朝，麗文美辭的風氣更加盛行，文人在創作上，更加強調工麗對偶的特色，而在受到《楚辭》所影響的辭賦作品中，更是擷取了《楚辭》美文的技巧，並加以發展。

首先以當代的文論，來檢視文壇風氣的趨向。如曹丕的〈典論論文〉指出「文本同而末異，蓋奏議宜雅，書論宜理，銘誄尚實，詩賦欲麗」，這簡短的四句話，指出了當代對文體分類的認識及特色，其中「詩賦欲麗」就說明了詩賦本質上，對華麗辭采的要求。這個要求，前承揚雄「詩人之賦麗以則，辭人之賦麗以淫」（《法言‧吾子篇》）的漢人之說，下啟魏晉以後重視語言技

巧、藝術風格、表現手法的論賦之風和文體論，影響頗爲深遠。〔註100〕

　　皇甫謐〈三都賦序〉中也提及對賦作的基本要求：

> 賦也者，所以因物造端，敷弘體理，欲人不能加也。引而申之，故
> 文必極美；觸類而長之，故辭必盡麗。然則美麗之文，賦之作也。
> 昔之爲文者，非苟尚辭而已，將以紐之王教，本乎勸戒也。……至
> 於戰國，王道陵遲，風雅寖頓，於是賢人失志，辭賦作焉。是以孫
> 卿屈原之屬，遺文炳然，辭義可觀。存其所感，咸有古詩之意，皆
> 因文以寄其心，託理以全其制，賦之首也。及宋玉之徒，淫文放發，
> 言過於實，誇競之興，體失之漸，風雅之則，於是乎乖。逮漢賈誼，
> 頗節之以禮。自時厥後，綴文之士，不率典言，並務恢張，其文博
> 誕空類。〔註101〕

皇甫謐是晉時著名的文學家，著作極多，他爲左思寫〈三都賦序〉後，竟
使〈三都賦〉「洛陽紙貴」，因此他的文論頗能體現當代的文學觀。序中皇
甫謐指出賦作的重點，在於文辭要「極美盡麗」，而內容上則必須有「紐之
王教，本乎勸戒」的功能。他追溯了孫卿、屈原的辭賦，認爲仍遵循著古
詩的傳統，因此在文辭與內容上是炳然可觀的。但他也對宋玉之後，賦家
「淫文放發，言過於實」、「博誕空類」的缺點加以批評，這表示皇甫謐已
經注意到賦作中極美盡麗之文風，所帶來的言過其實、空誕，及乖乎風雅
等缺點了。

　　尤其到了南北朝，這一時期的文學主要趨勢，一方面是語言技巧和聲律
的進步，同時又是形式主義文學的興起。詩歌和辭賦，都朝著這一方向發展〔註
102〕。標誌了形式主義之風盛行的特徵，就是辭賦走向工麗巧妙的對偶，及華
麗辭藻的堆砌。文章中華豔綺麗、浮虛淫侈的弊病，是最受人批評之處。而
受《楚辭》影響的辭賦或騷體賦，不可避免的也在當中產生了變化。

　　劉勰《文心雕龍‧詮賦》篇就對當代賦作的缺點，提出了批評：

> 麗詞雅義，符采相勝，如組織之品朱紫，畫繪之著玄黃。文雖新而
> 有質，色雖糅而有本，此立賦之大體也。然逐末之儔，蔑棄其本，

〔註100〕何新文：《中國賦論史》，頁56。

〔註101〕皇甫謐〈三都賦序〉，〈全晉文〉卷七十一。嚴可均校輯：《全上古三代漢魏三
　　　　國六朝文》，頁1872、1873。

〔註102〕劉大杰：《中國文學發展史》，臺北：華正書局1998年8月，頁290。

雖讀千賦，愈感體要。遂使繁華損枝，膏腴害骨，無貴風軌，莫益勸戒，此揚子所以追悔於雕蟲，貽誚於霧穀者也。〔註103〕

劉勰在〈詮賦〉中認為「賦者，鋪也，鋪采摛文，體物寫志也。」可見文采的鋪陳與情志的抒寫，是辭賦創作的重點。因此寫作賦的原則，必須要有清明雅正的內容與巧妙華麗的文辭相結合。然而當代辭賦寫作的弊病在捨本逐末，只是一味的追求華麗奢靡的文辭，又內容上缺乏了對風俗的教化與規範，無益於諷諫。這也是為何揚雄原本追隨屈原、司馬相如，最後卻將賦作視為雕蟲小技的原因。而劉勰雖然肯定辭賦追求極美麗文的語言，但實際上是反對片面追求麗辭而忽視雅意的。

尤其到南朝梁元帝〈金樓子・立言〉中所言「屈原、宋玉、枚乘、長卿之徒，止於辭賦，則謂之文。……至如文者，惟須綺縠紛披，宮徵靡曼，唇吻道會，情靈搖盪」，一方面可見南朝文人對屈原及《楚辭》作品藝術技巧的推崇，一方面明顯的是對形式主義的鼓吹。

其中以香草美人類的擬騷辭賦中，可以看見由最早追求極美盡麗的文辭，到後期麗靡太過，而變為劣俗化宮體的過程。

我們看曹植〈洛神賦〉：「其形也，翩若驚鴻，婉若游龍。榮曜秋菊，華茂春松。彷彿兮若輕雲之蔽月，飄搖兮若流風之回雪。遠而望之，皎若太陽升朝霞；迫而察之，灼若芙蕖出淥波。」〔註104〕曹植用了華麗的詞藻鋪寫了洛神曠世絕美的形態，寫她翩翩輕盈的體態，及勝比秋菊、春松的美麗容貌，再寫遠望的燦爛形象及近觀的清麗動人。文中如「輕雲」、「流風」、「回雪」、「淥波」等詞藻，都極為精緻流麗，頗能符合當代辭賦對「麗」的要求。而賦作末的迫於人神道殊，不得以只能「申禮防以自持」的悲情，正是體現了賦作中的託喻功用。而這種託喻，是「人間悲情的一種審美化的提升」。因此不論是曹植的〈洛神賦〉或漢末魏晉人神相戀的賦作正是利用了賦體「頌」與「諷」相結合的方式，抒發了這種內在膠著的矛盾情感。辭賦中人神相戀的分離結局，大都是因「人神道殊」所代指的不可逾越的禮防阻隔〔註105〕。雖然曹植〈洛神賦〉序提及「感宋玉對楚王神女之事，

〔註103〕 《文心雕龍・詮賦》。劉勰：《文心雕龍》，頁68。
〔註104〕 〈全三國文〉，卷十三。嚴可均校輯：《全上古三代漢魏三國六朝文》，頁1122。
〔註105〕 王德華：〈恨人神之道殊，申禮防以自持——曹植《洛神賦》解讀〉，《古典文學知識》2013年02期，頁96～103。

遂作斯賦。」顯見其對宋玉〈高唐賦〉與〈神女賦〉的學習，但其華美詞藻的使用（包含「兮」字的使用），及寄託了政治失意的愁鬱，都明顯可見《楚辭》的影響。

到了江淹〈麗色賦〉，由其篇名可知文章已經不再著重於縹緲奇幻氛圍的塑造，而落實在對美女「容貌」的描述。〈麗色賦〉中描寫的是一個「翠眉而瑤質，盧瞳而赭唇」的絕世佳人，江淹使用了華麗的詞藻，細膩的描摹了女子的容貌與情態。正如前文所述在六朝時期「美人」的意象，由象喻性回到了對現實生活中香豔美人的描繪。其意象的抒寫，「抒情言志」成分減少，而產生了「豔麗」風貌更增的變化。

衍至齊梁時，梁元帝蕭繹〈採蓮賦〉：「紫莖兮文波，紅蓮兮芰荷；綠房兮翠蓋，素實兮黃螺。于時妖童媛女，蕩舟心許。……爾其纖腰束素，遷延顧步。夏始春餘，葉嫩花初。恐沾裳而淺笑，畏傾船而斂裾。」〔註106〕首先，賦的題名中「蓮」諧音雙關「憐」，賦中寫的是關於男女之間的情愛。其中描述女子的容貌情態，說她腰間纏繞著潔白的綢緞，是嫩葉及初開的花；又說採蓮時水波濺濕她的衣裳，及她低淺動人的微笑。描述的重點在於女子的衣著、青春容貌及動作，可謂細膩的勾畫了女子之美。而此賦與先前曹植〈洛神賦〉，及江淹〈麗色賦〉的寫作手法相比，都可見其顯著的差異。

如〈洛神賦〉等美人神女賦作，都直指作者欲描寫的主題對象，並用以表達勸誡、傾慕或失落。氛圍上縹緲夢幻，形塑了企而不可及的婉諷之情；而蕭繹〈採蓮賦〉，雖以「採蓮」作為題名，由內容來說顯然並非詠物或詠事，而是以描寫男女情感為主。前段對於蓮的描述，只是為了援引出描寫主題——採蓮女的情感，通篇也只描述女子情思，不再寄寓作者個人真實的情感。而單純的描述男女情思，或形容女子的細微情態，甚至衣著穿戴的裝飾物件，這些美辭麗句的堆砌，都使賦作陷入了缺乏真實感情的漩渦，也讓賦作顯得劣俗化許多。而這種現象的發生，不僅侷限於蕭繹〈採蓮賦〉而已，南朝美人賦作都是呈現了這種趨向。因此可說，在功用與文辭中，魏晉南北朝受《楚辭》影響的賦作，由流麗縹緲到注重生活化，並逐漸香豔俗化，呈現了強調麗文美辭的傾向。

〔註106〕周殿富：《楚辭源流選集——楚辭餘》（歷代騷體賦選），頁117。

第二節　魏晉南北朝辭賦對《楚辭》的背離

在本章第一節，我們藉由題名與形式、意象與內容、功用與文辭，探討了魏晉南北朝辭賦對《楚辭》的借鑑。本節將以第一節觀點爲基礎，並以時代作爲斷限，來分析魏晉南北朝辭賦在學習《楚辭》各方面不同的變化歷程。

一、回歸與延承──建安辭賦與《楚辭》

曹魏時期，在文學成就中彰顯出鉅麗風采的，當屬建安時期的文人。由前一節的討論，可知不論在題名與形式、意象與內容、功用與文辭中，建安辭賦中對楚騷體的借鑑，是相當豐富且廣泛的。尤其在魏晉南北朝《楚辭》學中，建安辭賦有其特殊且重要的地位。

建安辭賦類騷體賦作與《楚辭》的關係，劉熙載《藝概・賦概》以爲「《楚辭》風骨高，西漢賦氣息厚，建安乃欲由西漢而復於《楚辭》者。」〔註107〕劉熙載以《楚辭》中展現的「風骨」，來談建安賦作與《楚辭》的關係，的確是精確掌握住建安擬騷賦作，在精神風貌上對《楚辭》的學習。而程章燦《魏晉南北朝賦史》，則稱建安賦在斑斕的情感世界中，其中一個特色就是「向楚騷傳統的復歸」〔註108〕。李中華在〈屈騷與後世騷體文學〉中，也認爲「建安賦（這裡說的主要是騷體制）的創作成了對《楚辭》風骨的回歸」〔註109〕。他們多數都是由作品中精神風貌的展現，來說明建安擬騷賦作與《楚辭》的關係。

除了精神風貌，自然對騷體賦體製上的學習，如寫作方式或「兮」字，及「亂辭」的引用，也成爲了最有力的證據。如劉師培《論文雜記》：「〈洛神〉、〈長門〉，其音哀思，出於〈湘君〉、〈湘夫人〉者也」劉熙載《藝概・賦概》：「王仲宣〈登樓賦〉出於〈哀郢〉，曹子建〈洛神賦〉出於〈湘君〉、〈湘夫人〉」孫梅《四六叢話》卷三：「〈鵩鳥〉、〈鸚鵡〉曠放沉摯，〈懷沙〉之遺響也」……等，皆可見到建安辭賦對楚騷的學習。

〔註107〕戴錫琦、鍾興永：《屈原學集成》，北京：中央編譯出版社，2007 年 6 月 1 版 1 刷，頁 51。

〔註108〕程章燦：《魏晉南北朝賦史》，頁 59。

〔註109〕〈屈騷與後世騷體文學〉：李中華認爲漢賦作者個人身世的感遇在作品中相對模糊了，對於社會的批評相對淡化了，典雅的文風代替了瑰奇的想像，潤色鴻業的鋪陳代替了個人的坎壈詠懷。從某種意義上說，形式化解了內容，意識型態稀釋了文學的個性。戴錫琦、鍾興永：《屈原學集成》，頁 1065。

　　《楚辭》的風骨,大抵在於個人困蹇際遇的強調、瑰麗的想像營造,及憂生念亂的襟懷三方面。而建安辭賦中,除了學習楚騷體製的特色相當明顯濃厚外,對於楚騷傳統的風骨所開展出來的特色,有所回歸與延承,但發展歷程中,隨著時代氣氛及環境的不同,也有其細微的差異。以下便由此三方面,論述建安賦作對《楚辭》風骨的復歸:

(一)困蹇際遇的強調

　　《楚辭・離騷》中表達了屈原對美政理想的期待,也寄託了屈原不比附群小、特立獨行的高潔人格,尤其在遭受政治挫折時的堅毅不悔,更令人動容。我們看屈原在〈離騷〉中自述:「帝高陽之苗裔兮,朕皇考曰伯庸。攝提貞於孟陬兮,惟庚寅吾以降。皇覽揆余初度兮,肇錫余以嘉名。名余曰正則兮,字余曰靈均。」〔註110〕自序身世的意義,在於對自我身分所需承擔責任的認知,及高度的要求。屈原又將自己比喻為鷙鳥,云:「鷙鳥之不羣兮,自前世而固然。何方圜之能周兮,夫孰異道而相安」,強調了不與小人同道的高潔心志。然而一腔熱血的報效之心,卻屢遭小人讒害及君王誤解「荃不察余之中情兮,反信讒而齌怒。」表達他孤立無援的困境;即使如此,屈原仍堅定的陳述「亦余心之所善兮,雖九死其猶未悔」的心志。

　　又如〈惜誦〉中的「事君而不貳兮,迷不知寵之門。忠何罪以遇罰兮,亦非余心之所志」〈涉江〉的「吾不能變心而從俗兮,固將愁苦而終窮」〈哀郢〉的「過夏首而西浮兮,顧龍門而不見。心嬋媛而傷懷兮,眇不知其所蹠」〈抽思〉的「心鬱鬱之憂思兮,獨永歎乎增傷」〈懷沙〉的「變白以為黑兮,倒上以為下。鳳皇在笯兮,雞鶩翔舞。同糅玉石兮,一概而相量」乃至於〈悲回風〉的「寧逝死而流亡兮,不忍為此之常愁」都悲痛的控述了個人際遇的困蹇難行。這種忠而遭罪的愁苦,在反覆致意下,更顯得抑鬱沈重了。

　　建安辭賦的擬騷賦作中,也多繼承了此項特色。如曹植的〈九詠〉,趙幼文以為當是「規摹屈原〈九歌〉而作,其體製當與之相應」〔註111〕,其文曰:

> 芙蓉車兮桂衡,結萍蓋兮翠旌。駟蒼虬兮翼轂,駕陵魚兮驂鯨。茵薦兮蘭席,蕙幬兮荃牀。抗南箕兮簸瓊蕊,挹天河兮滌玉觴。靈既

〔註110〕洪興祖:《楚辭補注》,頁3。

〔註111〕趙幼文此段的完整論述為:「規摹屈原〈九歌〉而作,其體製當與之相應,但今本既從類書輯錄,已非舊式。」曹植著,趙幼文校注:《曹植集校注》,北京:人民文學出版社,1998年7月,頁521。

降兮泊靜默，登文階兮坐紫房。服春榮兮猗靡，雲裾繞兮容裔。冠北辰兮岌峨，帶長虹兮陵厲。蘭肴御兮玉俎陳，雅音奏兮文虡羅。感濡漢廣兮羨遊女，揚〈激楚〉兮詠湘娥。臨迴風兮浮漢渚，目牽牛兮眺織女。交有際兮會有期，嗟痛吾兮來不時。來無見兮進無聞，泣下雨兮歎成雲。先後悔其靡及，冀后王之一悟。猶嫋孿而繁策，馳覆車之危路。群乘舟而無檝，將何川而能渡。何世俗之蒙昧，俾邦國之未靜。任椒蘭其望治，猶倒裳而求領。尋湘漢之長流，採芳岸之靈芝。遇遊女於水裔，探菱華而結詞。野蕭條以極望，曠千里而無人。民生期於必死，何自苦以終身。寧作清水之沉泥，不爲濁路之飛塵。……停舟兮焉待，舉帆兮安追。……運蘭櫂以速往，□回波之容與。……過□穴兮清冷，木鳴條兮動心。……踐丹穴兮觀鸞居，通朱爵兮息南巢。……葛蔓滋兮冒神宇……徒勤躬兮苦心……溫風翕兮煎沙石，鳥岡竄兮獸無蹤。……乘逸響兮執電鞭，忽而往兮怳而旋。……越江兮刈蘭，暮秋兮薄寒。被簑兮帶笠……置露兮踐歡。……牽牛爲夫，織女爲婦。牽牛織女之星，各處一方。七月七日得一會同矣……何孤客之可悲……皇祇降兮潛靈舞……。

〔註112〕

〔註112〕 清‧嚴可均校輯：《全上古三代秦漢三國六朝文》〈三國文〉卷14，北京：中華書局，1958年第1版，頁1131。文章後部，散佚嚴重，部分文句於唐‧虞世南、孔廣陶校注《北堂書鈔》中可見。如《北堂詩鈔》中所錄有四條：（一）「玉桴鼉鼓」一詞下，錄有「執玉桴兮駭鼉鼓（卷108）」一句。（二）「抓手」一詞下，錄有「抓手兮吹麓（卷111）」一句。（三）「萍蓋」一詞下，錄有「結萍蓋兮翠旗（卷134）」一句。（四）錄有「停舟兮焉待，舉帆兮安追（卷138）」二句。「執玉桴兮駭鼉鼓」一句，孔注云：陳（俞）本「執玉」作「王執」，以內容上評斷，當以「執玉」較爲正確。而「結萍蓋兮翠旗」一句，在《北堂書鈔》卷141中原文云：「今案百三家曹集〈九詠〉旗作旌，陳俞本亦然，又本鈔衡篇引萍誤翠脫旗字。」趙幼文《曹植集校注》在「不爲濁路之飛塵」一句後，載「葛蔓滋兮冒神宇……何孤客之可悲……皇祇降兮潛靈舞……靈龍兮銜組，流羽兮交橫……停舟兮焉待，舉帆兮安追……溫風翕兮煎沙石，鳥岡竄兮獸無蹤……乘逸響兮執電鞭，忽而往兮怳而旋……越江兮刈蘭，暮秋兮薄寒。披簑兮帶笠……置露兮踐歡……徒勤躬兮苦心……抗玉手兮吹庸……暎文詳□素箏，抗玉桴駭鼉鼓……過穴兮清冷，木鳴條兮動心……踐丹穴兮觀鸞居，通朱爵兮息南巢……運蘭櫂以速往，□迴波之容與……建五旗兮華采占，揚雲麾兮龍鳳……懇流風兮上邁，貝船兮荷蓋。」與嚴可均校輯略有出入，趙幼文言「但今本既從類書輯錄，已非舊式」，大抵就是指此部分。以完整性來看，本文擇取嚴可均校輯本作爲討論文本，並以趙幼文本加

部分學者認爲曹植〈九詠〉因文章後文部分散佚嚴重，因此無法具體分析其特色，多略而不談。實際上，今日可見的殘存篇章並不短，我們仍然可以從其中較完整部份之文意及語彙的使用，來探析其特色。

以其文意來看，描述的是乘坐著有翠旗裝飾的芙蓉車駕，及蒼虬、陵魚、驂鯨隨侍的神靈降臨了，作者雖然等候已久，卻恰巧沒有相遇的機會，因此悲泣如雨，並感到後悔莫及。因爲這次機會的錯失，讓作者發出了「群乘舟而無楫，將何川而能渡」及「牽牛織女之星，各處一方」，缺乏媒合機會的悲嘆。雖然他也以「民生期於必死，何自苦以終身」來自我寬慰，卻仍不免再次表白自己寧爲清水汙泥，不爲濁路飛塵的高潔心志。另外，曹植於詩中描述的「蘭肴御兮玉俎陳，雅音奏兮文虞羅」，美食佳餚及五音繁會的祭神情景，更與祭祀〈東皇太一〉的「揚枹兮拊鼓，疏緩節兮安歌，陳竽瑟兮浩倡。……。五音紛兮繁會，君欣欣兮樂康」或〈東君〉中「羌聲色兮娛人，觀者憺兮忘歸」，描繪五音繁會的場面如出一轍。

再以語彙的運用來看，仿〈九歌〉的痕跡明顯可見。不論是以芙蓉、桂衡、萍蓋、翠旍裝飾的車乘，或香草裝飾的芷席、蕙幬、荃牀，都與〈九歌〉中巫覡爲祈求神靈能下降賜福的精心佈置相同。如〈湘夫人〉中有一段「築室兮水中，葺之兮荷蓋。蓀壁兮紫壇，播芳椒兮成堂。桂棟兮蘭橑，辛夷楣兮藥房。罔薜荔兮爲帷，擗蕙櫋兮既張。白玉兮爲鎮，疏石蘭兮爲芳。」〔註113〕說的便是巫覡以荷、蓀、芳椒、蘭桂、薜荔、石蘭等香花香草佈置門庭，誠心等待湘夫人的降臨。又如「玉枹」、「鼉鼓」、「篪」等都是〈九歌〉中祭神常見的樂器，這些都也可以看出曹植〈九詠〉特意仿製《楚辭·九歌》的痕跡。

例如〈東皇太一〉中有「揚枹兮拊鼓，疏緩節兮安歌，陳竽瑟兮浩倡」〔註114〕一段，朱熹以爲「舉枹擊鼓，使巫緩節而舞，徐歌相和，以樂神也。」〔註115〕講述的是用極盛大的音樂及歌舞演奏，來娛神、敬神。而「枹」是一種樂

以參照。唐·虞世南、孔廣陶校注：《北堂書鈔》，臺北：宏業書局，1974年10月，頁482、492、611、645。曹植著、趙幼文：《曹植集校注》，北京：人民文學出版社，1998年7月，頁519～521。
〔註113〕洪興祖：《楚辭補注》，頁65。
〔註114〕洪興祖：《楚辭補注》，頁56。
〔註115〕馬茂元主編、楊金鼎等注釋：《楚辭注釋》，臺北：文津出版社，1993年9月初版，頁124。

器，王逸注云：「枹，一作桴。」〔註116〕又文中和「枹」配合的「鼓」，也是〈九歌〉中祀神常見的樂器。〈九歌〉首章〈東皇太一〉便是以高舉「枹」和「鼓」開啓了「五音紛兮」的祭祀過程。〈九歌〉中〈東君〉一章，更有「縆瑟兮交鼓，簫鍾兮瑤簴」〔註117〕，描寫以眾多樂器娛神的場面。到了終章〈禮魂〉的「成禮兮會鼓」〔註118〕，則是以鼓〔註119〕樂大作，作爲祭神儀式的終結。因此，曹植〈九詠〉中也仿製了〈九歌〉中宏偉壯盛的音樂演奏之場面。

至於「簴」，曾在祭祀東君中出現，〈東君〉中有「鳴簴兮吹竽」〔註120〕一句，言說音樂之勝。其他如「翠旗」，〈少司命〉中有「孔蓋兮翠旌，登九天兮撫彗星。竦長劍兮擁幼艾，蓀獨宜兮爲民正。」〔註121〕王逸注「旌，一作旌。」〔註122〕「旌」與「旗」，雖然用字不同，但都是指旗子。以上都可證明，曹植詩文中，對《楚辭》中「香草」傳統、詞彙的仿製與使用，可謂相當純熟。

至於結構情節上，曹植對〈九詠〉的情節作了些許的改造。〈九歌〉中多是巫覡祈求神靈降下的祭歌，曹植〈九詠〉卻多了作者「候之不遇」的情節，及欲度無舟楫，及質問自己爲何自苦如此的感嘆。這兩項情節，使得〈九詠〉脫離了〈九歌〉純爲祀神祭歌的本質，而揉合了〈離騷〉中屈原自敘心志的方式。可以說〈九詠〉結合了〈九歌〉及〈離騷〉的寫作形式。

可見，曹植對於《楚辭》，不論是結構、語彙、情節的仿製學習，都是相當成熟的。而對屈原所作《楚辭》的大量學習與借鑑，主要也因爲曹植與屈原有相同的身世遭遇。曹植才華過人，早年便展露極高文采，也滿懷大志，他希望能效命疆場，建功立業。〈白馬篇〉當中「長驅蹈匈奴，左顧陵鮮卑。棄身鋒刃端，性命安可懷。……捐軀赴國難，視死忽如歸。」〔註123〕這種不

〔註116〕洪興祖：《楚辭補注》，頁 56。
〔註117〕洪興祖：《楚辭補注》，頁 75。
〔註118〕洪興祖：《楚辭補注》，頁 84。
〔註119〕「鼓」指的應該是「鹿鼓」，楚人用以樂章開始及止樂的樂器，並非西周傳統的柷、敔，而是以鼓來代替。李幼平說「楚人以特有的藝術思維方式，巧妙的以木類與革類樂器共通的節奏樂作用爲紐帶，給今人留下了相對於傳統來說是非木非革，又亦木亦革的鹿鼓。」李幼平：《荊楚歌樂舞》，武漢：湖北教育出版社，1997 年 12 月，頁 270。
〔註120〕洪興祖：《楚辭補注》，頁 75。
〔註121〕洪興祖：《楚辭補注》，頁 73。
〔註122〕洪興祖：《楚辭補注》，頁 73。
〔註123〕曹植著，趙幼文校注：《曹植集校注》，頁 412。

顧個人生死，只願為國效力的豪情壯志，躍然紙上。但在曹丕登上帝位後，
曹植卻屢遭壓抑控制。

　　如〈當牆欲高行〉中，曹植曾感嘆「眾口可以鑠金，讒言三至，慈母不
親。……君門以九重，道遠河無津」〔註124〕這是在小人的讒毀下，他對當時
政治謠言的申辯。詩末他感嘆君門九重，遙遠不可企及，也苦無管道能讓他
的冤屈得到申訴。這種對現實無可奈何的悲傷情調，讀來與屈原在〈離騷〉
中，感嘆「荃不察余之中情兮，反信讒而齊怒」的疾讒惡佞，及「吾令帝閽
開關兮，倚閶闔而望予」中感嘆小人阻擋，而無法見到天帝是一樣的。清·
丁晏《曹集詮評》的〈魏陳思王年譜·序〉曾云：

> 王既不用，自傷同姓見放，與屈子同悲，乃為〈九愁〉、〈九詠〉、〈遠
> 遊〉等篇，以擬楚騷。〔註125〕

丁晏的把握可說相當精確，他提出了曹植詩學習楚〈騷〉的原因，一是身為
王族卻受君王質疑而被疏遠，一是為國效力卻懷才不遇的憤懣，這些背景都
和屈原極其相似。正是基於和屈原的悲情相似，加上辭采華茂的《楚辭》在
文學內容及技巧上的影響，在曹植這些詩作中表現的淒婉風格，的確堪與屈
原並稱。而這也代表曹植的〈九詠〉內容上，的確是有所寄託的。

　　屈原將懷才不遇，及受讒佞小人迫害的苦悶，發抒在〈離騷〉、〈九章〉
中；而曹植處於和屈原相似的困境，不但汲取了屈原抒情的寫作模式，學習
了《楚辭》抒情的寫作技巧，將之滿腔憤懣感慨寄託於詩，更用這些作品間
接推動當代五言詩的進步與發展。

　　又如應瑒〈愍驥賦〉：「愍良驥之不遇兮，何屯否之弘多，抱天飛之神驥
兮，悲當世之莫知。」〔註126〕應瑒正是以良馬不遇伯樂，來寄喻自己際遇的
困境；後文又用「懷殊姿而困遇兮，願遠跡而自舒」，來強調懷有美才卻不受
重用，因此只能選擇離開傷心地。〈愍驥賦〉在形式上，使用了「兮」字句，
也借鑑了《楚辭》中象徵的藝術手法；而在內容上也和屈原相同，都強調了
個人不遇的傷悲。

〔註124〕　《魏志·明帝紀》裴注引《魏略》：「是時偽言云：『帝已崩，從駕群臣擁立雍
　　　　　丘王植，京師自卞太后群公盡懼。及帝還，皆私察其顏色。卞太后悲喜，欲
　　　　　推始言者。帝曰：天下皆言，將何所推。』」曹植著，趙幼文校注：《曹植集
　　　　　校注》，頁366。
〔註125〕　〈魏陳思王年譜·序〉。丁晏：《曹集詮評》，臺北：臺灣商務印書館，1978
　　　　　年10月1版，頁2。
〔註126〕　〈全晉文〉，卷四十五。嚴可均校輯：《全上古三代漢魏三國六朝文》，頁700。

又如王粲〈鶯賦〉：「覽堂隅之籠鳥，獨高懸而背時。雖物微而命輕，心悽愴而愍之。日奄藹以西邁，忽逍遙而既冥。就隅角而斂翼，春獨宿而宛頸，歷長夜以向晨。」〔註127〕王粲以「被關在籠中的鶯」來比喻自己，並用「高懸背時」說明自己的懷才不遇及孤立的處境；再以「物微命輕」來感嘆自己身份的鄙微。王粲在〈鶯賦〉中採用了和屈原相同的寫作手法，用鶯來借喻己身，抒發了個人悲傷的情緒，及無法達成理想的悲傷。

再如阮籍〈東平賦〉：「雖黔首之不淑兮，黨山澤之足彌。古哲人之微貴兮，好政教之有儀。彼玄真之所寶兮，樂寂寞之無知。」〔註128〕可見阮籍最後雖然是以超脫的心情來面對無法改變的困境，但「寂寞」一詞在「樂」字的襯托下，卻令人感到更加悲涼與落寞。當中阮籍所面臨的矛盾及妥協，都顯示出他沉鬱的心情。在個人無法施展理想的黑暗時代，阮籍雖未表現出屈子窮極呼天的強烈情感，但在他自揭的矛盾情緒，與試圖自我安慰的言語中，那種欲言又止，流洩在文字中的傷感，卻和屈原是一致的。因此，曹魏文人的辭賦作品，在對《楚辭》風骨的復歸中，特色就是發揚了屈原在《楚辭》中，對個人困蹇的強調與書寫。

（二）瑰麗的想像營造

《楚辭》風骨的展現，還有瑰麗的想像營造。屈原在〈離騷〉中，以其瑰麗的想像，營造了仙境幻遊的情節，我們看他乘著虬龍、鳳凰飛騰，上天下地的求索，期望能得見天帝或求得宓妃、有娀之佚女，及有虞之二姚。當中不論是屈原指揮蛟龍或驅使風師、雨神為之前導，抑或騰駕雲霓、乘風上征的情節摹寫，都塑造出神秘奇幻的世界，使讀者為之目眩神迷。

〈九歌〉中氤氳迷離的神祇世界，有尊貴持劍的東皇太一；能使役十六龍，知風雨、水旱、兵革、飢饉、疾役的雲中君；湘水水神湘君、湘夫人；乘著清明之氣，能御持萬民死生之命的大司命；誅絕兇惡的少司命；駕龍乘雷的東君；以水為車、驂駕飛龍的河伯，或山林中被薜荔兮帶女蘿的山鬼，屈原所塑造的人物形象，將富含楚國地方特色信仰的奇幻世界，勾勒出來。讓作為接受者的文人，跟隨想像的翅膀，沈醉於楚國的神祇世界。

〔註127〕〈全後漢文〉，卷四十二。嚴可均校輯：《全上古三代漢魏三國六朝文》，頁961。

〔註128〕〈全三國文〉，卷四十四。嚴可均校輯：《全上古三代漢魏三國六朝文》，頁1304。

不只是神祇的世界，《楚辭》中的〈招魂〉充滿了奇詭神異的想像，勾勒了不同於人間的世界圖像。其一，是為了招魂魄回鄉，陳述楚國以外天、地、上、下四方的恐怖景象，如：

> 東方不可以託些。長人千仞，惟魂是索些。……南方不可以止些。雕題黑齒，得人肉以祀，以其骨為醢些。……雄虺九首，往來儵忽，吞人以益其心些。……西方之害，流沙千里些。旋入雷淵，靡散而不可止些。……魂兮歸來！北方不可以止些。增冰峨峨，飛雪千里些。〔註129〕

文中描述了東方有吃人魂魄的巨人；南方有會殺人祭鬼，尚未開化的野蠻民族及九頭巨蛇；西方則有流沙；而北方積雪千里。屈原以令人驚心動魄的詞藻，塑造出恐怖的氛圍，顯見豐富的想像力。而〈招魂〉還用了一段文字描寫幽都的情形：

> 魂兮歸來！君無下此幽都些。土伯九約，其角觺觺些。敦脄血拇，逐人駓駓些。參目虎首，其身若牛些。此皆甘人。歸來！恐自遺災些。〔註130〕

關於幽都，文中形塑了幾個人物來顯示地府的恐怖景象。如管理地府中妖魔鬼怪之王「土伯」，他有著極其銳利的角，具有三隻眼睛，面貌如虎，而身形像牛。另外還有能夠以利爪攫人的魔怪，他們都喜歡吃人。雖然只簡單描述了兩個奇形怪狀的冥都人物，但他代表了中國神話中有關冥都的初期發展，也影響了魏晉南北朝筆記小說中對冥界的描寫。而這些描寫，能夠較為全面準確地反映先秦晚期地獄觀念，在研究中國上古冥界神話方面，具有極其重大的意義和價值〔註131〕。神靈信仰與對死亡的恐懼，都由來已久，但經過豐富的想像結合精鍊的文字詞藻，使得我們對冥都的恐怖，有了更多的理解，這種奇特詭譎的場景，若不是有著極豐贍的想像力，是寫不出來的。

建安時期辭賦對《楚辭》的學習與借鑑，就包括了瑰麗的想像營造。如曹植〈洛神賦〉：

> 余情悅其淑美兮，心振盪而不怡。無良媒以接歡兮，托微波而通辭。

〔註129〕洪興祖：《楚辭補注》，頁199～201。
〔註130〕洪興祖：《楚辭補注》，頁201。
〔註131〕紀曉建：〈先秦冥界神話考——兼論楚辭招魂的神話學價值〉，《蘭州學刊》2010年第5期，頁170。

　　願誠素之先達兮，解玉珮以要之。嗟佳人之信修兮，羌習禮而明詩。
抗瓊琩以和予兮，指潛淵而爲期。執眷眷之款實兮，懼斯靈之我欺。
感交甫之棄言兮，悵猶豫而狐疑。收和顏而靜志兮，申禮防以自持。
於是洛靈感焉，徙倚彷徨，神光離合，乍陰乍陽。竦輕軀以鶴立，
若將飛而未翔。踐椒塗之郁烈，步蘅薄而流芳。超長吟以永慕兮，
聲哀厲而彌長。爾迺眾靈雜遝，命儔嘯侶，或戲清流，或翔神渚，
或采明珠，或拾翠羽。從南湘之二妃，攜漢濱之遊女。……於是屏
翳收風，川后靜波。馮夷鳴鼓，女媧清歌。騰文魚以警乘，鳴玉鸞
以偕逝。六龍儼其齊首，載雲車之容裔，鯨鯢踊而夾轂，水禽翔而
爲衛。於是越北沚。過南岡，紆素領，回清楊，動朱脣以徐言，陳
交接之大綱。恨人神之道殊兮，怨盛年之莫當。〔註132〕

〈洛神賦〉的寫作是曹植從京城洛陽啓程，東歸封地鄄城時，在洛川之邊漫
步，忽遇洛神的描述。其中不論是情節的營造，或對洛神車駕隨從的描述，
都充斥著向《楚辭》學習的痕跡。如其中曹植愛慕洛神，以水波傳情，並以
玉珮作爲定情信物一段，與〈湘君〉中「捐余玦兮江中，遺余佩兮醴浦」及
〈湘夫人〉中的「捐余袂兮江中，遺余褋兮醴浦。」情節極爲相似。雖然送
出了玉珮，但對是否能受到青睞，尚且猶豫與狐疑，這與〈九歌〉中人神關
係迷離的狐疑也是一致的。

　　至於「踐椒塗之郁烈，步蘅薄而流芳。」描寫洛神踏上遍植花椒的道路，
走入杜蘅的草叢，香草的芳香濃烈，更是屈原擅用的「香草美人」寫作手法。
最後的寫洛神的離去，有風神爲之收斂起晚風、水神爲之止息波濤，更有河
神馮夷的擊鼓、女媧的清亮高歌，而洛神乘坐雲車，六龍在空中昂首前進，
這些都在曹植絢爛的想像與瑰麗文辭的營造中，顯示了洛神車駕聲勢的盛
大。而寫到文魚、鯨魚、水鳥隨侍保護，配合著水神的身分，想像了水族的
護衛跟從，這與〈山鬼〉中描述穿戴薜荔、女羅，乘坐赤豹，及有文狸跟從、
護衛的山鬼，情調更是極爲一致。曹植以浪漫主義的手法，通過瑰麗的想像
營造，描述了人神之間的愛慕，對後代美人神女類的神女書寫有著極大的影
響。

〔註132〕曹植〈洛神賦〉，〈全三國文〉卷十三。嚴可均校輯：《全上古三代漢魏三國六
　　　　朝文》，頁1122。

（三）憂生念亂的襟懷

對《楚辭》風骨的學習摹擬，還有憂生念亂襟懷的展現。〈離騷〉中屈原面對君王被小人蒙蔽的情形，曾有「哀眾芳之蕪穢」、「長太息以掩涕兮，哀民生之多艱」的感嘆。身處小人橫起把持朝政的楚國，屈原不但爲自己的受讒流放感到哀傷，也爲其他賢人（眾芳）無法爲國效命感到難過，因此而流淚嘆息，哀憐楚國百姓的未來。屈原一方面發抒了對個人不遇的哀痛，一方面也爲百姓動盪不安的生活，表達了關懷。另外〈哀郢〉中有「皇天之不純命兮，何百姓之震愆？民離散而相失兮，方仲春而東遷。」則是描述了國君受到小人的矇蔽，善良的百姓深怕自己無端遭罪的現象，這不但表達了屈原對姦宄小人的驚懼之情，也表達了姦宄小人在百姓社會所掀起的不安氣氛。至於〈懷沙〉中的「變白以爲黑兮，倒上以爲下。鳳皇在笯兮，雞鶩翔舞。同糅玉石兮，一概而相量」〔註133〕，更是說明了楚國政壇充斥著賢愚不分的亂象。這樣黑暗的環境，賢人無法出頭，楚國的未來更是令人擔憂。這些文中對國君昏昧，及國勢衰落的擔憂，都展現了屈原憂生念亂的襟懷。《楚辭》作爲抒情性強烈的文學，雖抒發作者個人心志情感，但文章的字裡行間，也表達了對紊亂政治下百姓的關心，更加強了《楚辭》悲涼的情調。黃震雲便認爲《楚辭》中，屈原正是用了抒情的筆調來批判現實，因此音色悲涼〔註134〕。

在建安辭賦中憂生念亂的呈現，也常常是文人藉以關心社會民生，或闡明自己建功立業志向的一種方法。如曹丕〈愁霖賦〉：

> 脂余車而秣馬，將言旋乎鄴都。玄雲暗其四塞，雨濛濛而襲予。途漸洳以沉滯，潦淫衍而橫湍。豈在余之憚勞，哀行旅之艱難。仰皇天而太息，悲白日之不暘。思若木以照路，假龍燭之末光。〔註135〕

曹丕在回到鄴都的途中，遇到了傾盆大雨，大雨濛濛、暗雲四塞並歷時長久，在滂沱的雨勢中，他不單只是想到自己旅途的辛勞，也進一步關心到路上其他行旅者的艱難，這充分展現了對百姓的關懷與悲憫。對著上天的長聲嘆息正是「憂生念亂」想法的流洩。

又如王粲〈登樓賦〉：

〔註133〕洪興祖：《楚辭補注》，頁143。
〔註134〕黃震雲：《楚辭通論》，湖南教育出版社，1997年10月第1版，頁278。
〔註135〕曹丕〈愁霖賦〉。魏宏燦校注：《曹丕集校注》，合肥：安徽大學出版社，2009年10月第一版，頁114。

> 惟日月之逾邁兮，俟河清其未極。冀王道之一平兮，假高衢而騁力。
>
> 懼匏瓜之徒懸兮，畏井渫之莫食。〔註136〕

王粲自遭逢亂世，流離他鄉，已超過了十二年的時間。在日月飛逝中，他慨嘆太平治世恐怕不會那麼快到來。但他希冀有一天當天下太平時，還能夠為國家、朝廷貢獻一己的心力。文字中表露了有才華卻不受重用，及對天下紛亂局勢的憂慮。然而，建安士人雖慷慨激昂，欲力圖改變混亂局勢，卻又感受到生命無常的悲痛，辭賦中所呈現的「憂生念亂」，也賦予作品更多悽愴悲涼的情調。

而「正聲何微茫，哀怨起騷人」〔註137〕、「若俳惻芬芳，楚騷為之祖」〔註138〕，作為悲怨文學源頭之一的《楚辭》所具有的悲怨之美，及其感動人心的力量，自然不能不對建安辭賦造成影響。然而建安畢竟不同於屈原所處的戰國時代，文學上仍有其獨特的特色，因此在對《楚辭》的回歸與延承中，還是顯示了些許的背離。

黃震雲認為：

> 建安風骨不是《楚辭》的摹仿作品或形象複製。他是特定的歷史條
> 件下，通過對時代和《楚辭》等歷史文化的吸取，和重新編織架構
> 表現出來的美學風格和精神風貌。〔註139〕

的確單一篇章形式的複製，是單調無趣的，唯有具備反應時代美學風格和精神風貌的創作，才能令人有所感動。因此，建安辭賦除了在困蹇際遇的強調、瑰麗的想像營造、憂生念亂的襟懷三項特色上，是對《楚辭》的回歸與延承；建安辭賦對《楚辭》的背離，則展現在以下三方面：理性玄遠的思考、明朗爽快的基調、群體情感的重視。

（四）理性玄遠的思考

東漢末以來儒教衰微，綱常名教屢遭破壞。士人們雖然受到儒家教育的浸潤與影響，但面對混亂不明的政治局勢，也只能選擇不同於傳統儒教的方

〔註136〕王粲〈登樓賦〉。吳雲主編：《建安七子集校註》，天津：天津古籍出版社，1991年11月第一版，頁220。

〔註137〕李白〈古風〉其一。李白著：《李太白全集》，臺北：世界書局，1997年5月2版1刷，頁75。

〔註138〕裴子野〈雕蟲論〉，〈全梁文〉卷五十三。嚴可均校輯：《全上古三代漢魏三國六朝文》，頁3262。

〔註139〕黃震雲：《楚辭通論》，頁286。

式來對應，也因此產生了大異於兩漢大一統時的人生抉擇與生命情調。而儒者及經學家面對道德危機和經學的沒落，開始逾越儒家的禮度和經學的師法家法，不拘儒者之節，雜采老莊之說〔註140〕。他們以《老子》、《莊子》、《周易》三玄的思維，來作出新的解讀，這股老莊釋儒的風氣，不但造成玄學的興起，也間接影響了魏晉士人的生活態度。他們開始學習道家老莊的避禍全生，創作上雖然他們極重視情感的抒發，但不是一味的沉溺在悲傷中無法自拔，而是以理性的態度來面對。因此在曹魏或建安辭賦作品中，往往可見面對困境時，士人們所展現的思考理性高玄，他們選擇的是用更曠達通透的態度，來面對生命中的挫折與困難。

以阮籍〔註141〕為例，他本身具備儒者的襟懷，但行事作為與立身處世更多是受到老、莊思想的影響。以其〈東平賦〉為例：

> 雖黔首之不淑兮，黨山澤之足彌。古哲人之攸貴兮，好政教之有儀。彼玄真之所寶兮，樂寂寞之無知。咨閭閻之散感兮，因回風以揚聲。……將言歸于美俗兮，請王子與俱遊。漱玉液之滋怡兮，飲白水之清流。遂虛心而後已兮，又何懷乎患憂。〔註142〕

阮籍在〈東平賦〉中闡述了懷有才能卻無法施展的悲傷，但他最後選擇對應挫折的方式，卻是通脫的以「樂寂寞」來自我開解。最後並以飲用玉液清流，及跟從仙人適意遨遊來作為最後的選擇。文句中「兮」字的使用，明顯是《楚辭》的型製；而面對百姓，即使不善，也樂於教化的行為，則屬儒家思想；但「玄真」、「王子」、「漱玉液」、「飲白水」，則可看出道家老、莊的影響。

在阮籍的思考中，不得建功立業，雖然是人生的莫大痛苦，但尚可選擇隱居，做一個享受世外之趣及追求長生、能與仙人共遊的隱士。他的思考是理性的，盡忠祖國或以死亡勸諫國君，並非是唯一的選擇。而其所言「彼玄真之所寶兮，樂寂寞之無知」，更是充滿了玄學高遠玄妙的意味。既然對生命途徑的選擇相當清楚，反應在平日的表現上，也就力求謹慎了。《世說新語·

〔註140〕江增華：〈魏晉玄學之解讀〉，江西：《上饒師範學院學報》，第 22 卷第 1 期 2002 年 2 月，頁 29。

〔註141〕西元 240 年，齊王曹芳即位，改元正始，是為正始時期的開始。至景元六年（西元 265 年），司馬昭死後，其子司馬炎稱帝，是為正始時期的結束，晉朝正式展開。阮籍、嵇康正值魏、晉之間，辭賦的創作與建安詩人有部分性質的雷同，因此本章將建安與正始的辭賦一併討論。

〔註142〕陳伯君校注：《阮籍集校注》北京：中華書局，2006 年 3 月 3 刷，頁 11、12。

德行》篇第一記載「晉文王稱阮嗣宗至愼，每與之言，言皆玄遠，未嘗臧否人物。」〔註143〕就是最顯著的證明。當然不只阮籍，曹丕、曹植、嵇康等建安賦作家，普遍的在作品中也都充斥著理性玄遠的思考。

反觀屈原，他對人生的執著與選擇對應生命的方式，都與阮籍大不相同。不論是〈涉江〉中云：「哀吾生之無樂兮，幽獨處乎山中。吾不能變心而從俗兮，固將愁苦而終窮」，或者〈離騷〉中的「亦余心之所善兮，雖九死其猶未悔」，或「寧溘死以流亡兮，余不忍爲此態也。」「伏清白以死直兮，固前聖之所厚」都流露出堅持己志，且絕對不與現實妥協的意思。即使偶爾會有「謇吾法夫前脩兮，非世俗之所服。雖不周於今之人兮，願依彭咸之遺則」（〈離騷〉）的時候，但他堅持跟隨彭咸而去，卻不肯跟隨仙人的步伐隱居，可知「幽獨處乎山中」只是屈原暫時用來寬慰自己的文句，我們端看他在文中對盡忠鄉國的反覆致意、對小人的嚴厲批判，及嘗試請靈氛占卜的行爲，便清楚屈原始終沒有把隱居當成生命的一條路徑，或者說他最後總是因拳拳愛戀鄉國的情思而選擇堅持。相較於阮籍對人生理性玄遠的思考，屈原是極感性的，他所耽溺的是濃烈的情感帶來的悲傷，這就是魏晉辭賦家與屈原最大的差異。

（五）明朗爽快的基調

對人生思考的角度不同，選擇生命途徑的方式，也就有所差異，自然而然在作品創作基調上，也就有所不同。建安辭賦作品主要的旋律，也和其文學基調是一致的。

如曹丕〈浮淮賦〉：

> 沂淮水而南邁兮，泛洪濤之湟波。仰嵩崗之崇阻兮，經東山之曲阿。
> 浮飛舟之萬艘兮，建幹將之鋩戈。揚雲旗之繽紛兮，聆榜人之謳譁。
> 乃撞金鐘，爰伐雷鼓。白旄沖天，黃鉞扈扈。武將奮發，驍騎赫怒。
> 於是驚風泛，湧波駭。眾帆張，群櫂起。爭先逐進，莫適相待。〔註144〕

這是建安十四年時，曹丕隨著王師東征〔註145〕，所寫描述軍隊出征時軍容壯

〔註143〕劉義慶著，劉孝標注，余嘉錫箋疏：《世說新語》，臺北：華正書局，1993 年 10 月，頁 17。

〔註144〕魏宏燦校注：《曹丕集校注》，頁 89。

〔註145〕曹丕〈浮淮賦序〉：「建安十四年，王師自譙東征，大興水軍，泛舟萬艘。時予從行，始入淮口，行泊東山，睹師徒，觀旌帆，赫哉盛矣，雖孝武盛唐之狩，舳艫千里，殆不過也。乃作斯賦。」嚴可均校輯：《全上古三代漢魏三國六朝文》9，頁 89。

盛的篇章。文中描述的是軍隊行軍途中，旌旗遮天，擂鼓震天的情景；又描寫武將們蓄勢待發，充滿衝鋒陷陣的高昂鬥志。全文描述了行軍將士的英勇威武，讀之令人精神抖擻，情調上積極明朗，充斥對統一天下及建功立業的渴望。

又有曹植〈東征賦〉：

> 登城隅之飛觀兮，望六師之所營。幡旗轉而心異兮，舟楫動而傷情。顧身微而任顯兮，愧責重而命輕。嗟我愁其何爲兮，心遙思而懸旌。師旅憑皇穹之靈祐兮，亮元勳之必舉。揮朱旗以東指兮，橫大江而莫御。循戈櫓於清流兮，汜雲梯而容與。禽元帥於中舟兮，振靈威於東野。〔註146〕

建安十九年，東征孫吳，曹植率領禁兵守衛王宮〔註147〕。賦中首先敘述出征隊伍的軍容壯盛，接著感嘆自己無法跟隨軍隊出征以建功立業，只好安慰自己的工作「領導禁軍」一職責任重大。我們知道曹植相當仰慕游俠的「棄身鋒刃端，性命安可懷。」（〈白馬篇〉）而建功立業也一直是他努力的目標。可惜東征孫吳，他無法跟隨軍隊出征。文中的「身微」、「命輕」，都透露出他不能一展長才的悲傷，即使如此，他並未一直處於悲傷當中，後文他慷慨激昂的疾呼，此次征吳的軍隊，必定受到神靈保護，能順利擒獲敵方將領，使得曹魏能威名遠播。全文充滿著昂揚的精神，情調開朗豪邁，頗能顯現「建安風骨」的特色。

相較於以明朗爽快爲基調的建安辭賦，《楚辭》有著深沉內蘊的「怨」情，因此使得文章基調大多哀怨深鬱。朱熹《楚辭集注·楚辭後語》便對其哀怨深鬱的特色有肯切的論述：

> 蓋屈子者，窮而呼天，疾痛而呼父母之詞也。故今所欲取而使繼之者，必其出於幽憂窮蹙，怨慕淒涼之意，乃爲得其餘韻；而宏衍鉅麗之觀，懽愉快適之語，宜不得而與焉。〔註148〕

〔註146〕曹植著，趙幼文校注：《曹植集校注》，北京：人民文學出版社，1998年7月1刷，頁63、64。

〔註147〕〈東征賦序〉：「建安十九年，王師東征吳寇，餘典禁兵，衛宮省。然神武一舉，東夷必克。想見振旅之盛，故作賦一篇。」曹植著，趙幼文校注：《曹植集校注》，頁63。

〔註148〕摘自宋·朱熹《楚辭集注·楚辭後語目錄序》。收錄於朱熹：《朱子全書》，上海：上海古籍出版社，頁220。

屈原因為仕途困蹇，屢遭挫折，文章中可見其悲痛之情。因此朱熹以為要掌握《楚辭》特色，正在於際遇要幽憂窮蹙，而文章情調必定要能表達怨慕淒涼之意。劉鶚〈老殘遊記自序〉，更明揭「〈離騷〉為屈大夫之哭泣」〔註149〕，我們翻閱整本《楚辭》，其悲怨淒涼之情，的確是它最鮮明的特色。

如《楚辭·思美人》中的一段：

> 思美人兮，擥涕而竚眙。媒絕路阻兮，言不可結而詒。蹇蹇之煩冤兮，陷滯而不發。申旦以舒中情兮，志沈菀而莫達。願寄言於浮雲兮，遇豐隆而不將。因歸鳥而致辭兮，羌迅高而難當。高辛之靈盛兮，遭玄鳥而致詒。欲變節以從俗兮，媿易初而屈志。獨歷年而離愍兮，羌馮心猶未化。寧隱閔而壽考兮，何變易之可為！〔註150〕

文中屈原陳述了他與君王之間缺乏媒介的憤懣，與自己至誠一片卻蒙冤、多年遭讒不遇的悲痛；及堅持走正路，但卻正路難行的困窘。他的情緒是鬱結不通的，雲師、鴻鳥拒絕幫助他，「媒絕路阻」的困境，使他深感委屈不平、愴然淚下，甚至在矛盾中，還考慮要「變節從俗」。這些情感與理智的激烈衝突，使得屈原的痛苦與矛盾達到高點，當中低迴不平，及挫折失意所造成的憤懣，組成了全文悲痛難平的主旋律。而這種悲痛的情感，不只是出現在〈思美人〉中，《楚辭》各篇的基調，大抵如此。

可見，建安辭賦中擬騷類作品，除形式上的仿製學習外，雖也用以發抒人生困境之悲情，但字裡行間往往會透露一股清新剛健之氣。這是對《楚辭》怨慕淒涼情調的微調，也成為了建安文學特有的風格。

（六）群體情感的重視

建安辭賦擬騷類作品，在對《楚辭》學習的歷程中，這種個人強烈情緒書寫中指涉的對象，與《楚辭》有些微的不同，他們展現了對群體情感的重視。

早在《詩經》開始，文章便是抒發作者情感的最佳工具。所謂「在心為志，發言為詩，情動於中而形於言。」（〈詩大序〉）雖然《詩經》中的作品不乏明顯的抒情性，但相當多的篇章，仍被用來凸顯社會生活的面向，屬陳述

〔註149〕劉鶚〈老殘遊記自敘〉：「〈離騷〉為屈大夫之哭泣，《莊子》為蒙叟之泣，《史記》為太史公之哭泣，《草堂詩集》為杜工部之哭泣。」劉鶚著、徐少知新注《老殘遊記》：臺北：里仁書局，2013年5月初版，頁1。
〔註150〕洪興祖：《楚辭補注》，頁146～147。

集體生活及情感的作品，明揭出當代社會生活的精神與群象；但顯著的個人情感的大量書寫與表露，還是要到屈原的《楚辭》才算完整確立。

《楚辭》是屈原個人創作的重要作品，它突破了傳統禮法和功利的束縛，大膽的抒發、表現自己的情感。影響所及，其後更開啟了這種以個人抒情爲主，系統性、典型性的抒情系統。和《詩經》相比，《詩經》表露的情感是群象情感的呈現，但《楚辭》是屈原獨屬個人情緒的展現。而到了建安文人擬騷辭賦的書寫，則在《楚辭》表露的個人情感抒發中，做了一些開拓與創新。

《楚辭》中屈原大量書寫自我的情感，如以「汩余若將不及兮，恐年歲之不吾與」（〈離騷〉），說明自己懼怕時間的飛快流逝。以「豈余身之憚殃兮，恐皇輿之敗績」（〈離騷〉），說明自己不怕遭禍及對鄉國的關懷。以「荃不察余之中情兮，反信讒而齌怒」（〈離騷〉）「忠何罪以遇罰兮，亦非余心之所志」（〈惜誦〉）悲嘆國君的昏昧不明。以「亦余心之所善兮，雖九死其猶未悔」（〈離騷〉），表達堅守節操的決心。以「夫惟黨人之鄙固兮，羌不知余之所臧」（〈懷沙〉），表達對姦佞小人的譴責。尤其是「老冉冉其將至兮，恐脩名之不立」（〈離騷〉）一句，讓我們清楚得見屈原的奮鬥努力，是爲了不辜負「帝高陽之苗裔兮」的身分，他的積極是爲了追求自我的實現。這些都可看出《楚辭》中所展現的抒情性，實際上具有強烈的個人色彩。

建安辭賦作品，除了看見自己的積極進取與悲傷痛苦，也看見了他人與社會的傷悲。繼而在筆下，描繪出當代受苦受難的社會群象，而他們的抒發的悲情，多半也是士人階層共有的情感。在本論文第三章「《楚辭》的幻境神遊與魏晉南北朝的自由追尋」中，亦對此論有所涉及，李澤厚《美的歷程》曾提及：「對生死存亡的重視、哀傷，對人生短促的感慨、喟歎，從建安直到晉宋，從中下層直到皇家貴族，在相當一段時間中和空間內彌漫開來，成爲整個時代的典型音調。」〔註151〕這種時代的典型音調，是屬於士人或百姓的群體意識的展現。魏晉士人與屈原最大的不同，是屈原的困境侷限在個人，而魏晉士人的喟嘆是全體性。而這種全體性的喟嘆，不只有侷限在生死存亡及人生短促上，更細部的還有社會生活的反應，其中如「婦女的悲歌」。

辭賦創作第一次以婚姻爲題材的賦作，是蔡邕的〈協和婚賦〉，不過其中心主題是敘述婚禮，不是寫婚姻問題。另有一篇〈協初賦〉，大膽描述夫婦的

〔註151〕李澤厚：《美的歷程》〈五、魏晉風度〉，新店：谷風出版社 1987 年 11 月，頁114。

歡和。蔡邕的賦篇，相當程度反應漢代禮教，至此已有逐漸鬆動的現象，同時也爲建安辭賦作了富有建設性的先導工作〔註152〕。

如王粲〈出婦賦〉：

> 既僥倖兮非望，逢君子兮弘仁。當隆暑兮翕赫，猶蒙眷兮見親。
> 更盛衰兮成敗，思情固兮日新。諫余身兮敬事，理中饋兮恪勤。
> 君不篤兮終始，樂枯荄兮一時。心搖蕩兮變易，忘舊姻兮棄之。
> 馬已駕兮在門，身當去兮不疑。攬衣帶兮出戶，顧堂室兮長辭。

〔註153〕

文中陳述了一個女子恪守婦道，對丈夫及家庭盡心盡力，但丈夫對他的鍾愛，卻無法持續到最後，只因爲男子的心思搖蕩及變易，便休棄了婦人。而女子沒有任何反抗，因爲男子對擇妻的權威及喜新厭舊，在社會中是不會被譴責的。詩中對無辜見棄的婦女，充滿了同情與悲憫，也間接反應了不合理的社會婚姻制度。

曹丕〈寡婦賦〉是他想起故友阮元瑜的遺孀及遺孤，感到悽愴傷心而作。「惟生民兮艱危，於孤寡兮常悲。人皆處兮歡樂，我獨怨兮無依。撫遺孤兮太息，俛哀傷兮告誰。」〔註154〕陳述了寡婦失去丈夫後的孤苦和寂寞。所謂「孤寡常悲」，一方面是寡婦的認命之詞，也是她必然要承受的殘酷現實；另一方面也說明了社會禮教對寡婦的嚴苛限制，及未盡照顧之實。

以上，這些涉及到寡婦及出婦的賦作，或者是因爲建安士人對社會體制不滿而作；或者是因爲替好友故舊遺孀發抒寂苦，但都間接的對社會體制的不公，有著隱性的批評。在這些作品中，他們發抒了自我的感情，也關懷到

〔註152〕廖國棟：《建安辭賦之傳承與拓新──以題材及主題爲範圍》，臺北：文津出版社，2000年9月一刷，頁408。

〔註153〕王粲〈出婦賦〉。〈出婦賦〉的主角爲劉勳出妻王氏，曹丕因劉勳「悅山陽司馬氏女」便以無子休棄王氏，曹丕因此不平，並代她提出控訴。曹丕〈出婦賦〉、曹植〈出婦賦〉主角亦爲王氏，是同題之作。廖國棟：《建安辭賦之傳承與拓新──以題材及主題爲範圍》，頁409。

〔註154〕曹丕〈寡婦賦序〉：「陳留阮元瑜與余有舊，薄命早亡，每感存其遺孤，未嘗不愴然傷心，故作斯賦，以敘其妻子悲苦之情，命王粲等並作之。惟生民兮艱危，於孤寡兮常悲。人皆處兮歡樂，我獨怨兮無依。撫遺孤兮太息，俛哀傷兮告誰。三辰周兮遞照，寒暑運兮代臻。歷夏日兮苦長，涉秋夜兮漫漫。微霜隕兮集庭，燕雀飛兮吾前。去秋兮就冬，改節兮時寒。水凝兮成冰，雪落兮翻翻。傷薄命兮寡獨，內惆悵兮自憐。」〈全三國文〉，卷四。嚴可均校輯：《全上古三代漢魏三國六朝文》，頁1073。

社會上的共同問題，不只是婦女的婚姻問題，其他像本論文中常舉例的「憂生惜時」等群體情感的文章，其創作篇數更是多不勝數。

相較於《楚辭》由《詩經》的群體書寫，走向個人書寫的道路，建安擬騷辭賦又重新將視野拓大，關懷到時代的群體意識，及社會普遍的問題，可說對個人及群體都有所兼美。對此，黃震雲也認為建安風骨在託物言志、悲天憫人、憂患時局、建功立業方面皆與《楚辭》有些相似，但對現實的主動勇敢的作用上，更顯得慷慨激蕩和集體精神〔註155〕。

因此，建安辭賦在學習《楚辭》的歷程中，呈現了復歸的特色。但在復歸中，有其回歸與延承，也有所開拓與改造。總結以上論述可知，建安擬騷類辭賦對《楚辭》學習大約有三個方向，即困蹇際遇的強調、瑰麗想像的營造、憂生念亂的襟懷；而對摹擬《楚辭》中的改造，則為理性玄遠的思考、明朗爽快的基調、群體情感的重視。

二、衍變與新創──兩晉辭賦與《楚辭》

所謂「晉世文苑，足儷鄴都」（《文心雕龍‧才略》），接續建安而下的兩晉，雖然政局黑暗，動亂頻繁，但在辭賦的寫作上，卻相當繁榮昌盛。而兩晉時代辭賦創作，在學習《楚辭》的歷程中，可說在建安辭賦奠定的基礎上，持續擴展了美的深度，而進一步有所衍變與創新。

（一）題材愈開拓創新

建安時代開始，擬騷賦作對題材的創新便不餘遺力，到了兩晉作家在對新穎題材的挖掘上，更是努力加以開拓。他們開始注意到一些細小的微物，並以此寄託深意，此即前文所述，在魏晉南北朝對《楚辭》的借鑑中，於意象與內容上所展現題材多元，內容深拓及託寄高奇，設喻巧妙的特色。這兩項特色，尤其在兩晉是更加發達的。以往不曾入題的題材，據統計如動物類就有蜘蛛、螳螂、青蠅、蜉蝣、叩頭蟲；植物類有朝生暮落樹、長生樹、薺、宜男花、都蔗、菥、菽；又有其他器物類及其他……等，都成為賦家筆下的題材。

尤其相同題材上，兩晉作家也嘗試推陳出新，在舊主題或題材中寫出新意，顯著者莫如成公綏。成公綏的賦，寫作的都是相當特殊的題材。如〈螳

〔註155〕黃震雲：《楚辭通論》，頁286。

螂賦〉，賦中描寫螳螂捕蟬，生動傳神，並託物寄寓，說明的是不要只著眼於眼前之利，而忽略了身後的危險。又〈蜘蛛賦〉則寫蜘蛛布下絲網，以等待獵物一網打盡。〈棄故筆賦〉中敘述筆的重要功用，並感嘆筆最後的結局，還是被拋棄。這些特殊的題材，拓展了賦作的內容，賦予了賦作新奇有趣的新風貌。而其〈鸚鵡賦〉的寫作，更有意跳脫過去作家〈鸚鵡賦〉的主題，抒發出不同的旨趣。其序云：

> 鸚鵡，小鳥也，以其能言解意，故爲人所愛玩，育之以金籠，升之
> 以堂殿，可謂珍之矣，然未得鳥之性也。〔註156〕

序文中，以爲鸚鵡因爲「解意」及被關在籠中賞玩，而得到寵愛，但可惜這些都違反了鳥類的本性，主要是藉此闡明萬物貴在適其本性，這與之前的〈鸚鵡賦〉主題都明顯不同。據統計，留存下來的〈鸚鵡賦〉共計15篇〔註157〕，漢代彌衡的〈鸚鵡賦〉評價極高，建安則有曹植、王粲、應瑒、陳琳的同題創作；兩晉有傅玄、成公綏……等也都有同題之作。彌衡的〈鸚鵡賦〉以鸚鵡自喻，其云：

> 惟西域之靈鳥兮，挺自然之奇姿；體金精之妙質兮，含火德之明煇。
> 性辯慧而能言兮，才聰明以識機。故其嬉游高峻，棲跱幽深，飛不
> 妄集，翔必擇林；紺趾丹觜，綠衣翠衿；采采麗容，咬咬好音。雖
> 同族於羽毛，固殊智而異心；配鸞皇而等美，焉比德於眾禽。於是
> 羨芳聲之遠暢，偉靈表之可嘉。命虞人於隴坻，詔伯益於流沙，跨
> 崑崙而播戈，冠雲霓而張羅。……寧順從以遠害，不違迕以喪身。
> 故獻全者受賞，而傷肌者被刑。爾迺歸窮委命，離群喪侶。閉以雕
> 籠，剪其翅羽。流飄萬里，崎嶇重阻。……彼賢哲之逢患，猶棲遲
> 以羈旅。矧禽鳥之微物，能馴擾以安處。眷西路而長懷，望故鄉而
> 延佇。忖陋體之腥臊，亦何勞於鼎俎？嗟祿命之衰薄，奚遭時之險
> 巇？豈言語以階亂，將不密以致危？痛母子之永隔，哀伉儷之生離。
> 匪餘年之足惜，憫眾雛之無知。〔註158〕

賦中，彌衡先描述了鸚鵡的美好資質，認爲其美好的智慧與心性，可與鳳鳥媲美，因此與一般鳥禽有很大的差異。而後寫因爲鸚鵡的美質，使得統治者

〔註156〕〈全晉文〉，卷五十九。嚴可均校輯：《全上古三代漢魏三國六朝文》，頁1797。
〔註157〕崔俊娜、羅文軍：〈建安同題賦研究〉，《蘭州教育學院學報》第28卷第1期2012年2月，頁18。
〔註158〕費振剛等輯校：《全漢賦》，北京：北京大學出版社，1993年4月一版，頁611。

使人佈下羅網加以網羅，最後為保全生命，只好委屈順從。之後，文中又感嘆亂世文人被羈縻的痛苦與悲憤，表達了對前途的重重憂慮。彌衡〈鸚鵡賦〉寫出了當代士人在艱惡困境中，心靈對自由的崇尚與嚮往。這個主題吸引後代文人的競相仿作，曹植、王粲、應瑒、陳琳便從中有所摹擬學習，以曹植及王粲〈鸚鵡賦〉為例〔註159〕：

> 美中洲之令鳥，超眾類而殊名；感陽和而振翼，遁太陰以存形。
> 遇旅人之嚴網，殘六翮之無遺。身掛滯於重籠，孤雌鳴而獨歸；
> 豈予身之足惜，憐眾雛之未飛。分麋軀以潤鑊，何全濟之敢希；
> 蒙含育之厚德，奉君子之光輝。怨身輕而施重，恐往惠之中虧；
> 常戢心以懷懼，雖處安其若危。永哀鳴其報德，庶終來而不疲。
> 〔註160〕（曹植〈鸚鵡賦〉）

> 步籠阿以躑躅，叩眾目之希稠。登衡幹以上干，噭哀鳴而舒憂。
> 聲嚶嚶以高厲，又憀憀而不休。聽喬木之悲風，羨鳴友之相求。
> 日奄藹以西邁，忽逍遙而既冥。就隅角而斂翼，倦獨宿而宛頸。
> 〔註161〕（王粲〈鸚鵡賦〉）

曹植〈鸚鵡賦〉寫得也是具有美好資質的鸚鵡，被羅網所補，對於未來與前途心中常懷恐懼，雖處於安定也隱藏不可知的危險。王粲〈鸚鵡賦〉則寫鸚鵡被關在牢籠，哀鳴舒憂的情形。由內容上來看，兩人與彌衡〈鸚鵡賦〉約略相同，從語言文字上看，則明顯有摹擬學習的痕跡。如曹植的「豈余身之足惜，憐眾雛之未飛。」就是對彌衡「匪餘年之足惜，憫眾雛之無知」的摹擬。而到成公綏，〈鸚鵡賦〉原文雖不能得見，但從文前的序，可明確得知他已成功跳脫彌衡以來述其不遇及嚮往自由的內容，替舊題材開拓了全新的表現空間，尤其「萬物貴在適其本性」，染上了玄學的色彩，頗能彰顯兩晉辭賦時代的特色。

　　兩晉士人致力於當代抒情小賦題材的開拓，並嘗試以騷體的形式來作為表達的形式，這對於《楚辭》來說，一方面表達了兩晉對騷體形式的喜愛及傳承，一方面也是為騷體文學形式的使用作了嘗試，不但延續了騷體的生命力，更拓展了騷體的創作空間。

〔註159〕應瑒、陳琳〈鸚鵡賦〉不完整，此處只取曹植、王粲較完整的〈鸚鵡賦〉來討論。
〔註160〕〈全三國文〉，卷十四。嚴可均校輯：《全上古三代漢魏三國六朝文》，頁1129。
〔註161〕費振剛等輯校：《全漢賦》，頁680。

（二）興亡感慨愈深

兩晉因戰亂頻繁，文人在這種飽嚐憂患的環境中，思想感情受其觸動，多在賦中描述因戰亂而荒蕪的社會情狀，同時也寄寓了對歷史興亡的感慨，情調多悲切動人。

如「好經術，博學有高才，而訥於言論，詞賦為中興之冠」〔註162〕的郭璞，有〈流寓賦〉一首：

> 戒雞晨而星發，至猗氏而方曉，觀屋落之驟殘，顧徂見乎丘棗。
> 嗟城池之不固，何人物之希少。越南山之高嶺，修焦丘之微路。
> 駭斯徑之峻絕，感王陽而增懼。詰朝發于解池，辰中暨乎河北。
> 思此縣之舊名，蓋曩日之魏國。詠詩人之流歌，信風土之儉刻。
> 背茲邑之迴逝，何險難之多歷。望陝城于南涯，存虢氏之疆場。
> 實我姓之攸出，邈有懷乎乃跡。陟函谷之高關，壯斯勢之險固。
> 過王城之丘墟，想穀洛之合鬪。惡王靈之壅流，奇子喬之輕舉。
> 游華輦而永懷，乃憑軾以寓目。思文公之所營，蓋成周之墟域。

〔註163〕

此賦寫作的背景，據《晉書·郭璞》傳記載：「惠懷之際，河東先擾。璞筮之，投策而歎曰：『嗟乎！黔黎將湮於異類，桑梓其翦為龍荒乎！』」於是潛結姻昵及交遊數十家，欲避地東南。」〔註164〕因此，他將逃亡路線上所見的社會動盪與人民離散的情形記敘下來。當他沿著聞喜、猗氏（今臨猗縣）、南山（中條山）、焦丘、王屋山、解池（今運城鹽池）、河北（山西芮城縣）、陝城（今河南陝縣）、函穀（函谷關），一路到達王城（洛陽）〔註165〕時，心中興起無限感慨。首先是所見觸目驚心的情景，房屋被毀、城池破落、人口稀少；接著是必須走過崇峻的山嶺及蜿蜒高峭的小路，可說是一趟艱險的歷程。賦中有兩段以歷史興亡來抒發懷抱者：一是經過魏國，使他想起建安詩人的詩歌。二是憑軾登臨，想起眼前這片土地是過去周代文公所辛苦經營的。賦中的歷

〔註162〕《晉書·郭璞傳》。房玄齡等著、楊家駱主編：《晉書》，臺北：鼎文書局，1980年3月初版，頁1899。
〔註163〕郭璞〈流寓賦〉，〈全晉文〉卷一百二十。嚴可均校輯：《全上古三代漢魏三國六朝文》，頁2149。
〔註164〕《晉書·郭璞傳》。嚴可均校輯：《全上古三代漢魏三國六朝文》，頁1899。
〔註165〕此為聶恩彥所考證郭璞的逃亡路線。郭璞著、聶恩彥校注：《郭弘農集校注》，太原：山西人民出版社，1991年11月，頁39～40。

史興懷，固然是逃亡時，經過往昔繁盛之地，而有所觸發，但更重要的是要烘托出對時政的批評與譴責。「惡王靈之壅流，奇子喬之輕舉。」二句正說明了他對昏庸君王的失望，而以仙人王子喬的飛昇輕舉之逍遙相對比，更凸顯了他對社會安定的渴望。

　　賦文全篇，語言形式上雖以「而」字代替「兮」字，但仍存有騷體痕跡，情感上則悲傷沉鬱，表達了對時政的批評。這篇賦的情調，實際上與屈原的〈哀郢〉極為類似。

　　屈原的〈哀郢〉表達了對故鄉的無限眷戀，及對家國前途的憂心：

> 皇天之不純命兮，何百姓之震愆？
> 民離散而相失兮，方仲春而東遷。
> 去故鄉而就遠兮，遵江、夏以流亡。
> 出國門而軫懷兮，甲之晁吾以行。
> 發郢都而去閭兮，怊荒忽其焉極？
> 楫齊揚以容與兮，哀見君而不再得。
> 望長楸而太息兮，涕淫淫其若霰。
> 過夏首而西浮兮，顧龍門而不見。
> 心嬋媛而傷懷兮，眇不知其所蹠。
> 順風波以從流兮，焉洋洋而為客。
> 淩陽侯之氾濫兮，忽翱翔之焉薄？
> 心絓結而不解兮，思蹇產而不釋。
> 將運舟而下浮兮，上洞庭而下江。
> 去終古之所居兮，今逍遙而來東。
> 羌靈魂之欲歸兮，何須臾而忘反！
> 背夏浦而西思兮，哀故都之日遠。
> 登大墳以遠望兮，聊以舒吾憂心。
> 哀州土之平樂兮，悲江介之遺風。
> 當陵陽之焉至兮，淼南渡之焉如？
> 曾不知夏之為丘兮，孰兩東門之可蕪？
> 心不怡之長久兮，憂與愁其相接。
> 惟郢路之遼遠兮，江與夏之不可涉。
> 忽若去不信兮，至今九年而不復。
> 慘鬱鬱而不通兮，蹇侘傺而含慼。

外承歡之汋約兮，諶荏弱而難持。

忠湛湛而願進兮，妬被離而鄣之。

堯、舜之抗行兮，瞭杳杳而薄天。

眾讒人之嫉妬兮，被以不慈之偽名。

憎慍惀之修美兮，好夫人之慷慨。

眾踥蹀而日進兮，美超遠而踰邁。

亂曰：曼余自以流觀兮，冀壹反之何時？

鳥飛反故鄉兮，狐死必首丘。

信非吾罪而棄逐兮，何日夜而忘之？〔註166〕

文中也記述了屈原被放逐江南的路線，首句的「皇天之不純命兮」的「皇天」其實就是借指昏昧的國君，而當國君聽信小人讒言，使他蒙受冤屈，被迫遠離家鄉，他極為痛苦悲傷，只能登臨遠望、紓解心緒。屈原以靈魂沒有一刻不想回到故鄉，來鋪寫他的傷懷與悲嘆。最後舉堯、舜二帝雖德性崇高，也曾遭遇讒小之加偽名，來自我寬慰，而在文末「亂辭」中，又以鳥的飛返故鄉及狐死首丘的行為，來總結他思念故鄉的眷眷情思。全文重在抒發對故鄉濃烈的眷戀之情，陳師怡良曾歸納〈哀郢〉的寫作心緒為「遲遲其行，回顧頻頻、心繫鄉土，魂牽夢縈、小人當道，忠良憂心、故國情深，葉落歸根」〔註167〕幾項，這些都可知屈原眷戀鄉國之濃烈。但與〈離騷〉等文相比，控訴帝王昏昧及小人奸佞的色彩，卻是較為淡薄的，文中也舉堯、舜等歷史人物的被汙衊，來作自我的勸勉寬慰，情調上悲情繾綣，洪興祖《楚辭補注》云此章：「言己雖被放，心在楚國，徘徊而不忍去，蔽於讒諂，思見君而不得。故太史公讀〈哀郢〉而悲其志。」〔註168〕

　　若從創作意圖看來，昔時屈原作〈離騷〉、〈遠遊〉、〈涉江〉、〈哀郢〉、〈九章〉等作品，一方面既寫實記錄了被放逐羈旅的遊蹤，另一方面在作品中，深刻地表達忠憤怨懟的不平，「用感其心」之志，可以視為騷體紀行文學的濫觴〔註169〕。而郭璞〈流寓賦〉正是被歸類在紀行作品中〔註170〕。關於紀行賦，

〔註166〕洪興祖：《楚辭補注》，頁132～136。

〔註167〕陳師怡良：〈楚辭哀郢篇研究〉，《屈原文學論集》，臺北：文津出版社，1992年11月初版，頁447～453。

〔註168〕洪興祖：《楚辭補注》，頁132。

〔註169〕葉幼明：《辭賦通論》第三章〈辭賦發展概述〉，湖南教育出版社，1991年5月第1版，頁97～98。

兩漢以後，藉紀行賦以「序志」的創作旨趣依舊，但紀行寫作的題材顯然開闊許多，從篇題看來，懷舊、思歸、浮游、紀征、流寓、述行、遠遊、去鄉等等題材均可入題，更多書寫的空間，因為行旅、懷思、任遠、哀怨等情懷而激發的飄零之感，擴展了魏晉以降紀行賦題材的內容與多樣化〔註171〕。

　　〈流寓賦〉與《楚辭·哀郢》微妙的關聯性即在於此。由上文討論可知，〈哀郢〉與〈流寓賦〉的相同處為：都述及自己的流放或逃亡路線；都對國家時政作了批評與譴責；都援引歷史人物來寬慰己身，或引起興亡感慨；與《楚辭》部份篇章一樣，會加入了仙道思想點綴，用以強調對心靈自由的嚮往。

　　但因為兩晉辭賦題材，書寫的空間趨向多元化，自然也有所創新。如〈流寓賦〉中，強調的是普遍性人民流離的痛苦，並未侷限在個人情志的反覆致意；又援引的歷史人物較多，且都是作為和平與動亂的對照，歷史興亡滄桑感的色彩趨於濃厚，感慨的強度也就愈大了。

　　其他，如張協的〈登北芒賦〉：

> 陟巒丘之邅迤，升逶迤之脩岅。迴余車于峻嶺，聊送目于四遠。靈嶽鬱于造天，連崗巖以塞產。伊洛混而東流，帝居赫以崇顯。山川汨其常弓，萬物化而代轉。何天地之難窮，悼人生之危淺。歎白日之西頹兮，哀世路之多蹇。于是徘徊絕嶺，踟躕步趾。前瞻南山，卻闚大岯。東眺虎牢，西睨熊耳。邪互天際，旁極萬里。芬眩眼以芒昧，諒群形之難紀。臨千仞而俯看，似遊身于雲霄。撫長風以延佇，想凌天而舉翮。瞻冠蓋之悠悠，睹商旅之接梐。爾乃地勢宭隆，丘墟陂阤。墳隴嵬疊，基布星羅。松林摻映以攢列，玄木搜寥而振柯。壯漢氏之所營，望五陵之嵬峨。喪亂起而啓壞，僮豎登而作歌。

〔註172〕

〔註170〕據蘇惠霜從嚴可均《全上古三代秦漢三國六朝文》、《文選》、《歷代賦匯》中的統計，魏晉以降紀行作品如下：晉：盧湛〈征艱賦〉、向秀〈思舊賦〉、張載〈敍行賦〉、潘岳〈西征賦〉〈懷舊賦〉、陸機〈懷土賦〉〈行思賦〉〈思歸賦〉〈感丘賦〉、陸雲〈南征賦〉、郭璞〈流寓賦〉、袁宏〈東征賦〉〈北征賦〉。

〔註171〕蘇惠霜：〈論屈原作品和騷體紀行賦〉，遼寧：《遼東學院學報》（社會科學版），第12卷第5期2010年10月，頁96。

〔註172〕據嚴可均《全晉文》，〈登北芒賦〉作者為張協，他本有作張載者。《全晉文》，卷八十五。嚴可均校輯：《全上古三代漢魏三國六朝文》，頁1951、1952。

賦中寫張協於永康元年，八王之亂後，屏居草澤時〔註173〕，登臨北芒山，於天地的寬闊無窮中，有感於時光荏苒、人生短暫，且世路多艱，因此發出沉鬱的悲痛，並有飄然出世、舉翮凌天的嚮往。賦中藉北芒山及漢代五陵兩地，來抒發他對歷史興亡的感慨。北芒山，即是過去的邙山，宋樂史《太平寰宇記》（卷三）〈河南道三〉記載：「在今洛陽城北，古今九原之地，即歷代　地，據載伊尹、蘇秦、張儀、扁鵲、田橫、劉寬、楊修、孔融、吳後主、蜀後主、嵇康、阮籍等都有冢在此。」〔註174〕而漢代「五陵」指長陵、安陵、陽陵、茂陵、平陵五個漢代帝王的陵寢，位於長安，是當時豪俠巨富聚集之處。張協於八王戰後，登臨過往歷代豪傑埋葬的處所，有感於當代動亂，而發思古之幽情，因此發出人生危淺、世路多艱的感嘆。再以漢代君王的陵地——五陵與北芒山相呼應，帶出戰後喪亂的歷史興亡之感，另外又以遊身雲霓、舉翅凌翔的想像，來說明出世之想，以印證其居於草澤的現況，這些都頗能表現張協悲憫社會的個人情志，及其對社會國家的道德責任感。

張協的〈登北芒賦〉，對人生短暫、多艱及對時政的關懷，和作者徘徊踟躕的矛盾傷悲，都顯見楚《騷》情調。而賦中特別著重對歷史興亡感懷的深度，極能表現兩晉賦作中興亡感慨愈深的特色。

（三）情感愈悲傷淒麗

對女性關懷的賦作主題，是建安辭賦寫作的一大特色，廖國棟在其《建安辭賦的傳承與拓新》中，將建安辭賦主題分為五類，其中一類便是有關婦女婚姻的主題。及至兩晉，婦女婚姻主題，仍是作家書寫的重要題材，不同的是與建安婦女婚姻主題相互比較，可以發現兩晉婦女婚姻主題的書寫，情調上愈加悲傷淒麗。如潘岳〈寡婦賦〉：

> 何遭命之奇薄兮，遭天禍之未悔。……
>
> 時曖曖而向昏兮，日杳杳而西匿。雀群飛而赴楹兮，雞登棲而斂翼。
>
> 歸空館而自憐兮，撫衾裯以歎息。思纏綿以瞀亂兮，心摧傷以愴惻。
>
> 曜靈曄而遄邁兮，四節運而推移。天凝露以降霜兮，木落葉而隕枝。
>
> 仰神宇之寥寥兮，瞻靈衣之披披。退幽悲於堂隅兮，進獨拜於床垂。
>
> 耳傾想於疇昔兮，目仿佛乎平素。雖冥冥而罔覿兮，猶依依以憑附。

〔註173〕陳慶元：〈張協洛陽二賦初探——〈洛禊賦〉與〈登北芒山賦〉〉，《阜陽師範學院學報》（社會科學版）2002 年 03 期，頁 3。

〔註174〕樂史：《太平寰宇記》，北京：中華出版社，1985 年，頁 81。

痛存亡之殊制兮，將遷神而安厝。龍輀儼其星駕兮，飛旐翩以啓路。

輪案軌以徐進兮，馬悲鳴而踟躕。潛靈邈其不反兮，殷憂結而靡訴。

睎形影於幾筵兮，馳精爽於丘墓。〔註175〕

潘岳文前序云：「昔阮瑀既歿，魏文悼之，並命知舊作寡婦之賦。余遂擬之以敘其孤寡之心焉。」顯見他寫作文章時，具有與魏文帝寫作〈丁儀妻寡婦賦〉相同的背景與情感，因此是繼承建安辭賦的作品。全文以楚騷體形式書寫，以上所舉段落，足以闡明它對《楚辭》語句上的學習與借鑑，另外若所述文句與建安〈丁儀妻寡婦賦〉雷同則一併列出：

潘岳〈寡婦賦〉	屈原《楚辭》	曹丕〈丁儀妻寡婦賦〉
時曖曖而向昏兮，日杳杳而西匿。	時曖曖其將罷〈離騷〉、日杳杳而西頹〈九歎〉	時翳翳而稍陰，日疊疊以西墜。
歸空館而自憐兮	私自憐兮何極〈九辯〉	
思纏綿以瞀亂兮	中瞀亂兮迷惑〈九辯〉	
曜靈曄而遄邁兮	耀靈曄而西征〈遠遊〉	
瞻靈衣之披披	靈衣兮披披〈大司命〉	
退幽悲於堂隅兮，進獨拜於床垂。	日暮黃昏羌幽悲〈九歎〉	
耳傾想於疇昔兮，目仿佛乎平素。	時仿佛以遙見〈遠遊〉	
龍輀儼其星駕兮，飛旐翩以啓路	前飛廉以啓路〈遠遊〉	駕龍輀於門側，旐嬪紛以飛揚。
馬悲鳴而踟躕	僕夫悲余懷兮，馬蹀局而不行〈離騷〉	

可見除了引文所舉的一段，其他段落也有相當多對《楚辭》語句的改造，《楚辭》對潘岳〈寡婦賦〉的影響是極為明確的了。然而此段對寡婦喪夫後的悲愴，從寡婦在四時推移中，所感受到的孤獨與傷悲，及強烈思念中，丈夫似乎與平日般在身旁、送靈時喪車的馬匹之悲鳴踟躕，情感的描寫上，可謂極盡文筆之工。較之建安曹丕〈丁儀妻寡婦賦〉的情感，更加悲愴淒麗，令人動容。此與《文心雕龍·時序》所謂晉世「流韻綺靡」風格是相符的。

〔註175〕〈全晉文〉，卷九十一。嚴可均校輯：《全上古三代漢魏三國六朝文》，頁1985、1986。

　　除了關懷女性的賦作外，還有以「悲情」爲書寫主題的賦作，展現悲傷淒麗的情調。如陸雲的〈九愍〉。〈九愍〉共有〈修身〉、〈涉江〉、〈悲郢〉、〈紓思〉、〈行吟〉、〈考志〉、〈感逝〉、〈□征〉、〈□□〉九篇〔註 176〕，其文章標題、藝術形式，完全因襲楚辭〈九章〉。〈九愍序〉中說明了陸雲的寫作緣由：

> 昔屈原放逐，而〈離騷〉之辭興，自今及古，文雅之士，莫不以其
> 情而玩其辭，而表意焉，遂廁作者之末，而述〈九愍〉。〔註 177〕

文中陸雲認爲〈離騷〉的流傳廣泛和擬作極多，是因爲歷代文士們，重視屈原在文章中所表露的「深情」，進一步才去仿製〈離騷〉的語彙或文辭，並用來表達自己的思想意念。這段文字中，陸雲清楚的呈現出自己「情先辭後」的爲文主張。而陸雲「情先辭後」的爲文主張，也可以透過他與其兄陸機往來切磋作品的書信加以理解，〈與兄平原書〉有一段他回覆陸機的文字：

> 省諸賦，皆有高言絕典，不可復言。頃有事，復不大快，凡得再三
> 視耳。其未精，倉卒未能爲之次第。省〈述思賦〉，流深情至言，實
> 爲清妙，恐故復未得爲兄賦之最。……往日論文，先辭而後情，尚
> 絜而取不悅澤。嘗憶兄道張公文子論文，實自欲得。〔註 178〕

陸雲承認自己過往的爲文主張，講究的是「先辭而後情」，然而在受到張華父子等人的影響後，才體會到「文情」對文章的重要性。在與陸機討論文藝的幾篇書信中，他陸續的闡述了「文情」的重要。如陸雲曾以「清妙」二字稱讚陸機的〈述思賦〉，他給予高度評價的著眼點，正是在於〈述思賦〉「深情至言」的「深情」二字；他還再次強調「情言深至，〈述思〉自難希。」另外，他也稱讚了陸機的〈謝平原內史表〉，其云：「兄前表甚有深情遠旨，可耽味，高文也。」可見，在陸機的創作理念裡，「情」不但可以提高文學創作的藝術價值，也可以賦予作品雋永的韻味。那麼得到陸雲高度讚賞的〈述思賦〉到底闡述了何種情思呢？其文曰：

〔註 176〕嚴可均：「此篇（末篇）擬〈悲回風〉，宋刊本集誤認題在篇首，因刪去末一
　　　　行，今無從校補。」〈全晉文〉，卷一百一。清・嚴可均校輯：《全上古三代秦
　　　　漢三國六朝文》，頁 2036〜2038。

〔註 177〕〈全晉文〉，卷一百一。清・嚴可均校輯：《全上古三代秦漢三國六朝文》，頁
　　　　2036〜2038。

〔註 178〕〈全晉文〉，卷一百一。清・嚴可均校輯：《全上古三代秦漢三國六朝文》，頁
　　　　2042。

> 夫何往而不臧，駭中心於同氣，分戚貌于異方。寒鳥悲而饒音，
> 衰林愁而寡色。嗟余情之屢傷，負大悲之無力。苟彼塗之信險，
> 恐此日之行昃。亮相見之幾何，又離居而別域。觀尺景以傷悲，
> 撫寸心而悽惻。〔註179〕

此賦通篇所表達的情感，可用一字概括，那就是「悲」。不論是鳥雀的悲鳴，或內心無可奈何的悲傷，甚或是離居的悽愴，全文氛圍無一不籠罩在悲傷的情感中。而對於「悲」所造就的美感或韻味，更是讓陸雲耽溺其中。本文第二章第三節，曾提出魏晉南北朝士人精神風貌與審美趨向中，「以悲為美與深情會心」正是一項顯著的特色。而「悲傷」情調的文學，最早正可追溯自屈原的《楚辭》。

陸雲選擇了屈原〈九章〉，作為模仿對象的原因，大抵也是如此。王逸《楚辭章句·九章序》中曾說：「〈九章〉者，屈原之所作也。屈原放於江南之壄，思君念國，憂心罔極，故復作〈九章〉。章者，著也，明也。言己所陳忠信之道，甚著明也。卒不見納，委命自沈。楚人惜而哀之，世論其詞，以相傳焉。」〔註180〕王逸所說的「楚人惜而哀之」的，當然是屈原「思君念國」最後卻「卒不見納」的悲情了。這種激昂又悲傷的深切之情，對於重視「文情」，尤其喜愛「以悲為美」的陸雲來說，自是可供模擬的佳作範本。陸雲在完成〈九愍〉後，還曾經拿〈九愍〉向陸機交流，希望陸機能給予建議。陸雲云：「不知〈九愍〉不多，不當小減。〈九悲〉、〈九愁〉，連日鈔除，所去甚多。才本不精，正自極此，願兄小為之定，一字兩字出之便欲得，遲望不言。謹啟。」〔註181〕我們看〈九愍〉中的文字，如：

> 悲年歲之晚暮，殉修名而競心。……黨朋淫以惡美，疾傾宮之揚娥。
> （〈修身〉）

> 悲讒口之罔極，高離情於參辰。……悲我行之悠悠，怨同懷之莫
> 求。……念茲涉江，懷故鄉兮。生日何短，感日長兮。顧我愁景，
> 惟永傷兮。（〈涉江〉）

〔註179〕〈全晉文〉，卷九十六。清·嚴可均校輯：《全上古三代秦漢三國六朝文》，頁209。

〔註180〕洪興祖：《楚辭補注》，頁120～121。

〔註181〕由此文來看，陸雲的擬騷賦或者還有〈九悲〉、〈九愁〉兩篇。西晉·陸雲：〈與兄平原書〉，載〈全晉文〉，卷一百二。清·嚴可均校輯：《全上古三代秦漢三國六朝文》，頁2042。

操土音以懷鄴，涕頻代而盈襟。……撫傷心以告哀，將斯情之孰慰。

（〈悲鄴〉）

悲怨思之多感，情惆悵而遠慕（〈紆思〉）

愁纏綿以宅心，長嘆息而飲淚。步江潭以彷徉，頻行吟而含瘁。

（〈行吟〉）

貞節志而玉折，屬勁心而蘭摧。（〈考志〉）

痛予生之不辰，逢此世之多難。（〈感逝〉）

哀時命之險薄，懷斯類以結憂。手拊膺而永嘆，形顧景而長愁。

（〈□征〉）

痛世路之隘狹，詠遂古而長悲。（〈□□〉）〔註182〕

各篇無不是充滿了「年歲之悲」、「遭讒之怨」、「惆悵之情」、「嘆息飲淚之愁」、「貞節被摧之悲」、「逢世多難之痛」及「世路隘狹之痛」等情致。這些都可見陸雲創作，對於「文情」、「悲情」的看重。陸雲想像屈原的心情，並為之發聲，雖然篇章題目稍加修改，但各篇基本仍與〈九章〉篇旨相同。如〈悲鄴〉一篇，正是仿製〈哀郢〉而作。

〈哀郢〉中，屈原表達對人民苦難的同情，也責難昏昧國君和奸佞小人的誤國，更對自己被迫流放，離開摯愛的鄉國，有無限的悲哀與不捨。文云：

發郢都而去閭兮，荒忽其焉極？楫齊揚以容與兮，哀見君而不再得。

望長楸而太息兮，涕淫淫其若霰。過夏首而西浮兮，顧龍門而不見。

心嬋媛而傷懷兮，眇不知其所蹠。〔註183〕

屈原遭讒被迫離開，因而精神迷離，而在緩慢的行船途中，念及無法再見到國君，因此涕泣如雨。過了夏水口，鄉國已經被遮蔽而無法看見，對於不知將來能落腳何地，更覺得悲傷。本段描述了屈原被迫離開鄉國時，他一步一回首戀戀鄉國的難捨之情，閱讀後的確令人感到無限悲悽。而陸雲〈悲鄴〉所述：

操土音以懷鄴，涕頻代而盈襟。辭終古之舊墟，托茲邦而遙集。

望龍門而屢顧，攀惟桑而祇泣。悲惠□之難狀，振枯形而獨立。

〔註182〕〈九愍〉。《全晉文》，卷一百一。清‧嚴可均校輯：《全上古三代秦漢三國六朝文》，頁2036～2038。

〔註183〕洪興祖：《楚辭補注》，頁133。

......

> 毀方城于秦川，投江漢於泥渭。悲彼黍之在郢，悼宗楚之莫饋，
>
> 撫傷心以告哀，將斯情之孰慰。〔註184〕

文中「操土音以懷郢，涕頻代而盈襟」，正是陸雲仿製屈原離開鄉國時涕泣如雨的情景。而「望龍門而屢顧，攀惟桑而祇泣」，更是將屈原難捨鄉國，一步一回首的悲痛心情細膩的加以描摹。文末更以《詩經》的「黍離麥秀」，來暗喻楚國即將面臨的亡國之悲。以上可見，陸雲〈悲郢〉其文其情，無一不同於屈原〈哀郢〉一文。他能遠體屈原之悲心，以富含情感的文字來擬作〈九章〉，可說是淋漓盡致地實踐了他為文「重情」的主張，這也符合了魏晉士人普遍所重視的「以悲為美與深情會心」的特色。

然而，陸雲雖然在〈九愍〉中以深切悲悽之情，來重新鋪寫屈原的〈九章〉，但他也感嘆「(〈九章〉) 此是情文，但本少情，而頗能作泛說耳。又見作九者，多不祖宗原意，而自作一家說。」〔註185〕足可見，陸雲對文章「重情」的要求是相當高的。另外，從上列引文來看，陸雲作〈九愍〉的原因，除了哀屈原之情外，恐怕也因為自屈原後，以「九」名篇的作品，已經脫離了屈原〈九章〉的本意，只徒存形式或語彙上的模仿，因此陸雲有意遠紹屈原精神，重現〈九章〉的寫作意旨吧！

以上，賦中婉曲淒麗的特色，正可說明兩晉騷體賦在情感上擴大了表現的深度。綜論之，題材愈開拓創新、興亡感慨愈深、情感愈悲傷淒麗三項特色，可謂是對《楚辭》借鑑中的創新，因此兩晉騷體辭賦在騷體賦歷史中，處於衍變與新創的時期。

三、深化與成熟──南北朝辭賦與《楚辭》

整個魏晉南北朝中，南北朝的騷體賦的數量，與曹魏、兩晉形成很大的差距。據學者郭建勛統計南朝純粹的騷體賦相對減少，整個南朝的騷體賦僅十九篇，且現在能看到的多為殘篇〔註186〕。而北朝的騷體文學作品更是屈指可數，又比南朝的數量來得更少。雖然如此，但由殘存的資料文獻來看，南

〔註184〕〈全晉文〉，卷一百一。清‧嚴可均校輯：《全上古三代秦漢三國六朝文》，頁2036～2038。

〔註185〕〈全晉文〉。清‧嚴可均校輯：《全上古三代秦漢三國六朝文》，頁2044。

〔註186〕郭建勛：《楚辭與中國古代韻文》，長沙：湖南師範大學，2001年4月一刷，頁52。

朝和北朝騷體賦創作，因爲地理環境的不同、文人創作心態的差異，展現了不同的風貌與特色。

對騷、賦二體分立的認識，正是在南朝時開始建立。如梁・蕭統《昭明文選》將「騷」與「賦」分開，並別立「騷」體一類，並列舉範文供後學參考；劉勰《文心雕龍》則有〈辨騷〉、〈詮賦〉二篇，也將騷、賦分別論述，這可說是南北朝文學觀念的進步與躍升。另外，作爲魏晉騷體賦與唐宋騷體賦的過渡階段，南北朝騷體賦的地位與價值，是我們不能輕易忽視的。

（一）南朝：極盡唯美、陰柔婉麗

南朝四代的君主，政治上雖沒有建樹，但都愛好文學〔註187〕。如劉勰《文心雕龍・時序》總結宋齊之際的文壇現況云：

> 自宋武愛文，文帝彬雅，秉文之德，孝武多才，英采雲攜。自明帝以下，文理替矣。爾其縉紳之林，霞蔚而飆起。王袁聯宗以龍章，顏謝重葉以鳳采，何范張沈之徒，亦不可勝數也。蓋聞之於世，故略舉大較。……高祖以睿文纂業，文帝以貳離含章，中宗以上哲興運，並文明自天。……經典禮章，跨周轢漢，唐虞之文，其鼎盛乎！〔註188〕

據《文心雕龍・時序》所述，劉宋時期君王多愛好文學，在君王的提倡下，直接推動了文學的發展，當時以文學聞名者如王僧達、王微、袁淑、袁粲、顏延之、顏竣、謝靈運、謝惠連、何承天、范曄、張敷、沈懷文……。等。劉勰更自負地認爲齊、梁當時的文化學術，遠遠超過了周朝、壓倒了漢朝，也惟有唐虞才能如此興盛。梁陳二朝，君王亦擅文學。梁有工文學、經學、史學的武帝蕭衍，趙翼稱：「創業之君，兼擅才學，曹魏父子，固已曠絕百代，其次則齊、梁二朝，亦不可及也。」〔註189〕而陳有後主：「雅尚文詞，傍求學藝，煥乎俱集。每臣下表疏及獻上賦頌者，躬自省覽，其有辭工，則神筆賞激，加其爵位，是以搢紳之徒，咸知自勵矣！若名位文學顯著者，別以功績論。」〔註190〕更可見君王喜愛及推動文學之功。而這時期政治與經濟的大權，

〔註187〕 劉大杰：《中國文學發展史》，頁291。

〔註188〕 劉勰：《文心雕龍・時序》，頁675。

〔註189〕 〈齊梁之君多才學〉，卷十二。趙翼：《二十二史劄記》（附補遺），北京：中華書局，1985年，頁221。

〔註190〕 〈陳書・文學傳序〉，列傳二十八。唐・李延壽著，楊家駱主編：《南史》，頁453。

多掌握在貴族與士族手中，士族與寒門仍有地位上的顯著差異，如《梁書·高祖紀》載：「甲族以二十登仕，後門（寒門）以過立試吏。」因此主要的寫作者還是在貴族與士族。而君主的提倡，導致宮廷完全掌握了文學的領導權，他們把文學作爲宮廷的裝飾品與消遣品〔註191〕，因此宮體文學的特殊風潮就此興起。這股風潮對南朝騷體賦的創作，自然也有一定的影響。

　　首先展現的特質是，柔弱輕艷且氣魄格局不夠盛大；或脂粉味濃厚。以當時同題共作活動中的篇目來看，有〈梧桐賦〉、〈高松賦〉、〈擬風賦〉、〈七夕賦〉〔註192〕……。等，相較於曹魏建安同題共作篇目，如神女賦、止欲賦、登臺賦、愁霖賦、羽獵賦、鸚鵡賦……。等〔註193〕來看，顯然題材選作的格局與多元性，都不如曹魏建安。再以內容作檢視，如陳後主〈夜亭度雁賦〉：

　　　春望山楹，石暖苔生。雲隨竹動，月共水明。暫消搖于夕徑，聽霜鴻之度聲。度聲已悽切，猶含關塞鳴。從風分前倡融，帶暗分後群驚，帛久分書字滅，蘆束分斷銜輕。行離響時亂，響雜行時散。已定空閨愁，還長倡樓嘆。空閨倡樓本寂寂，況此寒夜裹珠幔。心悲調管曲未成，手撫弦，聊一彈。一彈管，且陳歌，翻使怨情多。

　　〔註194〕

此賦以度雁南歸烘托出空閨倡樓的怨情與寂寞，賦中描述度雁的悽切鳴叫，勾勒出悲傷氛圍，而「空閨」、「寂寂」、「寒夜」更是將怨情積累到高點，令人讀之愴然。雖然賦作本身，在情感書寫上相當動人；文辭運用上也極爲嫻熟，但與魏晉兩漢寫作多以鳥類賦來寄託個人不遇，或嚮往突破自由的心志與渴望相比較，顯見格局、器度上是不如魏晉的。

　　又如南朝陳·褚玠〈風裡蟬賦〉：

　　　有秋風之來庭，于高柳之鳴蟬。或孤吟而暫斷，乍亂響而還連。垂玄委而嘶定，避黃雀而聲遷。愁人分易驚，靜聽分傷情。聽蟬分靡

〔註191〕劉大杰：《中國文學發展史》，頁291。

〔註192〕程章燦：《魏晉南北朝賦史》：〈梧桐賦〉，參加者至少有竟陵王子良、王融、沈約三人；〈高松賦〉，參加者至少有竟陵王子良、蕭子恪、王倫謝朓、沈約五人；〈擬風賦〉，參加者至少有竟陵王子良、王融、謝朓、沈約四人；〈七夕賦〉，參加者至少有竟陵王子良、謝朓二人，頁208～209。

〔註193〕見程章燦《魏晉南北朝賦史》建安同題共作賦統計表，共有36個同題共作篇目。程章燦：《魏晉南北朝賦史》，頁47。

〔註194〕〈全陳文〉。嚴可均校輯：《全上古三代漢魏三國六朝文》，頁3420。

倦，更相和兮風生。終不校樹兮寂寞，方復飲露兮光榮。〔註195〕
賦中寫秋風中孤單鳴叫的蟬聲，偶爾還必須避開黃雀的危害遷移他處，這些
都引起詩人的傷感，使得心中愁思不斷滋生。全篇專寫蟬聲引起的思緒，對
蟬鳴以孤吟或亂響來描述斷續的情態，並和憂愁的詩人加以連結，融情於景，
極為巧妙。此賦頗具有《九歌·湘夫人》：「嫋嫋兮秋風，洞庭波兮木葉下」
的悲秋情調，但賦中除了以黃雀代表危險的意象使用，其他在興寄上是較為
缺乏的。

騷體賦的發展中，後期更具柔弱及脂粉味濃烈的「宮體」風格。如南朝
陳·顧野王的〈舞影賦〉：

> 燿金波兮繡戶，列銀燭兮蘭房；出妙舞于仙殿，倡雅韻于清商。頓
> 珠履于瓊簟，影嬌態于雕梁；圖長袖于粉壁，寫纖腰于華堂。縈紆
> 雙轉，芬馥一房；類隻鸞于合鏡，似雙鴛之共翔。愁冬宵之尚短，
> 欣此樂之方長。〔註196〕

〈舞影賦〉中對舞姿的描述相當精緻生動。賦中寫女子綴滿珍珠的鞋，輕巧
的點在瓊簟上，長袖的舞姿映於粉壁，纖腰穿梭於華麗的殿堂。賦末還有共
結鴛鴦之想，充滿了浪漫的情思。這類賦輕艷的情調，已與《楚辭》中屈原
積極奮鬥的精神，及魏晉騷體賦中建功立業的慷慨激昂大異其趣了。

又這類「宮體」文學的興起，騷體的形式也被運用在其中，如鴛鴦、采
蓮、蕩子婦都是常見的題材。南朝梁元帝蕭繹〈鴛鴦賦〉：

> 雙飛兮不息，自憐兮何極；一別兮經年，相去兮幾千。雄飛入玄兔，
> 雌去往朱鳶。豈如鴛鴦相逐，俱棲俱宿。勝林鳥之同心，邁池魚之
> 比目。……蘭渚兮相依，同盛兮同衰。魂上相思之樹，文生新市之
> 機。金雞、玉鵲不成群，紫鶴、紅雉一生分。願學鴛鴦鳥，連翩恒
> 逐君。〔註197〕

賦中先敘寫鴛鴦情狀，再以其他鳥類來對照鴛鴦的雙飛雙依，最後文章以願
意學鴛鴦的同心，來歸結到男女情思上，都頗具宮體特色。文中沒有對家國
或人生的興寄或感慨，只有敘述羨慕鴛鴦雙飛的濃烈情思，情調旖旎動人。

〔註195〕褚玠〈風裡蟬賦〉。嚴可均校輯：《全上古三代漢魏三國六朝文》，頁3494。
〔註196〕〈全陳文〉。嚴可均校輯：《全上古三代漢魏三國六朝文》，頁3474。
〔註197〕〈全梁文〉，卷十五。嚴可均校輯：《全上古三代漢魏三國六朝文》，頁3038、
3089。

其他如梁元帝的〈蕩婦秋思賦〉中「鬢飄蓬而漸亂，心懷愁而轉歎。愁縈翠眉斂，啼多紅粉漫。」寫女子思念久不歸的蕩子，因滿懷愁思而髮鬢散亂，又因啼哭的淚水，糊掉了臉上紅妝，對女子由秀髮到臉部的情態，都細微的逐一描繪，「宮體」色彩是相當濃厚的。

以上討論可知，南朝騷體文學的走向，強調華辭麗藻及細緻精工，然而在內容上，原始騷體的遺世獨立精神，和強烈的社會責任感，與社會批判意識，已經消失殆盡，取而代之的是完全生活化、世俗的內容，表現在題材上則多是自然山水景物的選取、情感上則多是自己一己情懷的抒寫〔註198〕。考慮到南朝特殊的時代與環境，〈離騷〉與〈九章〉的風格雖是「朗麗以哀志」〔註199〕，但文中積極奮鬥的精神，似乎已經很少出現在南朝的騷體賦中了；反而是「綺靡以傷情」的〈九歌〉、〈九辯〉，比較接近南朝騷體賦的風格。郭建勛更認為屈原〈離騷〉、〈九章〉的精神實質、藝術風格與貴族化的南朝文人，格格不入，他們所認同和接受的主要是以〈九歌〉為代表的楚騷藝術，包括體式與手法〔註200〕。

雖然南朝騷體賦缺乏了原初騷體託寓和社會使命感，但部份賦作，卻可稱得上情景交融的佳作，尤其在句式、手法、意象的使用上，都對《楚辭》多有借鑑。如南朝梁元帝的〈秋風搖落賦〉：

> 秋風起兮寒雁歸，寒蟬鳴兮秋草腓。萍青兮水澈，葉落兮林稀。
> 翠為蓋兮玳為席，蘭為室兮金作扉。水周兮曲堂，花交兮洞房。
> 樹參差兮稍密，紫荷紛披兮疏且黃。雙飛兮翡翠，並泳兮鴛鴦。
> 神女雲兮初度雨，班妾扇兮始藏光。
> 且淹留兮日雲暮，對華燭兮歡未央。〔註201〕

其中所使用的文辭華美，對偶精整，意象使用純熟，頗能塑造秋天萬物蕭瑟的氛圍。又賦中「萍」、「翠蓋」、「蘭」、「荷」等，都是《楚辭・九歌》中常

〔註198〕毛佳：《南朝與北朝騷體文學比較研究》，遼寧大學碩士論文，2011年4月，頁16。

〔註199〕《文心雕龍・辨騷》：「〈騷經〉、〈九章〉，朗麗以哀志；〈九歌〉、〈九辯〉，綺靡以傷情。」，劉勰：《文心雕龍》，頁47。

〔註200〕郭建勛：〈論南朝騷體文學藝術上的新變〉，長沙：《湖南師範大學社會科學學報》，1996年12月第26卷，頁85。

〔註201〕南朝梁元帝：〈秋風搖落賦〉，〈全梁文〉卷十五。嚴可均校輯：《全上古三代漢魏三國六朝文》，頁3039。

見的意象。顯見在語言句式及意象的使用上，受《楚辭‧九歌》影響都是相當大的。然而賦中意象雖然是遠紹〈九歌〉，但這些意象的作用，顯然與〈九歌〉是不同的。如〈東皇太一〉的「蕙肴蒸兮蘭藉，奠桂酒兮椒漿」〈雲中君〉的「浴蘭湯兮沐芳，華采衣兮若英」〈湘君〉的「薜荔柏兮蕙綢，蓀橈兮蘭旌」〈湘夫人〉的「白玉兮為鎮，疏石蘭兮為芳」〈少司命〉的「荷衣兮蕙帶，儵而來兮忽而逝。」，都是用來代表神祇的潔淨，或人們對神祇崇敬的象徵。而梁元帝的〈秋風搖落賦〉中香草意象的使用，則是用以烘托風景的華麗。對此，郭建勛指出兩者內涵的不同在於：「楚騷之美玉香草所注重的，是其內在質地的純潔美善，表現的是人與神鬼之間淳樸歡快的精神溝通；而這裏的金玉花樹，著眼點已轉向其外在的華麗與高貴，表現的則是宮廷貴族的生活情趣。」〔註202〕另外，觸景生情、情景交融的佳作，還有謝朓〈臨楚江賦〉的「爰自山南，薄暮江潭，滔滔積水，蠚蠚霜嵐。憂與憂兮竟無際，客之行兮歲已嚴。」〔註203〕表現了臨江而對人生眾多無奈和時光荏苒的感慨。江淹的〈去故鄉賦〉：

> 泣故關之已盡，傷故國之無際。出汀洲而解冠，入激浦而捐袂。聽蒹葭之蕭瑟，知霜露之流滯。對江皋而自憂，弔海濱而傷歲。……
> 少歌曰：芳淵之草行欲暮，桂水之波不可渡。絕世獨立兮，報君子之一顧。是時霜翦蕙兮風摧芷，平原晚兮黃雲起。甯歸骨於松柏，不賣名於城市。若濟河無梁兮，沈此心於千里。〔註204〕

賦中用無法渡過的河流，寫和故鄉的距離，文中思念故鄉的情思，不禁讓他潸然淚下，濃烈的思鄉之情，可謂溢於言表。其他更有沈炯〈歸魂賦〉、庾信〈哀江南賦〉、謝靈運〈怨曉月賦〉、褚淵〈傷秋賦〉、鮑照〈游思賦〉等，在文辭、手法和意象的運用上，也都受到《楚辭》的影響。而在歷經時代的遞嬗，與長時間的文學發展後，他們對騷體賦的創新，則是顯現在語言愈加精煉、藝術手法、技巧愈加嫻熟上。蕭子顯《南齊書‧文學傳論》云：「習玩為理，事久則瀆，在乎文章，彌患凡舊。若無新變，不能代雄」〔註205〕。南朝

〔註202〕郭建勛：〈論南朝騷體文學藝術上的新變〉，頁86。
〔註203〕謝朓〈臨楚江賦〉。嚴可均校輯：《全上古三代漢魏三國六朝文》，頁2918。
〔註204〕江淹〈去故鄉賦〉。嚴可均校輯：《全上古三代漢魏三國六朝文》，頁3143。
〔註205〕卷五十二。蕭子顯著，楊家駱主編：《南齊書》，臺北：鼎文書局，1980年3月初版，頁908。

騷體賦在藝術上的新變，其特色總結而言，正是極盡唯美之能事，風格趨向陰柔婉麗。尤其包含了語言的鍛鍊、聲色的追求和意境的營構，這些使這些作品格外的精緻，充滿著詩一般的情調〔註206〕。

（二）北朝：務實古樸，紹聖屈騷

《隋書・文學傳序》：

> 江左宮商發越，貴於清綺；河朔詞義貞剛，重乎氣質。氣質則理勝其詞，清綺則文過其意。理深者便於時用，文華者宜於詠歌。此其南北詞人得失之大較也。〔註207〕

《隋書・文學傳序》中點出了南北朝不同的文學風格，南方清綺，往往文過其意，宜於抒情歌詠；北方重乎氣質，往往理勝其詞，但切合時用。由於社會文化的差異，北朝騷體賦也呈現了與南朝騷體賦不同的風貌。首先是北朝騷體賦的數量極少，與南朝騷體賦數量相比，有明顯的差距。這主要還是肇因於社會環境的不安定，以至於作家沒有合宜的創作環境。西晉後，北方戰亂頻繁，學術的發展，據《隋書・儒學傳序》記載：

> 自晉世分崩，中原喪亂，五胡交爭，經籍道盡。魏氏發跡代陰，經營河朔，得之馬上，茲道未弘。暨夫太和之後，盛修文教，搢紳碩學，濟濟盈朝，縫掖巨儒，往往杰出。〔註208〕

可見中原的戰亂，使得儒道衰微及大量的典籍佚失，不安的社會環境，使得北方學術發展停頓。而北朝學術發展的轉捩點，在於太和。太和是北魏孝文帝的年號，據《北史・魏本紀》第三記載：「（北魏孝文帝）雅好讀書，手不釋卷。……《五經》之義，覽之便講。學不師受，探其精奧；史傳百家，無不該涉。善談莊、老，尤精釋義。才藻富贍，好為文章；詩賦銘頌，在興而作。有大文筆，馬上口授；及其成也，不改一字。」〔註209〕由紀錄中我們知道，北魏孝文帝對中原儒學及道家老莊之學多有涉獵，喜好寫作文章，在他的推動之下，北魏實施漢化政策，學術也開始興盛起來。又《北史・文苑傳》序：「及太和在運，銳情文學，因以頡頏漢徹，跨躡曹丕，氣韻高遠，豔藻獨

〔註206〕郭建勛：《楚辭與中國古代韻文》，頁52。
〔註207〕《隋書・文學傳序》，卷七十六。唐・魏徵、長孫無忌等撰：《隋書》，西安：陝西人民出版社，2007年第一版，頁1。
〔註208〕《隋書・儒學傳序》卷七十五。唐・魏徵、長孫無忌等撰：《隋書》，頁1。
〔註209〕《北史・魏本紀》第三。李延壽著，楊家駱主編：《北史》，臺北：鼎文書局，1980年3月初版，頁121。

構，衣冠仰止，咸慕新風。」稱讚了北魏孝文帝的文學成就，及帶領了新的
創作風潮。因此北魏後期以來，賦作數量漸多，作者大抵以北人爲主，但眞
正的傑作不多，總體水平與南朝賦仍有相當大的差距〔註210〕。據程章燦先生
統計，以太和爲分界線，北魏前期賦作有 11 篇，今留存者有張淵〈觀象賦〉
（《魏書・術藝傳》）、高允〈鹿苑賦〉2 篇；北魏後期賦作有35篇，今留存者
有元順〈蒼蠅賦〉（《魏書・本傳》）、盧元明〈劇鼠賦〉（《全後魏文》卷三十
七）、李諧〈述身賦〉（《魏書》本傳）、李騫〈釋情賦〉（《魏書》本傳）、陽固
〈演賾賦〉（《魏書・本傳》）、袁翻〈思歸賦〉（《魏書・本傳》）6 篇〔註211〕。
而其中屬於騷體賦的，只有陽固〈演賾賦〉及袁翻〈思歸賦〉，其他尙有一篇
李顯〈大乘賦〉收錄在《廣弘明集》卷二十九魏高允的〈鹿苑賦〉文後〔註212〕。

　　這三篇珍貴的賦作，相信多少能幫助我們理解北朝騷體賦的發展情形。
首先是陽固的〈演賾賦〉：

> 自祖考而輝烈兮，逮余躬而翳微。懼堂構之頹撓兮，恐崩毀其洪基。
> 心惴惴而慄慄兮，若臨深而履薄。登喬木而長吟兮，抗幽谷而靡託。
> 何身輕而任重兮，懼顛墜於峻壑。……
> 以患寒爲福兮，痛比干之殘軀。以佞諛爲獲安兮，曬宰嚭之見屠。
> 以舉士而受賞兮，悼史遷之腐刑。以進爲無益兮，見鄂秋之專城。
> 以仁義爲桎梏兮，信揖讓之勞疲。以放曠爲懸解兮，傷六親之乖離。
> 哀越種之被戮兮，嘉范蠡之脫羈。欽四皓之高尙兮，歎伊周之陟危。
> 望仗鉞而先鋒兮，光安車而弗顧。求封賞於寸心兮，夢臺袞於遠慮。
> 或忌賢而獨立兮，或簒君以自樹。
> 既思匿而名揚兮，亦求清而反汙。……
> 資靈運以託巳兮，任性命之遭隨。既聽天而委化兮，無形志之兩疲。

〔註210〕程章燦：《魏晉南北朝賦史》，頁 301。
〔註211〕此段存佚篇目狀況，係參考程章燦先生《魏晉南北朝賦史》所編表格整理而
　　　　成。程章燦：《魏晉南北朝賦史》，頁 308～311。
〔註212〕關於李顯〈大乘賦〉，程章燦先生並未提及其篇目或存廢，但在郭建勛與榮丹
　　　　的〈北朝騷體文學概述〉中提到北朝留存有三篇騷體賦，即李顯〈大乘賦〉、
　　　　陽固〈演賾賦〉及袁翻〈思歸賦〉。郭建勛、榮丹認爲《廣弘明集》卷二十九
　　　　魏高允的〈鹿苑賦〉文後載有騷體〈大乘賦〉一篇，題爲魏李顯作，雖《魏
　　　　書》、《北史》中均無李顯其人的記載，但此篇詠佛教的內容與北魏孝文帝時
　　　　佛教大盛的時代氣氛相吻合，視其爲北魏作品亦不爲無據。爲力求立論完整，
　　　　因此本文將李顯〈大乘賦〉一併列入討論。

除紛競以靖默兮，守沖寂以無爲。寄後賢以藉賞兮，宵怨時之弗知。

辭曰：稟元承命，人最靈兮。天壽否泰，本天成兮。

體源究道，歸聖哲兮。隨化委遇，能達節兮。顯親揚名，德之上兮。

保家全身，亦厚量兮。趣世浮動，違性命兮。鑒始究終，同水鏡兮。

志願不合，思遠遊兮。陵虛騁志，從所求兮。周歷四極，騰八表兮。

形勞志沮，未衰道兮。反我遊駕，養慈親兮。躬耕練藝，齊至人兮。

〔註213〕

《魏書》本傳記載陽固得罪中尉王顯，因而被免除官職。而「既無事役，遂閉門自守，著《演賾賦》，以明幽微通塞之事。」(《魏書》本傳)〔註214〕文中他先提及害怕祖先留下的光輝與基業被毀，因此一直戰戰兢兢，如臨深淵、如履薄冰。但遭受罷官的災禍後，他列舉出過往歷史人物的事蹟，發現堅守正道之人卻總是遭遇困塞的處境，因此只能以道家的聽天任命及守寂無爲來告誡自己。另外，安慰自己夭壽否泰，本來就是上天注定，而懷才不遇也只能選擇遠遊一途。然而他周遊天地，卻無法成功，只能回到人世奉養雙親，盡力追求道家的至人之道而已。

由陽固的〈演賾賦〉整篇架構及情節來看，與屈原〈離騷〉先敘皇考，次敘履忠被讒，而選擇幻遊是相當相似的。不同的是〈演賾賦〉沒有求女的情節，也沒有對鄉國君主的眷戀不捨，而是用道家思想來安慰自己。另外，文辭不像〈離騷〉般華美，情感上也不激烈，而是用樸實自然的文字，來表達面對困窮際遇的反思。

郭建勛先生認爲此賦在思想、結構、甚至在語彙上都明顯受賈誼〈鵩鳥賦〉、張衡〈思玄賦〉、班固〈幽通賦〉等作品的影響，幾乎可視爲漢代「思玄」類騷體作品的嫡傳〔註215〕。但我們也不能忽視〈離騷〉的結構和語彙，對〈演賾賦〉的影響，也可推論《楚辭》一書在北朝中的傳播應該也是相當普及的。

又北朝魏・袁翻有〈思歸賦〉云：

日色黯兮高山之岑。月逢霞而未皎，霞值月而成陰。望他鄉之阡陌，非舊國之池林。山有木而蔽月，川無梁而復深。悵浮雲之弗限，何

〔註213〕李延壽著，楊家駱主編：《北史》，頁3731、3732。

〔註214〕《魏書・楊固傳》。李延壽著，楊家駱主編：《北史》，頁1723。

〔註215〕郭建勛、榮丹：〈北朝騷體文學概述〉，中國文學研究，2006年第1期，頁33～34。

此恨之難禁。……心鬱鬱兮徒傷，思搖搖兮空滿。思故人兮不見，神翻覆兮魂斷。斷魂兮如亂，憂來兮不散。俯鏡兮白水，水流兮漫漫。異色兮縱橫，奇光兮爛爛。下對兮碧沙，上觀兮青岸。岸上兮氤氳，駁霞兮絳氛。風搖枝而爲弄，日照水以成文。行復行兮川之畔，望復望兮望夫君。君之門兮九重門，余之別兮千里分。願一見兮導我意，我不見兮君不聞。魄惝恍兮知何語，氣繚戾兮獨縈縕。彼鳥馬之無知，尚有情於南北。雖吾人之固鄙，豈忘懷于上國？

〔註216〕

《魏書·袁翻傳》記載「（袁翻）遭母憂，去職。熙平初，除冠軍將軍、廷尉少卿，尋加征虜將軍，後出爲平陽太守。翻爲廷尉，頗有不平之論。及之郡，甚不自得，遂作〈思歸賦〉。」〔註217〕可見〈思歸賦〉是袁翻用以抒發懷才不遇之情的作品。全篇以騷體寫作，首先記敘眺望他鄉阡陌，引起對舊國池林的想念，引起思歸的惆悵與悲傷。接者描寫自己不遇的落寞。他靈活的運用《楚辭·九歌》的語句。〈雲中君〉有「思夫君兮太息，極勞心兮忡忡」、〈湘君〉有「望夫君兮未來，吹參差兮誰思？」〈九歌〉中的「君」是指人們虔誠等待的「神祇」，而〈思歸賦〉的「君」則借指袁翻等待的國君。另外他也引用了《楚辭·九辯》的句式。《楚辭·九辯》有「君之門以九重……太公九十乃顯榮兮，誠未遇其匹合。謂騏驥兮安歸？」用以寫君臣遇合之難，當時袁翻處境與此相同。

全文靈活的運用了《楚辭》中〈九歌〉和〈九辯〉的句式與文辭，在風景及物色的描寫上細膩華美，文字亦清麗，情調更是哀婉動人。〈思歸賦〉與北朝其他騷體賦相比，文辭是較爲華美的，略有南朝之風，但是不如南朝作品之麗靡精工。

至於北朝魏·李顗的〈大乘賦〉：

建大乘之靈駕兮，震法鼓之雷音。除行蓋之欲疑兮，餐微妙以悅心。滿覺意之如海兮，演般若之淵深。……定禪思於三昧兮，滅色想于五陰。執抵羅之引弓兮，操如意之喻琴。破眾網之將裂兮，剗貪垢而絕淫。危泡沫之暫結兮，焉巧風之足欽！〔註218〕

〔註216〕袁翻〈思歸賦〉。李延壽著、楊家駱主編：《北史》，頁3749。
〔註217〕《北史·魏書》列傳第五十七。李延壽著、楊家駱主編：《北史》，頁1715。
〔註218〕北朝魏·李顗〈大乘賦〉，〈全後魏文〉卷二十九。嚴可均校輯：《全上古三代漢魏三國六朝文》，頁3658。

用騷體寫作以歌頌大乘佛教，除了顯示北魏佛教流傳的普遍外，更可證明北朝當時對騷體形式的寫作手法，應已相當精鍊純熟了。

　　由以上討論可知，北朝騷體賦的成就與數量，雖遠遠不及南朝，但他們在對《楚辭》句法或語彙的使用上，也相當靈活嫻熟。雖然沒有富麗精工的文字，但文字務實古樸，反而較接近屈騷或漢魏騷體情調。

　　《隋書‧儒學傳序》云：「南人簡約，得其英華；北學深蕪，窮其枝葉。」〔註219〕又《顏氏家訓‧音辭》云：「南方水土和柔。其音清舉而切詣；北方山川深厚，其音沉濁而　鈍，得其質直，其辭多古語。」〔註220〕雖然著重於南北文學在儒學、音韻等上大相逕庭的特質，然以兩者作為開展，南北文學的情調自然有所差異。尤其，南北朝處於不同的地理環境與社會環境，在對騷體賦的學習寫作上，雖然南朝極盡唯美、陰柔婉麗，但北朝務實古樸，反而能遠紹屈騷、漢魏擬騷古風。這主要還是因為北朝的騷體文學，在漢化政策的實施下發展，儒家思想處於社會主導性地位，文人們多是懷著兼濟天下的社會責任感，與使命感而積極入世，所以在此時的騷體在總體上，呈現出承接漢魏舊制的趨勢〔註221〕。郭建勛曾總結南北朝騷體寫作的特點：「北朝騷體則多為懷才不遇、悼懷古人等傳統題材；從風格上看，北朝騷體則越兩晉而直承漢魏，保持著一種古拙自然、不加雕飾的文學風格。句式與體式上也多效法漢魏屈騷傳統。」〔註222〕

　　雖然部分學者以為，北朝文人其實都是模仿南朝的，只不過在辭藻綺麗方面還有些不及，並非他們在文風上有什麼獨創。但從積極面來說，由北朝騷體賦作的發展來檢視，頗能勾勒出騷體在北朝賦中流行的概況，對研究成果也有相當的幫助。

　　南朝騷體賦追求語言、形式上的華豔綺麗、音韻和諧，也講究形式技巧；而北朝騷體賦務實古樸具清剛之氣。兩者在對《楚辭》的借鑑與學習上，不論是語義、辭藻、題材還是意象，使用上都顯得靈活而多變化，可稱得上是走入了深化成熟的階段。

〔註219〕《隋書‧儒學傳序》，卷七十五。唐‧魏徵、長孫無忌等撰：《隋書》，頁1。
〔註220〕《顏氏家訓‧音辭》。北齊‧顏之推著、李振興等注：《顏氏家訓》，臺北：三民書局，2001年6月初版，頁360。
〔註221〕毛佳：《南朝與北朝騷體文學比較研究》，頁17。
〔註222〕郭建勛、榮丹：〈北朝騷體文學概述〉，頁32～36。

第三節　魏晉南北朝駢文與《楚辭》之關聯

　　除了討論《楚辭》對魏晉南北朝擬騷辭賦的影響外，必須正視的是當代盛行的駢文，也與《楚辭》關係密切。駢文初稱「今體」、「今文」，後又有駢儷文、四六文之稱，其發展過程，乃形成於漢、蕃衍於魏晉、全盛於南北朝、激盪於唐、蛻變於兩宋、復興於清〔註223〕。魏晉南北朝對駢文的發展而言，具有重要及不容忽視的地位。因此，駢文與《楚辭》關係爲何？在魏晉南北朝中，《楚辭》對駢文發展有何推動與影響？都是相當值得探討的論題。

　　清‧孫梅《四六叢話‧敘騷》云：

> 古文、四六有二源乎？大要立言之旨，不越情與文而已。……有文
> 無情，則土木形骸，徒驚紆紫；有情無文，則重臺體態，終悂鳴環。
> 屈子之詞，其殆詩之流，賦之祖，古文之極致，儷體之先聲乎！

〔註224〕

孫梅首先提及「情」與「文」，乃爲文之大要，繼而肯定屈子之詞乃「儷體之先聲」。首先，孫梅由「情」、「文」兩項，作爲檢視屈子作品的標準，展現了對屈原作品價值與意義的肯定。而所謂屈子之詞乃「儷體之先聲」的說法，則明確揭示了駢文與《楚辭》密切的淵源。

　　今之學者，多由其說，加以深究討論。如張仁青《中國駢文發展史》所稱的「駢文之胚胎時期」（戰國末年到秦代），便提及「屈宋諸賦與駢文之關係」有：「一曰設喻隸事之繁複也、二曰悉以賦句成篇也、三曰對仗方法之美備也、四曰句法之固定劃一也、五曰開通篇屬對之先河也。〔註225〕」大抵將屈宋諸賦中具有的駢體特色逐一拈出。後有高秋鳳引張仁青之說法，並加入「詞藻朗麗綺靡」一項，認爲三〈九〉對後世駢文影響匪淺〔註226〕。簡宗梧

〔註223〕張仁青明列駢文發展之階段有：遠古駢散文之未分時期、戰國末年至秦代駢文之胚胎時期、兩漢駢文之孕乳時期、魏晉駢文之蕃衍時期、南北朝駢文之全盛時期、唐代駢散文盛衰消長之激盪時期、兩宋駢文之蛻變時期、清代駢文之復興時期。張仁青：《中國駢文發展史》，臺北：中華書局，1979 年 5 月 2 版。

〔註224〕清‧孫梅：《四六叢話‧敘騷》卷三。王水照編：《歷代文話》（五），上海：復旦大學出版社，2007 年，頁 4284。

〔註225〕張仁青：《中國駢文發展史》，頁 142～151。

〔註226〕高秋鳳：《楚辭三九暨後世以九名篇擬作之研探》，臺北：花木蘭出版社，2009 年 9 月，頁 217。

則認爲《楚辭》對駢文的影響，在於「裁對」、「句式」、「用典」〔註227〕三項。

又有趙璧光〈論屈賦之流變〉一文，列舉《楚辭》中的四言對、五言對、六言對、七言對等例，論證《楚辭》對駢文句式的影響，並認爲「屈賦不僅爲駢文之倡始，即後世四六文亦由屈賦植根萌芽矣。」〔註228〕肯定了屈賦對駢文萌芽的促進之功。郭建勛〈《楚辭》與駢文〉則以爲《楚辭》句式形成駢偶的獨特功能，及《楚辭》句法上的駢對特徵，都是《楚辭》對駢文的啓迪〔註229〕。蘇慧霜則用駢麗、對偶、四六言句三方面，討論《楚辭》與駢文之關係〔註230〕。

以上，由諸家學者的探討發現，《楚辭》爲駢文先聲一說，乃成爲不刊之論。尤其若以駢文審美型態的四項構成因素：對仗、聲韻、典事、藻飾四項，加以對照〔註231〕諸家所列舉出的特色，更是大致符合。而不論是設喻隸事、對偶對仗、四六句法，《楚辭》對駢文的影響，大抵能說主要還在於修辭手法與句式上。

當然，設喻隸事、對偶對仗、四六句法等，早在屈原前的諸子百家典籍（如《尚書》、《韓非子》等）已然出現。然而，都止於駢音競響、麗片紛飛。〔註232〕直至《楚辭》一書，才得見作者有意識及大量的鋪排。如：

〔註227〕「裁對」乃指自覺運用對偶的方法，使語言趨於整齊、精美，並於對偶形式上做參差的變化。「句式」則是當去除《楚辭》中的「兮」、「些」這些無義的語助詞，實際上大多是四字句或六字句。……而四六句式的分用或間用，便成爲後世駢文的基本句式。「用典」則是指以古明今的隸事之風，及設喻。簡宗梧：《賦與駢文》，臺北：台灣書局，1998年10月初刷，頁39～42。

〔註228〕趙璧光：〈論屈賦之流變〉，《成功大學學報》（人文卷）第八卷，1973年6月，頁33。

〔註229〕郭建勛以爲不論是〈離騷〉型的句式，或〈九歌〉型的句式，「兮」字都佔據著句子中心的位置。「兮」字不僅是語音的中心，也是結構的樞紐，它規定了楚騷句子內部和兩句之間的對應關係及基本節奏，同時也規定了楚騷句子必須以兩兩相對的偶句形式出現，否則就會破壞結構的平衡。郭建勛：《楚辭與中國古代韻文》，長沙：湖南大學師範出版社，2001年4月1刷，頁262～180。

〔註230〕蘇慧霜：《騷體的發展與衍變──從漢到唐觀察》，臺北：文津出版社，2007年4月1刷，頁349～355。

〔註231〕莫道才以爲此四項特色爲駢文之要點，也構建出駢文的審美型態。于景祥亦歸納對偶、辭采藻飾、聲律、用典爲駢文的四大要素。兩者所述，除用語不同，內涵上是一致的。莫道才：《駢文通論》，濟南：齊魯書社，2010年5月1刷，頁88。于景祥：《駢文論稿》，北京：中華書局，2012年5月1版，頁69～73。

〔註232〕如張仁青以「設喻隸事」爲例，認爲「經典之文，止於駢音競響、麗片紛飛已耳，猶未開設喻隸事之風也。設喻隸事，實自屈宋發之。」張仁青：《中國駢文發展史》，頁142。

彼堯舜之耿介兮，既遵道而得路。何桀紂之猖披兮，夫唯捷徑以窘
步。〈離騷〉

余既滋蘭之九畹兮，又樹蕙之百畝。畦留夷與揭車兮，雜杜衡與芳
芷。〈離騷〉

沅有茝兮醴有蘭，思公子兮未敢言。荒忽兮遠望，觀流水兮潺湲。
〈湘夫人〉

靈連蜷兮既留，爛昭昭兮未央。……龍駕兮帝服，聊翱遊兮周章。
〈雲中君〉〔註233〕

引文中「彼堯舜之耿介兮」四句，是屈原以堯舜遵循天地之道，舉賢任能，
得萬事之正；與桀紂違背天道，乃至於滅亡對比，並以典故寄寓己意，用以
規誡國君，正是所謂設喻隸事繁盛之例。「余既滋蘭之九畹兮」四句，則以「滋
蘭九畹」對「樹蕙百畝」，以「留夷、揭車」對「杜衡、芳芷」，可見對偶之
華美精鍊。「沅有茝兮醴有蘭」四句，去掉「兮」字後，乃呈現精整的六、六、
四、四句法。至於「靈連蜷兮既留」四句中，「昭昭」為重言，「周章」為雙
聲詞，足見聲韻和諧之美。不獨引文之例，在《楚辭》中設喻隸事之繁、對
偶華美之盛、四六文句雛形，或聲韻的和諧，隨處可見、俯拾即是。這種對
形式、架構上，對藝術美感的整體追求，正是屈原有意建構的展現。而魏晉
南北朝駢文的發展，也正是基於對形式美的一種刻意追求。這是《楚辭》在
歷代典籍中能脫穎而出，形成駢文先聲的原因。

　　然而，討論魏晉南北朝駢文對《楚辭》的借鑑與影響，首先要注意的，
是各類文體駢化的現象。以辭賦而言，如陸機〈文賦〉或江淹〈別賦〉，雖
然以賦名篇，但實際上全文皆為整齊的駢體。如〈文賦〉的「佇中區以玄覽，
頤情志於典墳。遵四時以歎逝，瞻萬物而思紛。悲落葉於勁秋，喜柔條於芳
春。心懍懍以懷霜，志眇眇而臨雲。」、「因宜適變，曲有微情。或言拙而喻
巧，或理樸而辭輕。或襲故而彌新，或沿濁而更清。」〔註234〕或〈別賦〉
的「風蕭蕭而異響，雲漫漫而奇色。舟凝滯於水濱，車逶遲於山側。櫂容與
而詎前，馬寒鳴而不息。掩金觴而誰御，橫玉柱而霑軾。」〔註235〕不論是

〔註233〕宋・洪興祖：《楚辭補注》，頁8、10、65～66、58。
〔註234〕〈文賦〉。載南朝梁・蕭統著、李善注《昭明文選》，頁224、226。
〔註235〕〈全梁文〉，卷三十八。載清・嚴可均校輯：《全上古三代秦漢三國六朝文》，
　　　　　頁3142。

其駢句對偶的工整、四六句式的成熟運用，或聲韻之優美都顯而易見。又或曹植〈洛神賦〉以「翩若驚鴻，婉若遊龍。榮曜秋菊，華茂春松。髣髴兮若輕雲之蔽月，飄颻兮若流風之回雪。」〔註 236〕以華美的四言駢對及騷體，描寫洛神樣貌；王粲〈登樓賦〉以「挾清漳之通浦兮，倚曲沮之長洲。背墳衍之廣陸兮，臨皋隰之沃流。北彌陶牧，西接昭邱。華實蔽野，黍稷盈疇。」〔註237〕寫登高望遠之景。庾信的〈哀江南賦序〉以「將軍一去，大樹飄零；壯士不還，寒風蕭瑟。荊璧睨柱，受連城而見欺；載書橫階，捧珠盤而不定。鍾儀君子，入就南冠之囚；季孫行人，留守西河之館。申包胥之頓地，碎之以首；蔡威公之淚盡，加之以血。」〔註 238〕以歷史往昔人事，寫盡思鄉血淚。以上諸例雖多名篇為賦，卻用駢儷手法寫作；或有雖非駢文，卻多見駢儷偶句躍然紙上者，都說明魏晉南北朝駢儷手法的盛行，已不自覺的影響、浸潤到士人的寫作中。當然，此與魏晉南北朝文壇重視「麗辭」，也有極大關係。

　　劉勰《文心雕龍・麗辭》云：

> 造化賦形，支體必雙，神理為用，事不孤立。夫心生文辭，運裁百慮，高下相須，自然成對。……自揚馬張蔡，崇盛麗辭，如宋畫吳冶，刻形鏤法，麗句與深采並流，偶意共逸韻俱發。至魏晉群才，析句彌密，聯字合趣，剖毫析釐。……故麗辭之體，凡有四對：言對為易，事對為難；反對為優，正對為劣。〔註239〕

首先，劉勰將〈麗辭〉獨立以專章討論，可應證當代文壇對駢偶麗辭的重視。他以自然造物的成雙成對，來解釋對偶的出現。次敘兩漢揚雄、司馬相如、張衡、蔡邕以來，士人刻鏤麗辭的情形；繼而提及魏晉以來駢句儷語的不絕。後又說明麗辭之體的四種對偶方式（言對、事對、反對、正對）。以上，劉勰雖然提及了「偶對」或有刻鏤太過的弊端，但顯然他對「偶對」是持肯定態度的，將其視為寫作中的重要一環。尤其齊梁時，沈約等人提倡「聲律論」，麗辭與聲律的兩相結合，更是大力促進了駢文的發展。

〔註236〕〈全三國文〉卷十三。載清・嚴可均校輯：《全上古三代秦漢三國六朝文》，頁 1122。

〔註237〕王粲：〈登樓賦〉。載吳雲主編：《建安七子集校註》，頁 220。

〔註238〕〈全後周文〉，卷八。載清・嚴可均校輯：《全上古三代秦漢三國六朝文》，頁 3922。

〔註239〕南朝齊梁・劉勰：《文心雕龍》，頁 588。

　　除了駢化的詩賦外，其他如庾信的〈謝滕王集序啓〉、〈思舊銘〉及徐陵的〈勸進梁元帝表〉、丘遲〈與陳伯之書〉、顏延年〈陶徵士誄〉、徐陵〈在北齊與楊僕射書〉……等則都是經典駢文的代表作。

　　庾信〈謝滕王集序啓〉：

> 殿下雄才蓋代，逸氣橫雲，濟北顏淵，關西孔子。譬其毫翰，則風
> 雨爭飛；論其文采，則魚龍百變。蒲桃繞館，新開碣石之宮；修竹
> 夾池，始作睢陽之苑。琉璃泛酒，鸚鵡承杯。鳳穴歌聲，鸞林舞曲。
> 況復行雲逐雨，迴雪隨風。湖陽之尉，既成爲喜之音；舂陵之侯，
> 便是銷憂之地。〔註240〕

此乃庾信感謝滕王爲他親寫〈庾開府集序〉，所作的酬謝之文。引文中，庾信不但以「顏淵」、「孔子」及「風雨爭飛」、「魚龍百變」，來稱讚滕王的雄才與文采；還大量以駢偶手法及四六隔對〔註241〕行文，文辭精美、藻飾繁多，極盡鋪排之能事。

　　又其〈思舊銘〉云：

> 人之戚也，既非金石所移。士之悲也，寧有春秋之異。高臺已傾，
> 稷下有聞琴之泣。壯士一去，燕南有擊筑之悲。項羽之晨起帳中，
> 李陵之徘徊歧路。韓王孫之質趙，楚公子之留秦。無假窮秋，於時
> 悲矣！〔註242〕

以聶政刺韓王、高漸離擊筑、項羽、李陵……等大量的事例，說明悲戚之情。乃至於徐陵〈勸進（梁）元帝表〉的「前驅效命，元惡斯殲。既掛膽于西州，方燃臍于東市。」〔註243〕丘遲〈與陳伯之書〉「主上屈法申恩，吞舟是漏；將軍松柏不翦，親戚安居，高臺未傾，愛妾尚在，悠悠爾心，亦何可言！」〔註244〕勸諭陳伯之歸降。顏延年〈陶徵士誄〉：「廉深簡潔，貞夷粹溫。和而能峻，博而不繁。」〔註245〕稱讚陶淵明的高潔品格。徐陵〈在北齊與楊僕射書〉：「若

〔註240〕李兆洛：《駢體文鈔》，北京：中洲古籍出版社，1990 年 6 月 1 刷，頁 704。
〔註241〕陳鵬認爲駢文句法上，有所謂的四六隔對和六四隔對。亦即四四六六式、四六四六式和六六四四式、六四六四式。陳鵬：《六朝駢體研究》，四川：巴蜀書社，2009 年 5 月 1 刷，頁 53。
〔註242〕李兆洛：《駢體文鈔》，頁 593～594。
〔註243〕李兆洛：《駢體文鈔》，頁 240。
〔註244〕李兆洛：《駢體文鈔》，頁 337。
〔註245〕李兆洛：《駢體文鈔》，頁 590。

一理存焉，猶希矜眷，何故期令我等，必死齊都，足趙魏之黃塵，加幽并之片骨，遂使東平拱樹，長懷向漢之悲，西洛孤墳，恆表思鄉之夢。」〔註246〕言述時值南朝梁的侯景之亂，久被羈留於北地的他上書僕射楊遵彥，表達期盼南歸的心情。這些駢文，不論是以大量儷詞來陳述情感、說理論事，或檢視其駢對的技巧，都可謂相當豐美成熟。

　　而《楚辭》到底對魏晉南北朝的駢文起了什麼作用？大抵可以區分為兩部分，其一是在修辭及句式方面，其一則是內涵方面。正如前述諸家學者對《楚辭》作為駢文先聲的探究、整理，所提出的「裁對」、「句式」、「用典」及《楚辭》句式專有的駢偶功能，顯然指的就是對修辭與句式的影響，這幾乎都獲得學者肯定。

　　而《楚辭》除了藝術手法上對駢文有所影響，更重要的是對駢儷成熟句式的促進與推動。亦即《楚辭》除了成為四六駢文的先聲外，藉由魏晉南北朝擬作騷體詩文辭賦，也不斷促使駢文句式的成熟。如前述徐陵、庾信等辭賦作品都可得證。尤其，加之當代文壇重視麗辭與形式美的趨勢，也促使駢文益加成熟華美。

　　而本論文在第四章〈魏晉南北朝辭賦與《楚辭》〉第一節中，曾提出當代辭賦寫作中，對《楚辭》「亂辭」的背離，在於「亂辭」形式中的「兮」字，漸漸被「而」、「以」、「乎」等虛詞代替，甚或是被直接省略〔註247〕。其意義，除了代表魏晉南北朝辭賦，在「亂辭」句式上有所創新，也代表騷體賦中楚地方特色的淡化。但這種現象，更可視為對駢儷句式有推動之效。亦即，《楚辭》句式中的「兮」字，有作為前後辭彙對偶的提醒性作用。正因為如此，當「兮」字被直接省略時，駢偶的色彩也就愈加明顯了。如〈離騷〉的「畦留夷與揭車兮，雜杜衡與芳芷。冀枝葉之峻茂兮，願　時乎吾將刈。」〔註248〕或〈湘夫人〉的「沅有茝兮醴有蘭，思公子兮未敢言。荒忽兮遠望，觀流水兮潺湲。」〔註249〕將「兮」字抽離，幾乎都成了極為工整的駢對句。洪邁《容齋隨筆》卷三中曾云：

　　　　唐人詩文，或於一句中自成對偶，謂之當句對，蓋起於《楚辭》「蕙

〔註246〕李兆洛：《駢體文鈔》，頁346。
〔註247〕第四章〈魏晉南北朝辭賦與《楚辭》〉第一節內「亂辭形式的創新」，頁158。
〔註248〕洪興祖：《楚辭補注》，頁10～11。
〔註249〕洪興祖：《楚辭補注》，頁66。

蒸蘭藉」、「桂酒椒漿」、「桂櫂蘭枻」、「斬冰積雪」。自齊梁以來，江
文通、庾子山諸人亦如此。〔註250〕

文中所稱「江文通、庾子山諸人亦如此」，就說明了江淹、庾信時駢偶句式的
寫作，追本溯源也勢必受到《楚辭》的影響。

　　可見楚騷不但是駢文的先聲，句式上的特殊性，也對駢文的成熟起了極
大的推動之功。可以說是藉由騷、賦等文學發展的過程，使得駢文偶對的功
能與色彩愈加成熟。如張仁青便認爲《楚辭》句法的固定劃一，尤其「以四
字句與六字句爲最多，後世四六之句法，實即奪胎於此。」〔註251〕徐嘉瑞《中
古文學概論》亦言「六朝文人的駢文，是遠接《楚辭》一派，由漢賦蛻變下
來的。」〔註252〕莫道才更認爲：「駢文在漫長的發展過程中，對於對仗的藝術，
進行了充分的完善。」〔註253〕亦即在《楚辭》作爲先導的基礎上，駢文持續
在對偶上追求嚴格化與精密化。

　　另外，整體內涵上，駢文也受到《楚辭》的影響。較明確的，如對形式
美的刻意追求，及麗辭兼具藝術及實用的特色。有意識的刻意鋪排典故，或
對華美辭彙的追求，《楚辭》中早已有跡可循，也是先秦諸子中《楚辭》獨具
之特色。而前揭駢文之典事、藻飾的兩大特色，也都是作家往往致力追求的，
可見《楚辭》對形式美的主動追求與刻意爲之，對駢文不無影響。

　　至於，麗辭兼具藝術及實用的特色。以《楚辭》而言，文辭華美、典事
豐富爲其特色外，王逸〈離騷序〉更以爲乃「而屈原履忠被譖，憂悲愁思，
獨依詩人之義而作〈離騷〉，上以諷諫，下以自慰。」〔註254〕其〈九歌序〉亦
云「（屈原）因爲作〈九歌〉之曲，上陳事神之敬，下見己之冤結，託之以風
諫。」〔註255〕班固〈離騷贊序〉則云「至於襄王，復用讒言，逐屈原。在野

〔註250〕卷三：〈續筆・詩文當句對〉。收錄於洪邁：《容齋隨筆》，臺北：新興書局，
　　　　1978年，頁896。
〔註251〕張仁青：《中國駢文發展史》，頁150。
〔註252〕徐嘉瑞：《中古文學概論》，上海：上海書局，1989年版，頁100。
〔註253〕莫道才：〈論駢文的形態特徵與文化內蘊〉，收錄莫氏著：《駢文研究與歷代四
　　　　六話》，瀋陽：遼海出版社，2011年4月1刷，頁23。
〔註254〕洪興祖：《楚辭補注》，頁48。
〔註255〕以王逸〈九歌序〉所言，〈九歌〉亦用以諷諫，具有實用性。陳本禮亦持相近
　　　　看法，以爲「〈九歌〉皆楚俗巫覡歌舞祀神之樂曲。……特其詞句鄙俚，故屈
　　　　子另撰新曲，然義多感諷。」洪興祖《楚辭補注》，頁55。漢・司馬遷等：《楚
　　　　辭評論資料選》，頁382。

又作〈九章〉賦以風諫。」〔註256〕可見《楚辭》的篇章，大多具備實用的意義。

而劉勰《文心雕龍‧辨騷》也說「故其陳堯、舜之耿介，稱禹、湯、武之祗敬，典誥之體也。譏桀、紂之猖披，傷羿、澆之顛隕，規諷之旨也。」〔註257〕其文指出〈離騷〉乃有〈尚書〉中典誥的體制，及《詩經》中勸誡諷喻的旨趣。「典誥」主要是紀錄言論與人事及用以告誡他人的文字，「誥」後來甚至演變成專有的文體。顯然，屈原用華美文辭所著成的《楚辭》，除了作為屈原憤懣心情的紀錄陳述，也有極強烈「勸誡諷喻」的實用性色彩。

而具華美辭藻的駢儷文招致批評的，就是帶動浮靡風氣的興起，及薄弱不振的內容。然而關於駢體文的類別，如上文所舉，就有「啓」、「銘」、「表」、「書」、「誄」等類。而孫梅《四六叢話》中則區分為選、騷、賦、制敕、詔冊、表、章疏、啓、頌、書、碑誌、判、序、記、銘箴贊、檄露布、祭誄、雜文、談諧十九類〔註258〕。李兆洛《駢體文鈔》則將之分為銘刻、頌、雜颺頌、箴、謚誄哀策……等三十一類〔註259〕。從文章體式來看，大多為應用文類，都具有其實用性。尤其，李兆洛《駢體文鈔》中有「七體」〔註260〕及「連珠」〔註261〕二類，此二類與賦的關係極深，而賦又與《楚辭》關係極深。劉勰《文心雕龍‧銓賦》也說「賦也者，受命於詩人，拓宇於《楚辭》」〔註262〕！雖然，魏晉南北朝時駢文才得以成熟發展，但若追溯駢儷文辭作為實用性文類之起，恐怕與《楚辭》的典誥之體或用以諷諫不無關係。

莫道才曾云：

〔註256〕洪興祖：《楚辭補注》，頁 51。

〔註257〕劉勰：《文心雕龍》，頁 58。

〔註258〕孫梅：《四六叢話》目錄。王水照編《歷代文話》（五），頁 4234～4237。

〔註259〕李兆洛：《駢體文鈔》：目錄。

〔註260〕張仁青認為屈宋諸賦對後世駢文的貢獻與影響在於：駢體之胚胎、賦體之濫觴、七體之先規（七為文辭之一體，亦駢儷之旁支也）。張仁青：《中國駢文發展史》，頁 152～154。

〔註261〕所謂「連珠」，《昭明文選》李善注引傅玄〈敍連珠〉：「所謂『連珠』者，興於漢章之世，班固、賈逵、傅毅三子受詔作之。其文體，辭麗而言約，不指說事情，必假喻以達其旨，而賢者微悟，合於古詩諷興之義。欲使歷歷如貫珠，易看而可悅，故謂之『連珠』。」而早於揚雄便留下較完整的兩首「連珠」。故今學界多以為「連珠」體，始於西漢揚雄。南朝梁‧蕭統著、李善注：《昭明文選》，頁 760。

〔註262〕南朝齊梁‧劉勰：《文心雕龍》，頁 134。

　　（《楚辭》）對駢文形成起作用及影響的，不僅僅是其駢偶文辭，更
　　是整個《楚辭》本身，包含思想內蘊及形式、風格等各個方面。
　　〔註263〕

正如莫道才所言，《楚辭》的藝術手法上影響了駢文，更重要的是促進與推動
駢儷句式的成熟；整體內涵上，駢文則是借鑑了《楚辭》對形式美的刻意追
求，及麗辭兼具藝術及實用的特色。顯見，《楚辭》對魏晉南北朝駢文的形成
與完善，都具備關鍵性的作用。

〔註263〕〈第九章駢文的歷史演變〉（上）。莫道才：《駢文通論》，頁231。